A RÓZSABOGARAK NEM SÍRNAK

Arte Tenebrarum Publishing

Copyright

Írta:
©2020 Aurora Elain

Kiadó:
Arte Tenebrarum Könyvkiadó
www.artetenebrarum.hu
facebook.com/ArteTenebrarum
artetenebrarum.konyvkiado@gmail.com

Szerkesztette:
Farkas Gábor, Petrovics Dorina és Farkasné S. Linda

A borítón látható rajz
Aurora Elain munkája

Fedélterv:
Gabriel Wolf

Könyv verziószáma: 1.01
Utolsó módosítás: 2020.07.27.

Minden jog fenntartva

Tartalom

1. Fejezet 5
2. Fejezet 23
3. Fejezet 36
4. Fejezet 52
5. Fejezet 70
6. Fejezet 86
7. Fejezet 109
8. Fejezet 126
9. Fejezet 144
10. Fejezet 169
11. Fejezet 187
12. Fejezet 205
13. Fejezet 218
Epilógus 238
Egyéb kiadványaink 242

1. Fejezet

◊ Sloane _____ ◊

Nem olyan régen hallottam egy jópofa, limonádés kísérletről. Mindig is el akartam mesélni valakinek, de a bátyámon kívül nem adtam tovább másnak. A lényeg tulajdonképpen annyi, hogy a kutatók ételszínezékkel festették meg a citromos frissítőket. Pirosra, kékre és talán zöldre. A diákoknak meg kellett saccolniuk, hogy melyik ital ízlett nekik. A túlnyomó többség a kék üdítőt választotta, mondván, hogy az áfonya ízét szeretik a legjobban. Vicces, nem? Pedig mindegyik pohárban egyszerű limonádé volt. De azt hiszem, hasonló történt az M&M's cukorkákkal is. Egyesek a nyakukat tették rá, hogy a piros más ízű, mint mondjuk, a citromsárga.

A kísérletből nem nehéz levonni a következtetést: a látás rendkívül fontos az ízlelés során. Mármint a normális embereknél – én nem vagyok az. Nálam ugyanis a színeknek valóban van ízük. A narancssárga például olyan, mint a csípős gyömbér, ami összeolvad a piskótával. Akárhol látom ezt a színt: egy festményen, vagy ha a falat festik az óvodában narancssárgára, vagy a piacon meglátok egy érett narancsot – ezt a gyömbérízt érzem a nyelvemen.

Minden színnek megvan az íze, a barnáé például a tejcsokoládé, ami azt jelenti, hogy amikor kávét főzök, akkor is csokoládéízt érzek a számban. Mondjuk, most.

– Ez így *megint* nem csíkos, Loanie! – sóhajtott fel mérgesen a bátyám.

Zack szakértőn kocogtatta a körmével az üvegpohár falát, amibe a kávét engedtem a bisztrónk, az Angyalok Könnye pultja mögött. De ma valahogy kicsit mogorván kezeltem a fivérem okoskodását.

A komoly és felelősségteljes Zack kölyökként nem mondta fel ilyen készségesen a leckét, de a harminchoz közelítve jobban hasonlított apánkra, mint azt valaha képzeltem.

„Ezt így, Loanie, azt úgy, amazt meg amúgy", és különben is: *„én jobban tudom"*, hiszen *„én vagyok az idősebb, a megfontoltabb!"* Megfontolt egy fenét! Nem volt Zackhez fogható csirkefogó egész Erinnysville-ben, és állítom, hogy nem is lesz!

A két haverjával, Noah-val meg Isaackel a sarkukra tapasztották a baj címkéjét, és a tornádó hamar magába is szippantotta őket. Ha rendőr vagy mentőautó szirénája visított az utcán – ami egyébként nem volt jellemző a békés kisvárosra –, a helyiek máris sóhajtottak, hogy *„Á, csak megint Zack Rivers meg a bandája!"*.

Azt hiszem, érthető, hogy ezek után miért nézek úgy a fivérem mostani változatára, mintha marslakó lenne.

– És? – vontam vállat. – Mi a különbség a kettő között?

– A különbség – a kioktató hangnemtől borsódzott a hátam –, hogy ez így nem *latte macchiato*, hanem sima *latte*. – A feje oldalra billent, mint apánknak, amikor monológot tartott a tanulásról és a jó jegyek fontosságáról. Ami ezután

következett, az pedig szakasztott úgy hangzott, mintha apu előtt gubbasztanék a kanapén. – Érted már?
Horkantottam, majd lábujjhegyre álltam, és tiszta pohárért nyújtóztam a polcon.
– A kávé az kávé – makacskodtam. Zack belecsípett az orrnyergébe, mielőtt friss kávébabot szórt az őrlőgép tölcsérébe. – Teljesen mindegy, hogy minek nevezzük.
Zack keresztbe fonta a karját maga előtt, aztán várakozón a pultnak dőlt.
– A vendég szimplán fogja – magamhoz vettem egy színes keverőpálcát, és körkörös mozdulatokat végeztem vele, mintha varázsolnék –, két perc alatt összekavarja az egészet.
Zack mély levegőt vett a védbeszéd előtt.
– Nemcsak az a lényeg, hogy a vendég észreveszi-e, hanem hogy olyan munkát adj ki a kezeid közül, amire büszke vagy.
„Érted már?" – egészítettem ki magamban, de végül nem fűzte a mondat végére a szállóigét. Ezúttal annyira felmérgesíthettem, hogy alighanem megfeledkezett róla.
A következővel zárta a félidőt:
– A legkomolyabban – a kassza irányába pördült, és szortírozni kezdte az aprót az egyik rekeszben –, néha nem is értem, mit bohóckodsz itt baristaként.
Nos, a *legkomolyabban,* ezt én sem értettem. Illetve félig mégis: mert *muszáj.* Pár évvel az érettségi után kettőnk nyakába szakadt a kávézó. Anya tízéves koromban, apa pedig tavalyelőtt csatlakozott az angyalaink sorába. A Rivers gépezet viszont nem csüggedt. Tettük, amiben a legjobbak voltunk: *Összefogtunk.*
Zack bolondul az üzletért, és tulajdonképpen én is, de jobban szeretem, ha valaki nekem készíti el a kávét, nem pedig fordítva.

A bejárat fölötti órára pillantottam. A kávébab formájú mutatók hegyes szöget zártak be. Fél nyolc; korán volt még, így teendő híján magamra öltöttem a zöld kötényem. Zack filterlepedőn áztatta a különleges bánásmódot igénylő kávékülönlegességeket, majd kihúzott egy sámlit, és végre megpihent. Derékmagasságból pislogott rám, így már nem tűnt olyan zsémbesnek. Fürtös, barna haja csintalanul hullámzott a füle mögött; gesztenyebarna szeme – amilyen az enyém is, mert anyánktól örököltük –, megnyugvással töltött el.
 Se több, se kevesebb nem volt annál a csibésznél, aki régen volt; akihez minden alkalommal odabújtam, és sosem eresztettem volna el.

– Van programod az estére? – érdeklődött. A poharak csilingelve koccantak össze a peremüknél, amint kiemeltem őket a mosogatógépből.
Hallottam már elégszer a kérdést, Zack is tudta a válaszom, mégis vette a fáradságot, hogy minden közös délelőttünkön elismételje.
– Mike jön értem hatkor. – Hangomból szinte sütött a gúny. – Őt váltja fél hétkor Xavier – kezdtem számolni az ujjamon –, de ha nagyon untat, akkor Pete még mindig megmentheti az estét.
– Jaj, Loanie...
– Mi van? – tártam szét a karom. – Hisz te kérdezted.

– Tudom, de nem a bátyáddal kellene beszélned erről – dörzsölte meg a tarkóját. Mozdulat közben vastag bicepszei megfeszültek a póló alatt.

Feltápászkodott a székéről. Közelebb lépett, így ismét két fejjel magasabb lett nálam. Direkt, vagy sem, de ezzel is csak a fölényét fitogtatta.

A szájába harapott. Láttam rajta, hogy küzd a szavakkal.

– A legőszintébben, Loanie – Puhán a vállamra tette a kezét, ami nem volt kis teljesítmény egy olyan fizikumú sráctól, mint a bátyám. –, más csajok állandóan a barátnőikkel csavarognak. Vásárolgatnak, moziba mennek. – A gyomrom émelyegni kezdett.

– Te viszont vagy velem lógsz, vagy a srácokkal. – Bagoly mondja. Zack évek óta nem csajozott olyan istenigazából, ahogy serdülőkorában. Lufivá fújtam az arcom. Csücsörítettem, majd ráprüszköltem a levegőt. Vigyorgott ugyan, de nem hagyta magát eltéríteni:

– Törj össze néhány szívet – javasolta. – Szeretnék elporolni pár szerencsétlent, aki szemet vet rád, hogy végre *igazi* bátynak érezzem magam.

Lebiggyesztettem a számat.

– Fogalmam sincs, hogy mik a csajos dumák.

– Rá se ránts – legyintett. – Kifaggatjuk róla Noah-t.

Elmosolyodtam.

A trió említett hódítója sosem volt egyedül. Ha dolgozott, ha focizott, ha sétált, egy nő biztos rajta csüngött. Amennyiben mégis olyan katasztrófa adódott, hogy fél napig szünetet tartott, akkor nálam is bepróbálkozott, de Zack módszeresen rendre utasította.

– De ha Noah nem tud előrukkolni semmi használhatóval – mondtam –, akkor még mindig előránthatom a kalapból a zaftos *bezazult* kártyát.

Zack ezúttal nem nevetett. Egy árva izom sem rándult meg az arcán. Lesütöttem a szemem, mint amikor kislányként csentem az eldugott csokijából. Ez alkalommal túlfeszítettem a húrt.

– Nem szeretem, amikor *azzal* viccelsz – szűrte a fogai között.

Még mindig azt képzelte, hogy nekem, az érintettnek könnyebb szembesülnöm *azzal*. Loanie parányi *gondjával*, amiről nem beszélünk nyilvánosan. Amivel kapcsolatban olyan tagadásban éltünk, mint alkoholista az ital iránti szomjával.

Zack az egyik polcon tapogatózott. Ujját egy tasak fölé tartotta, amiben a fahéj szokott lenni. Belemarkolt. Mire észbe kaptam, addigra bosszút állt, és az arcomba fújt egy kis adag port. Köhögtünk és nevettünk egyszerre. Olyan sokáig tartott, hogy a végére szinte hasogatott. Méltó elégtételre készültem, amikor feltárult az ajtó, és csilingelt a felfüggesztett szélcsengő.

Felkészültem, hogy rendbe szedjem a gyűrött uniformist, és lerázzam a szövetről a fahéjat. Feleslegesnek éreztem az arcommal bíbelődni. Annyi szeplő pettyezte az orromat, hogy egy barna pamacs ide vagy oda már nem számított.

Kidörzsölgettem a csípő érzést a szememből. A látásom percről percre javult. A sziluett egy magas, szikár alakot rajzolt körül. Kiállása akár egy szarvasé. Nemes, elegáns és méltóságteljes.

A srác egyidős lehetett Zackkel; nyurgább testalkatából adódóan fiatalabbnak, vonásai miatt mégis korosabbnak látszott tőle. Fekete bőrdzsekit, kötözős bakancsot, szürke pulóvert és farmert viselt. Sötét haja szigorúan keretezte a sápadt bőrét. Opál szemén kívül – ami sűrű szempillafüggöny mögé rejtőzött –, nem viselt színeket, így én sem éreztem fölösleges ízt a nyelvemen. Az a megkapó tekintet mégis olyan áthatón fürkészett, mintha ismerné minden titkomat.

Beleborzongtam, pedig nem ez volt az első alkalom, hogy Aiden Kelly a kávézónkba tévelyedett.

◊ Zack ◊

A rémálmom, bajom forrása, tessék, íme, megérkezett: Aiden Kelly. Ha csak látom, ha csak ezt a nevet hallom, hányinger fog el. Az első találkozásunk óta az a benyomásom, hogy a fickó nem üdülni jött Erinnysvillebe. A legőszintébben, elég vetni rá egy pillantást! A fazon maga a testetöltött dögvész! Anyuci meg nem értett, emós magzata, akit kitaszított a világ. Aki sötét göncök mögé rejtőzik és nyavalygását a képedbe dörgöli, de csak megvetést présel ki belőled. Kelly lett Erinnysville címerállata: egy koszos varjú. Károgva terjesztette a pusztulást, valahányszor felbukkant.

Apám halála óta folyamatosan harcoltunk Loanie-val, hogy ne veszítsük el a kávézót. Én magamra vállaltam a koordinálást, a húgom pedig nem kezdte el a főiskolát, hogy munkába állhasson. A lelkesedésünk viszont kevésnek tűnt. Egy patronáló segítségére volt szükségünk, ha nem akartunk eladósodni. Amikor a barátok és rokonok már nem tudtak támogatni, hát, mi tagadás, akkor nyílt ki az a bizonyos ajtó.

Kelly két hónapja, ugyanígy, esőtől ázva, egy novemberi reggelen tért be hozzánk. Azt mondta, kiadó helyiséget keres a (szerinte antik, szerintem hulladék) könyvesboltjának, és a kávézónk éppen megfelel erre a nemes célra.

Az ötletről hallani sem akartam! Nem bírtam apámék tulajdonát egy rátarti alak kezére adni! Sloane – aki mindig higgadtabb volt nálam – az osztozást javasolta.

– Mit szeretnél? – kérdezte. – Valami felét vagy a semmit? – Mázli, hogy ebben anyánkra hasonlított!

Végül az elsőt választottam.

A fickó kitartónak tűnt; alig száradt meg a tinta a szerződésen, máris polcokkal és súlyos dobozokkal bélelte ki a rusztikus, favázas épületet. Bár Loanie nem ismerte be, de tetszett neki a vérfrissítés. Szeretett olvasni, és szerette annak az ötletét, hogy könyvek töltsék fel a megüresedett sarkokat. Nem bántam az örömét, ameddig az kizárólag a papírokig terjedt.

– Ahogy sejtettem, a Rivers testvérek keményen dolgoznak – vetette oda, aztán a körasztalra vágta a táskáját.

Sloane megfeszült mellettem. Hogy én mennyire gyűlöltem a keddeket! A húgom ilyenkor egyedül szolgálja ki a vendégeket, délután viszont egy középiskolás kiscsaj váltotta őt. Nem rajongtam a másik beosztottért, de a diákokat olcsóbban tudtuk alkalmazni, Loanie pedig heti kétszer *tanácsadásra* járt, ezért kisegítőre szorult ezeken a napokon.

– Mi legalább nyitásra érkeztünk. – Sloane az oldalamba könyökölt. Finoman célozva arra, hogy ideje befogni a pofámat.

– A kedd nem a te napod – okoskodott Kelly, amitől viszketni kezdett a tenyerem. Jobbnak láttam, ha ökölbe szorítom. Kár lenne a puccos fenyőburkolatért!

– Nekem jött segíteni – kelt a védelmemre Loanie. Ettől eszelős harag gyúlt bennem. Kelly nem érdemelt magyarázatot. Főleg nem Sloane-tól.

– Miben? – kérdezte Kelly. Nem a húgomnak szánta a szavait, hanem kizárólag nekem. – Nem tudsz lefőzni egy kávét egyedül?

Meglódultam, de a kiszolgálópult és Loanie is az utamba álltak. A húgom a vállamba markolt. Összenéztünk. Könyörgő pillantással kért, hogy húzzak el.

~ 9 ~

Tűrtem. Ma még meg kellett tennem. De eljön az én időm! Lesz még olyan nap, amikor nem állhat közénk a húgom vagy holmi bútordarab.

*

Minden zajával és bűzével együtt az autóműhely volt a megtestesült kánaán. A legkomolyabban. Mr. Newman még azelőtt alkalmazott, hogy megörököltük a kávézót. Huszonegy éves voltam akkor, Sloane pedig tizenhat. A szakközépiskolát Delaverben végeztem, ahol Noah és Isaac is csatlakoztak hozzám. Közel és távol nem akadt egy valamire való szakmunkásképző. Úgy voltunk vele, üsse kő, bevállaljuk az ingázást. Úgy gondolom, hogy egyikünk se bánta meg a döntést. Kollégista srácok lettünk, de hétvégente rendszeresen hazadöcögtünk a vonaton. Sloane sokszor az állomáson várt minket. Olyan természetes jelenség volt, mint a sínek mellett slattyogó kalauzok. Annyi eltéréssel, hogy ők nem ugrottak a nyakamba, ahogy a húgom tette, és nem is törtek ki könnyekben, amikor megláttak.

Számomra nem az autószerelés, hanem a kávézó koordinálása merítette ki a másodállás fogalmát. Nem titok, hogy sok fejfájást okozott. Főleg esténként. Sloane nem bírta egyedül a terhet, de az eladásról szó sem lehetett! Egy Rivers nem farol ki!

A gyatra helyzetre tekintettel vállaltam, hogy Kelly bérleti díjjal segítsen rajtunk. Egyszer ennek az időszaknak is vége szakad! Reménykedtem, hogy Newman rövidesen honorálja a nyolc évet, amit a műhelyében gályáztam. Amint kinevez helyettesnek, olajozottabban működhet a jövő. Felvehetünk több alkalmazottat, és Sloane is beiratkozhat a főiskolára.

A terv jónak tűnt. Csakhogy elég hosszú ideje elhúzódott már.

– Másnapos vagy? – kérdezte megütközve Noah.

Végignéztem szálkás, tagbaszakadt termetén.

Pillantásom megrekedt az egyenoverállon, amit viselt. Loanie biztos tudná a pontos nevét az anyag színének, amiből a munkaruhánkat varrták. *Koszoskék.* – Nekem ez ugrott be róla. De a műhelyben végül is teljesen mindegy, hogy mi van rajtunk. Az autók nem veszik zokon, ha piszkos kezeslábasban szereljük őket.

Válasz helyett lehúztam a mellkasomról a pólómat, hogy én is átvegyem az uniformist.

– Szarul festesz. – Isaac egy használt gyufaszálat rágcsált a szájában, miközben balról csatlakozott hozzánk. – Mi bajod?

– Kelly – foglaltam össze tömören, mire a fiúk jelentőségteljes pillantást váltottak, és nem is faggattak többet.

– Öregem, ennek a fele se tréfa – vakargatta a tarkóját Isaac. A mozdulat olajos csimbókokat hagyott a fejbúbján, amivel nem lett volna gáz, ha olyan sötét hajjal áldja meg a sors, mint Noah-t (a lányok által vonzónak mondott arcberendezésről nem beszélve). Isaac szőke volt, de nem az előnyös értelemben. A két cimborám tulajdonképpen egymás szöges ellentéte volt a burkolat tekintetében – csak hogy egy szakmabeli kifejezéssel éljek. A hajában éktelenkedő foltokkal Isaac egy méretes madárijesztőre emlékeztetett.

– Szólj ennek a Kellynek, hogy ne maceráljon annyit.

Noah az elfojtott röhögéstől remegett, én viszont Isaac önelégült arcába dobtam a gépzsíros kendőt. Meg se kottyant neki. A srácok röhögtek, de a főnökünk, Mr. Newman szúrósan kémlelt hármunkat az üvegablak túloldaláról. Összekaptuk magunkat, és némi komolyságot erőltettünk a képünkre.

Egy szépséget, egy közel negyvenéves Corvette párducot strázsáltunk körül. Ez a kocsi lehetett az idei nagy fogás. Az autó tulajdonosa bizonyára egy megszállott gyűjtő. Az ipse egy halom zsetont ígért, ha rendbe pofozzuk a kicsikét. A fiúk elismerőn méregették a Corvette-et: a szövethuzatú tetőt, a lekanyarított formákat, de én végig is simítottam az áramvonalait.

— Csak egy szavadba kerül — utalt vissza az előző témánkhoz Isaac, miközben bedugta a fejét a letekert ablakon, és kiemelte a szerszámosládát az anyósülésről. — Tudod — noszogatott, amikor látta rajtam, hogy elvesztettem a fonalat —, hogy Kellyn hajtson át egy úthenger.

— Felejtsd el — legyintettem, aztán összekapcsoltam a csatokat az overáll kantárán. — Szükség van rá.

— Biztos van rá valami mód, hogy megszabaduljatok tőle — lelkesített Isaac. — Patkányméreg, miegymás.

— Ami azt illeti, sok más is — bólogattam. — De az összeshez pénz kell. Abban pedig nem dúskálunk az utóbbi években.

— Előbb-utóbb meglesz a *zsetta* is — lapogatta meg a lapockám Isaac.

Igen, a zsetta biztos meglesz. Ezzel nincs gond. Csakhogy annak az összegnek egyéb helye is akad a kávézó kasszáján kívül.

— Mi a helyzet Loanie-val? — érdeklődött Noah.

Szúró pillantással néztem fel.

— Mi lenne vele?

— Neki még nehezebb — magyarázta Noah, mire Isaac heves bólogatásba fogott. — Egy levegőt kell szívjon az ürgével napi nyolc órában.

— Nem mindennap — emlékeztettem. — Felvettünk egy diákot. Kedden és csütörtökön átveszi a délutáni műszakot.

— Találtatok valakit? Ki az? — tudakolta Noah, mire visszafojtottam egy nyögést.

— Theia O'Neil.

— *Theia O'Neil?!*

— A seriff lánya?!

— Elmúlt már egyáltalán az a csaj tizenhat? — kérdezte Noah, mire büszkén kihúztam magam.

— Nyáron töltötte be a tizenhetet.

— Biztosra mentél, mi? — Isaac kiemelt a ládából egy csavarkulcsot, és a lyukon keresztül méregetett. Sötét pillantást küldtem felé.

— Már úgy értem, hogy a seriff nem tenyerel rá a *Könnyek*re, ha a kislánya is ott dolgozik...

— Nincs semmi rejtegetnivalónk — szóltam keményen. Isaac rögtön visszadobta a szerszámot a többi közé. Csörgő hangot adott ki, amikor összeütköztek.

Noah megköszörülte a torkát:

— Miért csak kedden és csütörtökön váltja Loanie-t? — kérdezte. — A többi napon tovább tart a suli?

A dühöm egy pillantás alatt elillant, és átcsapott valami egészen másba.
– Nem – csóváltam a fejem. – Nem Theia miatt kértem *azokat* a napokat...
Ezúttal nemcsak Noah, hanem Isaac hóbortos képén is megértést fedeztem fel.

Nem szeretjük reklámozni.... rendben, *én* nem szeretem reklámozni, de Loanie beteg. Illetve nem ez a legjobb kifejezés. *Gondjai* vannak. Mindenkinek akadnak manapság.
Ezzel kapcsolatban csak egy idősebb, egy báty ért meg. Elvégre mi tudjuk, milyen, ha a kicsi, sokszor bosszantó lányka a farmerunk szegélyét cibálja tanulás közben. Ismerjük, hogy nem lehet csak úgy focizni vinni a srácokkal, mert a végén még ne adj' isten összetöri magát, vagy bepiszkolja a hófehér ruhácskáját. Tudjuk, milyen odaadni a táblás csokink utolsó kockáját, mert a szüleink ránk parancsoltak, de leginkább... mert a könyörgő, angyali szemekbe bámulva nem is tehetünk mást. Mi vagyunk a címer nélküli védelmezői ennek a teremtménynek. Vér a vérünkből, hús a húsunkból, aki sebezhető. Sebezhetőbb, mint bárki más. Úgy értem, ha mi nem oltalmazzuk, akkor ki teszi meg helyettünk?! Bármelyik sarkon veszély leselkedhet rá. Nincs az a lovag, szuperhős, természetfeletti lény, aki alkalmasabb lenne a feladatra, hogy a penge útjába vetődjön nálunk.

Sloane különleges lány. A legtutibb csaj, akit ismerek. Mégis... attól a naptól kezdve, hogy ötévesen először a karomba kaptam, az a benyomásom, hogy minden porcikája üvegből van. Olyan, mint a rovarok szárnya, amiket kölyökként Noah-val és Isaackel befőttesüvegbe fogtunk a folyóparton. Madzagot kötöttünk a lábukra, hogy reptessük őket, de elég volt egyetlen óvatlan pillanat, és máris: *ropp!* Összetörtek.

A kócos hajú lányka – aki bringázás közben a hátamra tapadt, és kacagva kiabálta: *Gyorsabban, még gyorsabban, Zack!* – felnőtt. Nem szajkózza már apám, hogy kísérjem haza suli után; nem mondja, hogy vigyem helyette a balett-cuccot. A szokások viszont nehezen múlnak; talán éppen ezért hívjuk így őket. Egészen mélyre *ássák* magukat.

Loanie tízéves lehetett, amikor *elkezdődött*. Abban az évben temettük anyánkat, Sloane pedig nem vágyott a korabeli csitrik társaságára. Ideje nagy részét a srácokkal és velem töltötte. Mi pedig nem bántuk a potyautast. Felváltva cipeltük a hátunkon; megtanítottuk kacsázni, snapszerezni; minden olyan tevékenységre, amit elengedhetetlennek gondoltunk a nagybetűs élethez. (Isaac még a káromkodást is a tananyagba építette, de ahogy tudomást szereztem erről, fél Erinnysville a velőtrázó üvöltésemtől zengett.)

Kevés idő után éles határ feszült közénk. Az érdeklődésünk megváltozott. Jégkrémezés helyett a szoknyák után csorgattuk a nyálunkat, és Sloane nem tarthatott velünk. Isaac sokszor keveredett bunyóba, Noah szomját képtelenség volt csillapítani, és a legőszintébben megmondva én sem voltam szent.

Loanie-nak persze nem szabadott megismernie ezt az oldalamat. Ráparancsoltam, hogy maradjon otthon, sokszor mégis a nyomunkba szegődött. Az egyik bújócska csúnyán végződött. Sloane a házunk felé rohant, hogy beáruljon bennünket az apánknál. Szaladtam utána, de nem voltam elég gyors. Sloane a léckerítés előtt járt, amikor hátrapillantott a válla fölött. Ellenőrizni akarta, mennyi az előnye, és akkor… *csatt!* Lakkcipőjének az orra a járdaszegélynek ütődött, az aprócska test pedig kiterült a betonon.

Az utolsó métereket mintha évek alatt tettem volna meg. Sloane mozdulatlanul feküdt. Karja és lába ernyedten lógott a teste mellett. Az arca kisimult. Azokra a porcelánbabákra hasonlított, amiktől félt. Amikkel sosem akart játszani.

De Loanie már nem olyan, mint akkoriban. Ahogy mondtam, az én húgom a legtutibb csaj! De még mindig törékeny. Nekem pedig továbbra is lesben kell állnom. Az ellenfél és a küzdelem megváltozott. Az évek mássá lényegítették a játékot. *De én mindig melletted leszek; nincs az a résztvevő – legyen új vagy régi –, aki megakadályozzon.*

Akkor sem, ha Aiden Kellynek hívják.

◊ Aiden   ◊

Az őszi Erynnisville-ben nincs semmi költői. Bár ha jobban belegondolok, erről nem az ősz tehet. Nyáron sem lehet itt sok izgalom. Egy unalmas kisváros a partmentén, aminek létezéséről sokan nem is tudnak. Egy köldöktáji kávéfolt Pennsylvania blúzán. A gótikus templomot és a pályaudvart szerpentines utak kötik össze, melyek mentén angyalszobrok révedeznek. Egészen pontosan három. Turistalátványosságnak aligha nevezhető város. Vendégek csak egy-két napot időztek itt, vagy szimplán átutazóba érkeztek az állam e félreeső csücskébe. Eredetileg én is ilyen céllal jöttem. Ha számokban kéne lefesteni: háromezer-kilencszáz fő, egy templom és egy koszos pályaudvar. Erinnysville-ben pompás számodra az élet, ha nem szereted a színeket, a forgalmat, sem pedig a nagyvárosok nyüzsgését.

Ezért maradtam itt. Besokalltam ezektől. Erinnysville praktikus – számomra vitathatatlanul az. Épeszű ember fejvesztve menekül a ködből, de én menedékként gondoltam rá. A várost alighanem szürke akrillal festették meg a görög alapítók. A vásznat néhol nedvesen hagyták, és elmaszatolták a végeredményt. Az előnyei eltörpülnek a lakosai mellett. Első példának rögtön itt vannak a Rivers testvérek. Rendkívül szórakoztatóak. A kapcsolatuk egy igazi esettanulmány. A srác állandó szekírozása, a lány kényszeredett szófogadása... háromdimenziós megformálói a testvéri közhelyeknek. Ugyanannyira különcök, mint amennyire átlagosak, és annyira átlátszóak, amennyire titokzatosnak hiszik magukat. Összesen három perc elég volt ahhoz, hogy kiismerjem őket. Amiben biztos vagyok: a lány kényszerből gürcöl a kávézóban. Ezt több ízben is bizonyította, amikor azt hitte, nem látom, és unottan nyomkodta a telefonját a pult alatt.

Mint például most. Ideje volt, hogy letakarítsa a kettes meg az ötös asztalt (megjegyzem, ez utóbbitól legalább másfél órája távoztak a vendégek). Ehelyett a darálógép mögött bujkált. Innen a túloldalról úgy tűnt, hogy egy zsebkönyvet lapozgat, amit tőlem lovasított meg.

Halk sóhaj szakadt fel a mellkasomból. Hátrabillentem a székkel, ameddig a támla neki nem feszült a lambériának. A falapok nyikorogva ellenkeztek az agresszív mozdulat ellen. Felhúztam a jobb térdem, és nekitámasztottam egy Stephen King klasszikust, a *Carrie*-t. A Rivers lány fejbúbja megemelkedett a túloldalon. Össze kellett szorítanom a számat, hogy le ne bukjak. A testvérpár egyik tagja sem csípte, ha bántódása esett az érzékeny fenyőburkolatnak. Erre aztán harapnak!

A lány észbe kapott; két bontatlan kávészacskó közé rejtette az elcsent könyvet. Aztán mint aki jól végezte dolgát, macska módon nyújtózkodni kezdett. Komótosan felkelt a székről, és eltűnt a darálók melletti kis helyiségben. Hamarosan egy tálcával a karján tért vissza.

Körbejárt az asztalok között, hogy felhalmozza a koszos porcelánokat és kanalakat. Ketyegtek a percek, hamarosan lejárt a mai műszak a számára. Eddigi tapasztalatom szerint fogja magát, és söprögetni vagy mosogatni kezd. Ez alkalommal az előbbit választotta. Az arckifejezése azokra a szomszédokra emlékeztetett, akik pletykára szomjaznak. Kérdezni akarnak, de valamiért mégsem szánják rá magukat. Vegytiszta kíváncsiság övezte a rezdüléseit, mégsem engedett utat neki. Felteszem, a bátyja parancsolta így. Vagy a saját büszkesége kötött csomót a nyelvére.

Nekem így is jó! Őszintén szólva prímán szórakoztam rajta. Sietnem kellett a mai fináléval, hát, hozzáfogtam az előkészületekhez. Visszabillentem a székkel. Sloane finom bólintással nyugtázta, hogy nem gyötröm tovább a lucfenyő burkolatot. A kasszám múlt héten érkezett meg a postán. Sokat kellett várnom a masinára, de Erynnisville-ben minden ilyen körülményesen alakult, ezért nem volt min csodálkozni. A csillogó gép mellé fektettem a *Carrie*-t, aztán könyékig feltűrtem a pulóvert a karomon.

A várt hatás nem maradt el. Nem láttam egészen, hogy mi zajlik a kávépult előtt, de a nyikorgó hangok arról árulkodtak, hogy a lány frontálisan ütközött az egyikkel. A kárörvendő szörny a mellkasomban hátravetette a fejét, és démoni kacajt hallatott. A nyelőcsövem fájt a visszafojtott nevetéstől. Hihetetlen, hogy a tetovált bőrfelület – legyen bármilyen szokványos –, milyen mágikus erővel bír egy kisvárosban. Máshol az számít kuriózumnak, ha valaki *csupasz*, és nem varrat magára semmit. De nem Erynnisville-ben. Ki tudja, mit fognak gondolni róluk az angyalaik, igaz?

Találkozott a pillantásunk egy másodpercre. Sloane száznyolcvan fokos fordulatot vett. Eddig nem hittem, hogy egy ilyen apró lány képes egyáltalán ilyesmire. Lendületében magával sodort egy poharat a pultról. A lány térdre ereszkedett, combjára terítette a kötényét, és a zöld szövetre szedegette a szilánkokat. Az üvegdarabok csilingelő hangon koppantak egymáson.

Felkeltem a székről, és kényelmesen odaballagtam a „katasztrófa helyszínére".

– A munkafelügyelőd ezért ki fogja tekerni a nyakad. – Batyuba csomagolta a roncsokat, majd felegyenesedett, és megvetően nézett rám.

– Ne nevezd így. – Nem parancsolt, hanem kért. Ezzel kivívta az elismerésemet.

– Miért?

– Mert zavar.

– Ne nevezzem nevén az igazságot – pimaszkodtam –, vagy a bátyádat felügyelőnek?

Nehéz sóhajt fújt közénk.

– Egyiket se.

– Tehát – elemeztem hangosan – mindkettőt elismered, csak épp nem akarod hallani?

– Valahogy így – hagyta rám. Vetett még egy lopott pillantást a karomra, de már visszahúztam a csuklómig a pulóverem ujját. Sloane csalódottnak tűnt, így jobb híján faképnél hagyott.

Visszamenekült a pultja mögé. Felteszem a magas erődítmény védelmében érezte biztonságban magát. Rátaposott a szemetes kallantyújára, majd beleszórta a néhai pohár darabkáit a zacctakaróra. Nyitottam a számat, hogy mondjak valamit. *Akármit*. De ezzel a mozdulattal kicsapódott a bejárati ajtó.

– Jaj, elnézést! – szabadkozott Theia O'Neil. Úgy festett, mint aki egy csaláncsokorral csapkodta arcon magát az iskolából idefelé vezető úton. A diáklányt Riversék vették fel kisegítőnek némi protekcióval.

– Borzasztó nagy dugó van kint! – beszélt olyan frekvencián, ami a korabeli tizenhét évesek ismérve. A decibelmérték az egyik, ami megkülönbözteti az idősebb és a fiatalabb lányokat. Sloane elmúlt húsz; választékosan és visszafogottan beszélt. A vöröshajú csaj akkor is locsogott – javarészt önmagáról –, ha senki sem kérdezte.

Sloane inkább hallgatott, és a világért sem kezdeményezett.

– Nem gyalog jössz a suliból? – kérdezte Sloane. Arcán egy gyanakvó mosoly bontakozott ki. Magatartása egyszerre megváltozott; Theia társaságában máris felszabadult színben lubickolt.

Theia szájának a bal sarka megemelkedett. Vörös fürtjei élénk narancssárgán világítottak a keleties fények alatt.

– Állati nagy dugó van a templom melletti kereszteződésnél, és az…

– Hé! – tartotta fel a kezét Sloane. – Vedd lazán, még csak most akartam indulni.

Theia szökni engedett egy megkönnyebbült sóhajt:

– Akkor jó, szuper! – Megcsillogtatta a reklámba illő fogsort a szájában, majd engem is felfedezett.

– Á, Aiden!

– Tizenöt percet késtél – világosítottam fel, mire azonnal lekonyult a szája. – Szerintem a hónap végén ebből baj lesz.

Theia lemerevedett, de az „ügyvédje" máris felszólalt a védelmében:

– Negyedóra még nem a világ! – csattant fel Sloane. Ha másokról volt szó, és nem a privát dolgairól, akkor egyből megeredt a nyelve.

– Ennyi idő alatt akár öt rendelést is le lehet bonyolítani – vetettem ellen.

– Üres a kávézó – mutatott a székek felé.

– De nyáron lehetne akár tele is.

– Theia a mi alkalmazottunk, *Kelly*. – Nem sokban hasonlítottak a fivérével. De az holtbiztos, hogy a vezetéknevemet ugyanolyan gőggel dörgölték az orrom alá.

– Mint a bérleti tulajdon fele birtokosának, jogom van beleszólni, hogy mennyi jutalmat vagy levonást kapnak a dolgozók.

Theia habozott. Gyakorlatilag a kabátját is elfelejtette levenni, annyira beleragadt a vitánkba.

– Nem emlékszem, hogy a szerződés tartalmazott volna bármi erre vonatkozó feltételt – vágott vissza Sloane.

– Tudtommal csak a bátyád olvasta el a papírokat.

– Tudtommal nem voltál a lakásunkban, amikor megvitattuk az osztott tulajdont.

– Akkor azt javaslom, hogy fussatok neki még egyszer – mondtam könnyedén. – Közös érdekünk, hogy a bolt hasznot termeljen, legyen szó az antikváriumról vagy a kávézóról.

A szenvedélyes arckifejezése kapcsán arra a következtetésre jutottam, hogy megelőlegezem a ma esti témát a Rivers vacsoraasztalhoz.

– Nem kell indulnod? – kérdeztem ártatlanul. – Legyen hihető, hogy halaszthatatlan dolgod van heti kétszer.

Sértetten nézett rám, de mielőtt bármit szólhatott volna, még hozzátettem:

– Persze, csak szigorúan a nyereséges együttműködés érdekében.

Lármás dörrenéssel vágódott be az ajtó a Rivers lány mögött. Egy hosszú percig egymásra bámultunk Theia O'Neillel, aki egy darabig tűrte az ostomot, aztán elpirult.
– Mi van? – dadogta.
– Semmi – ráztam meg a fejem, mint, aki hirtelen nem is tudja, hol van éppen.
Theiát a raktárszobába tereltem. Megkértem, hogy ellenőrizze a holnapra érkezett szállítmány katalógusát, amiről Sloane már reggel gondoskodott. Kihasználtam a magányt, és a kávézó pultja mögé merészkedtem. Benyúltam a két zacskó közé, és kitapogattam a könyvet, amit korábban Sloane dugott el előlem. Kiemeltem a kötetet. Magam felé fordítottam a borítót, és elolvastam rajta a címet:

Mentális betegségek és kezelésük

◊ Dr. Gavreel ◊

Pazar! – gondoltam, mihelyst az utolsó keretezett kép is a helyére került a falon. A felvételen európai nagyvárosok képeit montázsoltam össze. Tanulmányaim háromnegyedét külhonban végeztem. Idegen intézményekben szereztem gyakorlatot. A gyökereim visszaszólítottak, habár a kilencvenes években csábító kalandnak ígérkezett a cserediákprogram.

Egy arasszal arrébb új kép következett, amin a *Central Park* egyik padjának a tetején állok. Az amerikai partokra a 2010-es évek végén jöttem vissza; csupán a szakosodás hiányzott. Zöldfülű pszichológia tanoncként, a pszichoterapeuta szakképesítés és módszerspecifikus jártasság elsajátítása volt soron. Ekkorra valamennyi alkalmazott technikában jártasságot szereztem. Az európai képzettségi szintet az Európai Pszichoterápiás Szövetség által kiadványozott ECP[1] fokozat keretezte.

Felmerülhet a kérdés – ami sokáig a New York-i szüleimet is foglalkoztatta –, hogy egy nagystílű, kozmopolita srác miért egy kisvárosban, no pláne, miért *Erynnisville*-ben vet horgonyt?

Az ismeretlen hányadost könnyű kalkuláció adja meg: A nagyvárosban könnyű elveszni. A magam részéről jobban szeretek valami korszakalkotót létrehozni.

A csendes települések az európai ifjúságomat juttatták eszembe, ezért célirányosan habzsoltam a lehetőségeket. A potenciális jelöltek közt szerepelt a bájos, bajor hangulatú Leavenworth, a kétszázötven éves múltját dédelgető Litiz, vagy az erdős Stowe. Egyik-másikban is találtam kivetnivalót. Leavenworth-ben nem volt igény „túlképzett" pszichoterapeutára, Stowe-ban a férőhellyel keletkeztek gondok.

Egy szombati napon Tessa – az akkori párom – magazinját lapozgattam. A pszichológiai mellékletet kerestem, amikor kiszúrtam egy öles szalagcímet:

<u>Az erynnisville-ieken már csak az angyalaik segítenek?</u>

Elnyomtam a Kubából kapott szivart a kristály tálkában (Minden orvos rendelkezik káros szenvedéllyel – igen, rám is igaz a közhely!), az ölembe terítettem az újságot, és tovább faltam a cikket:

> *A görög múltú kisváros mindössze háromezer-kilencszáz léleknek ad otthont. A misztikus település máig őrzi titkait; három angyalszobor kőajka mögött rejtőznek a történetei. Hiába azonban Erynnisville egyedi bája, ha az egészségügy és az építészet tekintetében jelentős hanyatlásnak indult.*
>
> *A lakosság csökken; szeptemberben iskolák és óvodák zárták be kapuikat. A következő lefejtendő gomb a Pszichiátriai Intézetnek látszik; előzetes információink szerint a betegeket sorra szállítják át Delaware-be.*

---

[1] European Certificate for Psychotherapy

A polgármester szerint több szakképzett munkaerőre volna szükség.
De ami még ennél is fontosabb: a helyiek bizalmára.

Nem hiszek a tündérmesékben vagy a csodákban – mentorként és gyógyítóként nem is illik –, de magamének éreztem a cikket. Talán Erynnisville angyalai szólítottak, mindenesetre még azon a hétvégén összecsomagoltam, hogy szerencsét próbáljak. A városba Tessa már nem tartott velem (túlzottan unalmasnak és jelentéktelennek tartotta az ambícióimat és Erynnisville-t is).

Menyasszony nélkül könnyű volt alkalmazkodni a városhoz, mert az is alkalmazkodott hozzám. Erynnisville-nek egy specialista kellett, nekem pedig egy meghitt környezet. Mint később tisztázódott, a cikk sokat torzított a körülményeken. A Pszichiátriai Intézet nem szűnt meg, csak átalakult. Magyarán: létszámleépítés zajlott, nem is karcsú mértékben. Szakképzett munkaerőt kerestek, így nyertem felvételt a patinás intézménybe.

Az új munkakörnyezet azonnal levett a lábamról. Az Intézet épülete valaha kastélyszálló volt. Téglás falai imbolygó sorokban nehezedtek egymásra. Szépen megmunkált, kovácsolt kerítés övezte a rózsakertet. Míves ablakok csíkozták a tornyok oldalát. A külcsín tökéletesen illett Erynnisville miliőjébe, sőt! Szürkület után az ember szinte várta, hogy egy megelevenedett angyalszobor lejtsen végig a folyóparton. A sekély ködöt leszámítva – ami Erynnisville sajátossága volt – azonban soha nem történt semmi iszonytató. Orvosként egyébként mindig az volt a benyomásom, hogy az emberi elme sokkal riasztóbb bármilyen lidércnél.

Ez az egyik oka, hogy szerelmese vagyok a munkámnak. A legrégebbi erynnisville-i páciensem Sloane Rivers. A fiatal hölgy mindössze huszonegy éves – olvastam az első napon, két évvel ezelőtt a kartonján.

Dr. Malcolm néhai székében foglaltam helyet. Címével és a szobájával együtt megörököltem az asszisztensét, a bájos, rózsaszín arcú Olgát. Két napot töltöttünk összezárva Malcolm professzor irataival. Egyesével digitalizáltunk az archaikus komputer adatbázisába.

– Korszerűsítés – hajtogattam a nyugdíjazott kollégám mellett elmolyosodó Olgának.

Másnapra mindketten kicsit nyűgösek voltunk. Napfényre, némi levegőre lett volna szükségünk, de még csak az „R" betű következett az aktakupacban.

– Rivers – olvastam gépiesen, az asszisztens pedig hozzáértőként vágta rá a következőt:

– Lenni fiatal kislány. – Akkoriban Olga jobban törte a nyelvet, vagy talán csak a fülem mostanra hozzászokott az orosz akcentushoz. – Van szomorú história az övé.

– Skizofrénia? – kérdeztem reflexből. Ujjhegyem a billentyűket kocogtatta. Megalapozott tipp; a lány ekkor volt a legveszélyeztetettebb korban.

– Nem – csóválta a fejét Olga. – Tekinteni meg, doktor úr!

Átvettem az ujjnyi vastag aktát. Fellapoztam a közepét, és átfutottam a sorokat. Sloane Rivers-hez hasonló esetek miatt örültem, hogy ezt a szakmát választottam.

Ennek már két éve; Rivers kisasszony pedig azóta is a páciensem. Jelen pillanatban is őt vártam, ahogy minden kedden és csütörtökön ebben az órában. A diagnózisa bonyolult, orvosilag is képtelenség rendszerezni. Sloane Rivers kartonja – ha lehet ilyet mondani – telis-tele volt színekkel. Sloane értelmes, kreatív, szellemes ifjú hölgy. Abszolút más, mint a papírjain olvastam. A borúlátó anamnézisen súlyos szavak szerepeltek.

– Mániás depresszió, izoláció, inszomnia – jegyezte fel Malcolm a tizenkét éves Sloane adatait. – Melankolikus személyiségtípus, de ezzel nincs semmi probléma, nem vagyunk egyformák. Jómagam szangvinikus vagyok, ettől még senki sem vádolt nyílt nárcizmussal.

A lavina – mint később kiderült – gyermekkorában kezdődött. A legtöbb rohamra Sloane már nem emlékezett. Magatartászavarról gyermekkorban beszélünk, személyiségzavarról pedig a felnőttek esetében. A terápia általában tíz évet igényel. Sloane idén töltötte be a tizenegyediket.

– Dr. Gavreel? – kérdezte egy női hang. Elszakítottam a tekintetem a fali albumról. Az íróasztalom szemben helyezkedett el a bejárattal. Olyan rálátásom volt a rendelőmre, mint egy színház páholyüléséből.

Olga nem lépett be a rendelőbe. Az őrületbe kergetett ezzel a szokásával.

– Tessék? – Megszokásból helyet foglaltam, majd összekulcsoltam az ujjaim a beteg kartonján.

– Miss Rivers van megérkezett.

– Remek – biccentettem. – Küldje be, Olga!

Az asszisztensem helyét pedig csakhamar Rivers kisasszony váltotta fel. A lány bátortalanul elmosolyodott. Eltűrt egy rakoncátlan hajtincset a füle mögé, és becsukta maga mögött az ajtót.

– Jó napot, dr. Gavreel! – Rövid gyalogútján az ujjait tördelte; nyilvánvalóan aggasztotta valami. – Elnézést a késésért! – Egy percig szórakozottan bámultam rá, aztán felkeltem az íróasztal mögül, és a kanapé felé tereltem.

– Nem történt semmi, Sloane – mosolyogtam barátságosan. Bevallom, annyira lefoglalt a kartonjában való barangolás, hogy egészen megfeledkeztem az időről. – Kérem, foglaljon helyet.

Sloane vékony vonallá préselte a száját, aztán engedelmeskedett. Falat húzott kettőnk közé, ezért praktikusnak véltem egy könnyed beszélgetéssel indítani.

– Mit szól hozzá, milyen hűvös reggelre ébredtünk ma? – Az időjárás semleges; morcos szomszédok és idős asszonyok kedvenc szakterülete. Most az enyém is.

– Javában tombol a tél – mondta kurtán.

– Pedig alig kaptunk valamit az ősztől – csevegtem.

– Hát – horkant fel –, mi nagyon is sokat kaptunk az ősztől.

– Történt valami? – puhatolóztam, mialatt én is kényelembe helyeztem magam, és ásványvizet töltöttem mindkettőnknek. – Maga az egyik legpontosabb betegem.

Szája ellazult, és újra vérrel telt meg, de az ujjait még mindig az ölében morzsolgatta.

– Szót sem érdemel az egész.

– De valamiért mégis bosszantja – noszogattam.
– Mostanában egyre több az összetűzésünk a *társtulajdonossal*.
Látszott rajta, hogy nehezére esik kiejteni ezt a titulust.
Aiden Kelly egyre gyakoribb téma volt az üléseinken. A fiatalember mára olyanná vált, mintha egy közeli ismerősöm lenne. Kisváros révén magam is találkoztam vele, de abból a távolságból, a zöldséges mellett nem festett olyan megátalkodott alaknak, amilyennek Sloane leírta.
– Azt hittem, legutóbb kölcsönös megállapodásra jutottak.
– A megállapodással nincs gond – közölte Sloane, és magához vette a poharat. Rendszerint sok vizet fogyasztott, amikor megérkezett hozzám. Pár korty után folytatta: – A stílusán akad némi csiszolni való, de arról nem rendelkeztünk a szerződésben.
Megértően bólogattam, mire eszembe jutott valami.
– Emlékszik még – érdeklődtem –, mit beszéltünk a berögzült viselkedésről?
Elmosolyodott. Egy kis fejtörőre mindig kapható volt. Imádott új ismereteket szerezni.
– Charles Duhil neve rémlik.
– Majdnem helyes – mondtam büszkén. – Charles *Duhigg*, aki mit is mondott a változásról...?
Töprengés közben a távolba révedt a vállam fölött. Ökölbe szorított keze végre ellazult.
– A kulcsszokások felismerése gyökeresen megváltoztathatja a viselkedésünket.
– Kiváló, Miss Rivers – dicsértem. Sloane mint egy jó diák, lázas buzgalommal töltődött fel. – A kulcsszokásainkat – ha még emlékszik – egy „kapcsoló" indítja be – magyaráztam. – Ha leleményesek vagyunk, és felismerjük az eredetet, akkor könnyebb tájékozódást és önismeretet sajátíthatunk el.
Kiegyenesítette a gerincét a bőrtámlán. Nem feszengett, és a merev testhelyzetet is elhagyta.
– A leleményesség kevés, doktor úr – mondta lemondóan. – Egy élet is kevés lenne ahhoz, hogy megtaláljam a kapcsolót Aiden Kellyhez.
– Akkor ne az övét keresse – javasoltam –, hanem a sajátját.
Oldalra biccentette a fejét.
– Olyat is lehet?
– Ha egy adott viselkedésünkre mindig ugyanaz a másik a reakciója, akkor legyen ön, aki kilép a megszokás spiráljából – győzködtem. – Azt javaslom, hogy lepje meg Mr. Kellyt! Reagáljon másképp valamire, mint ahogy normális szituációban szokott.
Csend honolt, de a gondolatai hangosan dörömböltek a szobában. Feltehetőleg számos ötlet versengett közöttük.
 Sloane rendszerint ilyen volt. Aggódott a bátyja miatt, izgatta Zack barátainak a sorsa, a pékségé, az idős Helene-é, de a sajátja már kevésbé érdekelte. Tipikus védekező mechanizmus – mások előtérbe helyezése. Nem fogadta el magát betegnek, sem olyannak, aki segítségre szorul. Nem érdekelte a jövő; véletlenszerűen imbolygott az opciók között.

Egyszeriben visszatalált hozzám gondolatai útvesztőjéből. Szégyellősen mosolygott, miközben a megfelelő szavak után kutatott.
– Készen áll rá, hogy önmagába tekintsen?
Válasz helyett végigfeküdt a kanapén. Kezei egymáson pihentek a mellkasán, a szemét pedig becsukta.
A hipnózisra várakozott. Mindig így jelezte, ha felkészült rá.

2. Fejezet

◊ S l o a n e ◊

Fejfájás. Hányinger. Utána *repeat* gomb, és persze tejhab a bátyám imádott *macchiato*jának a tetején: munka.

Munka Aiden Kelly átható felügyelete alatt.

Bevallom, a szerda sosem tartozott a kedvenc napjaim közé, de visszakönyörgöm az időket, amikor a fakultációk és a különórák miatt gyűlöltem. A keddi terápia után, de még a csütörtöki előtt, kettő közé szorított adagban kaptam. Az a villanó szem pedig még könyörtelenebbül figyelte a munkának csúfolt téblábolást. Egyik asztaltól a másikig, a pulttól a kávédarálóig. A habosító berendezéshez csoszogtam, hogy friss tejet csorgassak az edénybe – mindig három százalékosat, abból a legselymesebbet –, amikor a zománcozott tükörbe néztem, és *placcs!* Tekintetem frontálisan koccant a csillogó bogárral.

Aiden Kelly előtt fogalmam sem volt, hogy a zöld szín *keserű ízt tud hagyni a nyelvemen*. A gyógyszereket juttatták eszembe. Ettől csak még jobban zavart.

Mit sem sejtve a bosszúságomról, az a kíváncsi szem gyakorlatilag *mindenhol* ott volt. A hátam közepébe fúródott, de beférkőzött a csontjaimba és az izomrostok közé is.

– Mi van?! – rivalltam Aidenre, miközben bal kezemmel még mindig a kancsó fülét szorongattam.

A kávézóban egyszerre csend lett. Jócskán a délelőttben jártunk; nem volt sok vendégünk, de azok is elhallgattak.

Szétnéztem. Ugyanazt olvastam le a döbbent arcokról, amit én is gondoltam magamról: totál begolyóztam.

– Semmi – mondta egyszerre nyájasan Aiden. Állával a kávégép felé bökött. – Iparkodj, mert nem tettél tálat a tölcsér alá.

Kevés idő kellett, mire leesett, miről beszél. Visszapördültem, és elnyomtam magamban egy káromkodást. A felforrósított tej patakban folydogált végig a pulton. Ahelyett, hogy a kancsót egyszerűen a sugár alá toltam volna, egy másik után kutattam a mosogatóban. Amikor visszaértem, már az egész adag kárba veszett. *Pech. Megmondtam. A szerda már csak ilyen.*

Nem mertem megfordulni, mert sejtettem mit látnék: sajnálatot a vendégek szemében, és kéjes örömet Aiden részéről. Elölről kezdtem hát a műveletet, közben pedig legszívesebben a pult alá rejtőztem volna. De az nem lenne méltó egy baristához. Első a vendég és a kifogásolhatatlan kiszolgálás. Felszegtem az állam, és megfordultam.

Az attrakció a balettos éveimet juttatta eszembe. Az előadásokra rendszerint hosszú szaténkosztümöket kölcsönöztünk. *A kis hableány* kivétel volt ezek közül. Egyik erynnisville-i szabó sem tartott ilyen anyagot, márpedig Ariel uszonyához arra volt szükség. Chloé Simpson – aki a főszerepet játszotta – hisztériás rohamot kapott. A tehetős Simpson anyuka az Államok túloldaláról, Kaliforniából hozatta a drága szövetet. A patrónus nemcsak utódjával, hanem velünk, a kórussal is nagylelkűnek bizonyult. Hipp-hopp lecserélték a halacskák jelmezeit is. Itt-ott flittert varrtak ránk, és máris azt hihettük, hogy értünk is világít a reflektor. A cicoma gazdagabb lett, mint az összes eddigi előadáson.

Talán pont ez volt a baj. Amikor a szerepünk szerint körbecikáztuk a sellőt, megbotlottam az előttem lévő lány *farkincájában*. A régi jelmez egyszerű volt, rövid és abszolút biztonságos. Minket viszont elvakított a csillogás; fütyültünk a balesetveszélyre.

Mire felocsúdtam, az állam egy ponton felrepedt. Nem vérzett, de mi tagadás, nem lehetett szép látvány. Megszeppenve csimpaszkodtam az egyik papírmasé sziklába, valahol a sírás és az ájulás határán. A nagyérdemű egy emberként szuggerált; nyilván az én reakcióm vetett ágyat az övéknek. Az első sor közepén kiszúrtam Zacket. A bátyám vadul kalimpált felém; két mutatóujját a szája sarkába dugta, és groteszk mosolyra húzta a vonalat az arcán. Az oldalamban csiklandozó melegséget éreztem.

Megértettem az üzenetet. Felkeltem, és – Zack javaslatára – nem szaladtam le a színpadról. Mintha meg se kottyant volna az esés. Visszafurakodtam a sorba, mire a lányok szkeptikus képpel bámultak rám és a bedagadt államra. Az előadás végén annak a halacskának szólt a taps, aki kékeslila képpel hajtott térdet.

Sok egyéb más mellett ez volt az egyik legfontosabb, amit Zack-től tanultam:

A túlélés.

Persze az évek múlásával egyre macerásabbá vált kifeszíteni a mosoly vitorláit. A motor berozsdásodott, de ha egy ilyen szereplés után képes voltam rá, akkor most is fel kellett tudnom állni a gödörből.

Megragadtam egy ezüsttálcát, majd cukrot, édesítőt, fahéjat, ízesített szirupot és némi tejszínt pakoltam rá. Csaknem összerogytam a tartozékok no meg a mosoly súlya alatt. Mindössze egy kapcsoló keltette ezt bennem: Zack és az ő bohókás vigyora.

Megfogadtam dr. Gavreel tegnapi tanácsát. Kiléptem a spirálból, hogy megszakítsam az ismétlődést. Tettem, amit még soha: meglátogattam a elfoglalt asztalokat, és udvariasan megkérdeztem a vendégeket, hogy szükségük van-e valamire.

Páran megrökönyödve bámultak rám, de akadt olyan is, aki *megtapsolt*, és elfogadta a korrigálási kísérletet. Feltehetőleg Aiden is hasonlóképp összezavarodott, ugyanis elfelejtett lapozni az ölében tartott könyvben. A Sloane név annyit tesz: harcos. Ideje volt méltónak lennem hozzá.

Kora délután a kávézó üresen tátongott. Ebédidő volt. Rendszerint mi is ekkor laktunk jól Aidennel a másik cukkolásával. Leültem Zack alacsony sámlijára, és magam elé vettem a szomszéd pékségben vásárolt teljes kiőrlésű sütimet. A vendégek porcelán tányérjaihoz nem nyúltam; a papírzacskót használtam alátétként. A falióra öregen kattogott, én pedig azon tűnődtem, hogy miért ilyen nehéz egészséges finomságokat kapni Erynnisville-ben. Gyakorlatilag ez a zabos kocka volt az egyetlen valamire való, „felvilágosult" élvezet a városban. A háromágú villával végigkapartam a szegényes díszítésen. Azokra a gluténérzékeny emberekre gondoltam, akik nélkülözni voltak kénytelenek. Hajdan anya is közéjük tartozott. Zackel nem örököltük meg az intoleranciát, de tartottuk magunkat a diétához. Még *anya után* is. Nem fúrtuk közé „halála" szót. Mára elkopott a másik kettő mellől, és csak „anya után" maradt.

Hirtelen elöntött a harag. Miért vesszük természetesnek az egészséget? Ezek az édességek nemcsak az allergiások számára lennének pompásak, hanem a túlsúllyal küzdőknek is. De a világ most is csak a nagy átlag érdekeit szolgálta ki.

Megkordult a nyomrom, elhessegettem hát a mérgem, és inkább falatozni kezdtem. A száraz sütemény összeroppant a fogam alatt. Íze akár a fűrészporé. Nem volt keserű, mint a zöld, de cserébe más íze sem volt. Minden harapásnyi falat szétporladt a nyelvemen. Evés közben felszegtem az állam. Megkockáztattam egy pillantást az antikvár ficak felé, azonban a pult magasságánál megrekedtem.

Egy fényes csík megbabonázott két kávés doboz között. Az utolsó falatot alig rágtam meg. A szemem könnybe lábadt a gombóc lenyelése közben. Mire szétmállott a falat, és végre levegő került a tüdőmbe, nem tudtam maradéktalanul örülni.

A könyvnek, amit pár napja kölcsönvettem Aiden gyűjteményéből... hűlt helye maradt.

◊ Aiden ◊

Korábban azt mondtam a városról, hogy *szürke, mentes a színektől.* Ezt továbbra is fenntartom, a latin *exceptio probat regulam* kifejezéssel bővítve, ami annyit tesz: a kivétel *erősíti* a szabályt.

Sloane Rivers – mintha tudná a véleményem – azon ügyködik, hogy egyedül pótolja Erynnisville hiányosságát. Mint egy jó nővér, aki nem akarja, hogy a kisebb lemaradjon az iskolában. A gondviselés alighanem a Rivers vérben van – hiszen az idősebb is hasonló tolakodással fontoskodik húga életében. Sloane ruháján – talán – szarvas minták nyargaltak. A nyaka köré tekert sál bordó, a csizmája barna, a körömlakkja piros – bár ebben nem vagyok biztos. Nem vagyok otthon a színekben. Nemcsak mert nem hordom őket, de a fenébe is, férfi vagyok! Az én szótáramban megközelítőleg nem szerepel ennyi árnyalat, nemhogy egyszerre lássam valakin mindegyiket! Ha hosszan nézi az ember, még a végén vakságot okoz, de az egészségre ártalmas, az biztos! Azokra a pápapintyekre emlékeztet, amik Észak-Amerikában honosak... Ez a hasonlat örökösen lebuktat, Sloane pedig azt hiszi, hogy az újabb ügyetlenkedésén szórakozom.

Nos, annyira nem jár messze a valóságtól, de a hézagos következtetései rendesen próbára teszik az idegrendszerét. Az előbb például, amikor elfelejtett kancsót tenni a tejgőzölő alá, a *haját* néztem, ami kivételesen nem rendezetlenül csüngött, hanem laza kontyba csavarodott a tarkóján.

Egy pillanatra elidőztem a meztelen nyakán – egy új, feltérképezetlen testrészen –, amikor lebuktam. Persze rám rivallt, de megkönnyebbültem, hogy csak a pimaszságot kérte számon, és nem a kukkolást.

Csomagolni kezdtem a tegnapi futárral érkezett szállítmányt – ami egyébként Theia feladata lenne, és nem az enyém. Eltökéltem, hogy a délelőtt folyamán végzek, és ezúttal valami rendes étkező után nézek a városban, amikor Sloane felbukkant. Tálcát ragadt magához, és az éhes vadak közé vetette magát. Még sosem volt ilyen közvetlen és figyelmes a vendégekkel. Hű. Nehezemre esik beismerni, de tényleg lenyűgözött.

– Figyelj – szólítottam meg az ebédidő alatt, amikor a kettőnk közé ereszkedett csönd már-már fojtogatott.

A fejbúbja megemelkedett a túloldalon, a pulttól csak az orra feléig láttam. A csepegtetett kávék jó ideje lefőttek – Sloane kis batyuban áztatta őket, ezért ebben az órában illatoztak a legintenzívebben. Testes zamatuk bebarangolta a *Könnyeket.*

Semmi válasz.

– Figyelj! – szaladtam neki újra.

– Hm? – ráncoltam össze a homlokom.

– Odáig nem terjed a hang?

– Nem hallottam nevet a mondatban – szurkálódott. – Nem voltam benne biztos, hogy hozzám beszélsz.

– Kihez beszélnék, amikor csak ketten vagyunk?

Forgatta a szemét.

– Mi van?

~ 26 ~

Becsuktam a könyvem, és félretettem későbbre. Rákönyököltem az asztalra, aztán engedélyeztem magamnak egy kevésbé goromba pillantást.

– Találok ebben a városban egy középkategóriás vendéglőt, ahol ehető ételt szolgálnak fel? – kérdezte Aiden, miközben szemöldöke megemelkedett. Egyszerre olyan színe lett, mint a lakknak a körmén.

– Miért jöttél Erynnisville-be, ha derogál a kisvárosi színvonal? – Egy csapásra príma kedvem kerekedett. A vitáink valahogy felpezsdítettek.

– Nyugalmat kerestem – vágta rá, s közben csettintett egyet a nyelvével. – Kissé ambivalens, nem? – gúnyolódott. – Egyszerre keresed a nyugalmat és a színvonalat.

– Ambivalens? – kaptam a szón. – Honnan ismer egy ifjú barista ilyen komoly kifejezéseket? – Büszkén kihúzta magát, aztán megigazgatta a mellére lógó sál csücskét.

– Talán a baristák nem tudnak olvasni?

– Hát – A borosta sercegett az ujjaim alatt, ahogy végigdörzsöltem az állam. –, a fivéredről nehéz elképzelni.

Morcosan felpattant, és a mosogatóba csapta az evőeszközt.

– Nem tudom, mi a konkrét problémád Zackkel – szólt reszkető hangon –, de nem ismered őt. Ne ítélkezz felette, ameddig nem tudod, milyen ember.

– Elég hamar kimutatta a foga fehérjét, amikor kijjebb rugdalt az üzletből.

– Amilyen a fogadj isten… – mondta önérzetesen. – Szerintem a helyében te sem reagáltál volna másként. Na persze én sem törhetek pálcát feletted, hiszen nem is erynnisville-i vagy. Fogalmunk sem volt, hogy mit akarsz a Könnyekkel…

– Egy nagylelkű lehetőséget kínáltam fel, függetlenül attól, hogy idevalósi vagyok-e, vagy sem – mondtam –, mire a bátyád személyes sértésnek vette az ajánlatot.

Sloane szemrehányón meredt rám.

– Nem hagytál túl sok választást.

– Nem vagytok vendégszerető népség, igaz?

– Az a vendégtől függ…

– Attól, aki segítő szándékkal közelít? – tártam szét a karom, Sloane pedig más taktikát választva, így szólt:

– Hálával tartozol Zacknek, amiért beleegyezett a közös tulajdoni feltételekbe.

Olyan képet vághattam, mint aki nem hisz a fülének, mert tulajdonképpen így is volt.

– Micsoda? Én?! – Hüvelykujjam a mellkasomba nyomódott. – *Ti* szorultatok segítségre. *Nektek* kellene hálásnak lennetek, hogy a kávézó továbbra is üzemelhet a saját boltom mellett.

Ajkai elnyíltak, aztán remegő mozdulattal csukódtak össze. Tudta, hogy igazam van. Ezek voltak a tények; minden további váddal csak nyitott kapukat döngetett.

– Mindketten azok vagyunk – motyogta, mire én is lejjebb vettem a hangerőt.

– Hát, mindenesetre elég pazarul titkoljátok. – Sloane lassan megkerülte a pultot, de a jelképes térfelet nem lépte át.

Az utolsó szék lába mellől nem moccant.

– A Könnyek nem szimpla munkahely – jelentette ki. Tetszett a szenvedély, amit sugárzott. Azon kaptam magam, hogy értő figyelemmel hallgatom, és tényleg izgat, hogy mire akar kilyukadni, még úgy is, hogy előre sejtettem. – Az örökségünk, amire vigyáznunk kell.

– Kell? – Úgy kapaszkodtam a szóba, mint egy keselyű a dög húsába. – Ha valamit kötelezően gondozol, akkor előre borítékolod a sorsát.

– Szóval minden, amihez kvázi – macskakörmöt formált az ujjaival – kötelességből nyúlok, annak szerinted nincs semmi értelme?

Bólintottam.

– Ebben merül ki az ars poeticám.

– Felszabadító lehet – válaszolta szárazon.

– Inkább őszinte – helyesbítettem. – Halljuk a tiédet!

Olyan arcot vágott, mintha megint a bátyját sértegettem volna.

– Nem kötöm az orrodra.

– Tényleg? – egyenesedtem fel én is a székből, de egy tapodtat sem moccantam. Nem akartam elijeszteni.

– Tőlem együttérzést kértek, de a részetekről elégedjek meg a Rivers-féle fél igazsággal? – Sloane az egyik szék támlájára ejtette a kezét. Az erek kidülledtek a karján, ahogy rámarkolt a bútorra.

Vívódás söpört végig a tagjain.

– Ha mindent tudnál – kockáztatta meg –, akkor megértőbb lennél a Könnyekkel?

Ezen eltöprengtem.

– Nem hiszem – vallottam be. A *Könnyekkel* biztosan nem. – Az igazság sokszor csak összekuszálja a dolgokat.

Érdekes módon nem haragot, hanem megkönnyebbülést olvastam le az arcáról. Talán örült, hogy végül nem kényszerítettem beszédre, vagy a válaszom volt az, ami egyfajta megnyugvást jelentett. Egyetértést fedeztem fel a szemében; olyasmit, ami rendkívül hasonlított a rokonszenvhez. Valószínűleg most zajlott le közöttünk az első emberi beszélgetés a három hónap alatt.

Kínosan hosszú ideig bámultunk egymásra. Bevallom, egy percre megfeledkeztem az illemről. Végül Sloane volt az, aki megszakította a kontaktot. A változatosság kedvéért nagylelkű voltam, hiszen korábban ő volt az, aki megkért rá. Kihúztam a legfelső fiókot az asztalomon, aztán én is kiballagtam a magam erődítménye mögül.

Sloane olyan készenlétben lévő mozdulatot tett, mint az őzsuta szökkenés előtt. Mihelyst felemeltem a kezem, és megbizonyosodott róla, hogy nem bombával vagyok felszerelkezve, megnyugodott.

Kinyújtottam a kezem.

– A másik helyett. – Beletelt kis időbe, mire megmozdult, és elfogadta tőlem a könyvet. A borítók már mállottak kissé, a lapok pedig sárgán hullámoztak a közepén.

– Milyen másik hely…? – kérdezte. Egy másodperc alatt leesett neki a tantusz.

Elsápadt.

– Nem zavar, ha kölcsön akarsz venni valamit – mondtam egy könnyed vállrándítás kíséretében –, csak legközelebb szólj. Nem találtam a leltár alatt, amit elvettél.

Bősz bólogatásba kezdett, én pedig kétszer rákoppintottam az olvasmány hátlapjára.

– Frankó kiadás – dicsértem. – Sokkal jobban tetszett, mint a másik, ha a pszichológiával kapcsolatos olvasmányokat keresel.

Szkeptikusan méricskélt, én viszont jobbnak láttam, ha kereket oldok egy időre. Hirtelen nagyon vonzóvá vált egy vendéglő felkutatása, akkor is, ha *színvonalon aluli*. Felmarkoltam hát a bőrdzsekimet, és a vállamra dobtam. A kezem már a hideg kilincset markolta, amikor Sloane utánam szólt:

– Két sarokkal feljebb… – hebegte –, közel a templomhoz van egy elég jó kis hely. – Mintha minden szó között vacillált volna. – A szakács többnyire görög ételeket főz, de a helyedben biztos nem hagynám ki a *dolmadákiát*[2].

Köszönetképp intettem. Amikor a szabadban baktattam, és a hűs fuvallat végigsöpört a tarkómon, akkor vettem észre, hogy egy mosolyt cipelek az arcomon.

---

[2] Darált hússal és rizzsel töltött, fűszeres szőlőlevél.

◊ Zack ◊

Ha szerda, akkor Loanie egyedül gályázik a kávézóban. Ha szerda, akkor határás műszakban robotolok a műhelyben, aztán társadalmi életet élek. A következő napirendi pont: Helené néni. Pedig el sem tudom mondani, hogy milyen szívesen legurítanék pár korsóval Isaackel meg Noah-val egy ilyen szemét nap után! A Corvette még nem állt készen az átadásra. Mellette hoztak új megbízásokat. Egyet motorhiba, és további kettőt szivárgó hűtővíz panasszal. Még szép, hogy jó képpel fogadtuk őket! Mr. Newman szervize a legjobb. Az egyetlen épkézláb műhely a városban. Konkurencia ide vagy oda, ha a főnököd parancsol, akkor nincs apelláta! Az utolsó percekben beérkező vevő is vevő!

De engem a javítás után is szólít a kötelesség... Sokkal tartozunk az anyónak. Ez egyszerre volt csapás és előny. Gyakran vigyázott ránk kölyökként, és sokat tett a húgomért is. A kávézó mellett ez is apám öröksége: gondoskodni az öreglányról. Mindazonáltal a görög matróna nem üzemképtelen bútordarab! Megsaccolni se tudnám, hogy mennyi idős (valahol kilencven és százhúsz között lehet), de a szellemi szintje a miénkkel vetekszik. Helenéről jó, ha tudja az ember, hogy ő Erynnisville legidősebb polgára. Görög mítoszokkal, fantasztikus lények történetével ringatott álomba engem meg a húgomat, ha anyuék nem tudtak vigyázni ránk.

„Honnan ered a város neve?" – kérdezte Sloane egyik este.

„Hát, ti nem tudjátok, gyermekem?" – ingatta fejét a néni. „Valóban nem ismeritek az erünniszek tragédiáját? Igazságosztó istennők. Halandók panaszára tébolyba kergették a kiszemelt áldozataikat. Rusnya, visszataszító lények."

„De most akkor jók vagy rosszak? Segítettek, vagy bántottak másokat?" – faggatóztam, de Helené nem válaszolt. Azóta eltelt tizenöt év, mi pedig nem kutakodtunk többé az erünniszek után.

Loanie hangyásnak gondol, de szerintem a spiné egy boszorkány! Régebben hüllőket tartott, most meg macskaimádatának hódol. Mindegy, hova lépek abban az áporodott nappaliban, egy dög hétszentség, hogy a bokámhoz dörgölődzik!

Zsonglőrködtem keveset a küszöbnél, nehogy elejtsek valamit a rendeléséből, aztán belerúgtam egyet a zöld ajtóba.

Francba! Remélem, nem percent le a mázból! Helenétől kitelik, hogy kamatostól kicsengetteti velem az árát. A legőszintébben, nem akartam tuskó lenni, de nem vagyok polip! Nincs még egy felesleges karom, amivel kopogni tudnék, hacsak nem a homlokommal teszem meg.

Bentről motoszkálás és némi nyikorgás szűrődött ki. Nem mondom, a karom már igencsak elzsibbadt! Nagy sokára feltárult előttem az amorf arc. Helené valaha mutatós menyecske lehetett, de mára ennek az összes bizonyítéka elmaszatolódott. Hóka, papírszerű bőrén mély árkokat metszett az idő. Apró volt, görbe háttal járt, és egyik kezét mindig a derekára préselte.

- Megjöttél, drága lelkem?! - Reszkető kézzel nyitott ajtót, mire beljebb invitáltam magam. Arcomba csapott a bűz, szinte könnybe lábadt a szemem tőle. Romlott hús és ázott macsakakaja ocsmány elegye.

Nagy levegőt vettem, és egyenesen a nappaliba kormányoztam. Pár szőrös dög odasündörgött, így két lábon imbolygó aknakeresőnek éreztem magam. „L" alakban navigáltam - arra sejtettem a konyhát. Kitapogattam az étkezőasztalt, és levágtam rá a dobozokat. Pár üveg összekoccant a csomagban, de nem hatott meg különösebben. Futólag megtöröltem a nedves homlokomat.

- Ejnye, fiam - recsegett valahonnan a bejárattól Helené. Némi fáziskéséssel ért utol, így a mondat további részére várnom kellett. - Abbahagytad a sportolást, hogy ennyire leterhelt a vásárlás?

Amikor szembe fordultam az összezsugorodott Helenével, nekidőltem az egyik rozoga széknek. Kihasználtam a pihenőt, és kicsit körbenéztem.

A falakon görög mintás edények és régi mítoszokat idéző tányérok sorakoztak. A nosztalgia jószerével fejbecsapott egy bunkós bottal, amikor arra gondoltam, hogy Loanie-val mennyi mesét hallgattunk róluk. A virágos tapéta több helyen foszlott. Barnás-sárgás pecsétnyomok, kósza pókhálók szőtték át az üres sávokat. Helyet kaptak mellettük olyan gyerekek keretezett fotói, akikre Helené vigyázott.

Az egyiken ismerős alakokat szúrtam ki. Leküzdöttem a késztetést, hogy közelebb dugjam az orrom hegyét. Sloane fejét fehér kötésbe bugyolálták a felvételen. Azon a nyáron történt az esés és a csúnya koponyarepedés. A gézszalagok rendellenesen elütöttek a kedves arctól. Úgy éreztem, hogy az emlék kinyúl a fekete-fehér képből, és belemarkol a torkomba.

Durcásan elfordultam, és többé nem néztem a fal irányába.

- Az nem sport, hanem edzés, Helené néni - mondtam. - Már többször beszéltem róla.

- Lárifári - legyintett felém a ráncos, fehér kezével. - Még hogy edzés! Az én családomban mindenki kétkezi munkát végzett.

Na persze, gondoltam.

- Akkoriban még nem ismerték az efféle csacsiságokat - folytatta. - Mi értelme van, édesem?! Csak emelgetitek azokat a nehéz bútorokat!

Az asztalhoz cammogott, és fél kézzel bontogatni kezdte a dobozokat. Úgy gondoltam, jobban járok, ha segítek. Ebben a csiga tempóban estig sem végzünk.

- Azokat súlyzónak hívják. - Döbbenetes, hogy mennyire türelmes tudtam maradni. Hiába, ez is a báty rang egyik előnye. Kioldottam a csomót a gyümölcsös zacskó száján, és katonás rendbe sorakoztattam az almákat. - Egyébként többször említettem, hogy autószerelőként dolgozom a barátaimmal! Látod - mosolyogtam -, a mai fiatalok is tudják, hogy mi az a kétkezi munka!

- Nem is árt annak az Isaac Hunt fiúnak a komolyság, és az ifjú Noah Wayne is tanulhat végre némi felelősséget.

Egy pillanatra megállt a kezem a zacskók fölött. Szórakozottan elbambultam a heges, fekete ujjaim bámulása közben. Hány satrafa mondhatja el magáról, hogy csípőből emlékszik a nevekre?!

Elhessegettem a gondolatot, és ott folytattam, ahol abbahagytam. A harmadik gyümölcsös doboznál már nem tudtam megállni szó nélkül:

– Minek neked ennyi alma? – kérdeztem egy bujkáló mosoly közben. – *Steve Jobs* helyére pályázol?

Gondolatban vállon veregettem magam a poénért, amikor észbe kaptam. Akármennyire éleseszű az öreglány, ez még neki is rágós falat! Valószínűleg nem értette az *Apple* atyjára vonatkozó utalást, így mentőladikot bocsátottam a vízre.

– Mármint, tudod – hebegtem –, a mostohára a *Hófehérkéből*? Még magasabb labda! Ezt aztán biztosan érteni fogja! Ha emberileg lehetséges, még rosszabbul kecmeregtem ki a történetből, pedig csak oldani akartam a generációk közti feszültséget.

– Na és hogy van a drága Sloane? – Tűéles kanyarból manőverezte ki az autót, mint a legprofibb Forma–1-es versenyzők.

Olyan szúrós tekintettel nézett rám, hogy még a zöld almák is elpirultak. Pedig azoknak igazán nem volt okuk panaszra. Legalább túlerőben voltak!

Minek szépítsem, zavarba jöttem. Nem sokszor tapasztalok ilyesmit. Megköszörültem a tokrom, és inkább átváltottam a gyümölcsök után a fűszeres rekeszre. Helené azon kevés emberek közé tartozott, aki ismerte Loanie *problémáját*. Nem is lehetett másként. Velünk volt a kínos, de a vidám percekben is.

– Jó és rossz napok – válaszoltam kurtán.

– Vannak még rohamai? – kérdezte. A kezem megdermedt; pár másodpercig újra kellett tanulnom a lassú légzés művészetét. Már régen beszéltem valakivel nyíltan, és nem csak rébuszokban Sloane *bajáról*, így nemcsak az őszinteségről, hanem a természetességről is leszoktam. Olyan volt ez, mint a dohányzás: Ismerős művelet, megszokott illatok, de a rutin valahogy nem az igazi a leszokás után. Hogyan is szoktam csinálni Isaackel meg Noahval?

Nagy levegő.

– Rohamai? Nincsenek. – Megküzdöttem a higgadt szavakért, szinte betűnként préseltem ki őket. – Szerencsére elég kiegyensúlyozott, és... – Nem tudom, mit akartam mondani. Hogy *normális*? Olyan, mint a többi, egészséges lány? Hiszen Loanie is normális és egészséges. Ha adódtak *kellemetlenségek*, mára legyőztük őket.

– Szóval, minden a legnagyobb rendben. Hála az Úrnak! – Az égre tekintett, aztán megint rám. – Jár még kezelésre Malcolm doktorhoz?

– Heti kétszer – feleltem. – De már új orvosa van. – Pipa voltam magamra, amiért elárultam. Nem akartam, hogy Helené tudjon erről. És azt sem, hogy bármi köze legyen ahhoz, ami egy kicsit is érinti Sloane jövőjét.

– Dr. Matthew Gavreel. – Elakadt a szavam. Úgy mondta ki az orvos nevét, mint egy átkot. A szavak bűzölgő hulladékként szivárogtak közénk.

Helené rá se bagózott, hogy kocsonyát csinált belőlem. Mit sem sejtve a mérgemről, kihúzta az egyik széket, és leroskadt rá. Gondolom, fárasztó volt számára ennyi ideig rostokolni egy helyben. Nem bontogatott tovább, helyette engem tanulmányozott. *Nagyszerű!*

– Szerintem sok a heti két alkalom – mondtam, hogy elereljem a figyelmet arról, mennyire meglepett.

– Nem kedveled azt az embert. – Nem kérdezte ezt Helené, hanem kijelentette, és édes Istenem, mennyire igaza volt! Irtóztam a fickótól. A kinézete, a modora, a hangja, úgy ahogy volt, az egész orvost gyűlöltem. Talán – ha ez lehetséges – még jobban, mint Kellyt.

– Nem kell szeretnem. – Csodáltam, hogy mennyire durcásan hangzott. *Nem kell szeretnem.* Mint egy megbántott kölyök, akit nem engednek focizni a haverjaival.

– Sloane bizalommal van felé?

Az arcom megfeszült, ahogy összekoccantak az őrlőfogaim.

– Szerinte pont, hogy kevés a heti két alkalom – adtam félválaszt. – Lassan eldől, hogy melyikünknek lesz igaza.

– Még mindig az apád kocsmájában dolgoztatod?! – Nesze nekem témaváltás, most aztán megkaptam a magamét! Egyenesen odaköpte a rágalmat, és boszorkányság ide, vagy illem oda, de velem nem fog ilyen hangon beszélni!

– Az egy kávéház – szögeztem le. Noah meg Issac (akik Helené szerint nevelésre szorultak) tudták volna, hogy mikor kell fedezékbe vonulni.

– Á, valaha tényleg az volt – mondta lefitymálón. – A drága édesapád nem helyeselné, hogy ott sanyargatod azt a szegény teremtést.

Egy ér mocorogni kezdett a halántékomnál.

– Sloane szívesen vállalta a feladatot. – Magabiztosnak hangoztam, de tudtam, hogy nincs tökéletesen igazam. Loanie sokkal több volt egy baristánál, és a kávéfőzés nem tartozott álmai netovábbjai közé. Nem panaszkodott, de akkor is tudtam. Nem vagyunk ikrek, néha mégis annak éreztem kettőnket. Széttéphetetlen volt a kötelék közöttünk. Ha megvágta az ujját, nekem fájt a sebhely; ha szomorú voltam, ő pityeregte el az én könnyeimet.

– És már nem olyan bátortalan, mint régen. – Ezzel sokan még mindig nem voltak tisztában. Arra a kislányra emlékeztek, aki csendes szóval köszönt, és leszegett fejjel lépett az üzletbe. – Hidd el – bizonygattam talán inkább magamnak, mint Helenének –, ha nem lenne ínyére, tudatná velem.

– Akkor tényleg régen találkoztam vele. – Helené mosolya mentén a ráncok ezer és ezer korábbi érzésről árulkodtak.

Háborút nyert katonának éreztem magam. Nem volt egyszerű meccs, de megérte kiböjtölni a végét! Az öreglány szívós ellenfél, párszor biztos rám számolták volna a tízet a gyomrosai után.

– Szeretném, ha néha meglátogatna. – A kijelentése már-már sóvárgásként hatott. Nem tehettem róla, de azok a filmek jutottak eszembe, ahol az aggastyánok szűzlányok vérével táplálkoznak, hogy megfiatalodjanak.

Rendben, Helené egyáltalán nem volt attraktív teremtés. Helyette viszont agyafúrt. Nem sajnáltam tőle a friss elmét, de léteznie kellett rá valami magyarázatnak. Kirázott a hideg a gondolattól, hogy a húgommal társalog.

– Megmondom neki – hazudtam szemrebbenés nélkül, és meg sem álltam az első szinten: – Úgyis sokat emleget téged, szóval biztos tervezte, hogy eljön hozzád valamikor.

– Kedves fiú vagy, Zachary – mondta nyájasan. Vizenyős szeme összeszűkült; alighanem a szándékaim fenekéig lelátott vele. A dobozok tartalma egyre fogyott az asztalon, a zsigereim viszont méreggel telítődtek. A szociális feladatvállalásból ennyi bőven elég volt mára!

– Örömmel látom, hogy te is a javadra változtál, édes fiam!
 – Azért nem voltam olyan rémes gyerek. – A felvágottakat meg a tejtermékeket a karomba fogtam. Le kellett térdelnem a parányi hűtőszekrényhez, hogy be tudjam pakolni őket a polcokra. Elfintorodtam, amikor egy penészes sajt és valamilyen felismerhetetlen zöldség nézett velem farkasszemet. Az egyik sarokban mintha egy apró bogár is kibérelte volna magának a helyet, de nem voltam olyan kretén, hogy tüzetesebben is megvizsgáljam.
Bevágtam a fertő ajtaját.
 – A fiúgyerekek már csak ilyenek – mondtam, és közben azért fohászkodtam, hogy elfeledjem azt, amit a hűtőben láttam. – Főleg, ha társra találnak a kalandban. Így volt ez velünk is, Isaackel és Noah-val.
 – No, igen – helyeselt, amire valamiért felkaptam a fejem. – *Vannak társak, akik képesek darabokra törni egymást, de van olyan barát, aki ragaszkodóbb a testvérnél.*[3]

Minden bizonnyal illett volna tudnom, hogy kitől idézett, de mit szépítsem, halvány segédfogalmam sem volt róla. Így hát bölcsen hallgattam.
 – Tehetek érted még valamit? – kérdeztem a „nemleges" válasz leghőbb reményében.
 – Nem, drága lelkem. – Helené az asztal szélére markolt, és sikeres manőver után kikecmergett a székéből. Az arcomra kiült a megkönnyebbülés. Orromban éreztem a szabadság – friss, macskabűzmentes – illatát. – Így is több idődet raboltam el, mint kellett volna.
Talán csak bebeszéltem, de mintha Helenének is terhessé vált volna a társaságom.
Új erőre kapott. Megtámasztotta a derekát, és a kijárat felé terelt, mint valami baromfit. Az ajtóban a kezembe tuszkolt egy almát a rakásból.
 – Egy kis előleg – nyújtotta felém a gyümölcsöt úgy, mintha egy frissen bányászott rubindarab lenne. Számára talán az volt. De nekem nem jelentett többet egy almánál, aminek ki nem állhatom a savanykás ízét. – Fogadd el ezt a szerény gesztust. De hát, még odébb van a hónap vége.
 – A *legszebbnek*[4]? – A korábbi félresiklott manőver után próbáltam csínján bánni a humorral, de ezt azért kár lett volna kihagyni.
Megkönnyebbülésemre Helené derűs mosollyal válaszolt:
 – Szóval emlékszel – konstatálta, mintha jó érzéssel töltené el a tudat, hogy figyeltem rá gyerekként. Nem igen volt más választásunk.
Elvettem a gyümölcsöt, és forgatni kezdtem a tenyeremben. Kemény volt és hideg.
 – Hogyan felejthetném el a mítoszt, ami kirobbantotta a trójai háborút?
 – Érdekes.

---

[3] Részlet a Bibliából. Példabeszédek 18:24.

[4] Görög mítoszra utal, ami végül a Trójai háború kitörését okozta. A viszály istennője Erisz, az istenek közé gurít bosszúból egy arany almát, mivel nem hívták meg az ünnepségre, amin az áll: „a legszebbnek".

Elszakadtam az almától, és Helenére bámultam.
– Hogy emlékszem-e?
– Hogy éppen ez ragadta meg a figyelmed ebben a történetben – válaszolta. – A háború.
– Végül is az volt benne a lényeg, nem? – kérdeztem. – Az előzmények fontosak persze, de mégiscsak az a tragédia, hogy egy ilyen pitiáner dolog, mint három istennő viszálya, végül háborúhoz vezetett.
– Az ördög a részletekben rejlik. – Igen. Ezzel nehéz volt vitatkozni, amikor Helené állán a szőrszálak három különböző égtáj felé hajladoztak, és elvonták a figyelmem arról, hogy tulajdonképpen milyen gonoszul löki a sódert.
– Jelen esetben egy almában – himbáltam a bizonyítékot, aztán jófiú módjára hozzátettem: – De ugye tudod, Helené, hogy nem a pénzért csinálom.
– Kedvem lett volna orrba gyűrni magam. Szinte látni véltem azt a citromba harapott, bamba vigyort, ami kiült az arcomra.
– Tudom, édes lelkem, tudom. – Kicsit még benne rekedt az előbbi hangulatban, de azért integetett. – Add át a drága kis Sloane-nak az üdvözletem!
– Feltétlenül. – *Mondjuk, soha napján, pontban fél négy tájékán.* – Akkor két hét múlva találkozunk! – integettem szórakozottan, de amikor hátraarcot készültem végrehajtani, és épp azon morfondíroztam, hogy milyen jót fog csobbanni az alma a tóban, Helené arca minden átmenet nélkül elsötétült.

Lehetetlen, hogy gondolatolvasó legyen!?
– Ja, és Zachary – pillantottam rá várakozón, miközben nyeltem egy nagyot.
– Legközelebb hozz magaddal zöld festéket, és tedd rendbe az ajtót, amit megrongáltál!

3. Fejezet

◊ Sloane ◊

Csü-tör-tök: Már a hangzása is dallamos.
Egy nap a maga zsíros ígéretével. Csütörtökön együtt talpalunk a kávézóban a cserfes Theiával, és a hétvége előtt már csak egy randevúm maradt az orvosommal.
A mostani hét minden eddiginél jobb zárásra készül, és bevallom, örültem a társaságnak. Kedden igencsak elfáradtam, jóllehet, Aiden Kelly felbukkanása óta egyetlen unalmas pillanatom sincs. Ha Theia sokat fecseg is, legalább nem vagyok kettesben Aidennel. Habár az éttermes tippem óta kevesebbszer cukkol.

Derűsen andalogtam a macskaköveken. A tornacipőm gumis talpa cuppogó hangot adott ki, ahogy összecsókolózott a nedves aszfalttal. Szórakozottan lóbáltam a hátizsákomat, majd feljebb húztam a cipzárat a dzsekimen. A januári szellő bele-belecsípett az arcomba.
Erynnisville-nek jól áll a tél; négy arca közül ezt szerettem a legjobban. A buja ösvények a park felé, a szeszélyes utcácskák, a repkénnyel futtatott oszlopok, mind-mind ilyenkor tündököltek a legszebben. Ilyennek szerettem az életem, és ilyennek szerettem Erynnisville-t is. Tisztának és őszintének.
Mivel különösen jó kedvre ébredtem, a szokottól eltérő módon kanyarogtam a kávézóhoz. Zack munkahelyével, az autószerelő műhellyel párhuzamos – az Angyalok Könnyével merőleges – utca sarkán található Erynnisville református temploma.
Ritkán kószálok errefelé. Nem azért, mert nem vagyunk vallásosak – gyerekkorunkban rendszeresen részt vettünk az istentiszteleteken. Csakhogy Riversék köztudottan a maguk módján élték át vasárnapokat. Még ha nem is járunk annyiszor templomba, jólesett megállni az épület előtt. Hangtalan sóhaj tört utat a mellkasomból, mialatt a kerek harangtorony irányába szegeztem a pillantásomat. Rámtört a késztetés, hogy közelebb, beljebb merészkedjek, és a karcsú padsorok között barangoljak.
A vaskapu irányába meredtem. A kertben mocorgást vettem észre. Egy fekete köpenyes alak volt. A fekete édes. Azt hiszem, a medvecukrot juttatja eszembe, amit Helenétől kaptunk, ha ügyesen elvégeztük a házimunkát. Az árnyékember felől köhögés hallatszott. Arcába húzott csuklyával egy rakoncátlan lidérc benyomását keltette. Pedig csak Jeremy tiszteletes volt. A rózsabokrok között sétált, és ahogy elhaladt a tüskés ágak mellett, itt-ott lemetszett belőlük egy darabot.
Félvállra vettem a táskámat. Évek óta nem dugtam oda a képem az istentiszteletre, így udvariatlanságnak találtam a környéken csámborogni. Pedig milyen szívesen szemügyre vettem volna az angyalszobrot! Újra sóhajtottam, hátamat mutattam az illendőségnek.

Jobbára még a templom körül jártak a gondolataim; oda sem figyeltem, hogy mit csinálok közben. Gépiesen kerestem ki a bolt kulcsát, és arra eszméltem, hogy körbe-körbe forog a zárban. Furcsálltam. Többnyire én nyitok és zárok, de a jelek szerint valaki megelőzött. Határozottan lenyomtam a kilincset...

...és akkor az antik könyvesbolt oldaláról a valaha történt legbizarrabb jelenet tárult elém:

Először is, Theia *időben* megérkezett, mi több, korábban, mint én! Másodszor, Aiden Kellyvel csevegett, aki még *mosolygott* is közben. Tulajdonképpen természetesnek kellett volna lennie ennek az egésznek. Az is volt. Valamiért mégis bosszantott.

Aiden egy barna fedeles könyvet lapozgatott. Megtámasztotta a gerincét, kitárta a közepénél, aztán mélyen a lapok közé szippantott. Theia orrához tartotta, hogy megismételtesse, mire ő válaszként tüsszentett. Ezen mindketten jóízűt kacagtak.

Mérgezett vér folydogált az ereimben. Kedvem lett volna apró cafatokra szaggatni azt, amit múlt héten kaptam.

– Jó reggelt! – köszöntem. Nem rebbentek szét, még csak zavarba sem jöttek.

– Szia, Sloane! – csicsergett Theia, de Aiden csak biccentett.

Lehámoztam a kabátomat, és előre masíroztam.

– Korai vagy – állapítottam meg.

Theia ide-oda illegette magát. Kedveltem őt, de most valamiért az idegszálaimon szteppelt.

– A főnököm – sandított Aiden felé, aki bár lefelé nézett írás közben, a nemlétező bajsza alatt somolygott – elég egyértelműen célozgatott rá, hogy ne késsek többet. Amúgy meg – Nyakába vette a kötényt, aztán masnit csomózott a derekánál. – szünet van. Ilyenkor könnyebben megy a reggeli ébredés.

Nekem is könnyebben menne, ha potya pasizhatnékom támadna! A pultom mögé csoszogva elszégyelltem magam. Képzeletemben a templomi angyal neheztelően bámult.

Mi furcsa lenne abban, ha Aiden és Theia szimpatizálnak egymással?! Semmi közöm hozzá. Ez egy nagyszerű dolog, mindössze... szokatlan, mert az elmúlt három hónapban Aiden a legapróbb jelét sem mutatta, hogy érdeklődne Theia iránt.

Vettem egy mély levegőt, aztán egy sokkal barátságosabb Sloane Riverst csalogattam elő a csigaházából.

– Lefőzzük az etiópit meg az afrikait? – kérdeztem.

Theiának felragyogott az arca. Faképnél hagyta Aident, és odasietett hozzám. Szemlátomást fel sem tűnt neki, hogy hűvösen viselkedtem. Mindenesetre én pocsékul éreztem magam. Hagytam, hogy tüsténkedjen; ez volt a személyes bocsánatkérésem.

Ameddig Theia friss, őrölt kávéval töltötte meg a Saeco gépet, letakarítottam a pultot. A tejhabosító csillogott-villogott, miután kiöblögettem a mosogatóban, a csészék csak arra vártak, hogy a vendégeink használják őket. Az exkluzív fapolcra igencsak büszke voltam. Az Angyalok Könnye név mellett – ez az ötlet is tőlem származott. A falapon legalább tizenöt egyedi bögre sorakozott. Ezeket a kerámiákat olyan visszatérő vendégeink hozták, akik a saját bögréjükből szerették fogyasztani a forró italukat. Köztük volt az enyém is: balról a második. Apró rózsaminták szőtték át a fényes domborművet. Az első Zacké volt; az övén Popeye kacsintott rám a porcelánon. Sokáig csak ez a kettő árválkodott egymás mellett. Akkoriban vettük át a Könnyeket, körülbelül két évvel ezelőtt. Zack biztosított arról, hogy hamarosan mások is csatlakoznak hozzánk. Rövidesen felkerült Isaac és Noah bögréje is, és természetesen Theiáé úgyszintén. A maradékra – bár nem volt sok – végtelenül büszke voltam. Ezeket az apró sikereket nevezte dr. Gavreel „mini győzelem"-nek.

Ebédidőben már sokkal felszabadultabb hangulatban voltam. Lazsáló, szünetüket kihasználó diákok kávézgattak az asztaloknál. Páran közülük ismerték Theiát, és éppen az ő személye miatt látogattak meg bennünket. A kiszolgálást meghagytam barista társnőmnek, aki elegáns szárnyalás közepette küldte útjára a rendeléseket. Velünk szemben Aidennek nagyobb forgalma akadt. A friss vevők egymásnak adták a kilincset a pultja előtt. Még ha Zack nem is örült az „oszd meg és uralkodj" teóriának, el kellett ismernie, hogy kellemes szimbiózist alkottunk az antik szekcióval. Aki eredetileg könyvért érkezett, az csakhamar egy kávét is elfogyasztott, és a sok törzsvendég örvendezett, hogy elolvashat egy könyvet a *cappucchinójához*.

Két óra magasságában „holtidő" sújtott bennünket. Zack nevezte így, tekintettel az ebéd utáni, de még a munka vége előtti résre. Theiával leltárt készítettünk azokról a kávékról, amiket jobban fogyasztottak a vendégek a héten. Theia sorolta a neveket, én pedig feljegyeztem egy papírra, hogy mi az, amiből rendelnünk kell.

Ezalatt Aiden szüntelenül ficergett a túloldalon. Gépelt, aztán lázasan lapozgatott, megint gépelt, utána lezárta a kasszája tetejét. A rekeszben megcsörrentek a fém aprópénzek. Sebtében a hátára csapta a dzsekijét, aztán végigjárta a kanyargós utat az asztalaink között. Baljával a pultunkra markolt, inas csuklója kivillant az ingujja alól. Sápadt bőrén fekete zsinegként futott végig a tetoválás, amit sosem sikerült teljes egészében szemügye vennem. Türelmesen kivárta, ameddig hajlandó voltam felvenni a szemkontaktust.

– Ma le kell lépnem korábban – közölte Aiden. A zöld bogarak megtörten csillogtak sűrű szempillái mögött. Keserű ízt nyeltem. Ma délelőtt rengeteg vásárlója volt, biztos ki kellett szellőztetnie a fejét, de ettől még nem tartozott elszámolással.

– Most engedélyt kérsz? – cukkoltam, mire elmosolyodott.

A gyomromban apró tollpihék bukfenceztek ettől.

– Inkább egy apró szívességet. – Theia olyan átéléssel suvickolta a tálcát mellettem, hogy majdnem lyukat polírozott a közepébe.

– Akkor kérj! – bólintottam.

– Ügyelnél helyettem a boltra?

Azt hittem, rosszul hallok.

– Ma csak négyig vagyok – emlékeztettem.

– Tudom – biccentett. – Csak addig, gondoltam, az is baromi nagy segítség lenne.

– Zack később jön váltani Theiát, szóval, ha gondolod, esetleg szólhatok... – tartotta fel a kezét. Így hozta a tudtomra, hogy a bátyám szívességéből köszöni szépen, de nem kér. Kihúzott egy tiszta szalvétát a köteg tetejéről, majd az egyik tálcára simította, és fürgén írni kezdett rá valamit.

– Ez a jelszó a kasszámhoz – magyarázta körömölés közben. Rövidesen visszaejtette a tollat a szívószálak közé, és felém nyújtotta a kétrét hajtogatott szalvétát. Vonakodva méregettem a kezét. Megadni a jelszót valakinek – számomra ez kimerítette a bizalom csúcsát.

– Nem harap – ígérte, de én csak húztam a számat, és közöltem vele:

– Nem vállalom. – Összekulcsoltam a karom a mellkasomon, mintha így akarnám elhatárolni magam az ajánlattól.

– Félsz, hogy a bátyád ellenezné? – firtatta, miközben Theia ide-oda kapkodta a fejét. Hol egyikünk, hol másikunk reakcióit fürkészte.

– Inkább attól félek – mondtam –, hogy nem én vagyok a megfelelő személy egy ilyen horderejű feladatra.

Huncutság játszott az ajkain, amit jól ismertem valahonnan. Egyszerre a tinédzser Zacket láttam magam előtt, ami megnyugtatott, ugyanakkor a frászt hozta rám.

– Bízom benned – tudatta velem. A hangja nem volt több egy tavaszi fuvallatnál, ami a kacér nyár ígéretét duruzsolja. A vigyorgó macska jutott eszembe az *Alice Csodaországból*, és ekkor döbbentem rá, hogy az érzés nem kölcsönös.

Én továbbra sem bíztam benne. Mivel nem válaszoltam, leeresztette a karját. Theia levegő után kapkodott, én pedig azt hittem, hogy Aiden nyomban faképnél hagy bennünket. Helyette a pultra helyezte a szalvétát, és addig csúsztatta a síkon, ameddig meg nem érkezett elém.

– Ha nem akarod, akkor nem kell ma használnod. – A játékos hang helyére komolyság fészkelte be magát. Különös érzelmet olvastam ki a zöld szeméből; olyasmit, ami máskor nem lakozott benne: csalódott volt.

Én pedig bizonytalan.

– Mindenesetre megnyugtat, hogy nálad van, és vészhelyzetben szólhatok valakinek.

Nem várta meg a következő lépésem. Elköszönt. Theiával arra eszméltünk, hogy tompán nyekkent mögötte a bejárati ajtó. Úgy néztem az összehajtott szalvétára, mint valami titokra.

– Ez meg mi volt?! – kérdezte Theia. Hangjából sütött a szemrehányás. Az ő korában még minden sokkal egyszerűbb és kézenfekvőbb lehetett. Abban a *Seholországban*[5], ahol nem ismerték a felnőtt lét keserűségét, vidáman ábrándozhattak az édesről.

– Egy diplomatikus döntés – érveltem.

– Inkább gonosz. – Végre elszakítottam a pillantásom a szalvétáról, a ráírt számsorról 19861111, és a királylányra tekintettem. Bár odakint szürkeség volt, Theia valósággal ragyogott. Vöröses hajával, világos bőrével, ő maga volt a napsugár a Könnyekben. Eperszőke fürtjei láttán puncs ízt éreztem a nyelvemen.

– Mi az ábra veled? – tudakolta.

---

[5] Utalás a Pán Péter c. történetre.

– Alig ismerjük őt – feleltem higgadtan. – Fordított esetben én sem bíznám rá a kávézó bizalmas dolgait.
– Akinek olyan bátyja van, mint neked, annak nincs is rá szüksége.
Leintettem. Theia nyitotta a száját, de kénytelen volt azzal a lendülettel lenyelni a sopánkodást, ugyanis két középkorú hölgy lépett a Könnyekbe. Egymás mellé függesztették a kabátjaikat, aztán az asztalaink felé sétáltak. Megkönnyebbültem, hogy nem a könyvek keltették fel az érdeklődésüket, így nem is kellett rosszul éreznem magam Aiden miatt. Felvettem a rendelésüket, bekapcsoltam a kávédarálót, de Theia csak nem nyugodott a mosogatás alatt. Miközben a mandula szirupot kerestem a csokis és a vaníliás tégelyek mellett, észrevétlenül mögém somfordált.
– Amire utalni próbáltam – fogta suttogóra a hangját –, hogy szerintem csíp téged.
Olyan váratlanul ért a felvetés, hogy kis híján leforráztam magam tejgőzölés közben. A vendégeink csodálkozva pislogtak felénk, aztán mintha mi se történt volna, tovább társalogtak.
– Neked meg mi bajod? – háborgott Theia. Befejezte helyettem a gőzölést, én pedig szemrehányó pillantással követtem végig a ténykedését. – Elmagyarázzam, hogy mit értek ez alatt?
Több szempontból is felcukkolt a megjegyzés. Félszemmel a másik két nő irányába kukucskáltam. Azok ügyet se vetettek ránk, olyan elmélyülten figyeltek egymásra.
– Először is, köszönöm, nem kell elmagyarázni. Másodszor, csak azért, mert kaptam egy jelszót, még nem kell továbbgondolni. Ez nem a középiskola.
– A díszlet kicsit felnőttesebb – értett egyet félig. – De attól még mindig olyan, mint a majmok az állatkertben.
– Elhihetem, hogy *majmokhoz* hasonlítottál bennünket?
– Istenem – ábrándozott zavartalanul –, láttad te azokat a szemeket?! Bűnözni lehet velük…
– Nem – tettem csípőre a kezem –, de a jelek szerint te helyettem is leltárba vetted.
– Hisz te is jártál az erynnisville-i középsuliba. Tudod jól, hogy milyen gyíkok a helybéli srácok. Aiden Kelly igazi felüdülés. Még tetkója is van!
– Az pozitívum? – kérdeztem, mire Theia lázasan bólogatott.
– Mindenképpen – állította. – Kuriózum. Tisztára, mint Justin Bieber.
– Ha ez az a kölyök, akire gondolok – kockáztattam meg –, akkor neki az egész teste ki van pingálva. Aidennek szerintem csak a karja.
A szeme úgy csillogott, mintha drágakövet használt volna kontaktlencse helyett.
– Ezek szerint neked is izgatja a fantáziádat.
Csettintettem egyet a nyelvemmel.
– Csak szemet szúrt – mondtam.
– Szerinted miért akar valaki tetkót? – Theia olyan képet vágott, mint akinek rózsaszín felhők ködösítik a tekintetét.
– Gőzöm sincs – feleltem közönyösen. – Gondolom, mindenkinek mást jelent, ha egyszer rábírja magát a dologra. Meg aztán az ilyesmi nem kopik le

két hét alatt. Elkötelezettség kell hozzá, ezért biztos valami olyasmihez van köze, amit sosem akar elfelejteni.

Theia olyan képet vágott, mintha közöltem volna vele, hogy nincs többé iskola, és oda csavaroghat, ahova csak kedve szottyan.

– És még én vettem leltárba az árut?

– Ha kérhetlek – mondtam nyomatékosan –, ezt ne reklámozd Zack előtt. Így is fújnak egymásra.

– Á! – ragyogott fel az arca. – Te lehetsz a közös nevező. – Kitöltöttem a kávékat, aztán megbotránkozva kanyarodtam Theiához.

– Miért forszírozod ennyire ezt az Aiden Kelly projektet? – kérdeztem gyanakvón. – Nekem úgy tűnt reggel, hogy inkább te vagy az, aki felkeltette az érdeklődését. – Nem akartam számon kérő lenni, egy kicsit mégis sikerült. Most Theián volt a sor, hogy elpiruljon.

A pirosnak olyan íze van, mint a lédús cseresznyének.

– Csak olyan regényeket mutatott – hebegte –, ahol a hősnő egy lehetetlen, erős férfit akar meghódítani.

Elvesztettem a fonalat. Miért mutatna ilyen könyveket Aiden, ha egyszer maga is segíthet Theiának, hogy miként nyerje el a szívét?

– Miért kellenek neked ezek?

– Mert irtóra odáig vagyok a bátyádért – vallotta be sóvárgón.

A karom között megbillent a tálca, de nem a meglepetéstől, hanem a megkönnyebbüléstől.

◊ Dr. Gavreel ◊

– Ha mondhatom ezt, ma igazán jó színben van, Sloane. – A dicséret váratlanul érte; meglehetősen szkeptikusan fogadta. A szembeszökő változást nehezen tudtam nem észrevenni, és örömmel töltött el, hogy vele is megoszthatom.

Melyik orvos ne szeretné, hogy a páciense kedélyes hangulatnak örvendjen, ami egyenes ösvény a gyógyulás felé? Rivers kisasszonyt hónapok óta nem láttam ilyen felszabadultnak. A néhai dátum megegyezik Mr. Kelly érkezésével, kár lenne tagadni. A párhuzammal Sloane is tisztában volt, ezért nem köntörfalazunk egymás előtt.

– Várom a tavaszt. Azt hiszem, már érzem, hogy a szomszédban kopogtat – mondta a lány a páciensek részére kijelölt kanapén fekve, miközben ujjaival sátrat formázott a hasán. Általában ülve kezdjük a beszélgetéseinket, ám ez alkalommal szabad akaratából döntött e pozíció mellett. A nyugalmi állapot jellemzően a hipnózist előzi meg, de mára nem terveztem ilyesmit.

– Alakulnak a dolgok a kávézóban, ha jól sejtem. – Megelőlegezésnek szántam a kijelentést, Sloane mégis mintha rágalomnak fogta volna fel. Egyszerre elszakította a tekintetét a plafonról.

Szemei azt üzenték: *maga meg honnan a tud erről?*

– Tudja, amiről a múlt alkalommal beszélgettünk – noszogattam. – A spirálból való kilépésről. – Ekkorra kisimultak a gondterheltség ráncai a homlokán. – Kipróbálta a módszert, Mr. Kellyvel? Sikerült megtalálnia a *kapcsolót*?

– Igen. – Lassan visszaengedte a tarkóját a párnára. – Igaza volt, dr. Gavreel. Nagyszerűen működött!

– Na, látja! – mosolyogtam, aztán a karfára könyököltem, és a tenyerembe hajtottam az arcom. – Minden csupán önismeret és tudatos alkalmazás kérdése.

– Ez igaz a bizalomra is? – Újfent a plafont kezdte fixírozni, tekintete azonban messzebb járt, túlszárnyalta magát a téglafalak repedésein.

Hagytam kibontakozni. Sejteni véltem, hogy még nem érett meg kellőképpen a gondolat, ami befészkelte magát a fejébe.

– Úgy értem... – fogott bele bátortalanul. – A bizalomnak is létezik kapcsolója?

Egy másodpercre elmerengtem a felvetésen. Keresztbe fontam tettem az egyik lábamat a combomon, és ráhajtottam a mappát.

– A bizalom nem viselkedés, hanem egy állapot, Sloane – válaszoltam. – Ugyanakkor folyamat, ami – mint sok más – természetesen befolyásolható. A kapcsolót viszont – ha nagyon kritikusan szeretnénk megfogalmazni – egyféle manipulációnak tekinthetjük.

Várakozón csüngött a szavaimon, és mivel ezúttal nem szúrt közbe kérdést, hát folytattam:

– Mit gondol – bírtam rá a hangos töprengésre –, a bizalom olyasmi, amit képesek vagyunk manipulálni?

– Az a helyzettől függ – felelt egyelőre bátortalanul.

– Milyen értelemben?

– Ha valamelyik fél nem árul el magáról mindent – mondta a távolba révedve a vállam fölött. Feltehetőleg egy emlékfoszlány elevenedett meg előtte. –, akkor az megtévesztés, tehát manipuláció. A bizalmunk légvárakra épül.

– És mi a helyzet akkor – lendültem bele a játékba –, ha a késleltetett információátadás nem szándékos?

Elmosolyodtam, amikor láttam az arcán, hogy sikerült elbizonytalanítanom.

– Nézze, Sloane. A kockázat sokszor előnyhöz vezet, míg a megfontolt körültekintés lelassít egy folyamatot. A bizalomnak épp az a lényege, hogy lassú sodrással építkezik. Ha egyből megtudnánk egymásról mindent, akkor az elég furcsán venné ki magát, nem gondolja?

Lábfeje spiccbe, aztán pipába hajladozott.

– Példának okáért vizsgáljon meg rögtön kettőnket! – javasoltam. – Amikor dr. Malcolm után az én betegem lett, azonnal megbízott bennem?

Lesütötte a szemét.

– Nem.

– Természetes, hogy nem – biztattam. – A kérdésére válaszolva: a bizalomnak nincs olyan jellegű kapcsolója, mint egyes viselkedéseknek. Mintákon keresztül látjuk és adjuk tovább a saját kapcsolatainkban.

– Akkor – kísérletezett –, mi a jó stratégia?

Nem tudhattam, hogy konkrétan miből fakadt Sloane erre irányuló témafelvetése, de örömmel üdvözöltem.

A személyiségzavarokat általában három nagy csoportra bonthatjuk. Különcök, teátrálisak és szorongók. Sloane az utolsóba, azon belül is a dependens altípusba tartozik.

A kategóriára jellemző a passzív függés, az egyedülléttől való félelem, felelősséghárítás, az elhagyatottságtól való félelem. Amikor két évvel ezelőtt a kezembe kaptam Sloane kartonját, jócskán eleget tett a sormintának. Az ütemezett terápiáknak köszönhetően viszont Miss Rivers rengeteget változott. Megtanulta helyén kezelni magát, és az önbecsülése is fejlődött. Egy ponton azonban megrekedtünk.

A jövőkép, illetve a kritikus téma – a bizalom – továbbra is sarkalatos pontok maradtak. A tizenhat éves kor előtt ért megrázkódtatásokkal háromszor nő az esélye a pszichés zavaroknak, az átélt trauma mértéke kockázatemelő. Jelenleg a trauma feltárásán munkálkodunk.

– Nem lehet, és nem is szabad mindent kimatematikázni. – Igyekeztem eltéríteni a szélsőséges megoldások közeléből, amelyekhez legalább annyira ragaszkodott, mint a vágyhoz, hogy megfeleljen a bátyjának.

– A bizalom éppen azért csodálatos, mert olyan lépcsőfokot feltételez, ahova *együtt* lépünk fel a másik emberrel – emeltem fel nyomatékosan a mutató ujjam.

– Kiemelném az *együtt* szót, Sloane, ugyanis mindig ketten kellenek hozzá. Ha az egyik fél megadja önnek a kezdést, akkor nem szabad figyelmen kívül hagynia.

Sloane háromszor összeütögette a tornacipője orrát. Sokszor beszélt nekem gyermekkora meghatározó meséiről. Azokról a vadregényes tájakról,

amelyekben elbújhatott a valóság elől. Most leginkább az egyik kedvencére, *Dorothy*-ra[6] hasonlított, mielőtt hazatért volna Kansasbe, csak éppen fordítva. Vajon Sloane mit kívánt volna magának a Jó Boszorkánytól?
– Azt hiszem – szólt –, mégis megtaláltam a bizalom kapcsolóját.
Kattintottam egyet a tollammal, és érdeklődőn figyeltem rá. Felém fordult, kislányosan elmosolyodott, és így fejezte be:
– A bátorság.

---

[6] Az Óz a csodák csodája szereplője

◊ Zack ◊

Nem szeretem, ha olyasmit akarnak lenyomni a torkomon, ami nincs ínyemre. Szó szerint véve sem. Egyetlen ember van, akitől eltűrök ilyesmit, és az Loanie. A húgom sajnos kínosan ügyelt rá, hogy anyánk ne vigye a sírba a vegán táplálkozás apró örömeit – nem mintha tudnám, mik is ezek. A lényeg, hogy Sloane kizárólag biogazdálkodásból származó alapanyagokból főzött. A tönkölyliszt meg a szójatej még hagyján, na de az eritrittel meg a chia maggal kivertem a biztosítékot az árusoknál. Amikor körülbelül harmincadik alkalommal vittem haza „arra hasonlító" cuccot, mint ami a bevásárló listán szerepelt, Sloane lejjebb adott az igényeiből. Mára csak a lisztet és a cukorpótlót vette szigorúan, de azért azok is próbára tették egy-egy kereskedő béketűrését. Ezzel a bevásárló mizériával frankón olyanok vagyunk, mint egy öreg házaspár.

– Mit mondana a sarlatán Gavreel – kérdeztem egyik nap a húgomat –, mi is ez? Kodependencia?

Sloane úgy bámult rám, mintha káromkodtam volna.

– A kodependencia diszfunkcionálisan működő párkapcsolat – okított ki a kis személyes zsebkönyvem. – Mi inkább kölcsönös hasznossággal viszonyulunk egymáshoz. Mint a hibiszkusz és a kolibri.

– Reméltem, hogy nem a baktériumokat meg a gombákat fogod felhozni példának.

Sloane megrovóan nézett rám, de szerintem csak azért, mert igazam volt. Mivel pontosan ilyenek vagyunk: szimbiózisban élünk. Ma már kizárólag a piacon szerzem be a hozzávalókat, megbízható emberektől, akik már betéve ismerik a bogaraimat. Cserébe Sloane konyhába függesztett táblázaton vezeti a heti menüt, amire szabadon ráfirkálhatom a kívánságaimat. A héten borsó fasírtot és édesburgonyát kértem. Tudom, elsőre elég hülyén hangzik, a srácok előtt nem is nagyon reklámozom, hogy miket eszem. Egyszer azért behúztam őket a csőbe, amikor átjöttek vacsorára. Sloane nem árulta el, mit is tálalt fel, snapszerezés közben viszont csak úgy mellékesen megpendítette egy zöld ász dobása után, hogy „Egyébként ízlett a szója?".

Sosem fogom elfelejteni a srácok képét.

Ma délutános voltam a műhelyben, ezért első utam a piacra vezetett. Szerettem itt kószálni reggel, amikor nagy volt a tömeg. A régi, kihasználatlan pályaudvar közepén lüktető massza arra emlékeztetett, amikor az ősidőkben még a vonatra, és nem a kelkáposztára vártunk. Javarészt az erynnisville-iek aggastyánjai szédelegtek a szűk sorok között. Néhányan fásultan integettek, páran kedélyesen elcseverésztek velem sütőtök-válogatás közben, de találkoztam olyannal is, akinek nem akaródzott felismernie engem, ezért inkább udvariasan a másik irányba kanyarodott.

Rájuk se bagóztam. Úgy éreztem, bizonyos szempontból ez is egyfajta kölcsönös haszon. Ameddig nem bántják Loaniet, nincs kifogásom az ellen, ha levegőnek néznek. Inkább arra koncentráltam, hogy ha elég magasra kihúztam magam, beleszippanthattam a homlokmagasságban kavargó sült szalonna- és friss zöldségillatba. Az embernek kedve támadt beleharapni.

– Akkor már csak két liter rizstejet kérek – szavaltam a rendelést a húgom gyöngybetűkkel írt listájáról, majd a zsebembe gyűrtem a papírt. A fa tárolórekeszek mögül egy vézna, boglyas hajú, sasorrú srác kukucskált ki. Aaronnak hívták, osztálytársam volt a középiskolában. Érettségi után nem vették fel a főiskolára, ingázni lusta volt, ezért sok más kölyökhöz hasonlóan, a családi kasszát vitte tovább. Nem hibáztattam érte, az erynnisi sorsok közül ez volt a legnépszerűbb. Számunkra nem sok babér termett ezen az eldugott vidéken.

– Hé, kellenek még azok a rekeszek neked valamire? – fojtottam belé a szót, amikor átfutott az agyamon, hogy ha egyszer nekidurálnám magam a galéria elkészítésének, akkor milyen frankó polcokat tudnék eszkábálni ebből az alapanyagból.

Aaron részéről valami nagyszabású elutasítás volt készülőben, mert olyan képpel méregetett, mintha ajtóstul rontottam volna a házba.

– Nem létfontosságú a dolog – szögeztem le. – Csak ha neked nem gáz.

– Ja, hogy azok. – A dobozok irányába fordult, aztán megint felém. – Legközelebb elviheted, ha még kell, amikor kipakoltam belőlük. Úgyis a kukában végzi az összes.

– Kösz – tartottam fel a hüvelykujjam.

– Rizstejet viszont nem tudok adni – bökte ki végre, mire megvilágosodtam. Szóval innen fújt a szél.

– Két hete megrendeltem. – Szerencsére csalódottság, és nem rágalom érződött a hangomból. Aaron megbízható forrás volt. Kábé a harmadik olyan személy a piacon, aki nem érezteti velem, hogy idegen nyelven vakerálok. Semmiképpen nem akartam rossz benyomást tenni rá.

– Egy ideje nem kaptunk bio szállítmányt. – Megvakarta a nyakát. Körmével piros csíkokat kapart a bőrére. – Biztos nektek is meggyűlt a bajotok a kávérendeléssel. Nem tudom, hogy milyen galiba történt a teherautós ürgével, aki Delawareből fuvaroz.

– Mi nem tapasztaltunk ilyesmit.

– Biztos? – csodálkozott. – Pedig ha jól emlékszem, pont a kávézót hozta fel példának…

– Nem értem az egészet. A húgomtól úgy tudom, azzal nem volt baj… – *Várjunk csak!* – Most esett csak le, hogy bár parkolt mostanában a Könnyek előtt teherautó, nem kávét hozott, hanem könyveket. Legalább öt böhöm dobozzal.

Egy szempillantás alatt dühbe gurultam. Az a nyavalyás Aiden Kelly! Az ő haszontalan rendelése felborította Erynnisville rendjét! Gondolom, az ő kis fuvara több állomásról érkezett, ezért nemes egyszerűséggel megtizedelte a helyiek igényét. Legyen átkozott! A legkomolyabban, ezt mégis hogy képzeli?! Loanie pedig a cinkosa volt… biztos tudomása volt a késésről, de nem szólt nekem, hogy ne marakodjak megint azzal a nyomorulttal. Most mégis mit kéne tennem? Térdeltessem a kukoricára mindkettejüket?!

Amilyen hirtelen felpaprikáztam magam, olyan gyorsan csillapodtam le. Aaron várakozón pislogott, mit sem tudva bosszúságom okáról.

– Tudod, mit? Felejtsd el az egészet – morogtam. – Akkor csak ezeket kérem. – A műanyag asztal tetejére pakoltam a zablisztet, a zöldségeket meg a keleti fűszereket, amit a kávéhoz használtunk. A sütőtök héjára béna vigyort képzeltem, amit a kölykök késelnek beléjük Halloweenkor. *Mi olyan mulatságos, te idióta?* – szitkozódtam magamban.

Aaron kihúzott egy ceruzát egy nejlonzsák szájából, aztán a radíros végével pötyögni kezdte az árut a múlt századból ránk maradt számológép gombjain. Az jutott eszembe, hogy Kellynek sokkal modernebb technikai cuccai vannak, ez a párhuzam nem segített a belenyugvás stádiumában maradni.

– Hé, ha akarod, rád csörgök, ha hoznak rizstejet – engesztelt Aaron. – Van telefonotok a kávézóban? Vezetékest olcsóbban tudok hívni.

– Nincs! – vágtam rá durván. Aaron meg is állt a leltározás közben egy percre. Kelly egy ideje rágta a fülem a kávézós vonal miatt, de végül csak az internetre mondtam ámet. Azt is kizárólag Sloane unszolásának köszönhette.

– De az otthonit meg tudom adni – tettem hozzá békítőleg, mire Aaron bólintott.

– Helyes. Akkor ezt leboltoltuk. – Ja, ami azt illeti, szó szerint.

Összefogtam a vászontáskák száját. Bárcsak az emberekét is ilyen könnyű lenne befogni. Megköszöntem Aaronnak a segítséget, és még kétszer megdicsértem a kövér zöldségeket, csak hogy némileg lefaragjak az iménti bunkóságomból. A következményeknek úgyis csak Loanie inná meg a levét, és azt semmiképp nem akartam.

Úgy közlekedtem a két batyuval, mint egy málhás szamár, aminek bekötötték a szemét. Néhányszor beütöttem a térdem a standok kiálló szélébe, máskor pedig meglöktem egy téblábóló bácsit vagy nénikét. *Csak egyszer jussak ki innen!* – fohászkodtam. A kolbász meg a csorgó méz illata már hányingert keltett bennem. Amikor beleszippantottam a friss, őszi levegőbe, már nem fuldokoltam. *Talán nem ártana megfontolni, hogy a Rivers családban ki is az, aki mentális kezelésre szorul...* – Ezen jót szórakoztam magamban, de a szám még azelőtt megfeszült, hogy egyáltalán felfelé görbült volna.

A sarkon ismerős alakot vettem észre. Jobban mondva egy hetykén mozgó, fekete pontot. Aiden Kelly éppen a Könnyek utcájából kanyarodott ki, a templom felé vette az irányt, amerre az az isteni vendéglő található. Követtem, mintha csak egy kártevő lenne, és az alkalmas percet várnám, hogy széttrancsírozzam a cipőm sarkával, amikor a dög a legkevésbé számít rá.

◊ Aiden ◊

Az erynnisville-i élet nagyjából ahhoz hasonlít, amikor Gulliver hajója megfeneklik Liliputban. Itt minden kisebb és kevesebb, mint máshol. A boltok, az utcák, a templom és sajnos a kínálat is. Pedig nem is Tokió volt a mérce, ahol aztán tényleg mindent lehet kapni.

A minap például egy egészen egyszerű vággyal érkeztem a sarki „mindenesbe", de az eladó szinte a képembe röhögött, amikor cheddar sajtot meg mogyoróvajat kerestem. Végül egy tapasztalattal és egy tzatziki fűszerrel lettem gazdagabb (mert azt persze lehetett kapni minden zokszó nélkül, bár gőzöm sincs, hogy mire fogom használni).

Úgy döntöttem, hogy ami a kulináris élvezeteket illeti, ma adok egy esélyt a helyi szakácsoknak. Sloane ajánlotta a kisvendéglőt a múltkor, de csak most vettem rá magam, hogy kipróbáljam. Egy kört megér, nem igaz?

A pincér udvarias volt. Azt a tipikus, mindentudó mosolyt láttam az arcán, amihez már igazán hozzászokhattam a három hónap alatt: *Á, te vagy az a srác, aki nemrég költözött ide, és az Angyalok Könnyében dolgozik, igaz?* – olvastam le róla. Mindemellett a fiú nem volt tolakodó. Az inkább a Theia O'Neil korabeli lányokra volt jellemző, de azért ők is igyekeztek türtőztetni magukat. Mégiscsak egy vallásos kisvárosról beszélünk.

Beléptem az étkezőbe. A körasztalok egymástól tisztes távolságban, hangulatosan elrendezve. Ez, mondjuk, kivitelezhetetlen lett volna egy menő, manhattani bisztróban, ahol egymásnak koccantak a könyökök étkezés közben. Erynnisville-ben volt hely arra, hogy az emberek tisztes távolságban bonyolítsák a magánéletüket, de ettől függetlenül azért belelógtak egymás intim szférájába.

Kerestem egy üres helyet az ablak mellett. Nem szöszmötöltem sokat, hanem azonnal böngészni kezdtem az étlapot. Elégedettséggel töltött el, amikor megakadt a szemem a dolmadákián. A szomszédos asztalok felől zsibongás hallatszott. Sloane csendes zugnak festette le a helyet. Nem tudtam hova tenni a rajcsúrt. A jobb oldali ficakban több asztalt is összetoltak, így a zajos vendégek virágalakban ültek körülötte. A jelenlévők lyukas órájuknak örvendő diáklányok lehettek: a legrosszabb ebédpartnerek, akiket kívánni lehet. A székek lába nyikorgott; élesen csattogtak az evőeszközök, nyitásra sziszszentek a szénsavas üdítők. Tulajdonképpen még volt időm arra, hogy kereket oldjak, de mi tagadás, nagyon éhes voltam, ezért összeszorítottam a fogam, és maradtam.

– Muszáj minden télen eljátszanunk ezt a dedós játékot? – nyavajgott az egyik lány. Mivel háttal ültem nekik, nem láttam az arcukat, de mindegyiket nagy rózsaszín masnival és szőke copffal képzeltem el.

– Ha nincs kedved hozzá, akkor eredj haza, de ne sírjon a szád, ha lestoppoljuk a legjobbakat. – Bele se mertem gondolni, hogy vajon miről beszélhetnek. *Vidéki fruskák.*

– Sikerült választani? – *Nekem?!* A srác olyan hirtelen bukkant fel, hogy hirtelen azt sem tudtam, mit mondjak. Nekem is le kéne stoppolnom valakit?!

– Citromos rizslevest és dolmadákiát kérek. – Olyan halkan adtam le a rendelést, amennyire csak módomban állt. Már csak az hiányzott, hogy magamra vonjam a figyelmet. Nyugodtan és csendben szeretek enni. Például Sloane-nal a Könnyekben. Ott semmi sem idegesít.

A pincér sajnos túl hamar távozott, így a vendéglőt megint a lányok dallamos röhécselése töltötte meg. Időközben kissé lemaradtam a történésekben, de egy pillanatnyi kétséget sem hagytak arra, hogy ne tudjak felzárkózni.

– Minden évben őt választod, Abigail!

Metsző nevetés hallatszott.

– Nem is igaz!

– Minden évben eljátsszuk ezt a cirkuszt, igaz, Sarah?

– Bizony! Komolyan, nincs más rajtad kívül senki, aki zsinórban harmadszorra akarja lestoppolni Noah Wayne-t. – A névre én is felkaptam a fejem. Mint egy új színdarabban, amit még nem látott az ember, nem tudja hova tenni, és akkor megjelenik egy ismerős arc: „Ő az. Őt már láttam valamiben játszani." A történetnek így azonnal lesz egy személyes hangulata.

– De Noah Wayne olyan helyes... – gügyögte az Abigal nevű lány.

– Akkor is unalmas mindig ugyanazt a pasit mondani... – vetette ellen (feltehetőleg) Sarah.

– Ja, lehetne, mondjuk, Mason Walker is...

– Fúj! Az a kripli?! – A szám vékony vonallá préselődött.

– Akkor Aaron Manning! – csattant fel Abigail.

– Mert olyan jól passzol egymáshoz az Aaron és Abigail? – nevetett gúnyosan a harmadik lány, akit egyelőre nem neveztek meg.

– Helyes, de a piacon dolgozik – kritizálta Sarah, és szinte láttam magam előtt, ahogy olyan képet vág, mintha valami savanyúba harapott volna. – Válassz inkább olyat, akinek menő állása van.

„Miért, mi számít menő állásnak Erynnisville-ben?" – lett volna kedvem megkérdezni a zsűri stábját.

– Noah is a Newman Műhelyben dolgozik – vitatkozott Abigail. – Most akkor állás vagy kinézet alapján szelektáljuk őket?

– Az mindegy – jött az egykedvű felelet. – Lényeg, hogy a döntést nem lehet visszavonni, és azt a fiút kell elhívni a végzős bálba.

Á, tehát innen fújt a szél! – Ami azt illeti, ilyen primitív gondolat fel sem merült bennem. Ezek a lányok lestoppolják a helyi fiúkat, hogy aztán ne tépjék ki egymás haját, ha ugyanazt akarják? Végül is nem teljesen agyatlan elképzelés.

Ekkor a pincér kihozta a levest, én pedig hálásan néztem hol rá, hol a tányérra. Megelőlegeztem a jó ízt, mert jelenleg bármi jobban esett, mint ez a buta locsogás.

Az első kortyok jóleső simogatták a szájpadlásomat. A leves felmelegített ebben a zimankós időben. A következő falatnál viszont nem ártott volna vigyázni. Ráharaptam valami keményre, ami megcsikordult a fogam alatt.

– Isaac Hunt se lenne rossz, csak ne lenne olyan bogaras a húga... – Ennek hallatán sűrű könnyek szöktek a szemembe. Mintha egy csalánycsokorba nyaltam volna.

– Nem mindegy? Nem a húgával kell randiznod... – A torkomat lángnyelvek nyaldosták. Azonkívül semmi mást nem éreztem. Ami azt illeti, azt hittem, hogy az ízlelőbimbóimtól örök időkre elbúcsúzhatok. Nagyokat kortyoltam a szénsavas vízből.

– Isaac tesója még mindig kevésbé bogaras, mint Zack Riversé… – Kis híján félrenyeltem. Egyelőre nem is mertem tovább folytatni az étkezést.

– Hát igen, anya azt szokta mondani a buggyant unokatesómékra is, hogy család ellen nincs orvosság…

– Ti voltatok a kávézójukban? – faggatózott Sarah, miközben én minden sikeres nyelésért úgy küzdöttem meg. – Mi is a neve, Angyalok Könnye?

– Nem nagyon jártunk még ott – vallotta be Abigail. – Apuék azt mondták, hogy kerüljem el a helyet. Nincs baja Riversékkel, de szerinte jobb a békesség.

– Tulajdonképpen mi az ábra azzal a lánnyal?

– Azt senki sem tudja pontosan.

– Talán csak Helené…

– Á, a városban azt beszélik, hogy amióta a néni nehezen jár, nem nagyon találkoztak. Meg Riverséket nem is nagyon lehet látni az erynnisi oldalon, mióta eladták a régi házukat, tudjátok.

– Na jó, de akkor sem árt tudni, hogy közveszélyes-e az a csaj, aki mellé esetleg beállok feladni egy csekket a postán… – Közveszélyes?! A szó úgy akadt fenn a torkomon, mint korábban a csípős falat.

– Láttad te már Sloane Riverst a postán, vagy ami azt illeti, bárhol a kávézójukon kívül? – Kicsit szégyelltem magam. Még sosem hallgatóztam ilyen pofátlanul, de most minden használható eszközömmel berendezkedtem rá. Ilyen közelségből még sosem hallottam senkit a társdulajdonosaimról beszélni.

– Él még az a lány egyáltalán? – kérdezte cinikusan Sarah. Nem sokat tudtam elmondani erről a lányról, de az biztos, hogy nem lopta be magát a szívembe.

– Nagyon is – mondta komolyan Abigail. – Theia O'Neil kettővel felettünk jár, és hallottam, amikor mesélte a suli folyosóján, hogy félállásban ő is ott dolgozik.

– Na ne már! – Koppanás hangja ütődött vissza az asztaluk felől. A poharak összecsendültek. – Szívatsz?

– Esküszöm! – szinte magam előtt láttam, ahogy Abigail a szívére helyezi a tenyerét.

– Legközelebb tuti megkérdezem tőle!

– Felesleges – állította le Abigail. – Többen próbálták, de Theia nem hajlandó Sloane-ról beszélni.

– Lehet, hogy a Rivers fiú megfenyegette – találgatott Sarah. – Olyan nagy godzilla, simán kinézem belőle…

– Ki merné megfenyegetni a seriff lányát?! – Ez az Abigail már sokkal értelmesebbnek tűnt. Sarah igazán felzárkózhatott volna hozzá.

Időközben hozzáláttam a második fogáshoz, de a figyelmem ezúttal egy percre se szakadt le a lányok társalgásától. A dolmadákia tulajdonképpen szőlőlevélbe bugyolált hús. Az omlós rétegek szétmállottak a fogaim alatt, ahogy ráharaptam. Szaftos, sűrű töltelék folyt a közepén. A textúrája selymesnek hatott. Már-már csiklandozta a nyelvem.

– Egyébként, én azt hiszem, egyszer láttam Sloane-t.
Sarah hitetlenül horkantott:
– Hol?
– A tó közelében – válaszolta a harmadik lány. – Ha jól emlékszem, akkor a hídnál.
– Csak hiszed, hogy őt láttad – torkolta le Sarah. – Milyen ember lehet az, aki még a boltba vagy a templomba se dugja oda a képét? Ha nem lenne takargatni valójuk, akkor nem bújna el a kávézójukban.
– De ott viszont rendesen kiszolgálja a vendégeket – mondta Abigail, mire a másik kettő szúrósan nézhetett rá, mert gyorsan hozzátette: – Én legalábbis ezt hallottam.
– Ha nem bővült volna a kávézó, akkor szerintem nem is lennének vendégeik – felelte lefitymálón Sarah. *Ajaj... témánál vagyunk, hölgyeim!*
– Mi az, hogy bővült?
– Nem hallottad? – csattant fel Sarah. – Kettéosztották az üzletet, és az egyik oldalon antikvárium működik.
Ösztönösen megérintettem a halántékom, és ernyőt formáltam a kezemből, amiről azt képzeltem, hogy eltakar.
– És ha már itt tartunk, az a bizonyos Aiden Kelly megéri a vásárolt könyv árát. – Éreztem, hogy a combom csúszni kezd a széken, ahogy az asztal alá süllyedek. Az ebéd ezzel szemben felfelé kúszott a torkomon.
– Menjünk el egyszer a Könnyekbe! – ajánlotta az ötletet a harmadik. Félbehagytam a dolmadákiát, és beleszúrtam az utolsó göngyölt húsba a villát.
Üveg koccant üveggel, amikor a lányok átnyújtóztak az abrosz fölött, hogy koccintsanak.
– Én lestoppolom Aiden Kellyt!
Csilingelő nevetés hallatszott.
– Ez nem ér!
– Dehogynem! Így szólnak a szabályok.
Másra se vágytam egész életemben, mint hogy szabályt írjanak arról, hogyan stoppoljanak le egy olyan marhaságra, amihez a világon semmi közöm nem volt. Komolyan mondom, hogy a tizenéves lányoknak nincs ki mind a négy kerekük... Semmi másra nem vágytam, mint hogy azzal a személlyel töltsem el a legközelebbi ebédemet, akit furcsának tartottak, és akinek nem mertek a közelébe menni...

4. Fejezet

◊ Zack ◊

A legőszintébben csodálkoztam, hogy nem törtek elő tűzcsóvák az orrlyukamból. A műhely akár egy gázkamra, pedig odakint egy és két fok között libikókázott a higanyszál. Mr. Newman nem sajnálta ránk a fűtést, de főleg nem a *páciensekre* – így nevezte a garázsában parkoló autókat.

Vállgödrömbe töröltem az izzadt homlokomat, aztán egy Suzuki Swift motorháztetejére vágtam az egyik vászonkesztyűt. Sem a védőfelszerelésért, sem a kocsiért nem volt kár. Előbbihez Loanie ragaszkodott – szerinte ápoltnak kellett lennie a kezemnek, amikor hétvégén felszolgálom a kávékat. Utóbbi a legújabb munkánk, aminek a legkevésbé se tudtam örülni. Isaac és Noah a Corvette-et bütykölték, rám cserébe az efféle pitiáner megbízásokat sózták. A Swift tipikus Suzuki hibával gurult be reggel: fékjavítás. A kis japánok igazán ügyelhettek volna erre, ha már olyan nagyra vannak az eszükkel! Ez a negyedik ilyen autó a héten... egy órán belül kicseréltem a blokk hidraulikus részét, de alig szusszantam egyet, már farolt a következő. Torkig voltam. *Ezerszer több vagyok az ilyen rutinműveleteknél, és ezt Mr. Newman is tudta!* Nekem a Corvette-tel kellett volna foglalkoznom, de a főnök szerint se Isaac, se Noah nem pörgették olyan gyorsan a melót, mint én, így jó pofát kellett vágnom az egészhez, és befognom a számat.

Príma szerelő vagyok, gyakorlatilag bármit meg tudok javítani, mégis... többre vágytam: saját műhelyre, ahol én szabhatom meg a feltételeket. Apám mindig azt mondta: „Bábuk vagyunk az élet sakkjátszmájában, de nem mindegy, milyen szerepet oszt rajta a végzet." Jelenleg gyalogos voltam, de én király akartam lenni. Apám erre azt mondaná, hogy „Meg kell tanulnunk szolgálni ahhoz, hogy irányítani tudjunk.".

Én magam is ezt gyakoroltam. Bárcsak az emberi természethez, a *benyaláshoz* konyítottam volna olyan jól, mint a gépekhez meg a szerszámokhoz, de Loanie szerint senki sem állt olyan amatőr szinten az érzelmek terén, mit én.

– Rivers! – A hangár falait végigkarcolta a főnök hangja. *Hogy én mennyire gyűlölöm a szájából hallani a nevemet!*

– Mr. Newman! – Reflexből a kezeslábas oldalába töröltem a piszkos mancsaimat, pedig nem készültünk kezet fogni, vagy ilyesmi. A főnök az főnök, előtte jobb szerettem makulátlanul mutatkozni.

– Mi van veled? – kérdezte Mr. Newman. Pocakos, deres hajú, nyugdíj előtt álló férfi volt. Termetre alig súrolta az egy-hatvanhármat, Loanie magasságát. Egyszer behúztam Isaacnek, amikor arra célozgatott, hogy milyen jól passzolnának a húgommal az oltár előtt. – Lázad van, fiam?

Noah-ék az egyik targoncát támasztották a bal oldalon. Látszólag szendvicscsel tömték a fejüket, de a szájuk helyett a fülüket tornáztatták. Alighanem az „előléptetés" szót próbálták kivenni a beszélgetésből.

– Kicsattanok, uram – válaszoltam a tőlem várható legmeggyőzőbb hangon, mire Mr. Newman megcsóválta a fejét. Jobbját a vállamra helyezte – oda, ahova korábban a koszos képemet töröltem. Kissé lábujjhegyre kellett gimnasztikáznia magát a művelethez.
– Menj haza előbb, Zachary!
Heves fejcsóválásba kezdtem, mire elvette rólam a kezét. A tenyere tiszta maradt – *úgy látszik, csak a magunkfajtára tapad a sár és a kosz.*
– Biztosíthatom, hogy semmi bajom, Mr. Newman.
A vonásai megkeményedtek.
– Nem javaslat volt, fiam – mondta szigorúan. – Ma rendkívül figyelmetlen vagy és óvatlan. Wayne csaknem betörte a koponyáját, amikor a motort bütykölte, te meg a szerszámokkal zsonglőrködtél Hunttal. – Isaac bamba vigyorral kért elnézést a neheztelőn fintorgó Noah-tól, amikor magukra ismertek a történetben.
– Nincs szükség egy felesleges balesetre – szónokolt tovább az öreg, én pedig lehorgasztottam a fejem.
Loanie örökösen azzal vádolt, hogy a szemeim túl beszédesek, így inkább önkényesen lesütöttem őket. Nem hiányzott, hogy Mr. Newman megvetést és haragot fedezzen fel bennük.
– Pihenj otthon – kért egy fokkal jámborabban. Ha nem állt volna a célom útjába, ha nem emlékeztetett volna arra, hogy fiatalabb, mint apám, akkor ki tudja... talán kedveltem volna.
Amint az irodájába vonszolta a zömök testét, a haverjaim máris a kukába vágták az uzsonnájukat, és mellettem termettek.
– Na, mi van? – lihegte Isaac. Lehelete paprikás-olivás vajszagot árasztott. – Célozgatott valamire az előléptetéssel kapcsolatban?
Nem szóltam semmit, a srácok pedig elkomorultak.
– Bemész Loanie-hoz? – evezett veszélyesebb vizekre Isaac. – Koccanunk a Könnyekben meló után?
– Legyen – adtam be a derekam. – Előtte hazavonszolom magam. Lezuhanyozom meg átöltözök.
– Hé, töki! – kiáltotta utánam Noah, amikor a kijárat felé vánszorogtam. – A Corvette miatt meg ne fájjon a fejed! Megvárunk vele holnap.
A Helenénél tett kijelentésem a duplájára izmosodott:
A barátaim voltak azok, akikkel és akikért *bármire* hajlandó lettem volna.

*

Körbe-körbe csigáztam a folyosó keskeny lépcsőin. A lábaim erősek, de ma csigalassúsággal vánszorogtam a harmadik emeletre. Ezek voltunk mi: szerpentinen liftező lelencek. Ennyit tudtam előteremteni kettőnknek, miután eladtam a családi házat a fejünk felől.
A társas apartman még a tizenkilencedik században épült; műemlékjellegű volt. Boltívén kőből faragott, pucér angyalkák repkedtek. Itt-ott még a kovácsoltvas korlátja között is leselkedtek. Külön bejáratú, idomított háziállataink, akik gyakorlatilag azért voltak, hogy ne érezzük olyan cefetül magunkat.

A téglaház télen-nyáron hűvös, árnyékos és csendes, ugyanakkor dohos, nyirkos meg huzatos is. Nyugdíjasok, egyedülállók fészke. Mindannyiunkat elkülönített a kisvárosi arisztokráciától; attól a kertvárosi negyedtől, ahol még a szüleinkkel laktunk. A környékünkön pezsegtek a középiskolás bandázások, a pitiáner bűnözések, egyszóval Erynnisville sava-borsa.

Sloane-t sosem engedtem egyedül csavarogni sötétedés után. Ezt jellemzően lázadozva fogadta, de ebben nem ismertem tréfát. Tudom, mire képes az utca világa – valaha a részese voltam. Ameddig módomban áll védelmezni a húgomat, nem is fog tudomást szerezni róla.

A postaláda dugig volt tömve számlával. Persze – a hónap elején ez nem is csoda. Szitkozódtam, és a hónom alá préseltem a kupacot, miközben kinyitottam a bejárati ajtót. Az előszobában lerúgtam a cipőmet, majd nyújtóztam, és odatalpaltam egyet a falapnak is. A kulcscsomó csörögve landolt az üvegasztalon; a magas belmagasság távolra csalogatta a zaját. Tök jó galériát lehetne összehozni belőle, de annyira még sosem unatkoztam, hogy rászánjam magam. A nappali volt a lakás legtágasabb, legfényesebb helyisége, avagy a „brancsszobája", ahogy Loanie nevezte, miután a haverokkal rendszeres gyarmaturai voltunk. A húgom soha nem fecsegett a szőnyegen a barátnőivel, sosem kaptam rajta a pasijával, amint a kanapén smárolnak. Ő csak csatlakozott mellénk egy-egy kártyapartin. Sört hozott a hűtőből, tányért lebegtetett elénk pizzaevés közben, és jóízűeket nevetett Isaac baromságain. Annyira hozzászoktunk, hogy fel sem tűnt: ennek tulajdonképpen nem így kéne történnie.

Felmarkoltam egy energiaitalt a konyhapultról, aztán jobb fordulatot vettem a nappaliba. A téglalapformájú szoba szemközti falát egy fekete bőrkanapé töltötte ki. Helyenként kósza lyukak tátongtak a szöveten. Néhányat cigicsikkek, néhányat pedig az előző tulajdonosok követtek el ellene. A foltjai ellenére jó vételnek találtam; még akkor is, ha használtan vásároltuk. A kanapéval szemben alacsony dohányzóasztal, tévéállvány – azon pedig régi bakelitek, magnókazetták és könyvek hevertek szanaszét. Technikai felszerelések terén hadilábon álltunk: kizárólag egy CD lejátszós *Panasonic* magnónk meg egy ócska diavetítőnk volt. Utóbbihoz Loanie ragaszkodott – ezek maradtak az utolsó emlékeink a régi házunkból.

Levágódtam a kanapéra, és magam mellé szórtam a postát. Mielőtt alámerültem a befizetések meg a számok tengerében, engedélyeztem egy kis időhúzást. Egyik lábamat a kisasztalra rámoltam, hüvelykujjal felpattintottam az energiaital pöckös nyitóját. Belekortyoltam a tömény, szénsavas löttybe, aztán mélyet sóhajtottam. Kelletlenül az ölembe húztam a leveleket – mint a sorshúzásnál válogatni kezdtem közöttük. Az első nyerőszámunk az áram, aztán a gáz, a telefon meg bla, bla, bla. Csak a szokásos sorminta, meglepi nuku.

Ellenben a következő boríték kitűnt a többi közül. Mint holló a fehér galambok között. Előre-hátra forgattam, de nem találtam rajta se címzést, se bélyegzőt. A boríték lila volt. Nem olyan lágy, mint a vadvirágok Gaia partján, és nem is az az árvácskaszín, ami Loanie kedvence. Ez vad volt, és tolakodó.

Bíbor.

Talán az e havi játék mégis izgalmasabbra sikerül, mint az eddigiek – gondoltam. Combom mellé támasztottam a márkátlan üdítőt, aztán a fülénél fogva feltéptem a levelet. Fejjel lefelé fordítottam a borítékot, belsejéből egy egyszerű papírlap hullott a zsíros pólómra. Bevallom, egy kissé csalódott voltam. Megfogtam a papírt, és a szemből beömlő fény némi írást vetített át rajta. A betűket olyan írógéppel nyomták, amit már senki sem használt. Nekünk is csak azért volt ilyen masinánk, mert Sloane nem engedte, hogy megváljunk tőle az egyik ócskásnál. „Anya sokat használta" – mondta mindig, és tudta, hogy ezzel legyűr.

A szám cuppanó hanggal nyílt szét, amint olvasni kezdtem a levél tartalmát:

„A rózsabogarak nem sírnak"

Ez az egy sor állt a lapon. Semmi más. Egy darabig a lap széleit karcolgattam az ujjammal, aztán elvigyorodtam:

Ezért még megfizetsz, Isaac, te vén huligán! – Fogtam, galacsinná gombócoltam az üzenetet, és lustán végiggurítottam az asztalon. Az fesztelenül, mit sem sejtve inalt az útján, mígnem némán megérkezett a bútor sarkához. Az élén megbillent, és végül a „szakadékba" hullott.

◊ Sloane ◊

Dr. Gavreel szavain töprengtem. Ha a bizalom kapcsolója a bátorság, akkor egyszerűen hagynom kéne, hogy az ösztöneim irányítsanak? Meg akartam ismerni Aiden Kellyt. Bízni akartam benne, de több gubanc is akadt ezen a síkon. Zack olvasatában – hogy rögtön az első gócot említsem – ez vegytiszta árulással érne fel, és ki vagyok én, hogy az ellenséggel barátkozzak? Történetesen kíváncsi, emberi lény. A terápián azt tanultam: minden csak viszonyítás kérdése. A valóság relatív, és pont a bátyám az, aki mindig a félelem legyőzésére sarkallt. Mi van, ha Aiden nem az a rossz, akinek eddig hittük, és az ő szemszögéből mi vagyunk a kibírhatatlanok? Aiden nem volt mesebeli lény, mégis akként villant fel a képzeletemben. A kávézóban töltött délutánok – mint a kézfején a festék – a hám alá itatódtak. Nem tudom, tisztában volt-e vele, de a markában tartott. Két választásom maradt: megismerni vagy menekülni.

– Elnézést, fiatalember! – köszönt az idős bácsi.

Az antik szekció újfent virágzott, a mi kávés sarkunk csaknem hajladozott mellette. Cudar, nyirkos idő volt; az erynnisville-iek inkább odahaza vackolták be magukat a meleg kávéjuk mellé.

– Miben segíthetek? – kérdezte Aiden. Az eső halkan kopogott az ereszen; geil harmóniában olvadt össze a mély orgánumával. Vásárlója, a bácsi gyerekkoromban gyümölcsöket árult a piacon. A nevére már nem emlékszem, de már annak idején sem álltam szóba sok emberrel.

– Az igazat megvallva – fésült végig kopasz fejbúbján a bácsi –, történelmi jellegű könyveket keresek, de nem igazodom ki a polcok között.

Aiden rögvest felpattant. Megkerülte a kasszát, barátságosan átkarolta a férfi vállát, majd a szikár állványrengeteg felé kísérte. Egy nyáját terelgető pásztor benyomását keltette.

– Valóban elég nagy a káosz, elnézést – szabadkozott Aiden. – Még nem sikerült alaposan elrendezni az archívumot. – Az átlós sarok elnyelte őket. Csak egy kósza „értem" és „fantasztikus" szűrődött át a kávédaráló zörgése mellett, de ennyi is elég volt, hogy némi melegséget csaljon a téli időjárásba. Amint visszatértek, Aiden karján három vastag könyv pihent. Súlyuk szerintem az erős bicepszeihez mérten nem volt olyan nagy, mint amilyen nyomást én éreztem a mellkasomon, amikor az izmaira pillantottam.

– Még egyszer nagyon köszönöm – hálálkodott a bácsi, ahogy a pulthoz értek. Most tűnt csak fel, hogy elfelejtettem lefőzni az olasz adagot.

– Ön rendkívül rokonszenves, fiatalember.

A szenvedélyes hálálkodás és a távozás után még sokáig bámultam a túloldalra. Amikor Aiden végzett a számla kiállításával, lezárta a kasszát, és tetten ért.

– Mi az? – kérdezte, ahogy lazán rákönyökölt a masina tetejére. Az izmai megfeszültek a mozdulat közben. Nem úgy volt kidolgozva, ahogy a bátyám. Sokkal finomabban. Ahogy Zack egy birkózót, úgy Aiden egy atlétát juttatott az eszembe. Különböztek, mint egy medve és egy szarvas.

– Miért nem szólsz, ha segítség kell? – ráncolta össze a homlokát. Nem kérdezett vissza, ezért finomítottam a hangoláson. – A pakolásban. – Az arca kisimult; érdeklődőn, már-már döbbenten vizslatott. – Tudom, hogy Theia a te beosztottad is, és sokat segít neked, de hajlamos arra, hogy elkalandozzon, és... – Kicsit belezavarodtam. – Csak azt akarom mondani, hogy nyugodtan megkérhetsz engem is, ha úgy adódik.

– Tényleg? – méregetett kétkedőn, mialatt a karját összefonta a mellkasán. A tetoválása így alulra szorult, ezért – kivételesen – nem tudta elvonni a figyelmemet.

– Közös érdekünk, hogy rendben legyen az üzlet – bizonygattam. – Az üzlet *mindkét* fele.

– A múltkor egy ártatlan jelszót sem akartál elfogadni – mutatott rá. – Pedig az is az üzlet érdekében történt volna.

Ma legyőzött, ezért engedtem, hadd fürödjön a dicsfényben. Kacér vigyor maradt az arcán, amikor a munkába temetkeztem. Zack sámliját kerestem, de tegnap valószínűleg a raktárban felejtettük Theiával. Semmi kedvem nem volt hátra vonulni, és friss esélyt biztosítani Aidennek a hecceléshez. Megmakacsoltam magam, és úgy határoztam, márpedig mankó nélkül fogom elérni a felső polcokat. Lábujjhegyre álltam. Nyújtóztam és csimpaszkodtam, de hiába. Felciccentem; az ujjaim csaknem ízekre szakadtak, aztán a zacskó – varázslatos módon – a markomba vándorolt.

– *Miért nem szólsz, ha segítség kell?* – Langyos érzés költözött a szeplőim mögé, amikor felismertem a saját szavaimat.

Aiden mindössze egy sóhajtásnyira állt tőlem. Elmélyültem az opálszínű szemekben. Rádöbbentem, hogy sosem voltunk még ilyen közel egymáshoz. A válaszfal vagy a bátyám mindig kettőnk közé szorultak. Az orromba szippantottam Aiden kölnijének az illatát. Bergamott, fahéj és dohánylevél aromáját éreztem. Az egyik különlegességünket, a chai lattét juttatta eszembe.

A nyelvemet végighúztam a számon. Olyan érdes volt a felülete, mint a száraz falevelek. Mielőtt bármit reagálhattam volna kivágódott a bejárati ajtó. Nagy zsivaj, vad röhögés szökött be a kinti hideggel. Kemény, határozott léptek dübörögtek felénk; meg sem lepődtem a tulajdonosaik láttán.

– Ti meg mit csináltok? – kérdezte Zack, és közben kitágultak az orrlyukai. A medve zsákmányra talált. A szarvas megfeszült mellettem.

Noah meg Isaac a bátyám mögött leskelődtek, hol Aident, hol engem fürkészve. Nem mintha bármi légyotton kaptak volna bennünket, de zavarba jöttem. Talán mert a bátyámról meg a haverjairól volt szó. Talán mert *tényleg* valami bizalmasat szakítottak félbe.

Aiden ügyet sem vetett rám többé. Lazán elsétált az asztalok között, majd a fiúk mellett is. Egy kósza percre sóvárogva bámultam a tarkójára. Kipukkadt hát a bűvös szappanbuborék.

– Ők mit keresnek itt? – vágtam vissza a bátyámnak. Leakasztottam a kötényem a kabátfogasról, majd a derekam köré csavartam. Az anyag kifordítva tapadt a csípőmre, miközben masnit csomóztam a hátuljára. – Nincs jobb dolgotok, mint itt lógni?

Noah rám kacsintott.

– Csak látni akartunk.

– Akadj már le róla! – rivallt rá Zack, akinek nyilván Aiden létezése szabta karcsúbbra a béketűrését.

Aiden eközben semmi érdeklődést nem tanúsított a jelenlétünk iránt. Arcán fehér fények játéka villódzott, miközben egyik meg másik internetes oldalt váltogatta a számítógépén. Ezzel szemben Noah meg Isaac roppantmód otthon érezték magukat. Felakasztották a dzsekijüket, aztán ruganyos mozdulattal felpattantak egy-egy magas bárszékre, és a fenyőpultra könyököltek.

– Nem maradunk sokáig, Loanie – ígérte Isaac. – Legurítunk egy feketét, aztán már lépünk is.

– Ne szólíts így – kértem automatikusan Isaacet. Nem most kértem először, és gyanítom nem is utoljára. Nem mintha nem szeretném a becenevem, de mára csak Zack szájából akartam hallani a gyerekkort idéző utolsó emléket.

A fiúk javarészt csak a műhely dolgairól diskuráltak. Két bögre elöblítése között így a szemem szabadon átlopódzhatott a szemközti ficakba.

– Holnap csak a kipufogósokkal foglalkozzatok! – vezényelte a másik kettőt Zack. – Részt akarok venni minden egyes fázisában.

– Új megbízás? – kaptam az antik részről való menekülés alkalmán, miközben illatos kávébabot szórtam a tartályba. A motor felbúgott, csörgő hangon berregett a darálás közben.

A fiúk kivárták a sorukat, és csak akkor válaszoltak, amikor lekapcsoltam a felmelegedett készüléket.

– Ha minden igaz, egy nagy halról van szó! – lelkendezett Noah. Az üvegbúra alatt néhány teasütemény árválkodott. Noah felemelte a tetőt, és Isaackel kiszolgálták magukat egy-egy darabbal.

– Nem is meséltél róla – fordultam Zackhez, aki időközben a pult szélén, Isaac bal oldalán foglalt helyet. Úgy festettek, mint a három muskétás Őfelsége mulatójában.

– Mert új. – A szeme sarkából a túloldalra lesett. Aiden a katalógusban pipálgatott; tiszta volt a levegő, ezért szabadon folytathatta: – Nem akartalak untatni vele.

Valószínűleg megbánta az előbbi nyers modort, mert futólag megsimogatta a pulton fekvő kezemet. Az ujja érdes volt, de meleg. Pont, mint Zack. Az érintés nem tartott sokáig, de színültig telt tartalommal.

Két dupla eszpresszót és egy tejeskávét porcióztam ki. Mindenkinek a saját bögréjébe a jól bevált kedvencét. Szépen felsorakoztattam a csuprokat a gazdájuk előtt. A kakukktojás, a tejes fekete Noah előtt landolt. A kanalak kánonban csilingeltek, ahogy a fiúk felkeverték a cukrot a porcelán fenekéről.

– Süssek este vaszilopitát? – kérdeztem. A görög desszertet általában decemberben készítették a gyermekek Szent Vazul számára, aki nagyjából a mi Mikulásunknak felel meg. A receptet Helenétől kaptam, aki nyáron se volt rest megsütni nekünk ezt a finomságot. A hagyományt mi is folytattuk, rendszerint akkor, amikor a srácok kártyázni, sörözni, vagy csak lazulni jöttek át hozzánk.

– Én ráérek – vágta rá Isaac, de Noah savanyú arccal nézett rám.

– Nekem nem jó.

– Delawer? – kérdezte két korty között Zack. Amikor felhajtotta a bögre tartalmát, a pillantásába némi pajkosság költözött.

– Hova máshova vihetném? Ott van a legközelebb mozi – somolygott Noah.
– Ki a szerencsés hölgy? – faggatóztam.
– Nem erynnisville-i.
– Pedig azt hittem, rárepülsz a seriff kislányára – kacsintott Isaac, mire elakadt a szavam egy pillanatra.
– Mit akarna Theiától?
– Mit akar mindegyiktől? – kérdezte cinikusan Zack, amit Isaac újfent nem hagyhatott szó nélkül.
– Ha lehet, ugyanolyan szeplőtelenül vidd haza, ahogy az apukája kiadja neked a vacsora után.
– Mindig figyelek a szeplőkre – felelte Noah, és közben jelentőségteljesen az arcomba bámult, amin feltehetőleg az én pöttyeim voltak.

Valami reccsent a túloldalon. Alig lehetett hallani a srácok dörmögésétől, de mégis megtörtént. A következő pillanatban Aiden ácsingózott a pult előtt, vészesen közel a srácokhoz. Kis híján leborultam a bárszékről.

– Te meg mit akarsz?! – kiabálta Zack, és szinte azonnal felkelt. Úgy sújtott le Aidenre, mintha az párbajra hívta volna. Részéről legalábbis erről lehetett szó, miként a társtulajdonosunk – a bátyám jelenlétében először – merészkedett a mi territóriumunkra.

Aiden nem reagálta le, hogy a bátyám gyakorlatilag *arcon csapta kesztyűvel*. Zöld szeme nem Zackre, hanem rám összpontosított.

– Kimegyek kajálni – mosolygott sejtelmesen, amitől gyomrom falát apró tollpihék csiklandozták.

Lett egy közös titkunk, egy virágnyelvünk, ha úgy tetszik, s ez rögvest megadta az első löketet ahhoz a lassú hullámzáshoz, amely végül a „bizalom" nevű bestiát sodorja a partra.

Nem válaszoltam, a hármas pedig annyira meghökkent, hogy tátott szájjal követték végig Aiden távozását.

– Ez meg mi volt? – vakarta meg az orrát Noah. – Gyakran csinál ilyet?
– Nem sűrűn láttam dumálni – értett egyet Isaac –, kivéve, amikor pattog valami miatt.

Aztán következett a legrosszabb, amire nem lehet elég rafináltan felkészülni:

– Miért jelentette be neked? – kérdezte Zack, miközben az állának közepénél egy kis ideg rángatózott.

Kemény pillantással néztem rá.

– Általában szólunk egymásnak, ha elhagyjuk a kasszát, ebédelni megyünk satöbbi – válaszoltam. – Nem értem, hogy ebben mi olyan nagy szenzáció. – A srácokat elég hamar sikerült leszerelnem, de a bátyám rágósabb falat volt:

– Szeretném, ha minél kevesebbet érintkeznétek. – Kicsit felszökött ennek hallatán a cukrom. Legyen több barátom, mozduljak ki otthonról, de csak sötétedés előtt, és ha belefér, természetesen ne Aiden Kelly legyen az illető, akivel jól érzem magam.

– Csillapodj, Zack! – fortyantam fel, akár a tejhab. – Nem kell mindig a legrosszabbat feltételezni. Csak jó fej akart lenni, ennyi az egész.

– Igaza van – bokszolt a vállába Isaac. Csodáltam a bátorságát. Az én parányi öklöm biztos szilánkosra törik, ha találkozik a bátyám kigyúrt izmaival.

– Newman a potenciális vőlegény jelölt Loanie számára... – mondta elkalandozva. – Gondolj csak bele, hogy mutatna a langaléta srác mellett? – Föl-le liftezett a kezével, hogy a legcsekélyebb értelmi képességűek is felfogják a magasságaink közti különbséget. – A bokájáig se ér fel. – A humor némileg orvosolta Zack mérgét, és ezért maradéktalan hálával adóztam a bohókás Isaacnek (még úgy is, hogy az én számlámat terhelte a megszólalása).

– Ma nagyon elemedben vagy, *bogárka* – mondta Zack.

Isaac kis híján lebukfencezett a székről, amikor Zack visszafizette a karja ellen elkövetett jobb horgot.

– Ezek becézik egymást – fordult felém Noah.

– *Bogárka* – szavalta mit sem zavartatva magát Zack. Isaacnek – ha birtokolta egyáltalán – az értelem legapróbb lángja se gyúlt fel az arcán.

– Mindegy – hagyta rá Zack. – Nagyon szellemes volt, az a lényeg.

– Örömömre szolgál, ha sikerült jó kedvet csalnom arra a besavanyodott, felsőbbrendű képedre.

Ez a *kesztyűzés* már nem maradhatott csak úgy a levegőben csüngve. Zack a hóna alá kapta Isaac nyakát. Lerántotta a székről, és körbe-körbe pörgette az asztalok között. Noah a pultot csapkodta, és üvöltve biztatta őket. Jómagam a fejemet fogtam, és közben azért drukkoltam, hogy egy darabig senki ne akarjon kávét inni az Angyalok Könnyében.

◊ Aiden ◊

A cukorkagyár már évek óta nem üzemel. Pedig a helyiek megesküsznek rá, hogy Erynnisville itt termelte a valaha volt legnagyobb hasznát. Hát, biztos... számomra sosem fog kiderülni... kénytelen vagyok elhinni a sarki boltos meg a postásember szavát, akik nosztalgikus emlékekkel gondolnak vissza a savanyúcukrukra. A helyiektől hallottam, hogy a gyár egy szerencsétlenség miatt ment csődbe. Tíz évvel ezelőtt az esőzések fellazították a talajt, Gaia Szeme pedig egyik napról a másikra kiöntött. A téglás épületbe sarat zúdított az áradás. A föld megpuhult a nehéz téglaváz alatt, és az egész objektum süllyedni kezdett. A seriff szakembereket hozatott Delaverből, így a merülést dúcokkal meg tudták állítani, de a károk helyrehozásához nem volt elég pénzük. Mindenki kedvenc cukorkás embere szétcincálta és áruba bocsájtotta a tulajdonát. Az építményt három évvel később sikerült elsózni. Egy vállalkozó, aki mellesleg csak átautózott Erynnisville-en, meglátta a potenciált a krachban. A gyárból amerikai stílusú loftlakások épültek, az előzményekhez mérten viszonylag jutányos áron. Megvenni csak kevesen tudták az ingatlanokat, de azok is külvárosi emberek voltak, akik kiadták a romantikus földre húzott szobájukat.

Én is egy ilyenben lakom most. A lakás tetőtéri, vörös téglával kirakott, ipari elemekből megoldva. Funkcionális. Éppen egy csendre vágyó agglegénynek való. A nyitott tér zónákra oszlik, így a különböző helyszíneket bútorok választják el egymástól: a hálót egy kockákból kirakott könyvespolc, a nappalit egy hosszú kanapé, a konyhát pedig egy tálalópult. Egyszerű és kényelmes. Béreltem ezerszer trehányabb helyet sokkal busásabb áron, igaz, Bostonban, egy sokkal felkapottabb városban. De mint említettem, Erynnisville-ben könnyű volt kényelmes életet kialakítani, hiszen kevés pénzből is kivitelezhetővé vált. A helyiek nem ragaszkodtak a flanchoz, számukra tökéletesen megfelelt a régi kertesház, amit még az ük-ük-ük-ükszüleik hagytak rájuk. Emellett franc se érti, miért, de nem akaródzott beköltözni nekik azokba a szobákba, amiket az imádott gyáruk falai közé építettek. Nos, nekem és még néhány kalandornak megfelelt így. Igazából megkönnyítették a helyzetünket ezzel a gesztussal.

Súlyos papírdobozokat cipeltem egyik csempehalom tetejéről a másikra, amikor csengettek. Levágtam a súlyos terhet, megtámasztottam a derekam, és ráérősen az ajtóhoz csoszogtam. A szemöldököm a homlokom közepére szaladt fel, amikor az ajtót kinyitva, megpillantottam a barna egyenruhát és a szív közelébe tűzött csillagjelvényt.

– Értsem úgy, hogy le vagyok tartóztatva? – kérdeztem játékosan a serifftől. O'Neil nem hasonlított a lányára. Theia karcsú volt, fehér bőrű, vörös hajú és törékeny. Az apja mindenben az ellentéte volt. A pocakos termet kreol bőrrel, sötét, bozontos hajjal és barna szemekkel egészült ki. A seriff megemelte a kalapjának a karimáját.

– A világért sem – mosolyodott el a bajsza alatt. – Már hamarabb is akartam üdvözölni, csak nem szerettem volna zavarni a csomagolásban.

Lustán nekitámaszkodtam az ajtófélfának. Ami azt illeti, a pakolással még három hónap után sem voltam kész. Gyakorlatilag dobozokkal és dobozokon tengettem a mindennapjaimat.

– Ez ilyen... helyi szokás? – puhatoltam.

O'Neil bólintott.

– Tudja, itt javarészt mindenkit ismerünk gyerekkora óta, egy iskolába jártunk, szóval gondolhatja. Szeretjük magunk közé fogadni az új lakóinkat.
– Világos.
A seriff elbabrált egy sort a zsebében domboruló kulcsaival. Szemlátomást szavak után kutatott, mert hiába az ősi vendégszeretet, azért rágós falatnak tűnt egy idegennel társalogni.
– Messziről érkezett hozzánk? – bökte ki végül.
Megesett rajta a szívem. Úgy gondoltam, kisegítem a szorult helyzetéből.
– Beaufortból, Dél-Karolinából – mondtam. – De igazából sok helyen megfordultam az utóbbi években. Édesapámnak segítettem összegyűjteni pár értékes darabot az antikváriumába, én magam pedig egy alkalmas várost kerestem az értékesítésre. Azt hiszem, megtaláltam.
A seriff arca felderült – így, hogy találtunk egy kapcsot, amely összeköt engem az ő közegével, máris régi ismerősnek számítottam én is.
– Hallottam róla, és nagyon örülünk neki – szólt elismerően, és tényleg boldognak tűnt. – Sajnos a könyvtárunk némi felújításra szorul az árvizek miatt, de biztos vagyok benne, hogy az erynnisville-iek szomjaznak a kultúra után.
– Ami azt illeti, én is ebben reménykedem – bólintottam.
O'Neil arckifejezése megváltozott. Mintha máris régi cimborák lennénk, akik évek óta együtt söröznek a helyi kocsmában.
– Szóval az Angyalok Könnyében, mi? – Felkészültem egy jó, zsíros tanácsra. – Nem lehet könnyű vállalkozás. A Rivers fiú meglehetősen kemény dió. Régen sokszor támadt összetűzésem vele.
Ujjaim végigsöpörtek a számon, aztán megvontam a vállam.
– Viszonylag kevésszer van szerencsém hozzá – válaszoltam. – Eddig inkább a húgával dolgoztam együtt, vele pedig nincs különösebb probléma.
A seriff sokat tudóan hümmögött.
– Sloane az édesanyjára, Joannára ütött – szólt elérzékenyülve. – Osztálytársak voltunk, és sokáig szomszédok is. – Szinte kitalálhattam volna. – Későn házasodtak össze Michaellel, későn vállaltak gyereket, ezért sajnos hamar magára hagyták a testvéreket.
Feszülten doboltam az ajtólapon. Olyan információk voltak ezek, amikről nem gondoltam, hogy rám tartoznának, és valamiért nem is akartam hallani őket.
– Azt hiszem, mindenkinek vannak bonyolult fejezetek az életében – hagytam rá, aztán félreérthetetlenül hátra-hátrabámultam a vállam fölött a konyha irányába. – Például nekem, ha rövidesen nem szerzek tömítő szalagot a csöpögő csapra.
A seriff észbe kapott.
– Persze, hát persze – legyezgetett. – Tegye csak a dolgát, Mr. Kelly. Nem akarom feltartani. – Nos, ebben reménykedtem én is. Mielőtt útjára indult volna, még visszafordult a lépcső mellől. – Ha bármire szüksége van, bármiben segíthetek – jelzésértékűen a konyha felé mutatott –, legyen az akár a legkisebb felszerelés, kérem, forduljon hozzám bizalommal.
– Úgy lesz – biccentetten. – Köszönöm, seriff.
Mikor végre elcammogott, és végignyögdécselte az első lépcsőfokokat, higgadt mozdulattal becsuktam az ajtót.
Ez a baj a kisvárosokkal – fújtam ki magam, miközben a falapnak vetettem a hátam. *A helyiek soha nem tudják, hol a határ a privát és a közszféra között.*
Becsuktam a szemem, és magam elé képzeltem Theia O'Neilt. Mázli, hogy ő nem olyan volt, mint az apja. Nála keresve se találhattam volna jobbat.

◊ Dr. Gavreel ◊

Nem születtem pszichiáternek. Isten látja lelkem, hogy egyáltalán nem akartam az lenni. A focihoz ügyetlen kölyök voltam, a művészethez rendszerető, a mechanikához viszont bohókás. „Integrálhatatlan" – diagnosztizált az apám, és igaza volt. Folyvást pedzegette, mihez lenne kedvem, mi volna az, ami érdekel.

A válasz szinte magától bukkant a felszínre: az *emberek*. Ha csapatjátékos vagy építész nem is bujkált bennem, egy jó közönség igen. Kiválóan tudtam hallgatni. Ma is jó vagyok benne. A Colombo sorozaton nőttem fel: a spekulációk és a türelem szülőföldjén. Ameddig más a kész művét: egy festményt, egy vázát szemlélt, addig én a pácienst, akit jó régész módjára barangoltam be. Sloane temploma – bevallom – makrancos leletet őriz. Ablakai, ajtajai zárva. Sövénye tüskés. Átmászni csaknem lehetetlen. Ha valamit megtanultam a két év alatt Miss Riversszel kapcsolatban, az a kreativitás. Nála nem működtek az alkalmazott módszerek; sutba vághattam az európai tankönyveket.

Mára egy könnyed játékot terveztem vele. Nem vártam számottevő előrelépést, de ismerve Miss Rivers képzelőerejét, a szórakozás előre borítékolhatónak tűnt.

– Ehhez mit szól? – tartottam fel egy új táblát. Ez a gyakorlat nem összetévesztendő a *Rorschach*-féle tintapacateszttel. Sloane csalónak nevezett, és mégis „ál-Rorschi"-nak csúfolta.

Miss Rivers törökülésben gubbasztott a pácienseknek biztosított kanapén. Térdeire támaszkodott, előrébb billent, és hunyorított a válasz előtt.

– Olyan, mint egy kacsa, ami túl sok nokedlit vacsorázott. – Elmosolyodtam ennek hallatán. Cseppet sem vette komolyan a feladatot, és ez így volt rendjén. Nem arra voltam kíváncsi, hogy mit lát, hanem mit tud kiolvasni a meglévő káoszból. Az asszociáció – ez alkalommal – csak mellékes volt.

– Miért éppen kacsa? – igazítottam meg a szemüvegem, és magam is szemügyre vettem a felvételt. A képen színes pamacsok úszkáltak; az alkotó anyám egyik kedvenc piktora.

– Ha azt mondanám cápa, ami le akarja harapni valaki fejét, akkor ön rögvest zizisnek gondol – húzogatta a vállát Sloane. – A kacsa egy kedves, aranyos állat. Senkit sem néztek még sültbolondnak azért, mert ilyen szárnyasokat látott egy képen.

Az ölembe fektettem az albumot, és szelíd mosolyt címeztem felé.

– Senki sem nézi, öhm... – vakartam meg az állam –, hogyan is fogalmazott?

– Zizisnek.

– Ez az! – csettintettem. – Ez csak egy játék, Sloane. Nem arra vagyok kíváncsi, hogy halálfejeket vagy boszorkányokat hallucinál-e a képen.

A lábujjaival kezdett babrálni, ezért folytattam:

– Nem szereti ezt a feladatot? – puhatoltam.

– Kevésbé érzem, hogy elemezve vagyok, amikor beszélgetünk – vallotta be –, mint amikor ilyen jellegű játékokkal kísérletez.

~ 65 ~

– Akkor felejtsük el – tettem félre az albumot az ölemből, és messzire toltam a saját kanapémon. Sloane izgatottan követte végig a mozdulatot. – Nem szeretném, ha feszélyezve érezné magát.

– Nem akartam gorombának tűnni – mentegetőzött a lány. Közben bele-beleharapott az alsó ajkába, mint mindig, ha olyan gondolatba ütközött, amit nehezére esett megosztania velem. Türelmesen vártam. Tudtam, hogy megéri kiböjtölni az erre szánt perceket.

– Ezek a képek... – kezdte óvatosan. Kezeivel gyurmázó mozgást végzett, mintha így akarná formába önteni a bonyolult érzéseit. – ...nem asszociációt váltanak ki belőlem. Legalábbis... nem olyanokat, amiket vár tőlem.

– Ön szerint milyeneket várok el?

– Normálisakat.

– Hogy mi a normális – keresztbe fontam a lábaimat –, az csak....

– Nézőpont kérdése – szavalta helyettem automatikusan. – Tudom.

Segélykérést véltem felfedezni a szemeiben, így eleget tettem a hívószónak:

– Emlékeket ébreszt?

Sloane erre megingatta a fejét.

– Nem tudom pontosan megmagyarázni.

– Ebben a szobában nincsenek rossz válaszok, Sloane – mondtam, aztán kitártam a két karom, mintha repülni készülnék. – Nincs közönség, aki előtt szerepelnie kéne. Csak én hallgatom, és biztosíthatom, hogy nem fogom kigúnyolni.

– Tudom – mosolygott, és érezni véltem, hogy igazat mond. Azon kevés emberek közé tartoztam, akikben megbízott. Akinek szabadon kiönthette a szívét.

– Nem ön az oka.

– Tegyen próbára! – biztattam. – Találjuk ki együtt, hogy mit jelentenek ezek a képek.

Összegyűrődött az orra fintorgás közben. Pár galamb elröppent a keskeny ablak előtt; kettészelve az unalmas, szürke égboltot.

Jobb ötletem támadt:

– Vegyünk például engem. – Felnyaláboltam a kupacot, aztán kiemeltem a legfelső felvételt. Ugyanúgy hunyorogtam, ahogyan korábban ő. Nem találtam Sloane kacsáját a hullámok között, de nem is rendelkeztünk ugyanazzal a koponyával.

Ez volt a legnagyszerűbb az egész kutatásban.

– Nos, a magam részéről egy parkot látok. A *Central*ra emlékeztet, az otthonomra. – Szándékosan generáltam az emléket, de nem hazudtam. Tényleg megelevenedtek a padok, a fák és az emberek. Abban bíztam, hogy ettől Sloane is felbátorodik, és szabadjára ereszt egy lábnyomot, ami a homályos múltjába vezet.

– Ha a képre nézek – veselkedett neki újra Miss Rivers –, én nem látok helyszíneket.

– No és kacsákat? – piszkálódtam.

– Igazából kacsákat sem.

– Hanem? – Elpirult, majd ismét a lábujjaival kezdett szöszmötölni. Nem tudtam, hogy zavarában vagy szégyenében cselekszi ezt, mindazonáltal most nem nyitottam menekülést számára.

Nehéz levegővel töltötte meg a tüdejét, aztán merészen felszegte az állát. A szemembe nézett, és végre szavakba merte önteni a pír okát.

– Nem látok semmit.

Nem tagadom, a válasz meglepett. Nem értettem, hogy szó szerint vagy átvitt értelemben gondolja így. A folytatás hamar megoldotta a talányt helyettem:

– *Ízeket érzek.*

Bevallom, sok mindent láttam és hallottam a praxisomban, de ehhez foghatót még soha. Leemeltem a szemüveget az orromról, mintha csak ezen az érzékszervemen kaptam volna a szokatlan információt a fülem helyett.

– Hogy mondta, kérem?

– Ízeket érzek – ismételte el kissé határozottabban Sloane. Attól, hogy végre beismerte valakinek, már nem tűnt olyan rémültnek. Talán a kimondással materializálódott előtte is a dolog.

– Ízeket… mármint mintha étkezne közben? Vagy inkább a fantom fájdalomhoz hasonlít, mint az elvesztett végtagoknál?

– Kicsit mindkettő.

– Meg tudja részletesebben fogalmazni?

– Nem tudom, miért, de… ha látok egy színt, akkor… – engedett meg egy bizonytalan mosolyt – nekem annak *íze* van.

Az agyam lázas pörgésbe kezdett. Másfél év után ez az első apró kapaszkodó, ami Sloane traumájához vezethet. Megeshet, hogy véletlen egybeesés, mégis makacsul csimpaszkodtam bele.

Gondolatban az egyetemi könyveimet lapozgattam. Egyiket a másik után. Címszó, jellemző, egy parányi nyúlvány után kutattam, ami a segítségemre lehet.

De semmi.

Nem találkoztam még ilyesmivel, legalábbis nem emlékeztem rá. A pszichiátria helyett valamiért az irodalom kúszott a panelek közé. Egy bosszantó ötletfonálon táncoltam, és nem találtam a végét. Úgy éreztem magam, mint amikor hallok egy szinkronhangot. Fülemben zúgott az orgánum, de nem láttam a színész arcát.

Biztos voltam abban, hogy ezzel is találkoztam már legalább egyszer…

– Minden szín ehhez hasonló reakciót vált ki önből? – puhatoltam.

Sloane eltöprengett. Arra engedett következtetni, ha tudatában is volt ennek a „képességének", eddig akkor sem foglalkozott vele sokat. Talán igyekezett elnyomni vagy nemlétezőnek tekinteni.

– Csak párszor figyeltem meg.

– Például?

Erre újfent lángba borult az arca. Kíváncsi lennék, a vörös vajon miféle ízt csalogatna belőle.

– Mondjuk, a zöldnél – mondta. – A zöld szín nekem *keserű.*

– Mióta tapasztal ilyesmit? – kérdeztem. Szemlátomást örült, hogy tovább göngyölítem a témát. Feltehetőleg olyan természetességgel lélegzett együtt ezzel a dologgal, mint más egy anyajeggyel vagy szemölccsel. A részévé vált.

Bevallom, egészen felpezsdített ez az új felfedezés. Szerettem volna minél többet megtudni, de nem akartam megijeszteni Sloane-t.
– Nem is tudom – morfondírozott. – Azt hiszem, amióta az eszemet tudom.
– Nem találta különösnek?
– Senki sem mondta, hogy ez rendellenes – vonta meg a vállát. – Másnak meg nem reklámoztam, hogy milyen tüneteket produkálok. A városban így is sokan hangyásnak néznek – erőltetett arcára egy mosolyt.
– Nem akartam tovább dagasztani a pletykákat. Mi a helyzet a bátyjával? – kérdezte Sloane. Arca kisimult; minden apró ránc, ami valamilyen érzést tükrözött, most elmenekült.
– Zack amolyan *Fitzgerald* típus – élcelődött. – Giccsként használja a drámát, ezért inkább nem avattam be. – Az írói utalás megolajozta a korábbi gondolatfonalamat. Egyszerre belém hasított a felismerés, és tovább száguldottam a síneken!

Hát persze, hogy hallottam már erről a jelenségről, csak épp rossz fiókban keresgéltem. A régészeti vájatokat egészen kisiskolás koromig kellett metszeni. Nem Európában, nem is a szakosodás során, hanem középiskolás irodalomórán.

A *szinesztézia* olyan költői kép – zengett az emlékeim rozsdás tankönyvében –, mely során a szerző *érzetcserét* alkalmaz a művében. Zenét látunk, színeket érzünk, ízeket tapintunk. Kevesen tudják viszont, hogy a szinesztézia a valóságban is előforduló, mentális jelenség. Nem mesterséges, mert az idegek keresztaktivitása felelős érte. Nem manipulálható, ugyanis egy érzékszerv benyomása automatikusan aktivál egy másikat. Gyakorisága mindössze három százalék; éppen olyan ritka, mint a zöld szem. Persze egy illat vagy dallam sokunknál megidéz egy emléket, de ez nem összetéveszthető a szinesztéziával.

Jobban belegondolva, ifjabb koromban olvastam a szinesztéziásokról. Talán Isaac Asimov könyvében. Valamiért boldogsággal töltött el. Ha nem is tudatosan – de akkor is kapcsolatban álltam Sloane Riversszel.

– Dr. Gavreel? – szakított ki páciensem az ábrándozásból. Kissé megfeledkeztem magamról. A csillém messzi tájakra repített, nem is értettem, hogyan sikerült végül visszatalálnom a rendelőbe.

– Bocsásson meg! – mentegetőztem. Összeszedtem magam, és újfent a betegemre összpontosítottam. – Ez végül is nem betegség, hanem adottság, Sloane – mondtam elismerőn.

Miss Rivers előre-hátra hintáztatta a testét. Nem sikerült maradéktalanul meggyőznöm arról, hogy *színeket ízlelni* milyen fantasztikus, egyedi képesség. Mindazonáltal én is éreztem némi hiányosságot a diagnózisban. Már előre láttam, hogy amint Sloane ideje lejár, lázas kutatómunkába kezdek.

– Különlegesség – győzködtem –, ami nem mindenkinek adatik meg.
– De ha lehet, akkor ne dicsekedjek vele mások előtt, igaz? – Szája pajkos mosolyra görbült; hűséges tükörként vettem fel magam is a reakcióját.
– Tekinthetjük fénysugárnak, amire már hosszú ideje vártunk, Sloane. – Szemeiben remény csillogott. A legragyogóbb emóció, amit ember valaha közvetíthet egy másik felé.

– Őszinte leszek magával – mondtam komolyabb hangnemre váltva. Egymásba kulcsoltam az ujjaimat, mintha imádkoznék. – Elképzelhető, hogy rossz helyen tapogatózunk. Előfordulhat, hogy az ön esetének és ennek a jelenségnek semmi köze egymáshoz. De talán megér egy próbát, hogy ebben az irányban kísérletezzünk a legközelebbi terápián. Mit szól hozzá?

Nem szakította meg a szemkontaktust. Tőlem várta a megerősítést vagy a cáfolatot. Ha a korábbi teóriáját követjük, akkor csakis ő lehetett az, aki megpöckölte a bizalom kapcsolóját: a bátorságot.

Kihúzta magát, tenyereit a két térdén pihentette.

– Vágjunk bele! – jelentette ki határozottan.

5. Fejezet

◊ Zack ◊

Rohadt fáradt vagyok. Fél tizenkettőkor egy Alfa *Romeo* gurult a garázsba... egész nap a meló *Júliáját* játszottam. Azért tudom ilyen pontosan, mert másról se dumáltunk a srácokkal, csak az ebédidőről, ami – hozzáteszem – baromira ránk fért.

A kipufogósok után, íme egy motorhiba; nesze neked változatosság! Adtam a szarnak egy pofont; a Corvette-hez így sem jutottam közelebb. Első generációs turbódízel, ami nagy futásteljesítmény után brutális olajfogyasztást produkál. Ebben a szemét, hideg időben a leállított motorok szellőzőjén pára csapódik ki a szívócsőben, megfagy, az indításkor pedig: pápá járókerék! Nap végére könyékig mártóztam az olajban. Csak egy forró zuhanyra vágytam, meg persze hogy negyedik öblítésre – úgy ahogy – embernek lássam magam.

Berúgtam a bejárati ajtót. A nyekkenésre bevillant, hogy időszerű lenne tiszteletemet tenni Helenénél. Ugyanazzal a hanyag mozdulattal a felelősséget is magam mögé hajítottam.

Ráér jövő héten – kötöttem kompromisszumot. *Ha a satrafa kihúzta eddig, akkor egy hétvége alatt nem fogja feldobni a seprűjét.*

Loanie még nem volt otthon, így a kisasztalra szórtam a postát, hogy ezúttal őt érje a borítéknyitás öröme. Momentán egy sört is nehezemre esett kinyitni, ezért jobb híján a kanapéra vágódtam, és keresztben szétterültem rajta. *Francba!* – Ekkor esett le, hogy totál össze fogom kenni olajjal a szövetet. Szegény Loanie, egy hét alatt se suvickolja ki. Bűntudatom volt, de egy centit sem bírtam moccanni. Veszettül jólesett kicsit felelőtlennek, hanyagnak, lázadónak lenni. Annak a srácnak, aki régen voltam.

Kattant a zár, amit hamarosan Loanie puha léptei követtek. Megmosolyogtam. Annyival óvatosabban közlekedett, mint én. Ezer közül felismertem: anyára emlékeztetett. Érzéki finomsággal libbentek, amit sosem értettem meg. Olyan teremtmények kölcsönözték ezt a képességet, akik túl tiszták voltak erre a mocskos világra. *Angyalok.*

– Zack? – ütötte meg a fülemet valahonnan az előszobából.

– Nappali! – kiabáltam. Nagymacskaként az oldalamra gördültem, és kifli alakba hajlítottam a térdemet. Ráérős dobogás közelített. Fel kellett támaszkodnom az alkaromra, hogy lássam a húgom apró termetét. Loanie csípőre tette a kezét, de nem szólt egy szót sem. Tudtam, hogy neheztel a piszkolás miatt, mégsem dorgált meg érte.

Akárcsak anya.

– Nehéz nap? – kérdezte. Lehetőségem volt egy zsíros panaszkodásra, aztán a húgom arcára néztem. Bőre gyűrött volt, a szemei duzzadtak.

– Neked is? – szerváltam vissza. Megvonta a vállát, és a szemközti fotelbe roskadt. A karfára könyökölt; arcát a tenyerébe fektette.

– Csak a szokásos.

– A dokinál – találgattam – vagy a kávézóban?
– Kettőnk közül te vagy az, aki nem tud tűzszünetet kötni Aidennel – szavalta fásultan. – Szóval inkább az előbbi.
– Mondott valamit?
– *Mindig* mond valamit – felelte pajkosan. – Ez a szakmája.

Tenyeremmel végiggyűrtem az arcom; a ráncok között éreztem a motorolaj meg a benzin bűzét.

– Úgy értem, valami *újat* – nyomtam meg az utolsó szót. Erre fura érzelem suhant át az arcán, talán megbántottság. Gorombának, türelmetlennek tűnhetett a kérdés, de annyi ideje járt ahhoz a Gavreelhez. Kizártnak tartottam, hogy nincs előrelépés. Nem a pénz miatt. Loanie érdekében akartam válaszokat kapni. A rohamok és a tünetek jó ideje megszűntek. A legőszintébben nem értettem, hogy a húgom és az orvos miért ragaszkodnak a terápia folytatásához, hacsak nem nyomós okuk van rá, amit velem nem kívánnak megosztani.

– Szóval, mi volt a műhelyben? – dobott be egy Rivers-féle, éles manővert. Ügyes. Révén, hogy kimerült, szemet hunytam a nemtetszés felett. Úgy, ahogy ő tette az imént a hempergés miatt. Ezek a nüansznyi semmiségek tettek bennünket *igazán* testvérekké.

– Newman nem enged a mézesbödön közelébe – mondtam, ahogy a plafon felé nyújtóztam, és ásítottam egy nagyot. Loanie-nak megrándult a szája; alighanem ő is vágyott ilyesmire, de nem akart félbeszakítani. – Kapzsinak nevez.

– Igaza van – bólogatott bőszen, mire felkaptam a fejem. – Nem habzsolhatsz fel mindent egyedül.

– A fiúk túl sokat jártatják neked a szájukat – gúnyolódtam, de Loanie összeszűkült szemmel méregetett.

– A szorgalom klassz. – Dicsérettel indított, ezután következett a feketeleves. Ebben apánkra hasonlított. Lojális volt, de kíméletlen. Néha brutálisan. – De ne vidd túlzásba. Nem fog előléptetni, ha azt látja, hogy csak a hatalom érdekel.

Csakhogy engem nem izgat a módszer megválogatása. Akarom a posztot. Ennyi. Kell a biztonságunkhoz, de Loanie ezt nem értheti. Nem hibáztatom, hogy nem tudja, milyen idősebbnek lenni. Nem is kérném, hogy cseréljünk életet vagy sorrendet.

Sloane egy darabig türelmesen várt a válaszomra, aztán kiszállt az összecsapásból. Gerince ívbe feszült, előre nyújtózott, és a levélkupac közepébe markolt.

– Akkor lássuk a heti lottószámokat! – Ez volt a közös viccünk. Amolyan Rivers szállóige. Hányszor hallották már ezt ezek a falak a hónap végén!

– Internet. – Szemei csücsöktől csücsökig táncoltak, ahogy falta a sorokat. Hamarosan az ölébe ejtette a borítékot, és jöhetett a következő versenyző.

Hosszúkás; alighanem a havi bankszámlaegyenlegről szóló értesítés. Gépi borítékolással készült, enyvezett példány – állapítottam meg. Hiába, a műszaki sulinak maradt némi lenyomata. Nem érintette emberi kéz. Személytelen és száraz, de apa halála óta nem is kaptunk személyre szólókat. Azóta – mint néhai szüleink emléke – kihűlt az érzelem a postaládánkból.

– Hiteltörlesztés – szavalta gépiesen Sloane. Ezeket a borítékokat gyűlöltem a legjobban. Belőlük volt a legtöbb, és nem lehetett a kukába hajítani, mint a reklámokat meg a szórólapokat. Mind arra emlékeztettek, mennyi adósságunk maradt a kávézóból. Véget nem érő pénznyelő. Loanie-ra néztem. Vékony arca elsápadt; alighanem ugyanaz járt a fejében, mint nekem.

– Következő? – noszogattam. – Nehogy kihagyd a két repjegyünket Balira. – Bátortalan mosoly lopódzott az arcára.

A húgom egy lila borítékot csippentett az ujjai rabságába. Egy percre azt hittem, a kimerültség bolondoz velem. Pislogtam, de a küldemény nem változott fehérré. Erőt vettem magamon, felültem, és közelebb húzódtam a karfához és Loanie-hoz.

A helyzet túl ismerős volt.

– Mi van? – faggattam. – Tényleg ránk szakadt a bank?

– Nincs címzés. – Előre-hátra forgatta a borítékot, mintha legyezné magát. – Se feladó, semmi.

Mielőtt Sloane felnyitotta, kivettem a kezéből a levelet, és magam téptem fel a ragasztót a fülén.

– Isaacnek mostanság túl sok a szabadideje. – Loanie csodálkozó arcot vágott, mialatt én a papírral szöszmötöltem.

– Akarjam tudni? – kérdezte gyanakvón. – Megint fogadtatok valami marhaságban?

– Csak baromkodik – vontam meg a vállam, de már nem figyeltem rá. Bevallom, izgatott lettem, hogy Isaac ezúttal milyen ökörséget eszelt ki. A szemem sarkából még láttam, hogy Sloane felkelt a kanapéról, és a konyha felé indult.

Két ujjal benyúltam a boríték száján, és kihúztam belőle az üzenetet. Nem tévedtem. Egy, az előbbiez hasonló írás került a birtokomba. Az üzenet a következőképpen szólt:

„Akik könnyhullatással vetnek, vigadozással aratnak majd"[7]

Mi ez? – húztam a szám elégedetlenül – *Valami tréfás feladvány? Ej, Isaac, te ravasz vén róka! Ennél azért többre számítottam tőled. Vagyis... talán inkább kevesebbre.* – Meg kell hagyni, nem ő volt a legélesebb kés a fiókban, de kétkezi munkát végző férfiként nem is ez volt a feladata. Mind egyszerű emberek voltunk.

Újra elolvastam az üzenetet. Aztán még kétszer. *Könnyhullatás* – csóváltam meg a fejem –, *múltkor meg sírás... Hogyan is szólt pontosan az első üzenet? „A szitakötők nem bőgnek"? Igen, azt hiszem, valami ilyesmi.* – Nem emlékeztem tisztán. Ha jól dereng, összegyűrtem a papírt, Loanie pedig összesöpörte a hétvégén, és a kukában végezte.

Kissé lelombozódtam. Szórakozottan behajtogattam a lap csücskeit, hogy repülőt formáljak belőle. Meg akartam lódítani az elkészült járművet, amikor a

---

[7] Zsoltárok könyve 126. fejezet 5.

hüvelykujjam begörcsölt. Az ízületeim körülbelül olyasmi állapotban lehettek, mint Helenének. A kezem bütykös volt; Loanie szerint egy kisebb péklapátnak is beillett volna. Ez is csak egy mellékhatása volt a szenvedélyemnek, a munkámnak. Tornáztatnom kellett volna két fékcsere között, de a fene sem akart olyan baromságokkal foglalkozni.

Gondoltam, behajlítom párszor, és ennyivel le is tudom a gondot, de ekkor már a mutatóujjam is ledermedt.

Oké! – Kezdtem pipa lenni. Felkeltem a kanapéról, és dühös léptekkel a konyha felé vágtattam. Sloane már nem volt ott; a hangokból ítélve a szobájában tüsténkedett. Megnyitottam a csapot. A sugár alá dugtam, ami leghamarabb a kezem ügyébe került: Sloane bögréjét. A porcelán füle balettcipő fűzőjét mintázta. Kissé elszállt a mérgem. Ha olyan luxust, mint a palackozott vizet, nem engedhettünk meg magunknak, azért a húgom mindig gondoskodott róla, hogy vidámságot csempésszen a hétköznapokba. Sokáig hagytam zubogni a vizet, hogy ne legyen olyan szörnyű a fémes íze. Elzártam a csapot. A súly alatt kissé megremegtek az ujjaim, de gond nélkül sikerült kiemelnem a bögrét a mosdókagylóból.

Megy ez! – hajráztam magamnak, aztán közelebb emeltem a számhoz a hamis balettfűzőket. Ittam két kortyot, és az ártalmatlan folyadék valamelyest lecsillapított. Ezen a ponton az ujjaim – az eddigieknél jóval makacsabbul – dermedtek le. A percek groteszk formába csorbultak, mint a bogarak lábai, miután elpusztulnak. A széleket éles fájdalom hasogatta. Ha olyan puhány lettem volna, mint a néhai tiszteletes fia, most hisztérikus zokogásban török ki. A halántékomon verejték csorgott végig, és egyszerre olyan forróság öntött el, mintha Newman műhelyében szerelnék. Erőszakos nyögés tört elő a torkomból, amikor már második perce próbáltam kiegyenesíteni az ötből legalább egy ujjat.

Friss, nyilalló görcs söpört végig a vénáim között, mire a fűzős fül megugrott a mutató ujjamon. A kerámia milliónyi apró, fényes darabra zúzódott a padló kövén.

◊ Sloane ◊

Az esti ügyelet nem tartozott Zack Rivers kedvencei közé. Tulajdonképpen *semmi* sem tartozott Zachary Rivers kedvencei közé. Viszont ő benne volt az én top ötös favoritjaim között, ezért szemet hunytam a morgása felett. Sokszor virrasztott a betegágyam mellett egy-egy hajnali riasztást követően – bár ezekre én egyáltalán nem emlékszem. A kései óra miatt – és mert Erynnisville nem éppen a patent egészségügyéről volt híres – legalább másfél órája malmoztunk a folyosón. Arra vártunk, hogy valaki észrevegyen, vagy legalább tájékoztasson bennünket.

A vizsgálat maga harmad ennyi idő alatt lezajlott. Zack intravénás pralidoxint kapott, de az nem enyhítette a kínzó tüneteit. A nővérke ekkor antropint említett, ami – akármi is legyen az – nyilván bevált, tekintve, hogy a bátyám húsz perccel később már sokkal rokonszenvesebb arcát mutatta felé. Köszönet tehát az antropinnak meg az ápoló kezeinek, de mi továbbra is a vérvizsgálat eredményére várakoztunk. Jobb híján automatás kávét meg száraz szendvicset hoztam kettőnknek a büféből, de Zack arca azonnal eltorzult a látványuktól.

– Nem kell! – Durcás képet vágott, mint amikor régen a borsófőzeléket utasította vissza. Szegény apánk engedett neki, és inkább sült szalonnával kínálta. Én azonban nem voltam olyan, mint apa, és ezt szerettem volna mielőbb az úrfi tudomására hozni:

– Több száz kávét szolgálok fel naponta – sóhajtottam. – Gondolod, hogy az én gyomrom nem fordul fel ettől az utánzattól? – Vonásai ellágyultak. Már sokkal jobban emlékeztetett arra a Zackre, akit a kedvenceim közé sorolok. Persze magamat is emlékeztetnem kellett, hogy türelmesnek kell lennem vele. A bátyám nem szokott így viselkedni, csupán… az ő imidzsébe: a nagy és erős katonáéba nem férhetett bele efféle gyengeség.

– Kösz – fogadta el vonakodva a poharat. A bajsza alatt motyogott még egy keveset, de már egyáltalán nem tudtam komolyan venni.

– Legközelebb ne erőltesd meg ennyire. – Igyekeztem finom lenni, hogy a legkevesebb árnyalata se mutatkozzék a parancsnak vagy az okoskodásnak.

– Newman szerint, ha egy férfi keze nem olajos, akkor az csajból van.

Végre én is megnyugodtam. Az első poén a bögretörés, a telefonálás és a furgonban való veszekedés után, mialatt a kórházba értünk. Nekem kellett vezetnem, pedig nincs is jogsim. Örülhetünk, hogy a seriff régi barátja a családnak. Nagy bajban lettünk volna, ha kiszúr a volán mögött.

– Ez nem inkább Noah mondása? – kérdeztem. Zack szája megremegett, de ezt a nevetést még sikerült visszaszorítania. Egy korttyal felhörpintette a pancsos kávét. Hálás pillantásokkal adakozott a műanyag pohár fenekének, de tudtam, hogy azok valójában nekem szólnak. Langyos simogatást éreztem a mellkasomban. Habozás nélkül félretoltam a szendvicset, teljes testtel felé fordultam, és óvatosan megsimogattam a haját. Egy percre becsukta a szemét.

– Egy Rivers mindig a talpára esik – emlékeztettem –, vagy ha nem, akkor…

– …akkor az őrangyala szárnyakat stoppol a hátára! – fejezte be helyettem a mondást, ami családi ereklye; az őseinktől származik. Nagyapa esküdött,

hogy generációk óta öröklődik. Ha túlzott, ha nem, a reklám láthatóan működött, hiszen mi is hűségesen beépítettük a hétköznapokba.
 – Mr. Rivers? – kérdezte a nővér, ahogy belépett hozzánk a szobába. Zack úgy pattant fel, mint akinek tűt szúrtak a fenekébe, én viszont higgadtan álltam meg mellette. Általában felválta passzolgattuk a nyugodt státuszt a nehéz periódusokban; most nekem kellett állnom a sarat. – Köszönöm a türelmüket! – folytatta. A nő elhasználtabb állapotban volt, mint mi ketten együttvéve. Elnézőn pislogtam rá, és közben csodáltam az *ő türelmét* egy tizenkét órás műszak után. – Hogy érzi magát, Zachary?
 A bátyám elhúzta a száját. *„Katonadolog"* – üzente némán. Nem is kívánt többet fecsérelni erre a hasztalan témára, helyette egyenesen a dolgok közepébe vágott:
 – Mikor tudok majd dolgozni?
 A hölgy szemei elkerekedtek ennek hallatán. Nyilván nem ilyen jellegű kérdésre számított. Csak reménykedni tudtam abban, hogy nem azért, mert annyira súlyos volt a helyzet.
 – Meddig kell pihentetni? – korrigáltam, mire a nővér homloka gondterhelt redőkbe gyűrődött. Mellkasára húzta a kartont, és így szólt:
 – Nem csupán egy egyszerű túlterheltségről van szó, Mr. Rivers.
 Zack álla megfeszült; szinte hallottam, ahogy összepréseli az őrlőfogait.
 – A laborvizsgálat aggasztó eredményt mutat – közölte a nővér.
 – Hogy érti?
 – Úgy értem, Zachary, hogy a vérében luzindo és voliram targo jellegű anyagok származékait találtuk. – A bátyámnak torkán akadt a mondandója, így végre én is szóhoz jutottam.
 – Ezek micsodák?
 – Vegyszer származékok, Miss Rivers – mondta komolyan. – Többnyire mérgezőek. – Zack a balomon idegesen fészkelődött. Régen láttam ennyire feszültnek, pláne ennyire tanácstalannak. – Szerves foszfát és karbamát alapúak.
 – Egy árva szót se értek az egészből – zsörtölődött Zack, mire átvettem a szót:
 – Hogy juthatott a szervezetébe ilyesmi?
 – Nyálkahártyán vagy bőrön keresztül történik a felszívódás – magyarázta a nővérke, aztán a bátyámhoz fordult, abban a reményben, hogy némi hasznos információt nyerhet tőle. – Milyen munkakörülmények között dolgozik, Zachary?
 – Gépjármű műhelyben – vágta rá, mintha a vád padján faggatták volna. – Nem érintkezünk veszélyes anyagokkal – tisztázta azonnal. A nővér megérezhette, hogy ingoványos talajra érkezett, ugyanis rögtön taktikát változtatott:
 – Természetesen, mind ismerjük a Newman Műhelyt – bólintott. – De a biztonság érdekében meg kellett kérdeznem.
 – De ha a műhelyben nem – kockáztattam meg óvatosan –, akkor hol lehet ilyen vegyszerrel találkozni? – A kérdés mindkettőjükhöz szólt, de Zack válaszolt:
 – Remélem, nem a kávézóban! – csattant fel.

- Ugyanmár! – intettem le. – Hol gondoltad? Az agyonellenőrzött import csomagokon? Akkor én már hamarabb idekerültem volna.
 – Ezek az anyagok – szállt be a nővér is, akiről az okfejtés közben el is feledkeztünk – általában rovarirtókban fordulnak elő. Az idegek rendszertelen izzását okozza. Minden olyan tünetet, amit önnél tapasztaltunk.
 – Nem gondozunk kertet – csóválta a fejét Zack –, és otthonra sem vásároltunk ilyen holmit.
 – A rend kedvéért nem ártana, ha ellenőriznék a háztartásban található tisztítószereket. Véletlenül is közéjük keveredhetett. – A hölgy lapozott párat a kartonban, és letépett egy papírt a tömb közepéből. A körmei ápoltak, frissen manikűrözöttek voltak. Nem irigységből szúrtam ki. Zack mellett a fekete körömágyakhoz szoktam. Nekem az volt a természetes.
 – A gyógyszert kétszer egy nap kell szedni – tájékoztatott minket a nővér. Megköszöntem, és elvettem a receptet. – Jövő héten vissza kéne jönni egy kontrollra.
 Zack szerintem olyan hangosat káromkodott gondolatban, hogy szinte szétfeszítette a folyosó falait.
 – Itt lesz – ígértem helyette egy bájos mosoly közben.
 – Javaslom, hogy pár hétig maradjon otthon, Mr. Rivers. – Zack arca eltorzult, és a rosszalló ráncok masszaként olvadtak eggyé szája és a szeme sarkában.
 Csodáltam, hogy a nő nem visított fel félelmében. Helyette biccentett, aztán légies léptekkel illant tova a folyosón.
 – Erre vártunk ennyit?! – forrongott a bátyám. Megiramodott a kijárat felé, és közben gézzel pólyált kezét – mint aki nem tud mit kezdeni vele – használhatatlan tuskóként lóbálta a teste mellett. A vállamra kaptam a hátizsákomat, és loholva a nyomába szegődtem. – Ezért felesleges volt bejönni – dohogott.
 – Másfél órája még akkora volt a kezed, mint egy gömbhal – ziháltam mögötte. – Ha nem kapsz gyulladáscsökkentőt, minimum két hónapra elbúcsúzhattál volna Mr. Newman műhelyétől.
 – Miért mindig velünk történnek ilyenek?! – fakadt ki keserűen, én pedig lassítottam.
 Igaza volt. Amióta kettesben maradtunk, a szerencsecsillagunk valahogy mindig máshol tündökölt az égen, de az őrangyalaink is szabadságolták magukat közben. Mintha átok ült volna rajtunk. Szerencsétlenségek; tíz csapás olyan bűnök miatt, amelyeket talán egy előző életben követtünk el.

Később az otthoni környezettől Zack valamelyest lenyugodott. Lomhán a nappaliba csoszogott, és – éppen mint pár órával ezelőtt – fáradtan elnyúlt a kanapén. Fedett kézfejét lelógatta a kanapéról, mert látni se bírta többet gyengeségének bizonyítékát.
 – Éhes vagy? – kérdeztem halkan. – Ha nem kérsz semmi nehezet estére, akkor hozok egy adagot a fehérjeturmixodból.
 – Nem kell semmi, Loanie.
 Néma sóhajt leheltem. Az előszobában nem kapcsoltam lámpát; az egyedüli fényforrás az utcai közvilágításból lopódzott közénk. Karcsú sávban

nyúlt el a linóleumon, felugrott a dohányzóasztal tetejére, majd Zack nyúzott arcán állapodott meg. Halkan odasétáltam hozzá. A behajlított térde és mellkasa között ideális helyet találtam magamnak, így leültem hozzá. Nem húzódott el, de nem is nézett rám. A levegő dühös fújtatások közepette szűrődött az orrlyukain.
 – Hogy is szólt a Rivers mondás? – suttogtam.
 A bátyám fintorgott, és ezúttal nem sikerült kiengesztelnem.
 – Ránk nem érvényes – gúnyolódott. – Azt hiszem, ideje lenne valami újat kitalálni.
 A szemem lassan kezdett hozzászokni a homályhoz. A sötét árnyékok között alig lehetett kivenni a koszos falakat meg a foltos, fürtökben csüngő tapétát.
 – Mit szólsz ehhez? – Próba közben megköszörültem a torkom: – „Egy Rivers nem vár az angyalaira. A saját szárnyaival éli túl az esést."
 A sötétben valahogy minden sokkal hosszabbnak tűnt, így egy örökkévalóságnak érzékeltem, amikor Zack végre felnevetett.
 – Ezt adom! – emelte fel az ép kezét, és ökölbe szorítva felém nyújtotta. Én leutánoztam, és összekoccintottuk őket. – Pihenj, kölyök. – Nem kellett sokat erőlködnie, hogy elérjen a fejem búbjáig, és összeborzolja a hajam. – Nehéz napod volt. Én még maradok egy kicsit.
 Nála ez azt jelentette, hogy a kanapén tölti az éjszakát. Nem először fordult elő. Egy-egy görbe este után, kései műszakból hazaesve... vagy csak azokon az estéken, amikor egy kis magányra vágyott, de a gondolatai már összeroppantották a szobája falait.
 Mire egy vastag pokrócot hoztam a szekrényből, már el is nyomta az álom. Óvatosan, centiről centire engedtem rá az anyagot – akár egy pillekönnyű palástot –, hogy fel ne ébresszem. Mély alvó volt, de inkább nem kockáztattam. Lehajoltam, és anyai csókot nyomtam a hajára. Mindkettőnknek rázós napja volt, de nem hittem volna, hogy hajnali fél kettőkor kerülünk vízszintes állapotba. Nem is tudom, melyikünk volt a kimerültebb: Zack, aki egész nap dolgozott, aztán kínzó fájdalmai voltak, vagy én, aki még fel sem fogtam igazán, hogy miket hallottam dr. Gavreeltől. A friss, ámbár közel sem olyan rémisztő diagnózist ezúttal tudatosan kezeltem. Elkezdtem *figyelni* a színekre. Arra, hogy milyen érzetet váltanak ki belőlem. Szorgalmasan kerestem a válaszokat, amelyek közelebb juttatnak a megoldáshoz.
 A fullasztó feketeség nem volt egy lebilincselő tanulmány. Nem éreztem mást, csak amit egyébként is szoktam: sejtelmességet. Gyerekkorom óta sejtem, hogy a világ meghatározó történései ilyenkor, a hajnali órákban zajlanak, de a *színek* szempontjából nem tartogatott számomra semmit. Vetettem még egy utolsó pillantást a békésen szunnyadó Zack arcára, aztán a szobámba indultam, hogy én is kinyújtóztassam a fáradt lábaimat.
 Az egyik lépésnél megcsusszantam, majd a kanapé karfájába kapaszkodtam, hogy ne zuhanjak el. Sikerült nem felsikoltani, de azért gyorsan leellenőriztem, hogy a spontán piruettem nem keltette-e fel a bátyámat.
 Nem! Szerencsére tiszta volt a levegő. Zack ugyanolyan zavartalanul szuszogott, ahogy eddig. Leguggoltam, és tapogatózni kezdtem a bűnös után. A tenyerem megakadt egy sötét papíron. Most jutott csak eszembe Isaac

idétlen levele. Zack rosszulléte miatt megfeledkeztem a lila borítékról, ami most mosoly helyett csak bosszúságra adott okot.

Szaggatottan felegyenesedtem. A konyhába nem léphettem be, ezért megtorpantam az ajtófélfa előtt. A bögrém szilánkjai még elszórtan hevertek a kövön, és millió csillogó pötty villódzott a lábaimnál. Zack kiabálása után nem volt időm összetakarítani, most meg már nem éreztem hozzá elég erőt magamban. *Majd reggel, indulás előtt* – gondoltam.

Fogtam hát a borítékot, és amikor elhaladtam a szobám felé, Isaac buta üzenetét a bejárat melletti szemetesbe dobtam.

◊ Aiden ◊

Aznap este későn végeztem a Könnyekben. A rendelések, a leltár meg a pakolás miatt folyamatosan túlórázom. Itthon is csak nyamvadt dobozokból élek. Nem tudom, mikor lesz vége, de egyelőre nem láttam kiutat a papíralagútból. A világítás halványan derengett a nappaliban, amikor megpöcköltem a kapcsolót. A telefon rezgett a zsebemben. Nem volt kedvem tartani a kagylót, ezért a pultra helyeztem a készüléket, és rányomtam a kihangosításra.

Felhuppantam az egyik bárszékre – olyan érzést keltette bennem, mintha a Könnyekben lennék –, aztán két tenyeremmel a sima, hideg konyhapultra támaszkodtam.

– Tessék, elmegyógyintézet! – humorizáltam a telefonba szólva, mire a vonal túlsó felén nevetés zaja hallatszott.

– Berendezkedtél, haver? – szólt bele az egyik legjobb cimborám, Sean. Félig sértett volt, félig örült, hogy végre valami életjelet kap felőlem. Elöntött a honvágy. – Fővesztés terhe mellett állapodtunk meg, hogy pár hét múlva jelentkezel.

Hátranyúltam a lapockámhoz, és egy hosszú, fáradt mozdulattal megmasszíroztam magam egészen a nyakamig. Recsegett-ropogott. Most már értem, hogy miért szidják annyian az ülőmunkát, meg ami vele járt.

– Még csak három hónapja vagyok itt – emlékeztettem Seant. – Nem volt sok mesélnivaló. Gondoltam, majd kereslek, ha nem csak azzal tudlak untatni, hogy pakolom a cuccom a bőröndből, és munka után szaglászok.

Barátom izgatottan fújtatott a túloldalon.

– Találtál valamit? – kérdezte. Szórakozottan bólintottam, pedig tudtam, hogy ezt csak magam miatt teszem, hiszen rajtam kívül senki sem látja. Olyan fáradt voltam, hogy a szám helyett a szemem elé tettem a kezem ásítás közben.

– Többet, mint reméltem – meséltem végül tömören.

– Nincs gubanc a bérléssel?

A szám sarka megemelkedett.

– Minden a legnagyobb rendben.

– Ezt örömmel hallom – mondta Sean őszintén. – Már kezdtem attól parázni, hogy nem sikerül beolvadnod az új környezetbe, és visszasírod magad apám szerkesztőségébe.

Na igen. Az önmegvalósítás rögös útján, amikor nem tudtam, hogy mit is szeretnék kezdeni az életemmel, egy darabig Seannal meg az apjával dolgoztam, a barátom öregének a szerkesztőségében. Zömében beérkező kéziratokat javítgattam, lektoráltam, de nem éreztem jól magam. Mindig úgy gondoltam, hogy ez nem én vagyok, valami hiányzik.

Egyik este apám bejelentette a családnak, hogy meg akar szabadulni a hobbiból gyűjtött könyvgyűjteményétől. Teljesen felháborodtam az ötleten. Nem szerettem volna, ha évek munkája kárba vész, ezért felajánlottam, hogy kifizetek mindenkit, aki érintett, csak hadd legyen az enyém az egész. Anyám nagy aggodalamára felkaptam a hátizsákom, és világjáró lett belőlem. Különböző országokban gyűjtöttem, majd postáztam el apáméknak Beaufortba az új szerzeményeimet – értékességekkel gyarapítva a készletet –, és közben Sean apja kiadta az utazási feljegyzéseimet. Így éltem mostanáig, amikor

Erynnisville is a látókörömbe került, és eltöprengtem azon, hogy talán itt az ideje, hogy megvessem valahol a lábam, és egy antikvárium kiépítésén gondolkozzam. Nem Bostonban, nem Brooklynban, nem is egy nyüzsgő helyen, hanem valahol, ahol a bukás szaga nem terjed messzire, de érdemes tennem egy meddő kísérletet. Eddig nem is alakult rosszul. Jó érzés volt végre megpihenni.
 – A beolvadással nincs gond – mondtam sejtelmesen.
 Pattogó hang kúszott a vonalba.
 – Szakadozik, nem hallak jól – recsegte Sean alig érthető hangminőségben. Talán jobb is volt így.
 – Mi a helyzet nálatok? – tereltem másra a szót.
 – A fater még mindig nem tudja megemészteni, hogy fogtad a kalapod, és leléptél. Esküszöm, mindennap lesi az ajtót, és azt várja, hogy mikor könyörögd vissza a segged hozzá.
 Ezen felnevettem.
 – Ne áltasd nagyon – mondtam félig hálásan, félig távolságtartón. – Bogarászás helyett most olyan holmit értékesítek, amik érdemesek arra, hogy kiadják őket.
 – Miért nem írod meg te a jövő nagy sztoriját, hogy ne másokét kelljen szétszórnod?
 – Ami azt illeti, még nem ért meg bennem egy saját történet…
 Méla hallgatás hömpölygött a túloldalról, így jobban oda tudtam figyelni a háttérzajokra. Dudálást, féknyikorgást, és némi tompa kattogást véltem felfedezni.
 – Te most éppen vezetsz? – kérdeztem ledöbbenve.
 – Aha – közölte Sean lazán, amolyan félvárról. – Nálunk délután van. És ott?
 – Este tíz.
 – Basszus! – Szinte láttam, ahogy a fejéhez kap. – Azt hittem, még időben hívlak.
 – Nem aludtam, vagy ilyesmi – magyaráztam, aztán egy reggel elszórt almahéjjal kezdtem babrálni a pulton. Már egészen megbarnult. – Most értem haza a melóból.
 – Azért ne vidd túlzásba.
 Ekkor eszembe jutott valami:
 – Apropó túlzás – kaptam a szón. – Hogy van Marybeth és Riley?
 Sean mosolygását kép nélkül is sejteni lehetett a túloldalról.
 – Azt hiszem, elég jól – jött a felelet. – Bessie terhes.
 Leesett az állam, de majdnem én is a magasított székről.
 – Ne szívass! – kaptam a fejemhez, az almahéjat is a homlokomhoz szorítva. – Írnom kell neki…
 – Örülni fog neked – biztosított. – Sokszor kérdeznek rólad. – Indexelés kattogása szűrődött be, aztán mintha egy sorompó nyekergett volna a közelben. Úgy éreztem magam, mintha az anyósülésen lennék Sean mellett, és úgy beszélgetnénk, mint a régi szép időkben. – Most le kell tegyelek, mert megérkeztem a parkolóba. De hívlak még, vagy ami még jobb, te jelentkezz, haver! Nem szeretném, ha megint eltűnnél.

Elvigyorodtam.
– Becsszó.
– Becsszó – visszhangozta Sean is, aztán bontotta a vonalat. Ez sok mindent jelentett. Elköszönést, ígéretet, barátságot. Közel tíz éve ismertük egymást. Középiskolát kellett váltanom. Az új helyen már az első napon rágógumit ragasztottak a székemre. Sean egy sorral mögöttem ült, sosem felejtem el:
– Figyi – kopogtatta meg a vállam. – Szarul csinálod.
– Mi van? – kérdeztem felháborodva, pedig emlékszem, hogy bőgés határán voltam.
– Mondom, szarul csinálod – közölte kicsit hangosabban, aztán közelebb húzódott a székével. – Ha ilyen egyértelműen kimutatod, hogy legyőztek, akkor végig piszkálni fognak.
Hátranéztem.
– Akkor te mit javasolsz? – kérdeztem.
Sean egyszeriben felpattant. A székláb nyikorgása mellett némi textil szakadását is hallani lehetett, ha elég figyelmesen fülelt az ember. Az ülésre néztem. Barátom nadrágjának egy darabja ott maradt, leragadva a széken. Alighanem az övére is egy rágót tettek korábban. Sean felszegte az állát, kihúzta magát, és mint aki jól végezte dolgát, lyukas nadrággal, méghozzá úgy, hogy az alsója is kilátszódott, kivonult a vécére. Ámélkodva bámultam, aztán rövidesen követtem a példáját, és rohantam utána.

Azóta volt ő a legjobb barátom. A régi életünket hallva, a barátainkról beszélve, akik közben boldogan éltek, házasodtak, gyereket szültek szörnyen hiányoztak. Egy percre elgondolkoztattak, hogy ők hova haladnak, én pedig megrekedtem egy ponton, mintha megint leragasztottak volna egy rágógumival. Talán ezért nem hívtam őket eddig. Tudtam, ha Sean vagy anyáék kérlelő hangját hallanám, akkor talán elgyengülnék, és hazarohannék hozzájuk. De nem akartam feladni. Dolgom volt itt, és nem azért gürcöltem ennyit, hogy félbehagyjam az egészet, és elmeneküljek.

◊ Dr. Gavreel ◊

Van abban valami nyugtalanító, ha az embert magára hagyják. Nem olyan értelemben, amikor otthon vagy, várod haza a feleségedet vagy a barátnődet, és tudod, hogy még van bő másfél órád magadra. Nyitva felejtheted a mosdó ajtaját, felteheted a piszkos cipődet az asztal tetejére, nem kell cigizés közben sem szellőztetned. Felszabadító, igaz? Arról az egyedüllétről beszélek, amikor rád csukják az ajtót, és tényleg nem várnak haza. Senkinek sem tűnne fel, ha egy gyilkos betörné az ablakot, rád vetné magát, és hidegvérrel végezne veled. Napokkal később csak a takarítónő találna meg, és a nagy felfordulás láttán azon sopánkodna, hogy vajon milyen tisztítószer oldja a vért. Azt hallottam, hogy a kóla nagyszerű erre a célra. Abból is a light-os, tehát nincs miért bánkódnia, hölgyem! Fel a fejjel! Talán egyedül a betörő sajnálkozna. De ő se miattad, hanem azért, amit elkövetett.

Hasonló cipőben járok én is – no, nem a gyilkolás tekintetében. Azt leszámítva, hogy mégsem voltam teljesen egyedül. Rendben, ha őszinték akarunk lenni, engem már régen nem várt haza senki. Tessa még a kutyánkat, Mollyt is magával vitte, ezért ha valaki, én nem rettentem meg az üres szoba gondolatától. Mindazonáltal nem is az erynnisville-i otthonomban voltam. Olgát már három órája hazaküldtem, mondván, hogy a férje már biztos aggódik érte. Igazából rendkívül bosszantott a társasága, és kifejezetten vágytam rá, hogy kicsit egyedül legyek.

A folyamatban lévő aktákat már hónapokkal ezelőtt sikerült digitalizálni, de bevallom őszintén, tippem sem volt, hogy mihez kezdjünk a „holt ügyekkel", amik már régen lezárultak. Tudniillik nincs szívem megszabadulni tőlük. Lehet, hogy egyes betegek esete megoldódott (részleges gyógyulással, felépüléssel, elköltözéssel vagy sajnálatos halállal), de nem akaródzott megválni tőlük. Ha kukába dobnánk, az olyan, mintha nem tisztelnénk őket. Olga báránylelkűnek nevezett, de én egy fokkal jobbnak ítéltem meg a helyzetet. A káoszban végül azt találtam ki, hogy fogom az én nyugdíjas Malcolm kollégám pácienseit, egyesével átlapozom őket, és amit érdekesnek találok, azt egy külön páncélszekrénybe zárom.

Hinni el, sosem fogja használni, doktor úr – mondta Olga, és talán igaza volt, de nem akartam megszerezni neki azt az örömet, hogy az orrom alá dörgölje.

A sértett attitűdhöz az is hozzátartozott, hogy túlórázni voltam kénytelen a kupac átböngészése miatt. Sosem akartak elfogyni az asztalom mellől. Néha ellenőriznem kellett, hogy nem a halom tetejére teszem vissza azt az aktát, amivel elvileg már leszámoltam. Ma egész szépen haladtam, csakhogy időközben odakint besötétedett. Közel laktam a munkahelyemhez – ez lehetett előny és hátrány egyaránt. Tess biztos örült volna, ha nem tart háromnegyed órán át, mire taxival hazakeveredek a forgalomban. Agglegényként nekem is kényelmes volt. Már kétszer is a kanapén töltöttem az éjszakát. Váltásinget és köpenyt mindig tartottam a szekrényemben, az intézménynek volt saját fürdőhelyisége is. Inkább az aggasztott, hogy a betegek nyughelyén hajtom álomra a fejem. Enyhén szólva morbidnak találtam.

De egy ilyen ködös, hideg estén nem fűllött a fogam a hazamenetelhez, ezért kényszeres szobafogságra ítéltem magam. Nem volt ez olyan rossz, mint ahogy hangzott. Egy ódon kastély falai között, a ropogó kandallótűz melegénél azért mindenhogy érezhettem magam csak magányosan nem. Jobban szerettem inkább egy lovagként gondolni magamra, aki a hűbéresei adózási papírjain rágódik a szabadidejében. Némely betegem biztos mulatságosnak találta volna az ötletet. Sloane Rivers különösen.

Hátradőltem a fekete fotelban – a bőr nyikorgott a fenekem alatt. „Lazuljon el, és mondja el, hogy mit érez". Megráztam a fejem, és kitapogattam a kupac tetejét. Leemeltem az új aktát. Raisa Hale neve állt a kartonon. A vastag papír szélét megrágták a molyok, és szamárfülek éktelenkedtek a sarkain. A jó öreg Malcolm biztos sokat forgatta a hölgy iratait. Megborzongtam a gondolatra, hogy megnyálazza az ujját lapozás közben.

Raisa Hale neve nem csengett ismerősen. Most találkoztam vele először. *Üdvözletem, Hale kisasszony, örülök, hogy megismerhetem!* – mosolyogtam szórakozottan. Igaz lehet, hogy az ember hajlamos arra, hogy ha túl sokáig beszél magában, becsavarodik. Főleg egy elmegyógyintézet rendelőjében. És még én adok tanácsokat a pácienseknek, hogyan csillapítsák a suttogást? *Képmutató vagy, szégyelld magad, Matthew!*

Raisa: héber név. Annyit tesz, mint az angol rózsa, vagyis a Rose. Elég sok gyereket kereszteltek héber névre Erynnisville-ben. Főként bibliai eredetűekre. Amikor Sloane-tól megkérdeztem, hogy ő miért nem ilyet kapott, azt válaszolta: „Anya valami különlegeset akart, ami csak nekem lehet a városban. Hogy ne egy Ruth vagy Rachel története védjen meg, hanem én legyek az a Sloane, aki a saját történetét írja".

Helyes gondolat! De lássuk Raisa, vagy ahogy tetszik, Rose Hale szüleit vajon mi inspirálta a névválasztáskor? – Fellapoztam az első oldalt, és beleszippantottam. Ez olyasfajta perverzió volt nálam, mint azoknál, akik egy könyv vásárlása után azonnal felpattintják a lapokat, és mélyen beleszagolnak a közepébe. Rose testének áporodott, enyhén füstös szaga volt. Kicsit felköhögtem a letüdőzött port. A dohányhoz és a nikotinhoz hozzá voltam szokva, de ez a testidegen anyag már nekem is túlzás volt.

Malcolm írása az én macskakaparásomhoz volt hasonló – bizony jót tett volna az öregnek, ha kihasználja Olga adottságait ezen a téren. Fogtam az aktát, mintha kormányoznék az autóban, és jobb irányba megdöntöttem egy kicsit. *Lássuk azt az anamnézist! Várjunk csak! Az ott egy b betű akar lenni, vagy inkább egy merész k?*

„Rose a vizsgálatok során nehezen explorálható. Meglehetősen keveset beszél, a kérdésekre csupán egy-két szóval, esetenként „nem tudom"-mal felel. Hirtelen mozgásra összerezzen, eltakarja az arcát. Combjait erősen összeszorítja, és kerüli a szemkontaktust. Ennek hátterében a szorongáson túl egyéb okok sejthetők. Rose a maga módján együttműködő, opponálás nem jelent meg. Érzelmeit nehezen vagy egyáltalán nem tudja megfogalmazni."

Ledöbbentett, hogy az eddig olvasottak alapján mennyire hasonlított Sloane-hoz.

Lássuk a száraz tényeket! – A kislány az anamnézis felvételekor tizenöt éves volt. 1986 novemberében született egy hűvös, őszi napon. Szüleivel az erynnisi térségben lakott, valahol Sloane-ék régi házának a közelében. A kép szinte megelevenedett előttem. Láttam a copfos kislányt, akit valamiért szőkének képzeltem, ahogy kacagva kergetőzik a Rivers kislánnyal. Rose és az ikerbátyja Médea Hale első gyerekei.

Hoppá! – Azonnal kiegyenesítettem a gerincem a háttámlán. *Volt a kislánynak egy ikertestvére?* – Nyomban tovább olvastam:

„*A szülés könnyű volt, a csecsemők azonnal felsírtak; a normál orvosi beavatkozáson kívül nem történt más. Az egyik újszülött háromezer, a másik kettőezer-nyolcszáz grammal jött a világra. Egyikre sem volt jellemző a besárgulás. Csecsemőkortól egészen kiskamaszkorig visszamenőleg nem volt tapasztalható probléma.*"

Belelapoztam a kötegbe. Rose ikertestvéréről a születésen kívül nem találtam egy betű említést sem. *Kár. Pedig kíváncsi lettem volna a srácra is. Beismerem, az ikrek valamiért mindig érdekeltek. Az azért nem olyan jelenség, amivel bármikor összeakad az ember. Több a balkezességnél vagy a vörös hajnál. Legalább a nevét elárulhatták volna! Vajon ő is bibliait kapott, vagy az ő esetében mertek kicsit merészebben választani a szülők? Mondjuk, egy Brian, egy Patrick vagy John tekintetében?* – Leplezetlen csalódottsággal visszalapoztam a tizenöt éves Rose Hale-hez. Egy idő után azon kaptam magam, hogy ugyanolyan feljegyzéseket olvasok. Mintha lemásolták volna az oldalakat, csak éppen mindegyikre másik dátum került volna. Malcolm nem lehetett túl alapos, vagy csak nem sikerült aprólékosan körbejárnia a kislány problémáját, és inkább jegyzetelt a – finoman megfogalmazva – semmiről. Rémálmok, inszomnia, izoláció… ez volt a jól bevált sorminta. Komolyan, mintha csak Sloane aktáját lapoztam volna! Kicsit megingott a bizalmam az öreg Malcolmban. Felmerült bennem a kérdés, hogy vajon minden pácienséhez ilyeneket írt-e (mert ez végül is mindenhova beillett), vagy csak ez a két lány érdemelt két egymáshoz nagyon is hasonló diagnózist? Ebből az olvasatból olyannak hatott, mintha Rose-nak nem is fiú ikertestvére lett volna, hanem az egyébként nála öt évvel fiatalabb Sloane Rivers.

Vajon ismerte egymást a két lány? Nincs kizárva. Kisváros lévén mindenki ismert mindenkit. Még csak két éve laktam itt, de már név szerint rám köszöntek reggel, és volt olyan, aki úgy osztogatta a tanácsait, mintha az az erynnisville-i állampolgársággal járt volna egy csomagban.

Az elvarázsolt családrajzon a testvérével kézenfogva ábrázolja önmagát. A szülők mosolyognak, de az ikreknek nincs arca. Se szem, se száj nem jelenik meg. A gyermeknek kevés kapcsolata van, alapvetően a testvérén kívül sok embert nem érez magához közel. Pont, mint Sloane. Újabban szorongásos tünetek jelentkeztek: csipkedi magát, rágja a körmét.

Ugrottam egy kicsit. Hónap szerint legalább hármat. A rendszeres kivizsgálások már több mint egy éve zajlottak Rose-zal, de még mindig nem mutattak számottevő eredményt. Pedig őszintén reménykedtem benne. Rossz előérzetem volt Sloane miatt. Akaratlanul is az ő példáját láttam magam előtt.

Reméltem, hogy az én aktám nem lesz ilyen szellős vele kapcsolatban. A következő bejegyzés különbözött a többitől. Egy pillanatra el is kerekedett a szemem tőle:

„*2002. március 14.*

A mai nappal megszűnik Rose Hale kezelése, ugyanis a család elköltözik Pennsylvania államból. Tartózkodási helyüket a szülők nem kívánták megnevezni. Az édesapa, Cyrus Hale vállalja, hogy a gyermeke további pszichoterápiás kezelésen vesz részt."

Bár sokan cáfolják a pszichiáterekkel kapcsolatban, de orvos vagyok. Annak is tartom magam. Ez nem egyenlő a nyomozóhatósággal. Mégis úgy éreztem, hogy kezdem átlépni a hatáskörömet.

Véletlen lenne ez a sok egybeesés? Miért költözött el a Hale család? Miért ilyen hiányos Rose aktája? Vajon Sloane ismerte a Hale családot? Talán sosem fogom kideríteni.

Mindenesetre Rose Hale mappáját egy olyan helyre tettem, ahol bármikor hozzáférhetek, és szabadon beleolvashatok, ha ahhoz szottyan kedvem.

6. Fejezet

◊ Aiden ◊

Erynnisville zsémbes kedvében ébredt. Vastag viharfelhők úsztak az égen. Olyan lustán, mint ahogy én igyekeztem a Könnyekbe. És olyan szürkén is. A színek bizonyára egy melegebb helyre költöztek. Az utcán nem maradt más, csak a grafit és annak milliónyi árnyalata. A hajnali pára illatában az ítélet ígéretét éreztem. Amit talán rajtam kívül senki más. Mintha az emberek nem sejtenék, hogy méreg fortyog az üst fenekén.

Amikor benyitottam az ajtón, Sloane már ott állt a bejáratnál. Kabátja ujjából lusta, kövér cseppek potyogtak a padlóra. Akkor érkezhetett. Visszaköszönt. Egy jó negyed óráig egy árva szót sem váltottunk. A huszadik percben döntöttem el, hogy kinézek a barikádom mögül. Bakancsomat levettem az asztalról, és megtörtem a csendet:

– Vihar volt tegnap este?

– Hmm? – kérdezte Sloane, és a feje megbicsaklott. Kis híján a kiszolgáló pult szélének csapódott a homloka. Egy hajnalig virrasztó koleszos benyomását keltette.

– Csak érdeklődöm – ismételtem türelmesen –, hogy zavar van-e az Erőben[8]?

Leszállt – jobban mondva: lecsorgott – a magas bárszékről, és kanalat vett a kezébe, hogy kimérje az őrölt etiópot. Ennek kedveltem a legjobban az illatát. Valami oknál fogva Sloane mindig az etióp lefőzésével indította a reggelt. Két hónap után ez a fanyar, egzotikus esszencia vált az ébresztőmmé. Fura, hogy mennyire a szokásaink rabjává tudunk válni. Legyen az egy kávé aromája, vagy valami egészen más.

– Tudtam, hogy kocka vagy – mondta, miközben aznap először – bekapcsolta a kávéfőzőt. Az olasszal és a jemenivel most nem foglalkozott, pedig még kettő – többé-kevésbé üzemképes – masina is tartozott a Rivers család tulajdonába. Megtehette volna, hogy egymással párhuzamosan három kávéfajtával is foglalkozik. De ez a két gép – ahogy a gazdájuk is – inkább pihent volna ezen a nekikeseredett reggelen.

Talán az volt a gond, hogy messze voltak. Másrészt hivatalosan még nem kezdődött el a munkanap. Jogos. Ilyen korai órában még egyikünknél sem szoktak nyüzsögni a vendégek.

Sloane lenyomta a vízforraló kallantyúját, majd fordult egyet a bárszékkel, és a polcot tanulmányozta. Különös műgonddal emelt le egy darabot a bögregyűjteményből. Öblös, vastagfalú példány volt. Oldalain apró, kézzel festett rózsafejek bukfenceztek. Egyiket-másikat kanyargó vonalak csatolták össze.

– De nem az olvasás miatt vagy az – magyarázta. – Csillagok háborúja?

---

[8] Utalás a Csillagok háborúja c. filmre.

– A filmtörténet óriása – emeltem a levegőbe a mutatóujjam az érvelése alatt. A
forraló gőzölögni kezdett. Sloane lekapcsolta, kiemelte a kancsót, és rázúdított egy nagy adag forró vizet az instant porra a bögréje fenekén.
– Némelyek szerint – gúnyolódott.
– Az értelmiség szerint.
Sloane belenevetett a bögréjébe.
– Rendben – biccentett. Azzal a kezével, amivel a bögrét tartotta, felkönyökölt. Úgy festett, mintha rám akarná emelni a poharát. – Az igaz, hogy tényleg nézhető. Főleg a mai szemetekhez képest.
– Nem ismerem a mai szemeteket – mondtam magabiztosan.
– És nem hallottál még az internetről? – élcelődött, mire elvigyorodtam. Örültem, hogy a kölcsönös szimpátia ellenére a jó öreg csatáink még velünk maradtak.
– De – bólintottam. – Általában csak arra használom, hogy reggelente végigpörgessem az Instagramot.
– Koc-ka – szavalta dallamosan.
Kitéptem egy lapot a jegyzettömbből, amely négyzetrácsos volt, így kifejezetten illett a poénhoz. Galacsinná gyúrtam, és a kávézó térfelére hajítottam. Valahol a pult mögött lelt nyughelyre, az egyik bögre hasában. Csont nélkül.
– Nem rossz! – biccentett elismerőn.
Hmm. – Én is éppen erre gondoltam, amikor fejével követte a dobás irányát, a nyaka pedig szép ívben megfeszült. Diadalittasan hátrabillentem a székkel – de közben ügyeltem arra, hogy a támla ne érjen hozzá a fenyőburkolathoz –, és mindkét kezem összekulcsoltam a tarkómon.
– Egy kockától?
– Könyvmolyt akartam mondani. – Apró fogai megvillantak mosolygás közben. Csendesen kavargatta a pancsolt kávét a bögréjében. Minden múló másodperc elcsípett egy arasznyit a szája sarkából, amit korábban a vidámság rajzolt hosszabbra.
Az én jókedvem is fonnyadni kezdett.
– Nyúzottnak tűnsz – kanyarodtam vissza oda, ahonnan tulajdonképpen az egész mai társalgásunk indult. Komolyan, megtört tekintettel mered rám, miután elszakította a pillantását a kávénak csúfolt utánzatról. Ez a levedlett mosoly csak még igazabbá tette a kijelentést.
– Hosszú volt az este. – Ujjai a halántékát masszírozták. Nem szakértelemmel, hanem azzal az ösztönös, körkörös mozdulattal, amivel az emberek önmagukat áltatják. – Vagy inkább a hajnal, nem is tudom.
– Nem biztos, hogy ez rám tartozik – hullámzott át pajkos mosoly az arcomon. A szám megremegett, a tervem pedig sikerrel zárult, ugyanis Sloane is visszanyerte a jókedvét. Ujja köré csavargatta a csigákat a füle mögött, és egymás után legalább ötször emelte a szájához a bögréjét, pedig száz az egyhez, hogy már rég kiürítette. Persze a megjegyzésem biztosan meg sem közelítette a valóságot. Az erkölcs szobrát mintázó Zachary Rivers sosem engedné, hogy a kishúga késő estig kimaradjon. Szerintem még a randevúkra is elkíséri.

Úgy döntöttem, más irányba kormányozok. Nem akartam Sloane esetleges udvarlóiról hallani, de unatkozni sem volt kedvem. És főleg nem akartam nyugdíjazni magam a leltározással. Szerettem a beszélgetéseinket. Sloane provokatív kérdéseit és azt a srácot is, aki az én hangomon válaszolgatott.

– Miért mártogatod a lábad a pocsolyába – kérdeztem tehát –, amikor a tenger mellett laksz? – Sloane arcán különös érzelmek viaskodtak. Részint a töprengést láttam rajta, részint a saját elmebajommal kapcsolatos felvetéseket.

– Képes vagy instant kávézni – mutattam rá vádlón –, amikor körül vagy véve egzotikus tájak ízeivel?

– Nem vagyok válogatós. – Grimaszra biggyesztette a száját. Az üres bögre karimáját karcolgatta a körmével. Nem hittem neki. Valami részlet sántított a mondókájában. Nem volt gyakorlott hazudozó. Annyira nem, hogy szerintem ezt mindenki más megállapíthatta volna. A saját térfelemig érződött a gyenge manőver hullámverése.

– Ennek nem a válogatáshoz van köze – nyújtóztam el az asztalomon. Mindkét karomat lefektettem az asztallapra. Összefontam őket, és a felsőre fektettem az állam.

– Csak akkor lehet kiforrott az ízlésed, ha mindent megkóstoltál: édeset, sósat, savanyút. – Ezzel az egyszerű kijelentéssel süllyedő talajra léptem. Más embereket egy haláleset, egy betegség vagy egy katasztrófa zaklat fel. Sloane-t nem. Őt, úgy tűnik, a hétköznapi, természetes dolgok hozzák zavarba.

– Mostanában csak keserűt érzek – mondta. A szavak egyenként pattantak elő a szájából. Nála furább csodabogárral még soha életemben nem találkoztam.

– Olyan vagy, mint egy Guster szám – bukott ki belőlem a felismerés. Fogalmam sincs, miért kötöttem az orrára.

– Milyen szám?

– A _Guster az egy együttes – magyaráztam. – Az egyik régebbi daluk pont olyan, mint te. – Kíváncsisággal csüngött a szavaimon. Kapiskálni kezdtem, hogy a bátyja miért óvja olyan megszállottan.

– Sosem hasonlítottak még egy dalhoz sem – vallotta be.

– Talán – kockáztattam meg –, mert nem találtak olyat, ami hozzád hasonló. – Ha lány lennék, biztosan zavarba jönnék egy ilyen kijelentéstől. Férfi létemre is túlzásnak éreztem. Visszaszívtam volna, de Sloane gyorsabban reagált.

Mosolygott. Nem a szájával, hanem a szemével. Ekkor közelgő léptek dobogása ütötte meg a fülünket, amit kutyaszerű vakkantás kísért. A vendég elrabolta tőlünk a pillanatot. Mindketten az ablakra néztünk, de a lecsapódott pára miatt nem láttunk ki az utcára.

Kiegyenesedtem, katonás rendbe állítottam a papírjaimat, és villámgyorsan bepötyögtem a kassza kódját.

– Fogadjunk, hogy ma hozzám jönnek először – mondtam.

Sloane tekintetében tűz lobogott.

– Fogadjunk!

– Jó reggelt! – köszöntünk, vagyis inkább kiabáltunk a nyíló ajtóra.

Pillantásom találkozott Sloane-éval. Kis híján kitört belőlünk a nevetés, mert az agg férfi most járhatott először az Angyalok Könnyében. Nekem legalábbis nem volt szerencsém hozzá a három hónap alatt. Deres hajszálai csonkán meredtek a plafon felé. Homlokát és fényes kobakját halvány májfoltok pettyezték. Szövetkabátja vékony lepedőként lobogott; aligha melegítette ebben a cudar időben.

A tét emelkedett. Az öreg egyre beljebb és beljebb araszolt. Latyakos lábnyomokat hagyott maga után. Mozgása nem csapott zajt. Fejfáját követő kísértetre emlékeztetett.

A döntő pont a ruhafogas után következett. Miután az öreg felakasztotta a kabátját, mozdulatlanná dermedt. Mintha emlékeznie kellene rá, ki is ő, és miért jött.

Aztán jobbra kanyarodott.

Vesztettem.

Sloane elégedettségét látva, ezt nem éreztem akkora katasztrófának. Az öreg helyet foglalt az egyik körasztalnál. Metsző nyikorgás kísérte a mozdulatot, mellyel behúzta maga alatt a széket.

– Mit hozhatok, uram? – tudakolta Sloane barátságosan.

A nagypapa a kötött kardigánja zsebében matatott, de nem felelt. Előhalászott egy gyűrött vászonzsebkendőt – olyat, amilyet már csak a korabeli emberek használtak. Trombitáló hangokkal ürítette ki az orrát, Sloane pedig türelmesen várt, hogy befejezze. A magam részéről felhajtottam a laptopom tetejét, és úgy tettem, mint akinek valami nagyon fontos elintéznivalója akadt.

– Szóval ez lenne a jó öreg Michael Rivers mulatója – recsegett a nagypapa hangja, mintha minden egyes szót egy sajtreszelő résein préselt volna át. Halkan felmordultam azon, amit mondott. – Sosem jártam még itt.

– Már kávézó – érkezett Sloane-tól a puha válasz, aztán megengedett egy rövid pillantást felém – és antikvárium.

– Kávézó és könyvek?! – kérdezte az öreg meglepetten. Kinyújtóztam, így pazarul kiláttam a laptopom fölött. – Aki ismerte a jó Michael Riverst, az tudja, hogy ő bizony nem foglalkozott egyikkel sem.

– Én történetesen ismertem – húzta ki magát büszkén Sloane. – Tudja, én örököltem meg tőle a kávézót. A bátyámmal, Zackkel.

Az öreg csaknem félrenyelte a vizet. Kétszer-háromszor a mellére csapott; a köhögés görcsös hullámokban tört fel a tüdejéből.

– Örökölte? – ismételte. – Az lehetetlen! Ne szórakozzon velem, kislány!

Sloane a mellére ölelte a jegyzettömböt, amire a rendeléseket szokta vezetni. Karját maga köré fonta, mint egy meleg takarót. – Miért? – kérdezte erőltetett mosollyal.

– Kegyed bizonyára még új Erynnisville-ben – állapította meg a nagypapa, és közben bozontos bajszát abba az anyagba törölgette, amibe korábban az orrát fújta. – Ezért nincs tisztában a helyi, hogy is mondjam, sajátosságokkal.

A gépem csücskére markoltam, és finoman lejjebb húztam a monitort. Sloane arca megfeszült.

– Elég csúnya történet – gesztikulált püffedt kezével a levegőben. – Ha Riversék nem kötötték az orrára, akkor nem teszem meg helyettük. – Felnyalábolta az étlapot. Messzire tartotta magától. – Ha már úgy alakult, hogy a véletlen folytán idetévedtem, akkor kérem, kisasszony, hozzon nekem egy karamellás cappuccinót az én Michael barátom emlékére.

Sloane azonban egy tapodtat se moccant. Akkorát nyeltem, hogy a torkom ugrott egyet. Nyoma sem volt annak az angyalnak, aki néhány perce még elpirulva bújt bögréje mögé. Hangja remegett, ahogy rákérdezett:

– Előtte még szeretném hallani a történetet, amibe belekezdett.

– Izgatja a fantáziáját, igaz?

Odakint halkan kopogott az eső az ablakpárkányon. Tompa dörgés szökött a feszültség mellé. Nem is vettem észre, mikor kezdett el esni.

– Hát, nem tőlem hallotta, de – fogta suttogóra a hangját. Egyik kezével eltakarta a száját, és az asztal fölött közelebb hajolt Sloane-hoz, de így is tökéletesen hallottam minden szavát. – Ami azt illeti, Riversék kisebbik gyermeke, a lányuk, hogy is fogalmazzak – szabad kezét a halántékához emelte; mutatóujjával körkörös mintákat rajzolt –, sérült.

Olyan hévvel haraptam be a számat, hogy kiserkent a vérem. A fémes íz szétterjedt a nyelvemen. *Mostanában csak keserűt érzek* – dübörgött a fejemben.

– Sérült? – kérdezett vissza idegenül Sloane.

– Hát, tudja... – ingatta az öreg a fejét. – Nincs ki mind a négy kereke szegény teremtésnek. – Sloane már nem remegett, hanem szabályosan vacogott.

Kezdtem azt hinni, hogy menten összecsuklik a kávézó közepén. Eszembe jutottak a buta fruskák az étteremből. *Vajon Sloane nem is tudja, miket beszélnek róla az emberek a városban?* – gondoltam magamban.

– A szülei próbálták távol tartani a közösségtől, de az édesanyja halála után csak romlott a helyzet. Michael és Zachary már végig sem tudtak sétálni vele úgy az utcán, hogy ne kezdjen neki a cirkuszolásnak.

– Cirkuszolásnak?

– Nem volt szép látvány – fűzte tovább a szót az öreg. – Mondhatnám, meglehetősen kellemetlen volt ez a mindig makulátlan erkölcsű, csendes családnak. No, persze nem állítom, hogy Zachary Rivers habkönnyű természet lenne, de a húgához képest – itt elejtett egy gunyoros nevetést – igazán nem lehet egy rossz szavunk sem...

Végem volt.

Elszakadt az utolsó húr.

Felpattantam.

Az öregnek – bár tisztán látszott rajta, hogy örömest folytatná – végre torkára forrt a szó. Gyors léptekkel keresztülszeltem a távolságot Sloane és köztem, így hipp-hopp a törékeny lány mellett termettem.

– Elnézést! – Hangom éles volt, mint a nyílvessző.

Sloane-ból valósággal sütött a harag; szinte parázslott a levegő a közelében.

– Tévedésből nem helyeztük el a bejáraton a „zárva" táblát. A mai napon nem szolgálunk fel kávét az üzletben.

– De hát a fiatal hölgy éppen most... – mutogatott az öreg vádlón. Vizenyős tekintete megállapodott Sloane törékeny alakján, ami most valamely megmagyarázhatatlan okból hevesen rázkódni kezdett. Alighanem most esett le neki, hogy valami nem stimmel a pincérlánnyal.

– Nagyon sajnáljuk, de egy másik alkalmat kell választania, ha kávét szeretne fogyasztani nálunk. Ha gondolja, esetleg megtekintheti az üzlet könyvkínálatát.

De az öreg már egyáltalán nem hallotta, hogy mit beszélek. Egyedül Sloane-t bámulta. Szeme kidülledt. Rémület fogta el. Mintha most találkozott volna egy megtestesült démonnal.

– De hiszen ő… – hebegte elfúló hangon.
– Uram! – szólítottam fel, de szinte meg se hallotta. – Meg kell kérnem, hogy fogja a kabátját, és…
– Ez Ő! – sivította.

Mint a kréta karcolása a táblán, csikorgó zaj repesztette ketté az Angyalok Könnyét. Sloane torkából zokogás tört elő. Épp olyan hevesen sírt fel, mint ahogy az eső kezdett rá ebben a pillanatban odakinn. A szél vadul csapkodta a zsanérokat, és az ablaküvegre dobálta a cseppeket.

– Kérem, uram! – hajtogattam megszállottan. – Távozzon most azonnal!
De az öreg csak állt ott némán.

Fenébe az illemmel! Ha a szép szavak nem segítenek… – Az idős férfihez léptem, felkaron ragadtam, és erőszakkal álló helyzetbe ráncigáltam. Az öreg engedelmeskedett, de ujjával továbbra is fenyegetően mutogatott. Szájából bőven fröcskölt a nyál, miközben Sloane-hoz kiabált:

– A POKOLBAN VÉGZED, MAJD MEGLÁTOD!

Sloane eleresztette kezéből a jegyzetfüzetet. Az oldalak fellapozódtak, ahogy a füzet némán landolt a padlón. A fülére szorította a kezét, és előrehajolt. Én mindkét kézzel az öreg vállába markoltam, és kifelé irányítottam. A kijáratnál leemeltem a szakadt kabátját a fogasról, és durván a hátába préseltem.

– A BŰNEIDET JEGYZI A MENNYEI ÍTÉLŐSZÉK! – üvöltötte az öreg. Sloane szemébe égető könnyek szöktek. Íriszei úgy ragyogtak, mint két szentjánosbogár a sötét éjszakában.

– SZÉGYELLD MAGAD, BŰNÖS LÉLEK!

Ítéletidő volt kint is, bent is. Kíméletlenül az ajtó felé kormányoztam az öreget. Egyik kezem satuként szorította a csuklóját, a másikkal a kilincs után nyúltam. A szél vadul bevágta az ajtót. Eső csapott az arcomba.

– Az Égiek sosem bocsájtják meg azt, amit a családoddal tettél! Édesanyád az az áldott, jó lélek…

Sloane felsikoltott. Hangja tele volt kínnal és iszonyattal.

A lelkem egy darabja megrepedt.

Lendületből és izomból nekiveselkedtem a nagypapa széles hátának. Az öreg bukdácsolt kettőt, és még utoljára visszapördült a lépcsősor előtt.

– Mindketten a pokolban végzitek! – fenyegetőzött.

Nem törődtem vele. Fontosabb dolgom volt. Elfordítottam a kulcsot a zárban, aztán leengedtem az összes redőnyt.

Mire visszafordultam, Sloane a földön térdelt.

Kezét továbbra is a fülére tapasztotta, arcán folytak a könnyek.

Szája új sikolyra nyílt, de a kinti viharral szemben nem tudott győzni. Nem volt hangja.

Puha. Meleg. Szeretem ezt a kombinációt.
Főleg, ha egyszerre történnek.
Főleg, ha az érdes és a jéghideg után következnek.
Az eső szelíden kopogott a csatornán, kánonban a csepegtetett kávé pötyögésével. A bejárati szélcsengő lágyan csilingelt. Az etiópi már jó háromnegyed órája szunnyadt az üvegkancsó fenekén. Orromba szívtam a testes illatát. Kattogott a falióra is, de a másodpercek mintha nem a megszokott időben követték volna egymást. Guillotine-bárdként csaptak le újra, újra és újra.
Pici dolgokat észleltem mikroszkopikus lencsével. Éreztem, ahogy a hörgőim sípolva átszűrik a levegőt. Éreztem a hullámzó mellkasomat. Éreztem a lelassult pulzusomat, ahogy meg-megugrik a csuklómnál a hüvelykujjam ívében. Éreztem a szemhéjam súlyát, amint folyvást lecsukódik. Az ujjhegyeim göcsörtös felületre simultak. Szabálytalan spirálok, kis gubancok... Tapintásra egy fa erezetére gondoltam.
A földön ültem.
Innen, lentről nézve minden olyan... kicsi volt. Nem is! – Óvatosan elfordítottam a fejem. – Inkább *én* voltam kicsi. Így érezheti magát a bogár, ami belopódzik a deszkák között, és elvész a hatalmas bútordzsungelben. A gerincem a szekrény kallantyújának préselődött. A fenekemet zsibbadtnak éreztem, biztos nem tíz perce voltam már ebben a kényelmetlen helyzetben. Az eső zümmögése mellett egy másik hangot is hallottam:

– Az esőzés harmadik napján már temérdek rákot pusztítottak el a házban, s így Pelayónak át kellett gázolnia elöntött kertjén, hogy a tengerbe dobálja őket, az újszülött ugyanis lázasan töltötte az éjszakát, ennek pedig, gondolták, csakis a dögszag lehet az oka.

A zengő mélységtől bizsergés söpört végig a tarkómon. Nagy sokára sikerült megértenem, hogy nem idegen nyelven beszél, csak írott szöveget olvas:

– Kedd óta szomorú volt a világ. Az ég és a tenger egyetlen nagy hamuhegy, a márciusi éjszakában csillagporként fénylő parti föveny pedig rohadó tengeri állatokkal elegy sár. S mert a fény még azon a déli órán is, amikor Pelayo a rákok tengerbe dobálásával végezvén visszafelé tartott a házba, igen bágyadt volt, nagyon kellett meresztgetnie a szemét, hogy kivegye, mi az a nyöszörgő és vergődő valami ott a kert végében. Csak amikor egészen a közelébe ért, akkor látta, hogy egy öregember fekszik arccal elterülve a latyakban, és bárhogy erőlködik, képtelen feltápászkodni, mert megakadályozzák hatalmas szárnyai.[9]

Kábán felemeltem az állam, és szaggatottan oldalra néztem. Úgy éreztem magam, mint egy drogos, aki nem képes kijózanodni, miután a szer kiürült a véréből. Aiden egy szusszanásra ült mellettem, kezében egy karcsú könyvet

---

[9] részlet Gabriel García Márquez: Öregúr, hatalmas szárnyakkal c. novellájából. Csuday Csaba fordítása.

tartott. Nyilvánvalóan feltűnt neki, hogy figyelem, mégsem torpant meg az olvasásban:

– *Pelayo e szörnyűségtől megrémülve hanyatt-homlok rohant Elisendáért, a feleségéért, aki éppen borogatást tett a beteg gyerekre, és meg sem állt az asszonnyal, míg a kert végébe nem értek. S most már ketten bámulták szótlan rémülettel az égből pottyant testet. Öltözéke koldusra vallott. Feje kopasz volt, csak itt-ott éktelenkedett rajta egy-egy fakult hajcsomó, fogainak nagy része kihullott, s egyáltalán semmi magasztos sem volt benne, ahogyan ott feküdt: mint egy szánalmas, pocsolyába mártott dédapó. Nagy, mocskos, félig megkopasztott keselyűszárnyai pedig mindörökre megfeneklettek a sárban. Addig-addig nézték, olyan figyelemmel, hogy mire ámulatukból felocsúdtak, már meg is barátkoztak vele. Olyannyira, hogy még szólni is mertek hozzá, és ő válaszolt is, igaz ugyan, hogy valami érthetetlen dialektusban, de erős, hajósemberre valló hangon. Így azután napirendre tértek a szárnyak bökkenője fölött, és arra a bölcs következtetésre jutottak, hogy idegen hajóról származó magányos hajótörött, akinek a hajója felborult a viharban.*

Aiden hangja a lebegés illúzióját keltette bennem. Úgy éreztem, bármeddig el tudnám hallgatni. De mint minden káprázat, úgy ez az én édes ringatóm is búcsúhoz közeledett.

– *A biztonság kedvéért azért áthívták a szomszédasszonyt, aki szakértő volt az élet és a halál minden dolgában, s akinek egyetlen pillantása elegendő volt, hogy tévedésükből kigyógyítsa őket.*

Aiden felém fordult, mikor felolvasta az utolsó mondatot:
– Angyal ez.
A pont jelképes leütése kínos csendet borított ránk.
Mielőtt ügyetlen témákon töprenghettem volna…
– Ki fog hűlni. – A mély orgánum simogatott, mint a legfinomabb kasmírból szőtt takaró. Visszafojtott könnyek égették a szememet, mikor feleszméltem, hogy *tényleg* egy bögrét szorongatok a markomban.
– A kakaód – magyarázta Aiden kedvesen, de én mást se csináltam, csak sután pislogtam rá. A lábaink mint párhuzamos egyenesek, egymás mellett sorakoztak – az enyémek alig tették ki a fél utat, Aidené viszont egészen a pult túlsó feléig nyújtóztak.
– Hajtsd fel! – tanácsolta, és én vakon engedelmeskedtem. A csokis tej hidegen végigcsorgott a torkomon. Nem bántam. Így is ez volt a legfinomabb kakaó, amit az Angyalok Könnyében fogyasztottam. A bögre fala még langyos volt, a gyomra viszont üres. Így éreztem magam én is. Felvillantak bennem az elmúlt óra eseményei, de mellette észvesztejő űr tátongott. Bármit megtettem volna, hogy kitörölhessen a történteket. Nem az zavart, hogy Aiden látott *olyannak*. Magam előtt tartottam kínosnak a dolgot. Régen találkoztam már ezzel a Sloane-nal, és mérhetetlenül szégyelltem őt.
– Mit olvastál? – tettem fel az első kérdést, ami *valóban* érdekelt, és amit nem tartottam erőltetettnek.
– A jó öreg Gárciát – mutatta fel a könyvet, aztán az ölébe fektette. – Kölcsönadom, ha kíváncsi vagy a befejezésre.
– Egy angyal sorsa mindig szomorú – mormoltam.

– Ne ítélkezz, ameddig nem olvastad el az utolsó sorokat. – Újabb csend. Annyi mindent akartam mondani, mégis azt kívántam, bár egyedül hagyna. Bárcsak özönvíz tombolna odakinn, vagy bármilyen pusztító katasztrófa, amiről szabadon diskurálhatnánk. Azt hittem, hogy soha nem tudunk természetesen megszólalni egymás társaságában, amikor...

– Volt már Adidas cipőd? – bukott ki Aidenből. Megütközve pislogtam rá. Nem nevetett, de ettől még nem sikerült választ kicsikarnom a számára.

– Áh, nem – állapította meg helyettem. – Te is olyan Converse-esnek tűnsz, mint én.

– Miért... kérdezed? – hebegtem.

– Valami frankó futócipőt keresek – magyarázta –, de még nem próbáltam egyet sem, te meg olyan... atletikus alkatnak látszol.

Nem tudom, hol bontott szárnyakat, vagy hol bujkált eddig, de hullámzó nevetés buggyant ki belőlem. Egyre hangosabban, egyre erősebben. Sós íz némított el, amikor a jókedv egyszerre átcsapott pityergésbe. A következő pillanatban a csupasz karomon egy meleg tenyér pihent... A kis szőrszálak a plafon felé meredtek, amikor tudatosult bennem, hogy mi is történik. Ez a kéz nem olyan volt, mint a bátyámé. Zack bőre érdes; körmét fekete sávok koronázták, ízületei vörösen izzottak a hajlatoknál. Aiden keze karcsú volt és finom. Egy művészé. A hosszú ujjak olyan finoman fonták át a karom, mintha egy törékeny galamb volnék. A szemem elidőzött a sápadt bőrön. Most végre megtehettem. Aiden tetoválását nem erre a karjára varrták; jobbját egyedül az erek hálózata szőtte be. Mint a szabadban az eső, lassan elcsendesedtem.

– *Loanie*. – A nevem nem volt több egy sejtelmes suttogásnál. Abban sem voltam biztos, hogy valóban hallottam. Messziről szólt, valahonnan a gyerekkorunkból. A léckerítések mögül, a régi kertünkben.

Akkortájt volt utoljára ilyen rohamom.

– Gyengének lenni emberi dolog. – Ez már jóval igazibbnak tűnt, és garantáltan a jelenben hangzott el. Nemcsak azért, mert határozottabban visszhangzott az üres térben, de az volt a benyomásom, mintha már találkoztam volna ezekkel a szavakkal. Amikor eszembe jutott, hol, elmosolyodtam:

– *Én jedi vagyok* – szavaltam hűségesen az idézetet –, *tudom, hogy jobb vagyok ennél*. – Aiden mellkasa megrázkódott, amikor felismerte a párbeszédet a *Klónok támadásából*. Ha a bögre nem is, az én belsőm csordultig telt. Kibélelte a jókedv, a humor és a *törődés*.

Ezúttal jólesett a csend. Kényelmes volt, és meglepően természetes. Se Aiden, se én nem akartam beszélni, holott neki biztosan akadtak kósza ötletei. Biztonságban voltam.

– Aiden? – A szó kacéran bizsergette a torkom. Aiden nem felelt, de a fejét kissé az én térfelem irányába billentette, így tudtam, hogy figyel. – Mi a címe? Úgy értem, mi a címe annak a Guster számnak, amit korábban említettél?

– *Rainy Day*. – Alkalomhoz illő. Minden kétséget kizáróan ez a válasz adta meg a keretet a mai reggelhez. Így érezhette magát szegény Alíz, miután nem sikerült zöld ágra vergődnie a Bolond Kalapossal meg a Fehér Nyúllal, és

az út végén mégiscsak rá kellett csodálkoznia, hogy ő lóg ki a díszes társaságból. Talán mégis neki ment el az esze.
– Aiden? – szaladtam neki ismét, ő pedig ezúttal így szólt:
– Hallgatlak. – Alighanem érezte, hogy ezúttal más jellegű téma következik, mint egy együttes dalcíme.
Az ölemre bámultam, ahol szorosan egymásba kulcsoltam az ujjaimat, mintha imádkoznék. Aiden lekövette a mozdulatot. Bátorságot szívtam az orromba az etiópi illata mellé. Felemeltem az állam, és elmerültem a zöld ragyogásban. A nyelvemen – egyfajta Pavlovi reflexként – keserű íz robbant szét.
– Ne mondd el Zacknek.
Nem az lepett meg, hogy ezt kértem. Még az sem, amit ezek után hozzátettem. Hanem hogy milyen elsöprő félelemmel mondtam ki:
– *Kérlek.*

◊ Zack ◊

A kezem használhatatlanul csüngött, akár egy koszos konyharuha. Csodálkozni felesleges. Loanie és a nővérke is emlékeztettek, hogy hetekbe telik, mire olyan lesz, mint régen. *Hetek:* A szó romlott ételként kavargott a gyomromban. Nekem nincsenek *heteim.* Én nem Aiden Kelly vagyok, akinek egész nap annyi a dolga, hogy női munkát végezzen. Csattogtatja a kasszája billentyűit, nyálazgatja a katalógust. Kanyarog a sajátos labirintusban, amit az ocsmány könyvespolcai rendeztek be a *Könnyek* bal zugában. Két pofa sörbe, hogy azt sem tudja, hogyan kell a körtét becsavarni a foglalatba. Loanie-ba ezerszer több ügyesség szorult.

Sértett léptekkel masíroztam a mocskos latyakban. A csizmám csurom vizes volt belülről. Fröcsögött, cuppogott, valahányszor összeragadt a zoknim talpával. Noah szaporán ügetett mögöttem, közben a nevemet ordította. Ciki bevallani, de az önsajnálattól egészen megfeledkeztem a jelenlétéről. Helenéhez mindig egyedül jöttem, de a kezem miatt nem tudtam ennyi cuccot hurcolni. Noah két egymásba illesztett rekeszt cipelt – telis-tele tuszkolva almával. A magam részéről: a bal vállamon cipeltem a csomagot. A batyuban üveges ásványvizet, lisztet és némi cukrot zsúfoltunk össze.

– Lassíts, Zé – zihált mögöttem Noah, mire megálltam. A rekeszeket a felhúzott térdére helyezte, és megpihent kicsit. – Jézusom... – Lehelete cigifüstként tört elő a szájából. – Mi a francnak kell neki ennyi alma?

– Gőzöm sincs. – Megvontam volna a vállam, de annyira sajgott a csomag súlyától, hogy csak egy erőtlen hullámra futotta.

– Az a véleményem – Ügyetlenül egyensúlyozott egy kört, és az artistamutatványok között átrakta a másik térdére a csomagot. –, be vagy szarva a nőtől. Nem mersz egyedül beállítani hozzá.

– Ja – hagytam rá egykedvűen. – Futkos a hátamon a hideg.

– Nem hibáztatlak – tűnődött. – Kitör a frász, ha csak rá gondolok. És jobban belegondolva, az apád őt kérte meg, hogy vigyázzon...

– Az régen volt – szakítottam félbe, miközben igazítottam egyet a batyun a vállamon. – Akkoriban nem volt ilyen hangyás. Alighanem az öregedés ment az agyára.

– De azóta se tudtátok levakarni.

– Nem is fogjuk, ha nem visszük el a rendelését. – Noah vette az adást; leemelte a rekeszeket, kitartást szívott a tüdejébe, és ismét megindultunk a tizennegyedik utca felé. Két métert sem tettünk meg, amikor Noah ráunt a csendre:

– Loanie is szokott járni hozzá?

– Megvesztél?! – fortyantam fel. A templom harangjai – bár az ellenkező irányban kondultak – tisztán csengtek a kiürült, hűvös utcán. Harmadik útitársként szegődtek mellénk, hogy ne érezzük olyan cefetül magunkat. – Pont elég elviselnie Kellyt.

– Hát – szólt habozva –, nem is tudom.

~ 96 ~

– Mit nem tudsz?! – A kérdés szitokszóként feszült közénk. A rébuszokban feldobott talányok – mint a kétoldalú érem esetében, ha nem tudhattad, mire számíts – felcukkoltak.

– A múltkor – Noah szaggatottan engedte útjára a magyarázatot, egyfajta sajátos prés szűrőin keresztül. –, hát, érted… nekem nem tűnt úgy, mintha kényelmetlenül éreznék magukat egymás társaságában. – A következő pihenőt jóformán szinkronban követtük el. Noah olyan ábrázattal pislogott, amiből mindketten tudtuk: ezerszer megbánta, hogy felmerült benne az iménti eszmefuttatás.

– Mit próbálsz ezzel bemagyarázni? – Noah óvatosan fújta ki a levegőt, ami jelenleg nem a téli időjárás miatt dermedt közénk.

– Nem akartam vészmadárkodni – mentegetőzött. Ha nem lettek volna lefoglalva a kezei, tuti, hogy védekezőn felmutatta volna őket: *Higgyék el, nincs nálam semmi. Fegyvertelen vagyok.* – De ti is ott voltatok, láttátok, amit én. Kelly úgy sündörgött Loanie körül, mint valami öleb. Eddig egymáshoz se szóltak, most meg *huss* „tartsuk meg a három lépés távolságot" helyett „kimentem ebédelni" státuszra váltanak a Facebookon?

– Loanie-nak nincsen Facebook fiókja. – *Még csak az kellett volna!* – Ne fújd fel feleslegesen!

– Na ja! – prüszkölt. – Mert szerinted élőben nem ismerem meg, hogyan működik egy csaj befűzése?

– Sloane nem olyan ostoba, mint a korabeli, üresfejű libák! – Felháborodásom korbácsütésként hasított közénk. Noah zöld szeme megvillant. A tónál tanyázó, zümmögő bogarak páncéljára emlékeztetett. Meg az átkozott Aiden Kellyre. Viszont ameddig a barátom bizalommal és nosztalgiával árasztott el, a betolakodó méla undorral. – Ne keverd össze Theia O'Neillel! Loanie nem olyasvalaki, aki bedől az üres hízelgésnek.

– Tudom. – Noah arckifejezése sokkal érettebb volt, mint a sajátom, vagy mint amilyen Isaacé valaha is lesz. – Elvégre mi neveltük.

Elgyötört, de igaz mosoly kanyargott az arcomon. Igen, mi neveltük. Férfias viccek, fiús körülmények alakították Loanie személyiségét, én mégis féltettem. Féltettem attól, amit nem engedtünk, hogy megismerjen.

– Gyerünk! – A hajrát inkább magamnak szántam, mint Noahnak. – Már nincs messze.

– Lefogadom, hogy Jancsi és Juliska is ezt mondták a mézeskalács házikó felé menet. – Harmonikus ütemben ballagtunk, míg a végül a város szélén találtuk magunkat.

Erinnysville tava, a *Gaia Szeme* tejfehér lepedőként simult a rozoga kertesházak mögött. Egyetlen hullám sem fátyolozta a tükrét. Akár a porcukorral hintett vágódeszka, a sekélyköd hömpölygött belőle. Szinte nyaldosta a meztelen bőrömet, és én irtóztam tőle. A régi házunkat elhagytuk, de igyekeztem tudomást sem venni róla. Úgy szerettem felidézni emlékeimben, hogy a mi kezünk gyújt lámpát a nappaliban, Loanie szalagjai csüngnek a cédrus ágain, anyám süteményének az illata terjeng a kertben, és apám friss festése díszíti a kovácsoltvas kaput. Isaac és Noah pár utcával lejjebb laktak; a tónál volt a mi közös főhadiszállásunk. Gaia Szeme volt az, ami mindig figyelemmel kísérte a csínyeinket.

Az erinnysville-i gondoskodásból aligha jutott erre a környékre. A bukkanós utakat nem hintették le sóval, ezért minden lépés után csusszantunk egyet. Pedig enélkül is kényelmetlenül érintett, hogy felnőttként a kölyökkori lábnyomunkra tapossak. Nem éreztem igazinak, csak üres díszletnek. Mintha a múlt nem velünk, hanem valamelyik bennünket játszó színésszel történt volna. Csábító volt ebbe a hazugságba ringatózni.

– Nem ez az? – kérdezte Noah. Hangja bokán ragadott, és kegyetlenül visszacibált a talajra. – Ez itt, ni. Az ocsmány zöld ajtóval.

Zöld ajtó. A francba! – Most jutott eszembe, hogy elfelejtettem festéket venni, pedig a múltkor Helené megparancsolta, hogy hozzam helyre a kárt, amit okoztam. *Mindegy. Olyan régen vendégeskedtem itt, hogy talán elfelejtette.*

Végigkorcsolyáztunk a girbe-gurba gyalogúton, ami a bejárathoz vezetett, a tornácon viszont felváltva méregettük egymást.

– Kopognék én – sóhajtott ártatlan képpel Noah.

Fújtattam, aztán a falapra sóztam párat. Noah suttogóra fogta a hangját:

– Ezért lecsavarja a fejedet, és kiakasztja madárijesztőnek.

– Süket, mint az ágyú – hivalkodtam. – Általában ötször lejátszom ezt, mire végre hajlandó megmozdítani azt a ványadt...

Nem szaporítottam tovább a szót, mert az ajtó – mint valami nevetséges tündérmesében – kitárult. Noah mellkasából gyenge nyöszörgés tört elő.

Na, igen. – Hajlamos vagyok elfelejteni, hogy nincs Helené százéves látványához szokva. Már a nyolcvan pluszos nénike sem volt afféle topmodell, de azért égbe kiáltó lehetett a változás. Helené arca felismerhetetlenül eltorzult, a bőre sápadtan ragyogott, akár a holdvilág. Mélyen ülő, fekete szemeiről soha nem tudtam eldönteni, hogy milyen távlatba kukkol a fejemben.

Kínos, néma percek gyötörtek bennünket. Félő volt, hogy Noah ujjai felmondják a szolgálatot, és ereszti a rekeszeket, így megköszörültem a torkom. A barátom is végre kezdett visszaköltözni a testébe.

– Kezit csókolom, Helené néni! – Az elfojtott nevetés macerálta az oldalamat. Noah egy szempillantás alatt visszazsugorodott a sráccá, aki ezzel az udvarias köszönéssel illette a szomszédunkban lakó idős asszonyt. – Biztos nem emlékszik rám, mert nagyon régen találkoztunk, de én vagyok...

– Noah Wayne. – A név úgy süvített Helené szájából, mint a köd Gaia Szeméből. Noah ledermedt mellettem. Nem tudtam hibáztatni érte.

– Nem sokat változtál, édes gyermekem. – Noah ismét a felhúzott térdére fektette a rekeszeket. Nem akart faragatlan lenni, de látszott rajta, hogy szívesen megszabadulna a tehertől, Helené társaságáról nem beszélve.

– Az égiek jó géneket ajándékoztak a szüleimnek. – Próbált olyan ellenállhatatlan lenni, mint női közönség előtt általában. Azonban Helené a bölcsesség éveit tudta maga mögött. Loanie-hoz hasonlóan nem omlott össze a bűverejétől. A kettejük között húzott, spontán párhuzamtól borsódzott a hátam.

– Mert jó az Úr – mormolta a szokásos okosságszilánkját Helené –, örökkévaló az Ő kegyelme, és nemzedékről nemzedékre való az Ő hűsége.[10] –

---

[10] Zsoltárok 100:5.

Noah csak tátogott mellettem. Nem volt hozzászokva az öreglány bölcseleteihez, így nem is tudta a helyén kezelni őket. Megköszönje? Válaszoljon rá? Megsajnáltam, és kimenekítettem az útvesztőből:
– Bemehetünk? – puhatoltam, Helené viszont még mindig Noah-t kínozta a tekintetével. Olyan benyomást keltett, mint aki valami vallomást akar kicsikarni tőle. A barátom pedig veszettül közel állt a beismeréshez. – Elég csípős az idő idekint, esőre áll.
– Az eső elmossa a bűnöket, édes fiam. – Újfent Noah-ra sandított. – Ezt a barátod névrokona tudta a legjobban. – Noah sután vigyorgott. Felteszem most fordult elő először, hogy megértette a nevének a jelentését, vagy egyáltalán, hogy azonosuljon egy bárkaépítő ipsével.

Végül Helené odább csoszogott az útból, és beeresztett bennünket a szentélyébe. Előrecsörtettem, hogy mutassam az utat. Hallani véltem, hogy Noah szitkozódik a bokájához tekergő macskák miatt. Egy kósza káromkodás is felröppent, ami – gyanítom – a szobában terjengő, romlott bűznek szólt. Utasításomra az asztalra helyezte a rekeszeket; én ezúttal a kihúzott szék ülésére ejtettem a batyut. Helené pár perc késedelemmel bukkant fel.

– Az ég szerelmére! – Noah megugrott, holott az öreglány kifakadása nem rá vonatkozott. – Mi történt a kezeddel, Zachary? – A pólyált cipót ösztönösen hátrébb húztam, mintha rejtegetni akarnám előle.

– Baleset – hagytam rá. – Mivel nincs telefonod, nem tudtam szólni róla, ezért is kellett elhívnom Noah-t, hogy segítsen a cuccokkal.

– Tehát – fogott bele bosszantóan kedves hangon – ez volt az oka, hogy rám se nyitottad az ajtót az elmúlt hetekben? – Noah felhúzta az orrát, és fintorgott. Mivel az asztalnál állt Helené mögött, ezt csak én láthattam.

– Borzasztóan sajnálom! – Nem sajnáltam, és pláne nem borzasztóan. Tekintve, hogy pocsék előadó vagyok, ez kiülhetett az arcomra, mert Helené többé nem tett úgy, mintha aggódna az egészségi állapotomért.

– Küldhetted volna Sloane-t is. – Az állam megfeszült. Noah – aki közben az almákat pakolta a molyrágta gyümölcskosárba – kis híján elejtett egy jonatánt a kezéből. – A múltkor azt ígérted, hogy meglátogat.

– A húgom ilyenkor dolgozik – magyaráztam türelmesen, Noah pedig elismerő pillantásokat lövellt a túloldalról. – Ha pedig nem a kávézóban van, akkor lefoglalják az otthoni teendők, de biztos vagyok benne, hogy valamikor beugrik.

– Szeretném, ha a jövőben kevesebb kihagyást iktatnál be a látogatásaid közé, Zachary. – Fanyar düh pulzált bennem, és a kezem miatt nem tudtam ellátni azokat a pótcselekvéseket, amiket most Noah intézett.

– Majd igyekszem nem sósavat használni szappan helyett – feleltem. A szarkazmus Noah-ból lopva a hűtő felé massziroztást, Helenéből viszont vádló tekintetet idézett elő.

– Minden rossz, ami történik velünk – kezdett a tanmesébe –, egy atyai jelzés arra vonatkozóan, hogy valami rosszat cselekedtünk.

– Akkor eljött az ideje egy kis önmonitorozásnak. – Kidüllesztett mellkassal örvendeztem ennek a kifejezésnek, amit Loanie tanított az egyik Gavreeles konzultáció után.

A következő pillanatot egy szánni való nyöszörgés hiúsította meg, ami valahonnan alulról szűrődött fel.

– Valami megharapott. – Noah felkelt a guggolásból. A hűtő ajtaját nyitva felejtette, és sértő bizonyítékként felénk mutatta a mutatóujját, melyen keskeny csíkban folydogált a vér. – Vagy talán megszúrt, nem tudom... – Azzal a szándékkal hajlította ívbe a gerincét, hogy bekukucskál a rozoga hűtőszekrénybe, de mielőtt megtehette volna, Helené becsapta az orra előtt az ajtót. A magam részéről jó ötletnek tartottam. Legutóbb pont eleget láttam a tartalmából.

– Eredj a fürdőszobába, gyermekem – terelgette barátomat a feltűnően nyájas Helené. – Ott találsz némi fertőtlenítőt és sebtapaszt. – Noah esdeklőn nézett rám, de másik harci sérültként nemigen válthattam fel a szerepét ebben az expedícióban.

Vonakodva bár, de eloldalgott mellettünk. Amikor kettesben maradtunk, többé nem érdekelt, hogy mennyire leszek ügyes. Céltalanul rámoltam a palackozott ásványvizet meg a csomagolt cukrot. Az egészben az volt a meglepő, hogy látszólag Helenét sem érdekelte.

– Zaklatott vagy, fiam. – Talán csak az aljasság szólt belőlem, de úgy éreztem, hogy módfelett örül ennek. – Köztünk szólva az a benyomásom, hogy ideje lenne lazítanod egy keveset. Használd ki a kényszerpihenőt, és próbálj meg pozitív dolgokra összpontosítani.

– Kutyabajom. – *Sajnálom, ha ezzel csalódást okozok!*

– Mindazonáltal a baleseted azt igazolja, hogy nem szentelsz kellő figyelmet a...

– Ez nem *olyan* baleset volt. – Helené egy pillanatra megszakította a leülése hosszadalmas folyamatát. Áthatóan tekintett rám, aztán befejezte. Mikor ismét beszélni kezdtem, az ülepe már biztonságosan landolt a nyikorgó falapon.

– A nővér szerint valamilyen vegyszerbe nyúltam. Rovarirtóba, vagy mi az Istent mondott.

Hoppá! – Ha valahol, hát itt kerülnöm kellett az Úr nevét. Szerintem még a templomban sem néztek volna rám olyan megvetőn, mint itt. Helené viszont derűsen mosolygott. A kinti hideg beszökött a párkány résein, és végigsöpört a csupasz nyakamon. Kényszerűen nyelnem kellett. Soha – még kamasz koromban sem – féltem annyira ettől az asszonytól, mint most. Színtelen, viaszos szája szétnyílt. A hang, ami előtört belőle, nem e világi térben szólalt meg. Szerintem más füle nem is hallotta az enyémen kívül.

– *Akkor segítségért kiáltottunk az Úrhoz* – susogta –, *aki meghallotta szavunkat, és angyalt küldött, hogy kihozzon bennünket Egyiptomból*[11].

– Vagyis? – Sosem sétáltam még bele a néni efféle játékába, de most az egyszer nem hátráltam ki. Kíváncsi voltam, hogyan reagál a nyílt hadüzenetre. Lopott a távolságból kettőnk között. Orromban éreztem a romlott hús bűzét, amit a lehelete árasztott.

– Az előbb arról beszéltem, hogy a rossz dolgok azért történnek velünk, hogy figyelmeztessenek bennünket. Te, Zachary, tudattalanul, de segítséget kértél az Úrtól, ő pedig megkönyörült rajtad.

---

[11] Mózes könyve

– Csakhogy ez itt nem Egyiptom – pimaszkodtam. – Én pedig nem kértem az Úr segítségét se most, se máskor a harminc évem során.
– Talán pont ezért hagyott magadra eddig.
– Nincs szükségem feloldozásra – jelentettem ki.
– Nos, erről csak ti ketten tudhattok, igaz-e? – Hallottam, amint a vér vadul zubog-dübörög a fülemben. – Ha nem is maga az Úr, de egy angyala felfigyelt rád, és mi ketten pontosan tudjuk, hogy Erynnisville angyalai sokszor kelnek életre, hogy kézbe vegyék a halandók sorsát, nem igaz, Zachary?
Milliónyi képkocka pergett le előttem. Ezt az összefoglalót láthatják életükről azok a nyomorultak, akik a halál előtt állnak. Sikoly. Sziréna. Rohanás. Isaac. Noah. Gaia Szeme. A régi házunk. A léckerítés. Loanie, amint elterül a betonon, és sűrű vér folydogál a játékbaba arca körül.

– Alig akart elállni! – Noah hangja egy másik életből, másik világból ébresztett fel bennünket. Másnaposként kelek így. A szoba körbe-körbe pörgött; elnyelte a barátomat. – Komolyan mondom, hogy csak ömlött és ömlött, mintha muszáj lett volna, és… – Noah végre elszakította figyelmét a zsebkendőbe bugyolált ujjáról, és kettőnkre meredt. – Történt valami?
– Semmi! – vágtam rá agressszíven. Felpattantam a székről; a vén fenyő tompán koppant a padlón. – Gondolom, akkor mára végeztünk. – Inkább magamhoz szóltam, semmint a másik kettőhöz, Helené mégis válaszolt:
– Igen, *mára* végeztünk. – Nem néztem rá, bármennyire provokált. – Isten veletek, gyermekeim. – Intettem Noah-nak, aki értetlenül toporgott közöttünk. Úgy szorongatta a csuklóját, mint én az esti ügyeleten.
A kijárat felé vágtattam, köszönés nélkül.
– Lassíts már, Zé! – Noah valahol három méterrel ügetett mögöttem, éppen úgy, mint az idefele úton. Ügyetlenül csúszkáltunk a jégen, de nem voltam hajlandó megállni, ameddig magunk mögött nem hagyjuk Gaia Szemét, a régi házunkat és Helené bűvkörét.
– Hallod?!
A sarki boltnál végül megkönyörültem rajta.
– Mi van?!
– Mi a bánat történt köztetek, ameddig én elvéreztem a banya fürdőjében?! – Miközben segélykérőn széttárta a karját, az ügyetlenül kötött fásli megbomlott a csuklóján.
– Semmi – szavaltam mániákusan. Ha sokat hajtogatunk egy hazugságot, abból a végén igazság lehet? – Loanie-ról kérdezett, meg a szüleinkről. Egyszerűen felidegesített, érted? Semmi köze ezekhez a dolgokhoz. Semmi köze az életünkhöz! – Én is meglepődtem, hogy mennyire felpiszkáltam magam, Noah viszont megenyhült.
– Hé, nem tartozol… – nyelt egyet, és csak utána javította ki magát: – Nem tartoz*tok* semmivel. – Olyan halkan beszélt, hogy alig hallottam, a tartalom viszont hangosan visszhangzott. – Hagyd a fenébe ezt a szart! Nem vagy köteles járni hozzá. Csinálja ezentúl valaki más helyetted! Akárki!
– Nem ilyen egyszerű… – csóváltam a fejem. Felszegtem az állam, a tekintetünk találkozott. Ha Noah-é feldúlt volt, tippelni sem tudtam, hogy vajon ő mit olvas ki az enyémből. – Ha valakinek, hát neked meg kéne értened…

Szeméből elszökött a pajkos fény, ami Noah-t jellemezte. A helyét a félelem bitorolta, abból a fajtából, amit utoljára a tó partján láttam az egyik balul elsült játékunk után.

– Nem húzza sokáig, hidd el. – Olyan volt, mintha megígérte volna Helené halálát, és nem megjósolná. Jobb híján a száját rágta. Mivel váratlanul hívtam magammal, még a cigijét sem tudta a zsebébe tömködni indulás előtt. Most veszettül vágyott rá, hogy rágyújtson. – A fürdő merő bűz, tele ocsmány ízeltlábúakkal, bogarakkal meg penésszel.

– Teljesen mindegy – vetettem ellen. – Ha nem Helené keseríti meg az életem, akkor Kelly, Mr. Newman vagy más. Nem malmozhatok arra várva, hogy az összes elpatkoljon. – Szemlátomást Noah tovább is gondolta a tervet, méghozzá egyénenként, de ekkor valami szöget ütött a fejembe.

– Várj csak – ráncoltam a homlokom –, *bogarakat* mondtál?

– Aha – fintorgott. – A falon, a kádban, a kagylóban… ahova csak nem félsz belesni.

– Picsába! – csattantam fel. – Ez lesz az! – Végiggyűrtem az arcomon, Noah viszont kétkedőn meredt rám, és a magyarázatra várt.

– A kórház óta azon kattogok, hogy hol a bánatban érintkeztem rovarirtóval – hadartam félig izgatottan, félig dühösen. – Ezt nem hiszem el… Helené tehet az egészről! Biztos akkor szedtem össze valamit, amikor a holmiját pakoltam…

– Nem azt mondtad, hogy egy ideje már nem voltál nála? – vizsgálódott Noah. – Nem tudom, mennyi idő kell egy ilyen cuccnak, de szerintem a vérbe jutva elég gyorsan kiüti az embert. Pár perc elég a felszívódáshoz, ha erős anyagról beszélünk.

Tanácstalanul bámultam a barátomra. Olyan könnyű és felszabadító volt Helenét hibáztatni a nyomoromért, hogy egyéb megoldás egyszerűen fel sem merült bennem. Rosszul esett, hogy elvette tőlem ezt a lehetőséget.

– Akkor zsákutca – grimaszoltam, mint egy óvodás, aki nem tud semmi frappánsat kitalálni a csúfolódásra. Azon sem lepődtem volna meg, ha nyelvet öltök Noah-ra. – Aznap csőstül özönlöttek a fék- meg a motorhibák a műhelybe. Mindenem csupa olaj volt. Ha attól nem lett semmi bajom, akkor mástól se nagyon.

– Hazamentél meló után?

– Későn végeztünk – fakadtam ki sértetten. – Ha mégis sörözni támadt volna kedvem, akkor arról nektek is szóltam volna.

– Csak kérdeztem.

– Loanie is akkortájt jött meg Gavreeltől. – Próbáltam felidézni azt az éjszakát, de mivel iszonyú fáradt voltam, meglehetősen foltos emlékek derengtek róla.

– Váltottunk pár szót, átnéztük együtt a postát… – Megvakartam a tarkóm, amikor bevillant még valami: – Ja, meg jót röhögtünk Isaac idióta levelén.

Noah értetlen képpel vizslatott.

– Tud írni! – röhögtem fel, de Noah nem nevetett velem.

– Miféle levél? – kérdezte.

– Neked nem írt? – faggattam. – Ez már a második. Kezd az agyamra menni a hülyeségével.
– Akkor sem értem – vallotta be. – Miket írt ezekben a levelekben?
– Jaj, mit tudom én, Noah – sóhajtottam. – Ez csak egy újabb hülye ötlet Isaac beteg agyából. Valami versek voltak, vagy inkább találós kérdések. Szitakötőkről, szentjánosbogarakról. Nem emlékszem.
Noah grimaszolt.
– Isaac meg a versek? – kérdezte. – Ez azért elég meredek gondolat. Mióta veszi a fáradságot, hogy kitaláljon ilyesmit, és még le is írja egy papírra?

A válasz viszonylag sokat váratott magára. A furgonban másra tereltük a szót, Noah viszont ragaszkodott hozzá, hogy egészen hazáig kísérjen, és saját szemével lássa Isaac baromságát. A lakásban minden zugot tűvé tettem hülye lila boríték után, de annak hűlt helye volt.
– Loanie biztos kidobta – vonogattam a vállam.
– Hogy nézett ki? – firtatta kitartóan a barátom, amivel kezdett kicsit az agyamra menni.
– Mit számít ez, most komolyan? – Noah megmasszírozta az állát, aztán a kanapéhoz sétált. Egy darabig vacillált, mintha le akarna ülni, de mégsem tette. Helyette így szólt:
– Mióta Newmannél dolgozunk, egyikünk sem unatkozik, hanem hazahúz, és levágódik a tv elé.
– Na és? – akartam tudni.
– Nem találod furcsának az egybeesést – vetette fel –, hogy hülye feladványokat kapsz ízeltlábúakról, aztán meg véletlenül *rovarirtót* találnak a véredben, és nem tudod használni a kezedet?
– Te paranoiás vagy – legyintettem. – Túl sok thrillert nézel.
– Te meg könnyelmű! – Felemelte a hangját. Kezdett ő is begurulni, amiért nem vettem komolyan a nevetséges, koholt nyomokat.
Hogy lehet ilyen marhaságot kitalálni?
– Szerinted Isaac képes lenne ilyen messzire menni egy vicc kedvéért?! – akartam tudni felháborodva, de Noah ezúttal higgadt maradt. – Neked teljesen elment az eszed!
– Nem – vágta rá. – Természetesen nem.
– Még szép! – bólintottam beleegyezőn, de alig tettünk meg két lépést, Noah alattomosan hozzátette:
– Szerintem nem Isaac küldi neked ezeket a leveleket.

◊ Dr. Gavreel ◊

Be kell valljam, rég voltam ennyire izgatott. Ami azt illeti, talán két évvel ezelőtt azonban mégis: az erynnisville-i utazásom kapcsán. Amióta diagnosztizáltam Sloane Riversnél a szinesztéziát, azzal feküdtem és keltem. Mint egy kisgyerek a Disney Worldbe való utazást, úgy vártam a heti ülésünket. A többi páciens meghallgatása közben is kizárólag Sloane és a lehetséges áttörésünk cikázott a fejemben. Kínos vagy sem rám nézve, de ez az igazság. Múlt hajnalban a tompa lámpafénynél azért eszembe jutott az exmenyasszonyom is (ha van egyáltalán ilyen kifejezés). Biztos nem díjazta volna, hogy késő estig bújom a könyveket. Na de Tess már kigyalogolt a képből, nem lehet ok panaszra. Senki sem vádolhat mániás tünetekkel. Kollégáimat is beleértve mind ilyen pillanatra vágyunk. Ezt érezhetik a nyomozók egy ujjlenyomat vagy bizonyíték felfedezése közben. Csak egy elhivatott – facér – orvos vagyok, aki arra törekszik, hogy kiutat találjon a páciense számára. *Rossz úton járnék?* Azt hiszem, szakmai ártalom, hogy mindenre kérdéssel felelek, és az állandó önmonitorozás sem szokványos jelenség, de önmagunkkal megbocsájtók vagyunk. Főleg, ha a Johari ablak vak területén maceráljuk a függönyt.

Sloane a szokott helyén gubbasztott. Ismeretségünk óta, talán most láttam először fáradtnak. Legtöbbször gondterhelt volt, szomorkás vagy szorongó. De fáradt nem. Az egyszer sem. A magam részéről próbáltam némi önuralmat gyakorolni, és nem bombázni a kérdéseimmel.

– Lehet, hogy ma nem leszek rá képes, dr. Gavreel – mondta csüggedten. Nem a félelem szólt belőle; nem viselte magán a tüneteit. A görnyedés helyett egyenes háttal, karba tett kezek, és rángatózó lábak helyett pedig törökülésben ült.

– Történt valami, Sloane? – Megkíséreltem fegyelmezett maradni. Jó gyakorlat ez számomra is. Srácként ugyanis idegen szóként szerepelt nálam a „nem". Egyke gyerekek, ismerős szituáció. Add meg, Uram, de most azonnal. Nincs osztozás, nincs felelősség, nincs empátia, csak a színtiszta győzelem ellenfél nélkül.

– Nem az új módszertől félek. – Sloane habozott. Az ajkába harapott. Amikor a vérrel együtt a szín is visszaköltözött a húsába, folytatta: – Tudnia kell valamiről, mielőtt egy új módszerbe kezdenénk.

– Hallgatom. – Hátradőltem a széken, és ösztönösen kattintottam egyet a tollammal. Erőszakos, türelmetlen mozdulat volt, de a jelek szerint Sloane-nak nem tűnt fel. Jobban bízott bennem, mint a tulajdon fivérében, így fel sem merült részéről az opció, hogy unom a beszédét. Ettől még jobban restelltem a dolgot.

– Tegnap történt – fogott bele szűkszavúan – a kávézóban. – Vártam. Bevallom, bosszantott, hogy a nagy áttörés küszöbén megint abba a stádiumba kerültünk, ahol két évvel ezelőtt kezdtük. Sloane utoljára a megismerkedésünkkor volt ennyire bizonytalan.

– Moore bácsi volt az első vendégem. – Felemelte a fejét, és így szólt: – Tudja, aki a tó közelében lakik, mint Helené néni. Az idősebb generáció többnyire ott ragadt. Mi is arrafelé laktunk régen.
Időhúzás. Ügyesen csinálta, de ezúttal nem hagyhattam. Nem rejtőzhetett el éppen most, amikor olyan közel hittem magunkat a megoldáshoz. Vagy... talán okkal tette. Nem szándékosan, de a tudatalattija ily módon kívánt védekezni az igazság elől. Talán az új módszerrel az ásatás gyümölcsözőnek bizonyult volna, de Sloane még magáénak akarta a kincseit.
Félt tőlük? Szégyellte őket? Védekezett? Egyre jobban tűzbe jöttem. A vérem sebesen dübörgött a vénáimban.
– Folytassa – kértem szelíden. Nem csatlakoztam hozzá a játékban. Nem futottam le a felesleges, ám gyógyító köröket, hogy „Tényleg?", „Na, ne mondja!" vagy „Nem is tudtam róla.". Olyat tettem, amit eddig soha. *Manipuláltam.*
– Moore ismerte az apámat – jelentette ki. – Azt mondta, régi ismerősök voltak, de én nem emlékszem, hogy apa valamikor is említette volna. Persze a neve ismerősen cseng a gyerekkoromból, de a családunk sosem járt össze egymással és...
– Sloane – szakítottam félbe puhán, mégis határozottan. Miss Rivers, mintha zavarba jött volna. Eddig nem ütközött ellenállásba, minduntalan szabad utat engedtem a szárnyalásának. A beszélgetések irányítottak voltak, de nem emlékszem, hogy bármikor a szavába vágtam volna. Keresztbe tettem az egyik lábam a másikon; a toll fém nyelét végighúztam az államon. Sloane megborzongott.
– Mi történt a kávézóban? – akartam tudni.
Sloane a füle mögé tűrt egy rakoncátlan tincset az arcából. Lehajtotta a fejét, és az összekulcsolt ujjaira szegezte a tekintetét. Úgy festett, mint egy rosszcsont gyerek, aki elcsent valamit a konyhából, de már nem tehette jóvá a bűneit.
– Megint... *felbukkant* – vallotta be vékony hangon. – Annyi év után megint felbukkant, dr. Gavreel. – Sok páciensem tesz ehhez fogható vallomást, de azok általában szenvedélybetegek, drogfüggők, mániákus személyiségek, akik képtelenek voltak a hűségre. Sloane megcsalása más okból fakadt. Önmagával szemben szegett esküt. Egyesszám harmadik személyben mesélt a „másik önmagáról": a „rossz Sloane"-ról.
– Mesélje el! – Az előbbi felszólításokhoz képest, ez sokkal gondoskodóbb hátszéllel érkezett. Valami komoly dolognak kellett történnie – véltem –, amitől Sloane gyógyulása egyszeriben zuhanást mutatott.
– Okolhatnám Mr. Moore-t a történtekért, de az igazság az, hogy nem tehet róla – mondta szomorúan. – Idős. Az ő emlékeiben az a gyerek vagyok, aki bomlott idegrendszerrel, magába fordulva bandukolt a szülei mögött. Nem tudhatta, hogy felszolgálóként dolgozom az apám üzletében. Igazából, akik tudják, azok nem járnak hozzánk. Főleg fiatalok jönnek, őket meg vagy nem érdekli a múltam, vagy a szüleik nem mesélték el, hogy... *milyen* voltam.
– Ha burkoltan is, de ön félelemről beszél – mutattam rá. – Az volt a benyomása, hogy Mr. Moore is megijedt magától?
– Nem félt tőlem – tagadott Sloane –, *gyűlölt* engem. – A szó erős volt, és talán a drámai felhang ellenére sem túlzó. Sokan sokféleképpen tudtak

történetet mesélni. Az Úr a „hang" tehetségével ajándékozta meg őket, de Sloane nem tartozott közéjük. Ha mondott valamit, azt a maga egyszerűségével közölte.
– Miért? – Kettőnk közül ma én voltam a csendesebb. Én szorultam a tudásra, nem fordítva. A mostani ülésen engedtem, hogy Sloane legyen az, aki felnyitja a szemem.
– Évek óta nem találkoztunk – mondta –, mégis sikerült egy másodperc töredéke alatt kicsikarnia, hogy az legyek, aki régen.
– Minden ember más reakciót, sok esetben más illetőt csalogat elő belőlünk – nyugtattam meg, a mai alkalommal először. – Egyik pillanatban azon tűnődünk, hogy *„Miért nem mondtam igazat?"* vagy *„Ki volt ez a fazon, aki az én pizsamámban beszélt?"*. Ettől még nem hasad meg a személyiségünk. Ahogy a szüleinknek negyvenévesen is a gyerekei maradunk, természetes, hogy ez a férfi annak a kislánynak látta, akit megismert. És ön is azzá a kislánnyá vált, akinek Mr. Moore ismerte.
– Nem egyszerűen az a kislány voltam, doktor úr. – Habozott, én pedig vártam. Neki kellett kimondania. Fel kellett tudnia vállalni, hogy megbirkózzék a súlyával.
– Rohamom volt. – Megkönnyebbült a vallomás után. – Nem annyira féktelen, mint azelőtt, de… közel álltam hozzá. Nem volt kontroll, nem volt kapaszkodó… – Reszketett. – Csak zuhanás.
A csendet ezúttal nem akaratlagos szándékkal tűztem közbe. Eltűnődtem. A rohamok idején Sloane még nem volt a páciensem. Csak azokból az anamnézisekből tudtam táplálkozni, amiket az elődöm hagyományozott rám. A régi feljegyzések értelmében – amikről talán nem is hittük, hogy újra szükségünk lehet – Sloane annyira elveszett a roham alatt, hogy tudattalan állapotba került. Eszméletét vesztette. Nem is tudta felidézni a történteket, sem azt, hogy miket mondott vagy cselekedett azokban a percekben.
– Kettesben voltak Mr. Moore-ral? – puhatoltam.
– Nem. – Óvatosan, de a határozottan a fékpedálra taposott. – Aidennel.
Nocsak! Bulvárlapra kívánkozó fejlemények! – gondoltam. *A szigorúan vett Aiden Kellyből hogyan lett egyszerűen és szimplán csak Aiden? A válaszokat a következő számból megtudhatják!*
– Mr. Kelly szemtanúja volt az esetnek?
– Az elejétől a végéig. – Nem volt zavarban, inkább… *megnyugtatta* a tudat*?* Aiden Kelly, akiről három hónapja csak merő bosszúsággal nyilatkozott?
– Tulajdonképpen ő zavarta el a kávézóból Moore-t.
– Mókás az élet, nemde? – Sloane elmosolyodott, de nem úgy, ahogy a tréfákon szokás. A hála árnyalatán. – Nem tart attól, hogy ezt a tudást felhasználhatja majd ön vagy a testvére ellen?
– Nem fogja. – Végre magabiztos volt, így nem kísérleteztem többé, hogy meglékeljem a vékony hitét.
– Nézze, Sloane – veselkedtem neki –, sosem tudtuk biztosra, hogy nem fognak ismételten jelentkezni önnél a rosszullétek. Mr. Moore jelenléte nyilvánvalóan felzaklatta, és abba a stádiumba sodorta, amelyet már régen nem tapasztalt. Ezt felfoghatjuk egyfajta védekezési mechanizmusnak is, ami

szintén hozzátartozik a gyógyuláshoz. Nincs oka az aggodalomra. – Komolyan gondoltam. Ezek a fantomvillanások évekkel később is jelentkezhetnek. Természetesek. Nem volt mitől tartani, hacsak... – Ezen a rosszulléten kívül tapasztalt más nem kívánatos tünetet?

– Nem – vágta rá Sloane –, semmit! – Természetes, hogy félt. Édesanyja elvesztése és egy szerencsétlen agyrázkódás következtében folyamatos látogatást tettek a koponyájában a furcsábbnál furcsább jelenések. Az elméje szédületes keringőre csábította, és nem engedte befejezni a táncot, csak amikor már végleg elszédült a pörgéstől. Rémálmok, fantáziafoltok, téveszmék: paranormális esetek, amelyekre nem létezett tudományos magyarázat. Az elődöm annotációja szerint még a néhai Michael Rivers is tartott a gyermekétől, az édes kislányától, aki a szeme fénye volt. Az egyetlen személy, akinek soha, semmilyen körülmények között nem ingott meg a bizalma Sloane ép elméje felől, mert őt mindenki csak Erynnisville-i Helenéként emlegette.

– Ahogy említettem, nincs ok az aggodalomra. A terápiát az eddigi ütemben, heti kétszeri alkalommal folytatjuk. Nem tartom indokoltnak, hogy visszatérjünk a hármas felosztáshoz. Egyetért velem, Sloane?

– Hát, én – hebegte – nem is tudom.

– Nézze... – A térdemre könyököltem, és közelebb hajoltam hozzá a kerekasztal fölött. Az üvegen gyenge csillanással verődött vissza a téli napsugár. – Köszönöm az őszinteségét. A legtöbb esetben a beteg titkolja az efféle tüneteket, mert visszaesésnek hiszi. Tartanak a gyógyszeres kezeléstől meg a befekvéstől és az állandó megfigyeléstől. Ön viszont bátran felvállalta, és ezért legyen büszke magára. – Sloane sötét szemeit egy kósza fényfolt rozsdabarnára szívta. A remény leskelődött belőle; azzal néztem farkasszemet.

– Azt tanácsolom, hogy haladjunk úgy, mintha a tegnapi nap meg se történt volna.

Sloane megütközve pislogott rám, mert szemlátomást nem értett egyet a döntésemmel. Túl szigorú volt magához, és talán nem hitt már a gyógyulásban sem.

– A múltkor sikerült új felfedezést tennünk, és beleegyezett, hogy erre az ösvényre lépjünk. Jól mondom?

– Igen – bólintott.

– Helyes. – Felpattantam a székemből, és rendkívüli önuralomra volt szükségem, hogy ne futva tegyem meg az utat az íróasztalomig. Sloane izgatottan kísérte végig a rövid kirándulást. Amikor visszatértem hozzá, egy téglalapalakú füzetet szorongattam a kezemben.

Leültem, és olyan gondosan fektettem az ölembe, ahogy egy újszülöttet szokás.

– Van sejtése, hogy mi lehet ez? – kíváncsiskodtam.

– Olyan, mint egy fotóalbum – felelte. – Mamáék ragasztgatták ilyen könyvbe a régi fotóikat. – Tetszett a tipp, főként, mert ha az ötlet sikeresnek bizonyul, akkor talán tényleg képek, emlékek lesznek azok, amelyet nyerünk belőle.

– Utánanéztem egy kicsit a szinesztéziának – vezettem elő, jóllehet a könyv továbbra is csukva pihent. – Terápiáknak, teszteknek, vizsgálatoknak satöbbi. Arra törekedtem, hogy olyan módszert találjak, amely letisztult, mégis hatásos eredményt ad.

– Letisztult?
– Olvastam dr. Malcolm korai módszereit önnel kapcsolatban, Sloane – mondtam. – Magunk között szólva, a kollégámmal ellentétben olyasmihez ragaszkodnék, amely nem agresszív. Mindazonáltal lehet, hogy kissé, hogy is mondjam… „civilnek" fogja találni az elképzelésemet, de bízom benne, hogy velem tart ebben az expedícióban.

Sloane ajka gyengéd mosolyra görbült. Ahogy nekem a fotóalbum, neki az expedíció szó nyerhette el a tetszését.

– Ne csigázzon tovább! – Egyszerre a megtestesült tükörképemet láttam benne, aki legalább annyira izgatott az új felfedezéstől, mint én. Az üveglapra helyeztem a könyvet, és lassan Sloane felé csúsztattam. Miss Rivers rám emelte a tekintetét, mintha azt tudakolná: „Szabad?". Ösztönösen biccentettem, inkább biztatásként, mintsem engedéllyel.

Sloane nem habozott. Felemelte a könyvet, hozzám hasonlóan az ölébe vette. Megtámasztotta a hátulját, és óvatosan szétnyitotta a közepén. Számos érzelem suhant át az arcán egyszerre: értetlenség, vidámság, pajkosság, cinkosság, de csalódottság nem, és ettől én is boldog voltam. Amikor összeszedte magát meg a gondolatait, ez volt az első benyomás, amit megosztott velem:

– Évek óta nem láttam ilyesmit. – A kiadvány egy színezőkönyv volt telis-tele szürke és fehér képekkel, kitöltésre váró alakzatokkal, állatokkal és labirintusokkal.

– Felnőttek részére készült – magyaráztam lelkesen. Nem tehettem róla, de nem tudtam gátat szabni az izgatottságomnak. – Terápiás jelleggel árulják azoknak, akik egy kicsit vissza szeretnék csalogatni az életükbe a régen látott gyermeki énjüket. – Sloane végigsimított az ujjhegyeivel a legfelső oldalon. *Rózsafejek* voltak.

– Nagyon tetszik – suttogta, miközben megbűvölve kanyargott az indaként kunkorodó vonalak között.

– Az első házi feladata – mondtam jókedvűen. – Használja, és közben *figyelje, érezze* a színeket. Ez az első lépésünk, és ha nem is számítok tőle áttörésre, felkészít bennünket azokra, amiket ezután tervezek.

Sloane összecsukta, és a mellkasára szorította a könyvet. Úgy kapaszkodott belé, mint valami titokba. Most csak egyetlen érzelmet láttam rajta: reményt.

7. Fejezet

◊ Sloane ◊

Jéggé dermedni egy túlfűtött szobában – így képzelem a magányt: testtelen kísértetnek. Szabadidejében a tapéta mögött, a csempék repedésében, a szőnyeg szálai közé fészkeli magát. De hova menekül, amikor feleslegessé válik? Mágnespontokra – így neveztem el őket. Néhány helyet biztosra tudok: barlang, temető, templom. Érzed, amikor éget? Pernyére cincálja az izomrostokat. Csak egyet ismerek, ami felveheti a versenyt az előzőkkel: *Erynnisville*-t.

Július, augusztus környékén is – éppen csak – elegendő egy vékony kabát. A magány itt nem keres mágnespontot. Erynnisville egymagában egy gigantikus mágnespont. Mintha az összes kísértet nálunk szabadságolná magát. Ami azt illeti, a templom felé ballagva még intenzívebb. Amint befordulsz a sarkon, *puff*! Magához húz. Én sem tudok menekülni, de nem bánom.

Szándékosan jöttem ezen az úton. Hónapok óta kerülgettem a templomot, és ezúttal feltett szándékom volt közelebb merészkedni a kovácsoltvas kerítésnél. Aiden története óta a rögeszmémmé vált az angyalszobor. Nem emlékeztem gyermekkoromból az igazira; egyedül Pelayóék kopasz, piszkos változata merevedett ki előttem. Az udvar üresen ásított. A rózsabokrok indái megtépázva kanyarogtak az oszlopok körül. A kapu „tárt karokkal" várt, a betonon pedig rozsdabarna falevelek bukfenceztek.

Megráztam magam, és beljebb araszoltam a keskeny járdán. A diakónus ház portaszékén nem ült senki; a tiszteletest sem láttam a folyosókon. A főbejárat felé kanyarodtam. Behúzott nyakkal sétáltam. Úgy éreztem magam, mint egy besurranó tolvaj. Vonakodva eltűrtem a csuklómról a kesztyű anyagát, hogy vessek egy pillantást a karórámra. *7:15*. Habár a *Könnyek* közel van a templomhoz, iparkodnom kellett, hogy időben beérjek. Zackre hatkor csuktam rá az ajtót. Esküdözött, hogy visszafekszik, és pihenteti a kezét, de ahogy ismerem, kilenc körül már a kávézóban fog strázsálni.

A kőépület mögött takaros kert üdvözölt. A falevelek szép, egyforma kupacokban rendezve; színei elvesztek ugyan, de mennyei képzetet idéztek bennem. A gyertyaszerű, elszáradt aszfodélosz növények kábán hajladoztak, de így elhalva is eszembe juttatták róla Helené meséit. Az aszfodéloszok – mondta – holt lelkek őrzői. Az Alvilági Sztüx folyó partjáról származnak. Jóllehet a tiszteletes nem hitt holmi pogány mítoszokban, de görög múltú város okán, azért megtűrt a környezetében pár örökséget.

Az akácfák fonnyadt, szürke lombkoronái alatt megtaláltam, amit kerestem. A jádezöld alak úgy tűnt ki a szürke tájból, mint fekete-fehér sakktáblán a királynő. Rászántam magam, és félig lehajtott fejjel a színe elé járultam. Lassan felszegtem az állam, és egyenesen az arcára meredtem.

Nem Pelayóék angyala volt, de nem is az a magasztos tünemény, akit az emlékeimben őriztem. Kopott, bronz bőrét kobaltzöldre marta az idő. Rozsdakönnyek csordogáltak a fekete szemgödörből, amelyek szűk vájatot metszettek a fenséges orcán. Egyik tenyerét a mellére szorította, a másikat nyitott marokkal a levegőbe nyújtotta. Ajka néma sikolyra nyílt, szavait olyan nyelven közölte, amit emberi fül nem hallhatott. Vacogtam, de tűrtem a pillantását. Megbabonázott. Elmerültem a zöld színben. Egyszerre keserű íz szivárgott a nyelvemre – mintha vasból készült cukrot nyeltem volna. Már nem is figyeltem rá. Természetes volt.

– Sloane? – A gyomrom fel-alá liftezett, majd valahol az aszfodéloszok magasságában állapodott meg. Megkockáztattam egy félénk pillantást az angyal arcára, de az – minden ijedelem ellenére – nem kelt életre. Ugyanolyan üres tekintettel bámult rám, ahogyan eddig.

Szaggatott fordulatot vettem. Alig pár karnyújtásnyira, a diakonissza bejárat előtt észrevettem a tiszteletest.

– Á-áldás, békesség – motyogtam zavartan. Jeremy atya arcán szelíd mosoly bontakozott ki. Ez volt az első vidám, bizalmat ébresztő jelenség a mai reggelen.

– Áldás, békesség! Nem voltam benne biztos, hogy te vagy az. – Tett néhány óvatos lépést felém, aztán combmagasságba tartotta a kezét. – Ekkorka lehettél, amikor utoljára láttalak.

– Régen jártam itt – hebegtem: – A bejáratot kerestem, de láttam, hogy a portán nem ül senki, ezért a hátsó kertben próbáltam szerencsét.

Van annál rosszabb, mint egy templomkertben hazudni. Ráadásul a tiszteletesnek?! Szinte éreztem, hogy az angyal mögöttem közelebb hajol, és vádló ujjait a torkomra kulcsolja.

– Boldog vagyok, hogy itt látlak, gyermekem. – És *tényleg* boldognak tűnt. Bárki bármit mondjon is, a hit gyógyír a léleknek. Pláne most. – Édesapád, Michael, Isten nyugosztalja, minden vasárnap eljött.

– Itt lelt vigaszra anyánk halála után. – Egy hazugság, egy igazság. Innentől kezdve az utóbbira törekedtem, hogy lefaragjak a vétkemből.

Jeremy elmosolyodott; íriszeibe láttam költözni a téli égboltról eltűnt fényt.

– Hogy van Zachary? Még az autómosóban dolgozik? Vagy abban a lemezboltban? – Szerencse, hogy Jeremy ennyire felkészült volt Zackből. Én magam már a felére sem emlékeztem annak a rengeteg idényállásnak, amit elvállalt.

– Úgy fest, végre lehorgonyzott a Newman Műhelyben – mondtam kurtán. Nem szoktam a csevegéshez, így csak a lényegre szorítkoztam, hisz máshoz nem nagyon értettem.

– Erynnisville valósággal elcsendesült, amióta ő meg a barátai felcseperedtek. – A mai cinikus világban megdöbbentő volt számomra ezeket a szavakat hallani. Jeremy szemlátomást nem dorgáló szándékkal hozta ezt a tudomásomra, mindössze… megjegyezte.

– A komiszság még mindig bennük lakik. – Forró szeretettel, büszkén szóltam róluk, mintha a saját gyermekeim volnának. – Mellettük valósággal megfiatalodik az ember. – Jeremy kissé meghökkent a szavaimon, és egy pillanatra nekem is a tüdőmben rekedt a levegő. A magam huszonhárom évével igencsak szokatlan benyomást kelthettem.

– Beiratkoztál a főiskolára? – puhatolta tapintatosan, ám ezúttal sikító szóval hallottam a narrációt a kozmetikázott szavak mögött: Miért nem élsz, ameddig fiatal vagy, kislány?!
– Igen, de halasztok – hadartam. – A családi kávézóban dolgozom. Másra nem nagyon lenne időm, mert heti kétszer... dr. Gavreelhez járok. – Jeremy fürkészőn tekintgetett rám, de nekem valahogy csak nem akaródzott kimondani a *pszichiátria* szót. – Tudja, a régi kastélyépületben... – Szinte láttam beköltözni a megvilágosodást a tiszteletes szemeibe, de nem szánalommal vagy félelemmel, hanem érdeklődőn folytatta:
– Hát, persze, Gavreel doktor! – bólintott mindentudón. – Az új szakemberünk. Büszkék lehetünk rá. Sokszor látom vasárnap is. Úgy sejtem, legtöbbször a karzatot részesíti előnyben, ahol a fiatalabbak foglalnak helyet.
– Dr. Gavreel jár az istentiszteletekre?! – Őszintén megdöbbentett, szinte sokkolt a hír, de nem tudom megmondani, hogy miért. Az üléseinknek nem az a lényege, hogy a pszichiáterem magánéletéről trécseljünk, mégis... valamiért becsapva éreztem magam. – Nem tudtam, hogy vallásos.
– Pedig sokszor vállal önkéntes munkákat a szeretetszolgálatunkban – tájékoztatott Jeremy, miközben kissé szorosabbra fűzte maga körül a vékony szövetkabátot. Úgy festett, mint egy vacogó hattyú, aki beteríti magát a szárnyaival. – Legtöbbször csomagokat kézbesít az időseknek – Ennél a pontnál elmerengett, mintha eszébe jutott volna valami ezzel kapcsolatban. –, mint Zachary Helené néninek. – Azt hittem, rosszul hallok.
– Zack... mármint *az én* Zackem? – Nem akartam hinni a fülemnek.
– Hát persze – mondta büszkén. – Jellemzően kéthetes rendszerességgel. Régen az édesapátok, Michael rendezte, és azóta a fivéred váltotta fel. Nem is számítottunk ilyen nagylelkű felajánlásra tőle, merthogy... nos, nem nagyon fordul meg a környékünkön. De szívből örülünk neki! – Jeremy talán azt hihette, hogy rosszul vagyok (vagy talán attól tartott, hogy olyan roham zajlik bennem, mint gyermekkoromban), mert óvatosan megérintette a karomat. Jobban mondva útjára engedett egy ilyen jellegű mozdulatot.
– Jól érzed magad, gyermekem?
– Nagyszerűen. – A második hazugságom volt az Úr angyalának és a szolgájának jelenlétében. Úgy gondoltam, elérkezett az ideje, hogy elhagyjam a szent kertet. – Csak eszembe jutott, hogy nem fogok odaérni a nyitásra, és lehet, hogy a másik tulajnak nincs kulcsa.
– Ó, a világért se hagyja cserben az ifjú Mr. Kellyt! – A gyomrom öklömnyire zsugorodott, és bár nem reggeliztem semmit, a tartalma igencsak kikívánkozott belőlem.
„Áldás, békesség"-gel köszöntem, mert az „Örültem a találkozásnak"-ot mégiscsak túlzásnak éreztem erre a förmedvényes reggelre. A képek vadul kattogtak a szemem előtt, ahogy a járdán meneteltem – talán a jó irányba. Annyira beszorultam a három kalitkámba: az otthonomba, a Könnyekbe és a pszichiátriára, hogy a körülöttem zajló életről közben teljesen megfeledkeztem.
Mióta tud Jeremy tiszteletes többet rólam és a környezetemben lévőkről? Mióta hurcol a bátyám csomagot Helené néninek, és nekem miért „felejtett el" beszámolni róla? Mióta jár a pszichiáterem az istentisztelere, és mióta ismeri jobban Jeremy tiszteletes a három hónapja beköltözött Aiden Kellyt, mint engem?!

A legjobban a bátyám aggasztott. Zackben bízom a legjobban a világon. Azt hittem, nincsenek titkaink egymás előtt. Hogy nincsenek titkai *előttem*. Mit nem tudok még?

Dobhártyaszaggató hang ébresztett fel. Rémülten pillantottam körbe, és csak kínkeserves másodpercek árán sikerült rádöbbennem, hogy hol vagyok. A templom bő tíz perc járásra lehetett mögöttem. A jelek szerint egyenesen haladtam, nem kanyarodtam le a *Könnyek* utcájába, csak mentem, mentem, megállás nélkül, eszetlenül. Egy útkereszteződés közepén ácsorogtam, és egy Volvo tüzes szemei villogtak rám. A sofőr oldalán le volt tekerve az ablak, és egy bal kar fenyegetőn hadonászott felém, miközben újra meg újra a dudára könyökölt.

– HÚZZ MÁR AZ ÚTRÓL! – üvöltött. – NORMÁLIS VAGY?! MIÉRT NEM NÉZEL AZ ORROD ELÉ?!

Bocsánatkérőn biccentettem, és minél hamarabb elinaltam az útról. A Volvós rátaposott a gázpedálra. A kereke csikorgó hangot hallatott, amikor elszáguldott mellettem.

Médea Hale cukorkaboltja mellett bambán belenéztem a kirakat üvegébe. Rémisztő látványt nyújtottam. Fehér voltam, akár egy kísértet. Mint a megtestesült magány, amiről korábban fantáziáltam. Ekkor döbbentem rá, hogy nem Erynnisville vagy a magány választ mágnespontokat magának. Hanem én.

◊ Aiden ◊

Három hónap alatt most voltam először egyedül az üzletben. Sloane nem szokott késni, rendszerint ő nyitja az ajtót. Furcsálltam. Persze, ha akart se tudott értesíteni, hiszen nem tudtuk egymás telefonszámát, a kávézóban pedig nem szereltek be telefonkészüléket. Még az internetkábelért is úgy kellett könyörögnöm Zack Riversnek. Négy hetembe telt elmagyarázni, hogy szükségem van egy online platformra meg a levelezőrendszerre, ha internetes rendelést is akarok. Halvány kétségeim támadtak afelől, hogy bármit is felfogott a kérésemből, mindenesetre végül beadta a derekát, amikor Sloane is megerősítette abban, hogy a saját ügyintézésük szempontjából is hasznossá válhat az internet.

Sloane – ha tudattalanul is – már akkor is a segítségemre volt, és bosszantott, hogy én most nem tudom viszonozni a gesztust. Talán pont ezért, de a múltkor történtek nyugtalanítottak. Aggódtam amiatt, hogy ha a jótét angyal kikerül a képből, akkor hogyan bírok el a zsarnokoskodó bátyjával. Nem tudom. Mindenesetre a gondolat belefészkelte magát a fejembe. Elismerem, nem sok dologtól rettenek meg az életben, ugyanis a földi félelmek, gyerekes fóbiák már rég nem okoznak rémálmokat. Sloane mégis megrémített. Egyetemista koromban – főleg az Erasmus ösztöndíjprogram keretében – rengeteget utaztam, és sok emberrel találkoztam. De olyasmit, ami vele történt, még nem tapasztaltam. A kollégiumban volt egy srác, akit epilepsziával kezeltek. Miatta sokszor ébredtünk a lányok visítására, amikor a konyhában érte utol őt egy roham. Rendszerint mi voltunk, akik felnyaláboltuk a földről, a betegszobába cipeltük, vagy tárcsáztuk a mentőket, ha azt az instrukciót kaptuk, hogy nem mozdíthatjuk meg.

Sloane rövidesen megérkezett. Olyan volt, mint egy galamb: törékeny, hamuszínű. Bujkált a szemkontaktus elől, pedig nem szekíroztam vele. *Ma* nem. Komótosan, de mindenekelőtt *hivalkodón* lapozgattam a mai rendelés listáját, ügyelve, hogy tetten érje a hamis közönyt. A sál mögött morgott egy vérszegény „szia"-t, majd rakétasebességgel inalt el a pultom előtt. A kabátját valahol a saját erődítménye takarásában hámozta le, de azt már nem kockáztatta, hogy ismét előtűnjék, és a szobainashoz lépjen. Egyszerűen eltüntette, és – gyanítom – két kávészák közé szuszakolta a dzsekijét. Nyilván zavarban volt a történtek miatt, de feleslegesen. Ameddig én nyugodtan kezeltem, addig neki sem volt oka az aggodalomra.

– Esik kint? – hangzott fel az elegáns köntösbe burkolt *„Hogy vagy?"*.

– Tessék? – Ezúttal nem tűnt zavartnak. Látszólag csak testben volt jelen, gondolatai nagyon messze kóboroltak.

– *Rainy Day?* – kérdeztem játékosan. Sloane kapcsolt, és végre elmosolyodott.

– Ma nem. – Temérdek körülményre passzolt a vallomás, de legkevésbé az időjárásra. Sloane rám hagyta, hogy eldöntsem, végül is mire adott választ.

– Erről jut eszembe... – Nem sikerült könnyedén felülni a csatáink szokásos körhintájára, de azért vállalta a keringőt. – Miért ez, miért éppen a *Rainy Day?*

– Meghallgattad? – kérdeztem. Sloane lábujjhegyre ágaskodott, és felhuppant a magas bárszékre. Ujjait összekulcsolta a pulton.

– Még nem.

– Akkor pótold – javasoltam szelíden. – Rögtön tudni fogod. Gondolatai újfent kiszöktek a *Könnyek*ből, és még a csukott ajtó sem gördített akadályt a rohanás útjába.
– Figyelj! – Hurkot dobtam utána, és reméltem sikerül bokán ragadni, mielőtt végleg elveszítem. – Ma nagy mennyiségű szállítmányt várok. – Érdeklődőn pislogott, és várta, hogy mi fog kisülni a kezdeményezésből. – Nem bánnád, ha… kitenném a „zárva" táblát?
– De akkor kávézni sem tudnak – vetette ellen, mire az arcomon cinkos mosoly terült szét, és azonnal tükrözte a sajátomat.
– Segítsek pakolni? – Szemlátomást jobban örült ennek a potyának, mint én, az ötletgazda.
– Ha egyedül zuhanok neki, akkor minimum három nap – saccoltam elnagyoltan. – De ha beszállsz, akkor szerintem jó esély van rá, hogy ma kivégezzük. Mit szólsz? Benne vagy?
– Meddig lennénk zárva? – Rivers racionalizmus. Egyszeriben a fivére jelent meg előttem, némi tetszetős burkolattal.
– Attól függ. – Megdörzsöltem a számat az ujjaimmal, de csak hogy tovább lopjam a pillanatot és Sloane kétségeit.
– Hogy mennyire vagyunk gyorsak?
Elmosolyodtam a kezem mögött.
– Hogy mennyire élvezzük.
– Egy feltétellel. – Előre borítékolni mertem, hogy mi lesz az a bizonyos kritérium. Pontosabban, hogy *ki*. – Szeretném, ha nem reklámoznád Zack előtt.
– Nem fogom. – *Sem ezt, sem a múltkori esetet* – ígérték némán a szavaim.

Nem sokkal később meghozták a várt szállítmányt. Sloane jó háziasszonyként vizsgázott: hűségesen tartotta az ajtót a mackós testű sofőrnek, aki felváltva cipelte velem a dobozokat. Amikor már zsebkendőnyi hely sem maradt a kávézó és az antikvárium között, vastag kötegért nyúltam a tárcámba, hogy kifizessem a futárt. Sloane udvariasan elfordult, és kíváncsian hajolt a dobozok irányába.
– Rengeteg! – mondta izgatottan, miután csukódott az ajtó. Az ismeretlen férfi jelenlétében egyetlen szót sem szólt. – Szerintem ennyi könyv nem is fog elférni, csak ha átcsempészel párat a kávéspolcok közé.
– Képregény – javítottam ki mechanikusan, mialatt újra leltárba vettem a csomagok méretét és számát. – Szereted őket? – Kilestem a doboztorony mögül, hogy ne csak halljam, hanem lássam is a reakcióját. Összeráncolta az orrát fintorgás közben.
– Nem nagyon ismerem őket – mondta. – Erynnisville-ben nem divat.
– Akkor én azzá teszem – feleltem. – Csak mert nem ismersz valamit, nem jelenti azt, hogy nem is tetszene. – Ezen elmerengett egy darabig. – De a helyet illetően igazat kell adnom neked. Mit szólsz egy kis terjeszkedéshez, ami egyben zsíros reklámot hozna a *Könnyek*nek?
– Mire gondolsz? – Kihúzott egy széket a körasztaltól, és megpihent rajta. Jobb kezét kinyújtotta, és egy közeli doboz sarkát karcolgatta.

Leültem a földön a szőnyegre, így – most először – magasabb lehetett nálam. Szemlátomást ez a fölény rögvest derűsebb kedvet kölcsönzött neki. Felhúztam a két térdem, és lazán rájuk támaszkodtam.

– Vándorló könyvek. Így nevezetem el az ötletet. – Kíváncsian pislogott rám, ami nem is csoda egy ilyen kaliberű megjegyzés után. Elnézően vigyorogtam, és folytattam: – Közeleg a jó idő, ezért pár helyen felhúzhatnánk standokat, ahol lehetne informálódni a megújult kávézóról, regisztrálni a kölcsönzéshez, ilyesmik...

– Ahhoz több alkalmazott kell – vetette fel Sloane, de engem felkészülten ért.

– Theiának több szabadideje lesz nyáron – vágtam rá. – És mivel tudom, hogy a fivéred a diákmunka híve, talán megfűzhetnénk a többi osztálytársát, hogy szálljanak be ők is.

– Nem is tudom...

– Kicsiben kezdenénk. – Szavaimat nyomatékosítva egészen minimális távolságot mutattam fel neki a hüvelyk és mutatóujjam között. – Mivel Angyalok Könnye, olyan helyre koncentrálnám az első bódét, ahol valamelyik szobor található.

– Van egy a Gaia szeménél – kezdte a sort Sloane –, de az Erynnis városrészen inkább idősek laknak. Van egy a templomnál, de nem hiszem, hogy Jeremy tiszteletes örülne a felhajtásnak.

– Azt én sem hiszem. – Megdörzsöltem a tarkóm. A mozdulat alatt feljebb gyűrődött a pulóver az alkaromon. Sloane azonnal odakapta a fejét.

– Van még valahol?

– A Saint Hale parkban.

– Nagyszerű – csettintettem a két ujjammal, amivel korábban a „kicsi kezdést" szemléltettem. – Az príma lenne! – Látva a habozást a szemében, azonnal hozzáfűztem: – Persze, ha ti támogatnátok.

– Tetszik az ötlet – vallotta be Sloane. – De itt nem egy szimpla zárásról beszélünk. Meg kell kérdezzem róla Zacket is. – A félelem szikrája villant a szemében.

– Hé! – Rámarkoltam a szék támlájára, és egyenesbe tornáztam magam. Innen nem követtem tovább. – Eszembe se jutott arra kérni, hogy hazudj a bátyádnak a kedvemért. – Sloane nagyokat pislogott. Nyilván nem erre a válaszra számított.

– Nem kell most a válaszod – mondtam. – A nem is egy válasz. Gondolkozz rajta, csak ennyit kérek. – Kissé közelebb hajolt. – Azért kérdeztelek előbb téged, mert ismerem a bátyád véleményét. Engem viszont először a tiéd érdekelt.

Sloane ajkára tartózkodó mosoly lopakodott.

– Pakoljuk ki a képregényeidet! – javasolta. – Egyszerre csak egy újításról akarj meggyőzni.

A kategorizálás lassan és csendben zajlott. Mint kiderült, a dobozok mennyisége nem a képregények terjedelmével volt arányos. Javarészt biztonsági okból, de teletömték őket buborékos fóliával, hogy ne sérüljenek meg az úton. A fegyelmezett munkatempót csak az öreg rádió sistergése szakította meg. Olyankor Sloane odalépett a masinához, és tekert párat a

frekvencián. Most is. Odakint erős szél tépázta a lombokat, így nagy sokára tudott egy helyi adót elcsípni.
 – *Szokatlan reggelre ébredt Erynnisville* – brummogta egy mély, női hang a hangszóróból. – *Három telefonhívást kaptunk, melyben a lakosok azt állították, hogy szarvascsorda indult meg az erynnisi térségben. A jelentés szerint a csapat átvágott Gaia Szemén, így több hím a jeges vízbe fulladt.*
 – Te jó ég! – nyögte Sloane elborzadva.
 Én, aki az utolsó köteg szállítmány fölé görnyedtem az íróasztalomnál, bevallom, simán elsiklottam a vészjósló bejelentés mellett.
 – Ez szokatlan errefelé? – kérdeztem. Sloane lejjebb tekerte a hangerőt, és így szólt:
 – Szerintem mindenhol szokatlan, ha állatok pusztulnak el. – Hangjából némi dorgálás érződött. Talán túl érdektelennek tűntem? – Főleg ilyen körülmények között.
 – Ahonnan én jövök – néztem rá keményen –, arról szólnak a hírek, hogy lelőttek, elgázoltak vagy kiraboltak valakit. Csupa vér és csupa halál. Emberek haláláról, Sloane.
 A lány lesütötte a szemét. Szégyellősen elfordult, és újra a rádiónak szentelte a figyelmét. A számba haraptam. Most először tapasztaltam meg a nagy- és kisváros közti, ordító különbséget. Talán kemény voltam, de igazat beszéltem. Ez a lány, aki kisebb-nagyobb kalitkákban élt, nem ismerhette a borzalmat, amire a világ képes. Haragudtam rá, de… sajnáltam is. Nem tehetett a naivitásáról. Egyedül a fivére. Ő nem engedte, hogy *lássa* az életet.
 Sloane hűségesen tekergette a rádió gombját, míg végül egy olyannál állapodott meg, ahol hírolvasás helyett muzsika szólt. Talán azt remélte, hogy abból nem származhat újabb baj. A szám ismerős volt, de legalább olyan régi, mint a zenedoboz. *Where The Wild Roses Grow*, Kylie Minogue-tól, meg azt hiszem, Nick Cave-től. Nem voltam benne biztos. Rejtelmes volt, titkokkal teli. Mint ez a pillanat is.
 Sloane átsétált az én térfelemre. A zene mint valami nevetséges színpadi aláfestés, tökéletesen illeszkedett a léptéihez és a hangulathoz is.
 – Nem akartalak kioktatni. – Olyan elszántan kutatta a pillantásom, hogy – el se hittem, de – csaknem zavarba jöttem tőle. – Sok dolog van, amit az ember nem tud a másikról. Akár ismerős, akár szomszéd… *akárki.*
 – Tudtad, hogy '95-ben igazi közfelháborodást váltott ki egy olyan dal, ami gyilkosságról szól?
 Sloane nem felelt.
 – Ami most szól – biccentettem a rádió felé.
 – Nem tudtam…
 – Hát, pedig köztudott.
 A hipnotikus refrén kettőnk közé szivárgott; karcsú ujjait a nyakunk köré fonta. Éppen csak annyira, hogy ne fojtson meg, de fuldokolni kezdjünk.
 – *Ez* volt a kioktatás – tettem hozzá gyorsan, mielőtt magyarázkodni kezdett volna. – Te csak elmondtad a véleményedet. Egy olyan benyomást, amit a mindennapokban tapasztalsz. Semmi baj nincs azzal, ha két vélemény ellenkezik.

– Lehet – morfondírozott –, de tisztelni kell a másikat, a különbözés ellenére is. Erről elfeledkeztem, amikor beszéltem. Amúgy itt nem sok fontos esemény történik. Az egyetlen valamire való bűncselekmény az volt, amikor betörtek a seriffhez, és elloptak tőle pár aktát.
– Valóban? – kaptam a szón. – Miket?
– Azt senki sem tudja – csóválta a fejét. – Azt hiszem, zaklatással kapcsolatos fájlok voltak, de senki sem kötötte az orrunkra. Régi história, és csak annyit tudok, amennyit a helyiek pletykáltak.

Hátrabillentem a székkel hintázás közben, de nem csaptam oda a támlát a fenyőburkolatnak. Hiszen *tisztelni kell a másikat.*
– Akkor – vigyorogtam –, mi legyen?
– Azt hiszem – elcsent egyet a köteg tetejéről –, vezeklésként elolvasok otthon egy képregényt, és eljátszom a vándorló könyv gondolatával.

A mai nap margójára biztosan valami tréfás megjegyzést írnék. De az nem lenne méltó egy olyan naphoz, amikor több szarvas is a jeges habok között lelte halálát Gaia könnyező szemében. Az utolsó képregényre függesztettem a tekintetem. Egy 1988-as kiadású Batman volt, nevezetesen Alan Moore és Brian Bolland *Gyilkos tréfa* kiadása. A történet betekintést enged egy sötét elme bugyraiba. A borítón is a nagy játékmester groteszkül mosolygott ránk: ő volt maga Joker. *Érdekes* – gondoltam. *Az őrületet sokszor egy hajszál választja el a zsenialitástól, miként az elmebaj is lehet egy egészen hétköznapi tragédia eredménye. Csakhogy ameddig Batman pozitív hősként tudott profitálni belőle, addig Joker örökös negatív karakterként írta be magát a történelembe.*

A bárszéken ülő, lábát lógató Sloane-ra pillantottam.
Te vajon ilyen titkot őrzöl? Mi történt veled?

◊ Zack ◊

Új hét, új remények – gondolta Rivers, az örök pesszimista. A kezem még mindig cipóba kötve, de nem érdekel, hogy a doktornő vagy Loanie mit duruzsolnak. Ennél több ideig nem bírok ülni a seggemen. Begolyózom a négy fal között. Mit lehet csinálni egyébként is ilyen trágya, hideg időben?! A jótékonykodástól meg Helenétől egy életre – de legalábbis jó pár hétre – elment a kedvem. Hiába szíjaztak hát otthonra az intő szavak, kora reggel csörgettem Noah-t, hogy a háztömb előtt várok rá (kettő emelettel lejjebb lakott ugyanis, mint mi). Isaac a város másik felén talált albérletet. Melóba rendszerint furgonnal járt, ezért őt a helyszínen terveztem sokkolni a jelenlétemmel.

Noah-val gyalog, zsebre dugott kézzel, behúzott nyakkal sétáltunk Erynnisville kihalt utcáin. Az út során sok szót nem váltottunk. Noah néha-néha ásított egyet. Ő fáradt volt, én pedig nyűgös. Jólesett a csend – főként, hogy nem kellett újabb fejmosást hallgatnom az egészségemről. A mi lépteink ébresztették a várost, ami a jelek szerint az oldalára gördült, és szunyókált még egy keveset. Nem hibáztattam. *Ki az az elmebeteg* – rajtunk kívül persze –, *aki hajnali hatkor kel egy ilyen fagyos reggelen?*

A Newman Műhelyt már nyitott kapuval találtuk. Mi voltunk Erynnisville hősei. A talpig mocskos balekok, az igahúzó barmok, akik sosem alszanak.

Az előcsarnok üresen várt bennünket. Ponyva alatt pihent két Suzuki, egy Toyota meg egy friss hölgyemény, aminek letakarva nem tudtam megmondani a márkáját. Nem voltam itt, amikor behozták. Leghátul pedig – valahol egy védett sarokban – várt ránk a Corvette. Tekintetem végigfutott a csendes állomáson. Szerettem ezeket a reggeleket. Ez volt a csúcspontja a munkának. Csak mi, a puszta kezünk és a javításra váró műszerek. A levegőben fanyar szagok terjengtek. A tenyeremen izzott a bőr. Hiányzott. Mielőtt vágyakozó sóhajjal fejest ugrottam volna a körútnak, egy éles hang zendült az iroda irányából:

– Rivers? – Tunya léptek csattogtak felénk. Azonnal elillant a pillanatnyi idill, ami pár perce fogadott bennünket. A közeledő fazon a második kedvencem Kelly után: „Gennyes kis pattanás az állam közepén: Mason Walker." Kész elmebaj, nem? Mint a második generációs Johnny Walker, csak az aranydizájn nélkül. Mr. Newman személyes ölebe, aki még a klotyót is boldogan fényesre nyalná az öreg után. Undorító. Walker viszont tősgyökeres Erynnisville-i kölyök. Gaia fattya, akárcsak a srácok meg én. És persze Loanie. Ha tudtam volna, hogy így felviszi az Isten a dolgát, hát, tuti képen röhögöm a középiskolában. Kiközösített kis tetű volt, mint a tiszteletes fia meg a többi stréber. Ők voltak, akiket köpőcsöveztünk az órák alatt, akiket kigáncsoltunk a szünetekben, akiket, ha kellett, kegyetlenül eltakarítottunk. Meg se mertem álmodni, hogy egyszer az én tarkómon fog koppanni a bosszú, méghozzá az áldozat kezéből. A pokolba kívánt, és nem okolhattam érte. Én is így éreznék a helyében.

– Mi van? – ugattam vissza, mialatt Noah köhögésnek álcázott vihogást bonyolított le a jobbomon. – Mi a bánatot keresel itt?

– A számból vetted ki a szót – dohogta, de nem méltattam szemkontaktusra. Akár ő Newman helyettese, akár nem, nekem ugyanaz a szánalmas vakarék marad, akinek a főzelékébe tunkoltam a fejét.

– Ez a munkahelyünk – érvelt helyettem Noah, mire a pukkants ráemelte a vizenyős tekintetét. Tett a barátom felé egy suta lépést, de a gravitáció oldalra billentette. Genetikai rendellenességgel született. Az egyik lábszárcsontja pár centivel hosszabb volt a másiknál. „Bicebóca" – Így neveztük a háta mögött, de sokszor előtte is. Szívás, nem? Éppen egy *Walker*nek, aki éppen csak járni nem tudott. A vén Helené – aki akkoriban még csak vénecskének számított – megszidott bennünket a közös délutánok során. Fogalmam sincs, kitől, hogyan, de minden részletét ismerte a csínyünknek. A szerencsétlen kovácshoz, Héphaisztosz istenhez hasonlította Walkert. Emlékeztetett minket, hogy a külcsín nem minden. Utólag belegondolva, a boszorkánynak talán igaza volt. Talán az erő nem a szemnek mutatkozik meg. Az más érzékkel tapasztalható.

– Még nem kezdődött el a műszakotok. – Bizonytalan pillantása keresztülfúródott Newman irodájáig, majd a faliórára vetült. Önelégült sávok nyúltak el rajta, mikor megbizonyosodott az igazáról, amiből a régi barátságunk emléke zökkentette ki.

– Neki akartunk kezdeni a Corvette-nek, mielőtt behozzák a sürgőseket. – Ámultam a spontán beszédén, de főként azon, hogy nem is kellett hazudnom hozzá. Tényleg elhanyagoltuk a legzsírosabb megbízásunkat. A tél kedvezett a Műhely forgalmának, a szabadidőnknek viszont nem. Be akartam fejezni a Corvette-et. Régen találkoztam már ekkora kihívással, és bosszantott, hogy éppen a többi munka keresztezte az utamat.

– Te egyelőre semminek nem kezdhetsz neki – hozta tudtomra kéjes örömmel Walker. – Mr. Newman *megmondta,* hogy ameddig a kezed ilyen állapotban van, a közelébe sem mehetsz a gépeknek. Balesetveszélyes.

Miért érzem azt, hogy hangyabokányit sem aggódott a testi épségemért?!

– A nézésbe még senki sem halt bele – állítottam, holott Walkert már két perce kinyírtam vele. – Hűtsd le magad, csak csekkolni jöttem a terepet.

– Azt sem rendeltetésszerűen űzöd. – Tolerancia ide vagy fogyatékosbarát munkahely oda, még egy szó, és vörösbe borul a műhely.

– Nem értem, hogy mi a probléma – szűrtem a fogaim között.

– Az a probléma, Rivers – Walker háta groteszk ívbe hajlott. Nehezére esett az ugrabugra, így a lehető legkevesebb mozgást iktatott a mindennapokba. Nevetséges és szánalmas volt egyben, amint fél úton volt Noah és köztem. Mint egy baba, akinek csak a nyakát csavarták félre, de a teste az ellenkező irányba ragadt. –, hogy Mr. Newman szerint egyre több drága alkatrész tűnik el a műhelyből.

– Talán nem kéne őrizetlenül hagyni az irodát! – csattantam fel. – Ha jól tudom, te vagy a kulcsok őrzője, a kapuk védelmezője, úgyhogy kicsit ügyesebben is végezhetnéd a feladatodat.

Fájdalmas ropogás hallatszott. Walker kényszerítette magát, és teljes testtel felém akrobatikázta a testét. Ha nem lett volna ilyen görény, sajnálhattam volna. De az volt. És én kicsit sem sajnáltam.

– Én marketing- és könyvelő asszisztens vagyok – vinnyogta szinte szirénázva a felháborodástól. Noah kidülledt szemmel csóválta a fejét a nála alacsonyabb egyed válla fölött. – A szerelők feladata, hogy ügyeljenek a műhelyre, az ügyfelek tulajdonára, továbbá a munkájukhoz szükséges eszközökre, amik – hozzáteszem – nem a saját tulajdonukat képzik. – Az orrlyukaim kitágultak, miközben közelebb hajoltam hozzá. A lépést túl kockázatosnak éreztem.

– Mire próbálsz kilyukadni? – érdeklődtem dühösen. – Hogy mi emeljük el a szerszámokat meg az alkatrészeket?!

– Te-te mondtad ki, Rivers – hebegte. – Neked jutott eszedbe először.

– Ha tényleg annyi agyad van – szóltam cinikusan –, mint amennyit Mr. Newman tulajdonít neked, akkor javaslom, azzal foglalkozz, ami a te dolgod – mutattam az iroda felé. – Arra van a te területed, Walker. Az Excel táblázatok dzsungelében próbálj rendet tartani, ne a szerelők között.

– Ezzel még nincs vége! – prüszkölte. Kicsit sem volt meggyőző a fenyegetése, ezért nem is tudtam komolyan venni. A talajt szuggerálta, miközben zörögtek a csontjai remegés közben. Kocsonyává dermedt Quasimodo. Egy apró flashback a kölyökkorunkból. – Me-meglátod, Rivers – bizonygatta. – Egyszer kamatostól visszakapod azt, ahogy az emberekkel bánsz.

Lehet – gondoltam –, *de te nem számítasz embernek.* – Örültem, hogy végül sikerült türtőztetni magam, és ezt már nem mondtam ki. Ennyi elég volt kora reggel, éhgyomorra. Ha nem vigyázok, még a végén körültekintő ember lesz belőlem...

Walker lassú, vontatott távozására sejtelmes árnyék vetült. Lapult benne némi hátborzongató üzenet, egy sötét ígéret, talán egy kimondatlan fenyegetés.

– Nem semmi. – Noah elismerően füttyentett, amikor kettesben maradtunk. – Bárcsak Kelly is ilyen könnyen a gatyájába vizelne tőled.

– Kelly teljesen más kaliber – állapítottam meg bölcsen. – Nem egy szánalmas, elnyomott tévedés. – A szekrények felé lódultunk. A csatornák mellett friss olajszag terjengett a tegnapi munka után. Az otthon bűze. – Könnyű olyat befenyíteni, aki már eleve vesztes. Kelly sosem volt az.

– Azt nem tudhatod – billentette félre a fejét Noah. Leemelte a madzagon himbálódzó kulcsot a nyakából, és kinyitotta a szekrényét. A fémes nyikorgás Walker csigolyáira, fémes pengékre emlékeztetett. Hideg veríték csorgott végig a gerincemen.

– Nem láttad a göncéit? – kérdeztem epésen. Lemásoltam a mozdulatát, és magam is leemeltem a fogasról a piszkos, foltos kezeslábast.

– Sosem figyeltem meg úgy igazán – jött a vállvonogatós felelet. – Hé! – bökött felém – Csak nem akarsz átöltözni?!

– Nyugi, nem nyúlok semmihez – horkantottam. – De nem akarom összekoszolni a ruhám a mocskos Suzukik közelében. – Loanie-ra gondoltam, aki kézzel dörzsölte ki a makacs olajfoltokat az ingemből, aztán elhessegettem a bűntudatot, és egyszerre visszatereltem a szót Kellyre: – Flancos bőrdzseki, drága bakancs meg farmer – leltáraztam. – Burzsuj gyerek, nekem elhiheted. Talán New York-i, mint a kuruzsló Gavreel, talán európai, de felsőbbrendű, az biztos. Nem közénk való – szögeztem le. – Fogalma sincs, hogy mi a nélkülözés.

– Mázlista, egyke szarházi lehet – tippelt Noah. – Nálunk legalábbis a jó cuccok mind az öcséimnek jutottak. Az elsőszülött meg szívott, mint a benzines kombi.

– Ja – hagytam rá. – Isaacnek csak egy húga van, de ötször annyi vele a gubanc, mint Loanie-val.

– A te tesód egy angyal – hízelgett Noah, de nem bántam, mert igaza volt. Habár osztottam az elsőszülöttekről alkotott véleményét, Loanie áldás volt nekem. Szerettem, szeretek a bátyja lenni, és ezen semmilyen lemondás vagy áldozat nem változtat.

– De ha Kelly tényleg ilyen nagyvilági – folytatta az előbbi ösvényen Noah, miközben áthúzta a fején a kezeslábast, a mellkasán viszont félrecsatolt néhány gombot. Nem szóltam rá. –, akkor mit keres Erynnisville-ben? Miért jött egy olyan isten háta mögötti városba, ahonnan inkább költöznek, menekülnek az emberek?

– Miért? – csaptam vissza a labdát – Mi mit keresünk még itt ennyi év után, ahelyett, hogy a nagyvárosban, Delaware-ben vagy tudom is én, merre próbálnánk szerencsét?

– Más az, ha ide születik az ember – vetette fel Noah. Máig meg tudtam lepődni azon, hogy vele milyen értelmes párbeszédeket is lehet folytatni kettesben. Ha Isaac is köztünk volt, akkor valahogy az egész trio komolytalanná vált. – Ez az otthonunk. Sehol máshol nem tudnám elképzelni az életemet. – Éles ívben találkozott a tekintetünk. Jobban fájt, mint a hang, amin Walker csontjai jajveszékeltek. Tudtam, hogy egyre gondolunk, de Noah – ugyancsak Isaackel ellentétben – tudott annyira diszkrét maradni, hogy ne mondja ki hangosan.

Erynnisville volt az otthon. A múlt. A végzet. Mindannyiunknak. A béklyó, amit az erünniszek, az oltalmazó angyalok kulcsoltak a bokánkra. Puszta jószándékból tették, de az elmúlt évek alatt indáik a húsunkba martak.

– Amúgy hol késik ez a félkegyelmű? – Noah hamarabb tört elő a tajtékok alól, mint én. Jómagam még kissé fulladoztam.

– Sosincs itt, amikor szükség van rá – válaszoltam szórakozottan. A szomszéd szekrényre pillantottam, mintha attól a tulajdonos, Isaac is testet ölthetne. – Pedig lenne egy pár keresetlen szavam ezekkel a hülye üzenetekkel kapcsolatban.

– Mondtam már neked – sóhajtott fásultan Noah, aztán bevágta a saját ajtaját. – Vannak a vicces kedvű mókamesterek sok szabadidővel, és van Isaac, aki mókamester, de kevés szabadidővel. Egyszerűen nincs annyi kapacitása, hogy leveleket dobáljon a postaládátokba. Főleg nem a huszonegyedik században, amikor mindenki a telefonját buzerálja.

– Isaacnek nincs okostelefonja – vetettem ellen. Semmi kedvem nem volt a Könnyekbe menni, de ha Noah tovább folytatja, akkor kénytelen leszek tiszteletkört tenni, ha már a munka mint aktív tevékenység tiltott számomra. – És ha már itt tartunk, pénze se sok... lóg nekem negyvenöt dolcsival.

– Sürgős?

– A Könnyek kasszájából nyúltam le, hogy fizessem a banyának az almaszállítmányt – mondtam, Noah pedig olyan képet vágott, mint aki hirtelen megvilágosodott.

– Kunyerált fizetéselőleget tegnap. – Mivel én otthon fetrengtem a béna kezemmel, a Helenénél tett vizit után, ebből a körből is kimaradtam. – Félretette neked a csodaládikójába.
– Kösz! – szóltam megkönnyebbülve. Tényleg hiányzott az a pénz. Nem szerettem a családi üzletet megkárosítani. Olyan volt, mintha hazudtam volna apáméknak.
Lábujjhegyre álltam, és a szekrénysor tetején tapogatóztam. Az ujjaim sűrű porfelhőbe mártóztak, aztán egy hűvös tárgyhoz értek.
Könnyeden nyitottam Isaac szekrényét, mintha csak a sajátommal tettem volna. Így ment ez hármunk között. Vakon bíztunk egymásban. A kérdéses fémdoboz az egyetlen, legfelső polcon hevert, két mocskos zokni meg pár gépzsíros törölköző mellett. Óvatosan kihúztam. Némán elvigyorodtam, amint festett bohócfejek meredtek rám a láda fedeléről. „El a kezekkel!" – figyelmeztettek.
Centre pontosan kiszámoltam a pénzt, a maradék köteget pedig – ami ugyan nem volt túl vastag – félbehajtottam. A mozdulat, amellyel vissza akartam tenni, félig abbamaradt a levegőben.
– Mi van? – kíváncsiskodott Noah, aki minden bizonnyal elkapta ezt a pillanatot.
Egy hosszú, kínos percre elnémultam.
– Gyere ide! – kértem.
A barátom hamarosan ott tobzódott mögöttem. A tarkómon éreztem a forró, izgatott leheletét. Szüntelenül a nyakát nyújtogatta, hogy megszemlélje a láda tartalmát.
– Mit kéne látni? – sürgetett, mire észbe kaptam. A fémdoboz fenekén egy lila boríték hevert, amitől egy ideje bukfenceket vetett idegességében a gyomrom. Noah viszont nem tudhatta, hogy számomra mit is jelent, hiszen erről az apróságról sosem számoltam be.
Válasz helyett a bal sarokba gyűrtem a pénzcsomót. Ép kezemmel, amit Loanie nem bugyolált körbe gézzel, óvatosan kiemeltem a lila lapot. Noah elvette tőlem a bohócos ládikót, lázasan visszacsapta a tetőt, majd a törölközők ölébe csúsztatta. Nem vállaltam a kockázatot, hogy friss mérgezést gyűjtsek be. Ezúttal a pólyált jobbommal nyitottam ki a boríték száját, és éppen csak a körmeim hegyével emeltem ki belőle az üzenetet.
Az első, amit észrevettem, hogy a betűket ismét régi írógéppel nyomták, amit már szinte senki sem használt. Pontosan olyan volt, amilyet én kaptam első alkalommal. Olvasva a gépelt szöveget, kis híján a fejemhez kaptam: *Hát persze! Ez volt az! Hogy is felejthettem el?!*
– Mi az?! – faggatott türelmetlenül Noah. – Mit ír benne?!
Felnéztem a papírból. Mikor tüdőmbe szívtam, és magamban elismételtem, a kimondott szavak már ismerősen csengtek:
– A rózsabogarak nem sírnak.

◊ Dr. Gavreel ◊

Szerda. Egy nap Sloane nélkül, egy nap a szinesztézia kutatása nélkül. Felesleges lepleznem a csalódottságom, mindazonáltal reménykedtem, hogy a mai páciensek nem vesznek észre belőle sokat. Szégyenszemre azt tettem, amit a filmes sztereotípiákban az orvosok: bólogattam, és jegyzetelésnek álcázott firkálást bonyolítottam a mappám takarásában. Az ötleteimnek nem lehetett parancsolni: folyamatosan villództak a kérdések és a lehetséges válaszok.

Mi lesz, ha nem vezet eredményre a színező? – Csak hogy az elsőt említsem. Mi lenne, ha egy másik tesztet is megpróbálnánk? Mi lenne, ha manipulálnék a színekkel? Hovatovább, mi lenne, ha még több érzékszervet bekapcsolnék Sloane tudatában? Vajon káoszt okozna, vagy nemcsak a színek meg az ízek, hanem a hangok és anyagok tapintása is fellobbantja a szinesztéziát?

Beteges izgatottság lett úrrá rajtam. Már-már szégyellnivaló. De nem ezt kívánja minden ember? Nem akkor vagyunk a legboldogabbak, ha kiteljesedünk, önmegvalósítunk? Kezdtem a saját betegeimre hasonlítani – ők tesznek fel efféle kérdéseket nekem. Én pedig minduntalan megnyugtatom őket: Ne féljen, jó úton halad! Jó úton haladsz hát te is, Matthew, csak így tovább! – hajráztam magam.

– Figyel rám, doktor úr? – kérdezte az egyik páciens. Kis híján bukfencet hánytam a meglepetéstől, és ahhoz is közel kerültem, hogy visszakérdezzek, ki az a doktor?

– Természetesen. – Megigazgattam az inggallérom. – Folytassa, kérem!

A beteg pedig nem zavartatta magát, hát folytatta. És én is csináltam tovább az előző tevékenységem, nevezetesen az udvariatlan kikapcsolást. *Végtére is minden férfinak van egy üres doboza* – mondják a szakemberek. Mi olyan meglepő abban, hogy olykor lekapcsol a villany, mi pedig nem gondolunk a világon semmire? Nos, semmi, csak éppen nekem nem üres, hanem teli dobozom volt jelenleg. Vadul keresgéltem a fiókok között, amikor valami megütötte a fülem, és a fényre szólított.

– Hogy mondta? – kérdeztem, a páciens pedig összerezzent. Nem hiába; alig szólaltam meg az elmúlt húsz percben. A félbeszakítás egyébként sem az én asztalom.

– Bántani akartam – ismételte félszegen. Az előbb sokkal határozottabban, sokkal vérszomjasabban hangzott. Biztos voltam benne. Csak épp attól, hogy visszakérdeztem, talán elszégyellte magát, és meg is ingott az elhatározásában.

– Erről már beszéltünk – hívtam fel rá a figyelmét. Lustán félretettem a jegyzeteimet, de közben sóvárgó pillantással búcsúztam tőlük. Nemcsak a beteg, hanem én is elszégyelltem magam, így sajátos módon vezekeltem, és némi hajlandóságot mutattam egy tartalmas negyven perc iránt. – Az agresszió, mi több, az öncélú agresszió nem megoldás a problémára.

– Nem megoldást akarok – felelte –, hanem igazságot.

Észrevétlenül előhalásztam az igazi jegyzetet, és körmölni kezdtem a vastag kartonra. A papírtömeg után farkasszemet néztem a húsvér kórral. Mason Walker gyerekkori páciens Erynnisville-ben. Csakúgy, mint Sloane. De a Rivers lánnyal ellentétben Mr. Walker számára nem létezett megoldás. Az édesapja gyakran bántalmazta gyermekkorában őt és az édesanyját. Az egyik ilyen éjszakán Mason megcsúszott a lépcsőn, és groteszk, szilánkos törést szenvedett. A városban úgy hitték, hogy a kisfiú rendellenességgel született, melyben rejtőzött némi igazság. A teljes történethez hozzátartozik, hogy ez a rendellenes csontrövidülés még nem kényszerítette volna arra Masont, hogy egész életében fókaszerű gyaloglással közlekedjék. Mára a fiú is elhitte a hazugságot; védeni akarta erőszakos apját és magát is. Kezdetleges disszociatív személyiségzavar jeleit mutatta, de egyelőre ártalmatlannak bizonyult. A gyógyszeres kezelés mellett a terápiák is sokat segítettek, ám most volt a legveszélyeztetettebb korban.

– Valóban igazságszolgáltatásnak szabad nevezni azt, ahol más szenved, Mason? – kérdeztem higgadtan.

A fiatalember beteg lábát lelógatta a heverőről. Ő maga hanyatt feküdt, másik térde egyenesen simult rá a fekete kárpitra. Látszólag békésnek tűnt, de a koponyájában ádáz csaták dúltak. Csupa gyűlölet és megannyi tettvágy.

– A harag gyűlöletet szül – folytattam. – Nem figyelt a múlt heti prédikációra? Mostanában nem látom az istentiszteleteken, pedig Jeremy tiszteletes is hiányolja a gyülekezetből.

– Nem hiányzom onnan egy erynnisville-inek sem – panaszkodott. Nem szánalmat ébresztően, mint eddig, hanem cinikusan. Fekete jelekkel kellett tarkítanom a mai találkozónkat. Rossz irányba haladtunk, ha haladásnak lehet nevezni egyáltalán a zuhanást, amibe sodródtunk.

– Ne legyen igazságtalan, Mason – kértem. – Jeremy tiszteletes mindig örömmel fogadja önt. Ha jól tudom, arról is szó esett, hogy bepótolná a konfirmációt, amit elszalasztott a műtétek miatt.

– Igazság. – Úgy csüngött a szón, mint függő a tiltott szeren. Megszállott volt, akárcsak én a szinesztézia felkutatásában. Nem különböztünk sokban. Csak nekem elég tehetősek voltak a szüleim ahhoz, hogy kifacsarják belőlem a diplomámat. – Örökösen csak ezt szajkózza. Az egyház. Maga. Mr. Newman. De melyikőjük az, aki igazából hisz benne?

– Ha a hithez lenne köze – vetettem fel –, akkor az egyház is gyakrabban hirdetné. De velem együtt, maga is jól tudja, Mason, hogy igazság nem csak azoknak jár, akik hisznek benne.

– Nem, mert a hitnek az Úrhoz van köze – mondta gúnyosan. – És mivel ő sem igazságos, nem is lehet egy lapon említeni őket.

– Nem lehet az Istent okolni minden szerencsétlenségért – tettem hozzá vigasztalón. – Minden emberrel terve van, de hogy mi, azt földi létünk során nem érthetjük.

– Hogy hihet ebben egy orvos? – akarta tudni szemrehányóan. – Láttam ugyan vasárnaponként, de nem akartam hinni a szememnek. Maga, aki ismeri a tudományt, hogy hihet el olyasmit, aminek semmilyen racionális bizonyítéka nincs?!

– Talán mert nem a létezésében, hanem annak a lehetőségében hiszek, hogy igenis vannak emberi fejjel megoldhatatlan rejtélyek.

– A rejtélyek jók – somolygott. – Összezavarnak, mégis kíváncsivá tesznek bennünket, nem gondolja?

– Valóban – bólintottam. – Szereti őket?

Lázas érzelmek pöttyözték az arcát.
– Felcukkolnak.
– Hm. – Kattintottam egyet a tollammal. – Jó vagy rossz értelemben?
– Mindkettő.
Hoppá! – megtorpantam a firkálásban. Érdekesnek találtam a választ, és talán a mai napon most először, el is feledkeztem kicsit a szinesztéziáról. A megoldás sokszor nem izgat, sőt, nem is tudok örülni neki. De az addig vezető út… az lenyűgöző tud lenni.

Teátrális szavak – jegyeztem fel. *Nagyzolási óhaj; feledni az életet, amelybe jelenleg kényszerült.* Messze a mozgásában korlátozott fiútól, aki bár minden iskolát elvégzett, amit lehetett, jó állásban dolgozott, mégsem volt elégedett.

– Mondana példát? – noszogattam.
– Mondjon maga, dr. Gavreel!
Hoppá, ismét! – Nem sok beteg meri felém fordítani a puskacsövet. Erynnisville-ben talán csak ez a fiatal, törött fiú. Talán pont ezért, de ő volt a második kedvencem Miss Rivers után. vcv

– Hit és tudomány – gondolkozott helyettem. – Maga szerint a mentális betegségek gyógyíthatatlanok? Az Úr kezében vagyunk?

– Nem állítottam ilyesmit – feleltem békésen. – A betegség is egyfajta rejtély, ebben mi tagadás, egyetértünk. De maga miért jár mégis templomba, Mason? Ha ilyen szkeptikus, miért megy az Úr házába?

A plafonra szegezte a tekintetét. Kiugró arccsontján megtört a fény, és így fekete árnyékok nyúltak végig a bőrén. Egy halálfejre hasonlított.

– Hogy lássam a bűnösök arcát – mondta rekedten. Kezei a mellkasán pihentek. A halottak fekszenek így a koporsóban. – Lássam, vajon egy szent helyen is meg tudják-e játszani magukat.

– És ön szerint – szóltam közbe – magának jobb lesz ettől? Gyógyulást hordoz magával, ha efféle kínzásnak veti alá magát?

– Miért is ne? – passzolta vissza a szervát. – Miért ne találnék ebben megnyugvást, ha az én bajomra már úgysincs orvosság?

Megcsóváltam a fejem.

– Ezzel csak önmagát mérgezi, Mason. Nem szabad feladnia. – Előre dőltem, talán azért, hogy a szavaim könnyebben eljussanak hozzá. – És senki nem állította, hogy az ön számára nincs orvosság.

Ijesztő ropogás hallatszott, ahogy ülőhelyzetbe kényszerítette a hátát. A beteg lába a bútor oldalán, az ép pedig kinyújtva maradt az ágyon.

– Nem adtam fel, doktor úr – állította. – Ha nem hiszek az igazságszolgáltatásban, akkor nekem kell igazságot osztanom, mert én vagyok az egyetlen, aki nem okoz csalódást ezen a téren.

8. Fejezet

◊ Sloane ◊

Ha szín lennék, lila volnék. A lila kettős: Kék és piros. Hideg és meleg. Csípős és édes. Nekem legalábbis az. De itt nem voltak színek. Nemhogy lila, de még kék és piros sem. Semmi. Csak szürkeség és köd. Olyan volt, mint a templom felé menet. Magányos, hátborzongató és üres. Megfoganhatott volna az ikonikus *"már biztos nem Kansasban vagyunk..."* szállóige, csakhogy *tudtam*, hogy ez Erynnisville. Itthon voltam, mégis féltem. Az út ismerős, de talán pont mert az, nem akartam tovább követni. A kockásra repedt macskakő, a léckerítések foghíjas mosolya és egy hatalmas tükör, amely tompán kettőzte mindezt. Tényleg otthon voltam, épp csak Erynnisville másik felén. Gaia szemének pilláin; pontosan ott, ahova a könnyeit ejtette: a tó mellett, a régi házunk felé menet.

Régen nem jártam már itt. Nem is gondoltam rá. A költözés után az emlékeinket is bedobozoltuk, és úgy tettünk, mintha soha nem léteztek volna. Egyebek mellett ezért is zavart, hogy Zack a tudtom nélkül visszatért. Méghozzá Helené nénihez. *Miért nem beszélt róla? Szégyellte? Megbánta? Miért nem osztott meg velem egy ilyen fontos döntést? Helené nem csak számára fontos. Mindkettőnkre vigyázott, és most kisajátítaná magának?* – Becsapva éreztem magam. Valahányszor elhallgattam egy apróságot, mindig lelkiismeret gyötört. *Zack mégsem az, akinek gondoltam? Nem az a felelősségteljes árnyék, akinek olyan hitelesen mutatkozik?*

A harag megolajozta az izmaimat, megindultam hát. Ha a saját testvérem így viselkedik, akkor nekem miért kéne bűnösnek éreznem magam? Talán aljasság, hogy cinkos terveket szövök Aiden Kellyvel? Vétségnek számít, hogy majdnem olyan érdekesnek tartom a beszélgetéseinket, mint dr. Gavreellel? Szörnyű merényletet követek el azzal, hogy segítek, falazok neki, és élvezem? Mert igenis jó volt tilosban járni. Elevenné tett, márpedig az idejét se tudom, mikor lehettem utoljára az.

Kerregő zajra lettem figyelmes. A ködfüggöny nem engedte, hogy lássam, de egyre hangosabbá vált. Dobogott, csattogott. Szélsebesen inalt, és minden lélegzetvétel közelebb sodorta. A tó visszhangot énekelt; eggyé fűzte a mellkasomban zúgó lármával. Az árnyéka olyan hirtelen tornyosult felém, hogy nyikkanni se volt időm, nemhogy kitérni az útjából. Egy jókora szarvasbika volt; elülső lábaival legyintett, mintha arrébb akarna tessékelni. Ösztönösen eltakartam az arcom a tenyeremmel, és vártam az ütközésre, a fájdalomra, de semmi ilyesmi nem történt. Az izmos állat kikerült, és így cselekedtek azok is, akik követték. Több százan lehettek. Egytől egyig a vezető nyomába tartottak, aki viszont egyenesen a tó felé vágtatott. A hátborzongató zsivaj, amivel a paták a tajtékok közé csaptak, kijózanítottak. Tudtam, hogy mit látok, és azt is, hogy álmodom. A hímcsorda összes tagja a vízbe fulladt. Agancsuk orkánerejű hullámokat vegyített Gaia Szemébe, mielőtt végleg elmerültek. A felszín egykettőre kisimult, és a tetemek sem csaptak több zsivajt. Sírásukat hamar elnyelte Gaia, majd gyomrába zárta, ahol ember füle nem hallhatja.

Hanem a víztükör hamar megtörni látszott; sima felületét apró pöttyök szennyezték. Letérdeltem, hogy jobban lássam. Eltűrtem a göndör tincseket az arcomból, és olyan közel hajoltam, hogy az orrom hegye majdnem beleért a vízbe. Sokáig néztem, de nem jöttem rá, hogy mik lehetnek. Gömbölyűek voltak, feketék és fényesek. Úgy ragyogtak, mint megannyi ékszer, amit Gaia szemébe hintettek. Mintha a csillagos eget mintázná.

Hátrahőköltem, és a szám elé kaptam a kezem. A felismerés elborzasztott; kis híján öklendezni kezdtem. A felszínen bogarak lebegtek. Több ezer. És én valamiért éreztem, hogy a halott szarvasokból táplálkoztak, mielőtt felbukkantak.

Amikor felültem az ágyon, a hajam csuromvizesen tapadt a tarkómhoz. Remegve az paplanra markoltam, és a lassú légzést gyakoroltam. Kicsúsztam a matrac szélére, mire valami a padlónak csapódott. Lehajoltam érte. A színezőkönyvem volt az, amit Gavreeltől kaptam. *Biztos elszenderedtem rajzolás közben* – tippeltem. Kinyújtóztam, és az éjjeliszekrényre helyeztem a vastag füzetet. Megdörzsöltem a halántékom. Nem emlékeztem sok részletre. Amiben biztos voltam: szarvasok, bogarak, Gaia szeme. Biztosan a rádióközleményre gondoltam, mielőtt elaludtam. Nyilvánvalóan Zack kóborlása is foglalkoztatott, különben nem tévelyegtem volna az erynnis-i vidékre. *Na de, az a sok bogár...* – A gyomrom émelyegni kezdett. Összegörnyedtem, a számra tapasztottam a kezem, mint az álmomban, aztán...

– LOANIE! – ordította Zack, miközben vizes lepedőt csapott az arcomba. Felpattantam, mint akinek kutya baja. Mit izgatott, hogy hányinger kerülget, amikor a bátyám balesete óta szinte minden apró csörrenésre ugrok, mint az áramütésre.

Feltéptem az ajtót. A szobám a nappalira nézett, de azt üresen találtam. Keresztülgaloppoztam a helyiségen, kissé neki is ütköztem a foltos kanapénak. Bekanyarodtam balra, és ugyanott találtam a bátyámat, ahol a múltkor kiabált: a konyhában.

– Jézusom! – szaladtam oda hozzá, és gondolkodás nélkül a csuklója köré fontam az ujjaimat, hogy lássam a bajt. – Jól vagy?!

Zack döbbenten méregetett. Lenéztem a kezére. Sértetlen volt. A másik még mindig bekötve lógott az oldalán.

– Bocsi! – Lassan elengedtem, de a keze továbbra is a levegőben ragadt. – Csak azt hittem, hogy megint...

– Az ajtó nyitva volt – fakadt ki hisztérikusan –, de sehol nem találtalak. Hol a pokolban voltál?!

– Hát, a szobámban – magyaráztam higgadtan, mire visszavett kicsit. Lehet, hogy ez a lehetőség fel sem merült?

– De hívtalak – folytatta erőszakosan. – Zenét hallgattál?

– Elaludtam. – Vallomásom bűnbánóan csengett, pedig nem kellett volna. Hétvégén csak megengedhet magának egy kis szunyókálást az ember, nem igaz? – Hé! – Óvatosan megérintettem a vállát, mintha forró lenne, és megégetne. – Baj van? – Elég régen élünk már együtt ahhoz, hogy tudjam, itt valami más bujkált a háttérben, mint az eltűnésem.

– Keresek valamit – hadarta, és nyomatékosítva a vallomást, körbepördült a konyhában. Tekintetével felszántotta a padlón lévő csempék összes zegzugát, minden repedését.

– Elgurult nyugtatópirulát? – kérdeztem, és már akkor megbántam, amikor kimondtam. Zack olyan volt, mint apa: nagyra becsülte a humort, de csak bizonyos szituációkban, és különösen akkor, ha nem az ő számlájára írták. A beszólás egyébként duplán telibe talált, ugyanis ha valamivel, hát a gyógyszerekkel nem lehetett viccelni Riversszéknél.

– Cseppet sem vagy humoros, kölyök! – Rám förmedt ugyan, de nem volt vészes. Arra számítottam, hogy minimum leharapja a fejem. Gyanítom, a keresés most minden mást kiszorított a látószögéből.

– Mondd el, mi az! – javasoltam. – Együtt gyorsabban megy.

Habozott. Tinédzserként féltve őrzött egy mállott papírdobozt az ágya alatt. Könyékig matatott benne, valahányszor tetten értem, de sosem tudtam meg, hogy mi lapult benne valójában. Tajtékozva lengette felém az öklét, miközben megesketett, hogy anyáéknak egy pisszenést se említhetek róla. Azóta se derült fény a titokra, de gyanítom ledér hölgyek képei lehettek, amit a srácokkal nyírbáltak ki egy-egy erotikus magazinból.

– Mindegy – legyintett. – Felejtsd el! – Lazán a pultnak támaszkodott, aztán belecsimpaszkodott a radiátorcsőbe, ami pár centire a feje fölött kanyargott.

– Esküszöm, Zack, ha huzódzkodni mersz rajta... – kezdtem fenyegetően, de az izmai nem feszültek meg, így tudtam, hogy biztonságban vagyunk. Egyelőre nem barmolja szét a csöveket az irdatlan erejével, ahogy tavaly előtt tette.

– Emlékszel? – Szórakozottan integetett a pólyált kezével. – Amúgy meg... – Gyors váltás. – Jött ma valami posta?

Posta? – ismételtem magamban. *Mintha érdekelné... A legtöbbször cifrákat káromkodik a számlák láttán, most meg hirtelen borítékokat akar nyitogatni?*

– Üres volt a láda – mondtam fel a leckét. – De a szemetet leviheted – szúrtam oda. – Valami nagyon bűzlik benne.

– A reggeli rántotta – mondta rezzenéstelen arccal.

– Képes voltál kaját kidobni?! – Kisebb szívroham kerülgetett. – Miért?!

– Minek egyek fehérjét, ha most úgysem tudok edzeni? – vonta meg a vállát.

– És erre félúton jöttél rá? – kérdeztem.

Ő erre büszkén kidüllesztette a mellkasát, mint egy gorilla, és bólintott. Fittyet hányva a rosszalló pillantásomra, a hűtőszekrényhez csoszogott, kivette az ajtóból a dobozos tejet, és bár tudta, hogy utálom, nagyot húzott a flakonból. *Nagyszerű!*

– Amúgy – nyalt végig a száján, mint egy kismacska – ha jönne valami... címzés nélküli levél, vagy ilyesmi, tudod, mint a múltkor... akkor ne nyisd ki! Csak add ide nekem!

– Ilyen komoly lett a játék Isaackel? – kérdeztem vigyorogva, de Zack nem osztozott a jókedvemben. Ahelyett, hogy visszatette volna a tejet a helyére, a mosogató mellé vágta, és így szólt:
– Komolyan beszélek, Loanie.
– És tényleg úgy hangzott, de nem értettem, hogy mi olyan titkos a kettejük hülye heccelődésében. Úgy csinálnak, mintha tényleg valami szent küldetés forogna kockán. – Ezek... ezek az enyémek.
– Jól van, értettem – hagytam rá végül, és automatikusan megragadtam helyette a tejes flakont, elhessegettem az útból, és visszatettem a hűtőbe.
– Helyes – mondta elégedetten. Hirtelen nem tudtam, hogy mire mondja. Arra, hogy eltakarítom helyette a kupit, vagy az ígéretemre. – Mesélj, mi van az üzletben?
Ha valami van a számban, mint az előbb neki, most biztos félrenyeltem volna. De szerencsére nem így volt, ezért blazírt ábrázattal pördültem felé.
– Mi lenne? – Csaknem szétcsúsztam a nagy lazaságtól. – Tömény unalom.
– Remélem, Kelly jól viselkedik.
Ezt most kérdezi vagy mondja?
– Csak ahogy szokott – dünnyögtem, miközben megengedtem a vizet a mosogatóban, hogy teljesen feleslegesen elöblítsem azt a két tányért, ami a fenekén pihent. Sokkal nagyobb halom után szoktam rászánni magam. A víz zubogása eszembe juttatta a szarvasokat, amint a tóba gázolnak. Belekapaszkodtam az ötletbe: – Hallottad, mi történt Gaia Szeménél? Egy csorda egyenesen belerohant a közepébe.
Zack szerencsére hagyta eltéríteni magát az Aiden témától.
– Aha, nagy port kavart a városban – fonta össze a karját a mellkasán. – Mindenhol erről beszéltek.
– Jártál mostanában arrafelé? – puhatolóztam. Két tányér összekoccant a szélénél, és esküdni mertem volna rá, hogy vele együtt Zack is fura hangot adott ki a hátam mögött. – Tudod, az erynnis-i vidéken?
– Minek mennék oda? – A hangja tűéles volt.
– Csak kérdeztem. – Megnyitottam a hideg vizet. Nem öblítettem már, csak jólesett, hogy a hűvös sugár lecsillapítja a felhevült bőröm. *Hogy hazudhat ilyesmiről? Hogy képes letagadni, amikor tudom, hogy jár Helenéhez?!* – Szédülés kerülgetett. Jobb kezemmel hátra nyúltam, és megmasszíroztam a tarkóm.
– Hé, jól vagy? – kérdezte aggódva. Hallottam, amint közelebb lép, de nem bírtam volna elviselni, ha most hozzám ér. Gyorsan elzártam a csapot, és törölgetni kezdtem a kezem a konyharuhába. Muszáj volt kettőnk közé ékelni valamit, hogy ne próbálkozzon újra. Nem is tette.
– Persze, csak fáradt vagyok.
Vonásai ellágyultak. Barna szemei meleg takarót borítottak körém, de így is fáztam.
– Pihenj vissza, ha gondolod – mondta. – Sajnálom, hogy felvertelek a keresés miatt.
Nem arra keltem fel, az álmaim nem hagytak aludni, de ezt nem osztottam meg vele. Gonosz módon jólesett, hogy hibásnak tartja magát,

egyébként is... ez a délelőtt a kimondatlan szavakról és a hazugságokról szólt. Nem akartam megbontani a sort.

Csöngettek. Zack hamarabb eszmélt nálam, és az ajtó felé kanyarodott. Nem követtem azonnal, mint máskor. A beszélgetésünk szavai köveket pakoltak a bokámra, szinte lebénultam tőlük. Férfi hangot hallottam. Isaacre vagy Noahra tippeltem. Lépteimnek nem volt hangja, a fiúk nem is fordultak felém, amikor a folyosó végén a bejárat felé bámultam.

Nem tévedtem: Noah állt a küszöbön, és bár nem értettem, hogy miről beszél, de vadul gesztikulált közben. Csak beképzelem, vagy tényleg halkabban társalogtak, mint máskor? Lábujjhegyre álltam, mintha úgy jobban hallanék, de semmi hasznom nem volt belőle. Kénytelen voltam közelebb sétálni, de nem bántam meg, mert a másik kettő így sem vett tudomást rólam. Zack válaszát hallottam először tisztán:

– Newman telefonált? – kérdezte. Feldúltnak tűnt, akármiről is beszéltek.

– Nem – felelte szenvedélyes toporgás közben Noah. – A húgától tudom. Ezért nem jött melózni sem.

– Hogy a fenébe történhetett ilyesmi? – fakadt ki Zack. Ebből már akkor is mindent hallottam volna, ha a konyhában maradok.

– Állítólag valaki kilyuggatta a kerekeit – jött a felelet. Zack vállai hullámoztak, ahogy nagy levegőt szívott a tüdejébe.

– Micsoda? – akadt fenn. – Kölykök csinálnak ilyen hülye vicceket. Mivel csinálták, rajzszögekkel?

Noah jelentőségteljes pillantást címzett a bátyám felé. Nem értettem akkor sem, amikor válaszolt, de Zack nyilván igen, mivel semmi mást nem kérdezett többé.

– Rózsatövisekkel.

◊ Z a c k ◊

Őszintén a hátam közepére kívánkozott az, hogy megint az erynnis-i részére toljam a képem, de mit volt mit tenni, amikor Isaac ezen az istenverte felén lakott a városnak? Na jó, leginkább csak a peremén, de akkor is. Közel volt Gaia és közel volt a szipirtyó Helené is. Megőrjített mindkettő. De dacolva a józan ésszel, becsomagoltuk magunkat Noah furgonjába, és szélsebesen végigrepesztettünk a városias, emeletes épületek között, hogy aztán – mintha másik bolygóra pottyantunk volna – ellepjék a természetet az omladozó kertes házak, az erdő, na meg a poshadt szagú tó. Az erynnis-i oldalra deportáló híd olyan öreg volt, mint Helené, és legalább annyira kötözködő is. Mintha egy anyagból gyúrták volna mindkettőt. Isaac lejjebb vett a sebességen, mire gyök kettővel csorogtunk a pattogó-recsegő hangok fölött. A kerekek gurultak ugyan a fenekünk alatt, mégis olyan érzésem volt, mintha egy helyben ácsorogtunk volna.

– Ne szarozz már! – türelmetlenkedtem. – Taposs bele, mert így sötétedésre érünk csak haza!

– Vegyél vissza! – vakkantott Noah. Szigorúsággal vegyített zaklatottsága a fiatalabb korunkat juttatta eszembe. Pontosan innen, Erynnisből. – Nem akarom, hogy az egész istenverte kóceráj beszakadjon alattunk. Ma már fürödtem egyszer.

– Ne gyulladj már be! – reccsentem rá, ahogy az egyik lábamat felpakoltam a kesztyűtartóra. Noah nem szólt rám, pedig csupa sár borította a bakancsom talpát a latyakos út miatt. – És ne vedd hiába szádra az Úr nevét, mert a boszorkány még meghallja, és almát zabáltat veled, egészen addig, míg bele nem fuladsz.

Csalódottan vettem tudomásul, hogy Noah nem röhögött. Igaz, mindig elfelejtem, hogy ő nem Isaac. Noah is szerette a poént, csak másként, más helyzetekben. Vagányabb, féktelenebb volt mindkettőnknél, de mióta elköltöztünk a *túloldalra*, azt hiszem, itt felejtette a múltjának ezt a részét. Nem hibáztattam, mert mind így tettünk, és most pont ez a kényszerlátogatás tett feszültté bennünket.

Letekertem az ablakot. A hideg azonnal az arcomba csípett, de nekem kijjebb kellett dugnom a fejem, ha látni akartam valamit a nyamvadt ködben.

– Befagy a seggem! – sózott rá Noah egy nagyot a tarkómra. – Ha lehet, ne most szellőztesd ki a fejed.

– Nem is látom a tavat – mondtam, figyelmen kívül hagyva a morgását. – De még a hidat is alig.

– Mit vártál? – Mindkét kezével a kormányra markolt; az erek kidülledtek az alkarján. Úgy kapaszkodott, mintha zuhantunk volna. Én javasoltam, hogy kocsival jöjjünk ebben a szemét időben. Múltkor meggyűlt volna a bajunk a sáros talajjal, ha a gumik elsüllyednek, de a jégpáncél meg a köd egy kiadós nyaktörést ígért, ha a gyalogutat választjuk.

Behúztam a könyököm meg az orrom a hidegből, és rákulcsoltam az ujjam az ablaktekerő kallantyújára, amikor... összeszorítottam a szemem, és újra kinyitottam, hogy ellenőrizzem, biztos jól látok-e.

– Állítsd le a motort! – Meglepődtem, de szinte kiabáltam.

– Így is olyan, mintha egy helyben állnánk – jött a lusta válasz. – Bírd már ki, mindjárt túljutunk ezen a szaron!
  – Komolyan, Noah... – Nem láttam a tükörképem, de nagyon kétségbeesett lehettem, mert a barátom minden további faggatózás nélkül engedelmeskedett. A kerekek lassan megálltak alattunk, mire a kevert betonszerkezet kelletlenül felnyögött a súlyunk alatt. – Láttam valamit.
  – Ki akarsz szállni?! – A kezem már a kallantyút ostromolta, amikor Noah a vállamnál fogva visszapréselt az ülésre. – Tököm kivan ezzel a hellyel!
  – Hát végre, hogy az egyikünk csak ki merte mondani! – Tiplizzünk Isaachez, aztán meg húzzunk haza!
  Menekülni. Nincs is annál édesebb. Én is erre vágytam, de a kíváncsiság, a legalattomosabb, legszemetebb érzés ezt is képes volt túlszárnyalni.
  – Két perc az egész. – Nem kellett gigászi erőt alkalmazzak ahhoz, hogy felülkerekedjek Noah-n, és kitépjem a vállam a szorítása alól. Sokkal izmosabb voltam, és bár sosem mérettettünk meg fizikálisan, ez alkalommal nagy hasznát vettem a fölénynek.
  – Jó, menj csak – fröcsögte a hátamnak, a kormányra támaszkodva –, de nem horgászlak ki Gaia szeméből, te önfejű, hülye ba... – És még hallottam hosszan káromkodni azután is, hogy rácsaptam az ajtót. – Összehúztam a zipzárt a mellkasomon, a sál egyik végét pedig hátradobtam a vállamon. A kötött anyag eltakarta a fél arcomat, a számat, és az orrom felét is. *Megteszi* – gondoltam. *Nem vagyok cukorból.*
  A sík talaj veszélyes volt. Tyúklépésben meneteltem a híd széle felé – legalábbis abba az irányba, ahol a végét sejtettem –, de többször is megcsúsztam. Szinte láttam magam előtt, ahogy Noah fejcsóválva bámul a deres üvegablak mögül. Ez a kép felbátorított, és haladtam tovább, legyűrve a késztetést, hogy hátraforduljak, és nagyképűen intsek neki. Éles, fekete körvonal rajzolódott ki a horizonton. Kinyújtottam a gézbe kötött kezem, és tapogatózni kezdtem vele. A fehér rétegelésnek köszönhetően nem éreztem a hideget, de határozottan megérkeztem egy szilárd anyagra. A korlát volt az. Combmagasságig ért, így könnyen át tudtam hajolni rajta a „gőzölgő" tó felé. A szemeim tágra nyíltak a meglepetéstől. Nem hittem, hogy *tényleg* látom. A hátam ívbe feszült, miközben hunyorogva közelebb dőltem. A mellkasom a korlátnak préselődött. A hideg szíven szúrt egy időben azzal, amikor felismertem, hogy mit nézek olyan elszántan.
  Gyomorforgató látkép tárult elém. Azok az eltakarítatlan szarvas tetemek hevertek ott egy halomban – már amelyikeket a partra sodorták a hullámok –, amik felborzolták a kedélyeket Erynnisville-ben, és amikről Loanie is kérdezett indulás előtt. Öt vagy hat állat. Képtelenség volt ilyen messziről, ilyen időjárási viszonyok között megállapítani. Az egyiknek holló ült az agancsán; átröppent a társa nyakára, és belemélyesztette éles csőrét a húsába. Nagy falatot metszett ki a belőle, aztán jóllakottan odébb szállt. Nem hittem, hogy a saját szememmel látom ezt. A hírek alapján az ember elképzeli, vizualizálja, de nem így. Ilyen formában biztos nem. Üveges tekintetük megtörten ragyogott, az égbolt kutatva. Patáik bágyadtan lógtak bele a jeges vízbe; a testek egymáson terültek el, mint a harcmezőn az elesett katonáké. Túlvilági szellő söpört végig a tarkómon. Hálás voltam a zimankóért, különben biztos olyan dögszag csapta

volna meg az orrom, hogy magam is beleszédülök a groteszk szarvastemetőbe, és eggyé válok velük.
Fülrepesztő ricsaj józanított ki. Megugrottam kicsit, aztán rosszalló pillantást címeztem a furgon irányába. Noah rákönyökölt a dudára, és még a ködben is felismertem a jellegzetes intését, ahogy maga felé tessékel. Megadtam magam a kényszernek; végtére is a kíváncsiság, ami csillapíthatatlanul hívogatott, kihűlt a döglött tetemek testével együtt.
– Mi az ördög tartott ennyi ideig?! – Noah nem óvatoskodott többé, mert gondolta, már úgyis megtettük a híd háromnegyed részét, így keményen a pedálra taposott. – Úgy néztél ki, mint aki fejest akar ugrani.
– A szarvastetemek voltak, azokat láttam meg – magyaráztam kurtán. Letekertem a sálat a nyakamból, és hátradobtam a mögöttem lévő ülésre. – Volt olyan, amelyik félig bele volt fagyva a tóba.
– Basszus! – nyögte Noah. – Miért nem takarították még el? – Azért, amiért a sózott utak sem voltak megoldva az erynnisi térségben. Az őskövületek – meg persze Isaac – által lakott területen a polgármester nem tartotta olyan fontosnak a fejlesztést, így ilyen apróság, mint a bomladozó állatok Gaia szemében, már meg se kottyantak.
– Majd Helené elintézi, ő a környék gondnoka – legyintettem félvállról; gondolataim a szarvastemetőben ragadtak. – Legfeljebb befekszik melléjük.
– Inkább a környék boszorkánya – korrigált Noah. – Szerintem inkább megkajáltatja a húsukkal a házi bogarait.
Azoknak a hollók nem sokat hagynak – gondoltam, de helyette inkább ezt mondtam:
– Te beteg vagy, öcsém.
Több szó nem hangzott el köztünk. A határ átlépése és a híd elhagyása után mindketten néma csenddel adóztunk a felbukkanó gyerekkorunknak. A jelöletlen földúton gurultunk, de néhány bukkanó és pár kósza lélek után meg is érkeztünk Isaacék hajlékához. Kölyökként bosszantott, hogy a város szélén lakik, messzebb, mint mi, de most hálás voltam érte. Amit kaptunk, is bőven elég volt éhgyomorra Erynnisből.

Isaacék házát nem lehetett se takarosnak, se modernnek csúfolni, de ez utóbbiból egy is sok, annyi se akadt errefelé. A mi házunk persze kivétel volt. Anya gondoskodása, apa fegyelme és szorgalma valóságos csodát formált a földdarabunkon. Isaac húga, Eunice nyitott ajtót Noah szelíd kopogására. Szánalmas kacagást hallatott a tenyere mögött, amikor megpillantotta a barátomat. Noah vonzereje őt is magával ragadta, ami engem tökéletesen hidegen hagyott. Én attól gurultam be, hogy hogy lehet valaki ilyen ostoba liba. Egykorúak voltak Loanie-val, de a húgomnak a cipője talpáig se ért fel. Gorombán eltoltam az útból, és betessékeltem magunkat az előtérbe. Eunice-nek ebből szemlátomást semmi nem tűnt fel. Vagy annyira leterhelte, hogy Noah-t bámulja, vagy csak annál is félkegyelműbb volt, mint gondoltam.
– Isaac? – kérdeztem köszönés helyett.
– Az emeleten, a szobájában – szavalta éneklő hangon a lány, de közben végig a haverom irányába nyáladzott. Noah feszengve toporgott mellettem. Sosem láttam még ilyen zavarban egy nőnemű jelenlétében. Ennyi idő leforgása alatt minimum félig a bugyijukba dumálta magát.

– Kiváló – összegeztem. – Akkor felmegyünk – közöltem, aztán Noah karjára markoltam, és agresszíven magam után vonszoltam.
– Hé, nem veszitek le a kabátot meg a cipőt?! – sipított utánunk, de nem állt az utunkba. A botladozásaiból ítélve nyomban a konyhába indult, hogy valamilyen frissítővel várjon vissza bennünket. Vagy legalábbis Noah-t.

A barátom csak akkor mert megszólalni, amikor a lépcsőn csattogtunk, és akkor is csak suttogva:

– Ne legyél már ilyen paraszt vele! – jött az atyai neveléssel, mire röhögőgörcs fogott el. – Mégiscsak Isaac húga.

– Egy retardált picsa – összegeztem kegyetlenül. Noah lemaradt mögöttem pár fokkal.

– Nem retardált, csak *aspergeres*. – Olyan kioktató hangon közölte a diagnózist, mintha én magam ne lettem volna tisztában vele már vagy húsz éve.

– Nem tökmindegy? – vontam meg a vállam, és továbbléptem, ha követ Noah, ha nem. Isaac kifaggatásával kapcsolatban egyre türelmetlenebb voltam: *Nem igaz, hogy éppen a cél előtt kell feltartóztatni!* – Noah váratlanul megszaporázta a lépteit, de ahelyett, hogy felzárkózott volna, kikerült, és megállt két fokkal előttem.

– Mit szólnál, ha Isaac Loanie-ra mondana ilyesmit? – A szavai, mint a holló csőre a szarvasok húsába: mélyre vágtak.

– Mi van? – Az ér lüktetni kezdett a halántékomon. Noah lejjebb lépett, így közelebb kerültünk. Talán nem volt a legszerencsésebb húzás ebben a helyzetben.

– Csak azt mondom – emelte a kezeit békítőn vagy talán fékezőn kettőnk közé –, hogy mi sosem mondtunk Sloane-ra egy rossz szót se, pedig voltak idők, amikor...

– Még jó, hogy nem! – emeltem fel a hangom, mire a földszinten halk csörömpölés hallatszott. – *Azok* az idők elmúltak, és ha valakitől, hát *tőled* biztos nem akarok prédikációt hallani arról, hogy mi helyes, és mi nem.

Noah tekintete rögvest megváltozott. Szemei nem zöldek voltak, hanem szinte feketék. Nemcsak ő, de én is célba találtam. Mindketten éreztük, ahogy azt is, hogy ezt itt és most kell abbahagyni, ha nem akarunk semmi olyat tenni vagy mondani, amit később megbánnánk.

Én voltam az, aki kilépett a játékból, amikor megkerültem, és továbbléptem felfelé. Noah, ha nem is azonnal, de nemsokára követett. Megbánta, megbántuk: éreztem a lassú, ráérős lépteinken. Az út sose volt még ilyen hosszú Isaac szobájáig, pedig a fogócska közben elég gyorsan felrohantunk a földszintről az emeletre.

Noah helyett én kopogtam a második ajtón jobbra. Hármunk közül egyedül Isaac volt az, aki minden értelemben gyerek maradt. A szülei házában ragadt a húgával, a régi szobájában, egy irdatlan vigyor karikatúrájával az ajtaján, ami keresztülkanyargott a falapon. A széles mosolyt Eunice követte el temperával, aki nagyon tehetségesen bánt az ecsettel, és ha arról volt szó, akkor a ceruzával is.

– Bújj be! – kaptuk meg a zöld lámpát, mire nem is szégyenlősködtünk, benyitottunk. Isaac ágya az ajtóval szemben, az ablak alatt helyezkedett el.

„Egy gyermekre mindig rá kell vetülnie a nap első sugarainak" – mondta mindig Mrs. Hunt. Jobbra volt egy íróasztal, egy ósdi, de kütyük hadával felszerelt számítógéppel. Erősítők, nyomtató, kisebb hangfalak, telepítő CD-k hevertek a vonzáskörében. Ami a szoba túloldalát illette: ott csak egy gardróbszekrény, egy kék babzsákfotel meg földre hányt ruhadarabok hevertek.

– Igazam volt – derült fel Isaac arca, amikor megpillantott bennünket. A miénk már kevésbé. Félnótás haverunknak egy nyakmerevítő éktelenkedett az álla és a mellkasa között, ami – még akkor is, ha róla volt szó – nem volt szívderítő látvány. – Mondom, tisztára, mintha a nagy Zack Rivers hangját hallanám, erre tessék! Tényleg így volt.

– Hogy vagy, ügyifogyi? – kérdezte elsőként Noah. Valószínűleg alig várta, hogy elterelje a figyelmét az iménti viszályról. – Sosem hagyhatunk magadra? – Kényelmesen elhelyezkedett az ágy végében. Én a másik oldalról közelítettem meg a beteget, de nem foglaltam helyet.

– Mi van a verdával? – ékeltem közbe a válasza előtt.

Isaac fintorgott. Bizonyára megcsóválja a fejét, ha a merevítő engedi, így csak tehetetlenül széttárta a karját.

– Passzolom – mondta. – Valami gyökér kilyuggatta a kerekeket, én meg egyenesen belehajtottam egy fába. Csoda, hogy ennyivel megúsztam.

Tényleg csoda – gondoltam. *Pár centi, egyetlen óvatlan pillanat, és Isaac is ott hever a szarvastetemek között. Ez már nem játék vagy ártatlan kitalálósdi. Nem maradunk ki a körből háromszor; aki hibázik, azt azonnal letakarították a tábláról.*

Noah-val aggódó, cinkos pillantást váltottunk. A közös ellenség egykettőre csapattá tett bennünket.

– Figyelj jól, Isaac, mert ez most baromi fontos! – guggoltam le az ágy mellé, és így egy vonalba került az arcunk. A barátom oldalra fordította a vállait és a hátát, hogy jól lásson. Komolynak tűnt, *igazán* koncentrált, és ez megnyugtatott. – Küldtél nekem az elmúlt hetekben lila borítékot fura idézetekkel meg sejtelmes üzenetekkel?

– Lila boríték... – Homloka ráncba borult, én pedig lecsaptam rá:

– Nem gáz, tényleg, megmondhatod! Jót röhögünk az egészen. Nem ezért vagyok mérges, csak...

– Hé! – szakított félbe. – Nem küldtem neked ilyesmit. – Éreztem magamon Noah „én megmondtam" pillantását akkor is, ha nem viszonoztam. – Nem én küldtem neked, de ha ez az, amire gondolok, akkor én is kaptam egyet.

– Hányat?! – akartam tudni azonnal. Isaac elmerengett.

– Azt hiszem, kettőt – felelte bizonytalanul. – Az első hetekkel ezelőtt érkezett. Csak egy mondat állt benne, de nagy hülyeségnek tartottam az egészet, valami szórólapnak, úgyhogy megkértem Eunice-t, hogy dobja ki.

– Emlékszel, hogy mi állt benne? – Noah sokkal higgadtabb tudott maradni, mint én, így örültem, hogy most ő kérdezett.

– Hát – Isaac zavarban volt, a fülei vörösen izzottak. –, őszintén szólva nem nagyon... – vakarta meg a fejbúbját. – Valami pillangók, vagy mik... Szentjánosbogarak, amik... valamit csinálnak.

Noah-val újabb lázas pillantást cseréltünk.

– A rózsabogarak nem sírnak?! – kérdeztük szinte egyszerre, mire Isaac szürke ábrázatán fény gyulladt.
– Ez volt, igen! – csettintett. – Honnan tudjátok? Ti is kaptatok?
– Kaptál többet is? – faggatóztam tovább. Közel éreztem magam a megoldáshoz, szinte perzselt a levegő, amit átszűrt a tüdőm. – Jött még ilyen lila borítékod?!
– Aha – mondta cseppet sem izgatottan; mintha nem ezen állna vagy bukna minden.
– Megtartottad?! – Most Noah-n volt a sor, Isaac pedig, aki képtelen volt azonosulni az izgalmunkkal, oldalra mutatott, a számítógép irányába.
– A klaviatúra alatt, asszem – mondta. – Rá akartam keresni a neten, hogy mit jelent benne a szöveg, de aztán totál kiment a fejemből.
Felpattantam, és reményekkel, de félelemmel telve emeltem fel a billentyűzetet. Csodával határos módon a boríték ott hevert, ahol a barátom mondta. Mintha csak a sajátom lett volna. Lila és kicsi volt, igaz, gyűrött és kissé viharvert.
– Vigyázz a kinyitással! – figyelmeztetett Noah, mire Isaac olyan ábrázattal méregetett bennünket, mintha elment volna az eszünk. Ugyan mit árthat egy kis lila boríték? – fogalmazódott meg benne naivan. Sokat nem tudott még, és nekünk sok mesélni valónk volt számára.
Sértetlen kezem köré tekertem egy kibontott CD hanyagul árválkodó fóliáját, és a bőröm köré csavartam.
– Valami kísérletre készültök? – találgatott Isaac. – Ez a *Helyszínelők* erynnisville-i különkiadása. – Noah lepisszegte őt, felkelt az ágyról, és mögém sétált.
– Mit ír? – kérdezte félve, én pedig számos csendes ismétlés után, hangosan is kimondtam a közönség felé fordulva:
– *„Nem hagylak titeket árván, eljövök hozzátok"*[12].

---

[12] János 14,18

◊ Dr. Gavreel ◊

Meztelen hátamra kanyarítottam a sötétkék szaténköntöst – hétvégén mennyivel szívesebben tesz ilyesmit az ember! A sikamlós anyag hűvös csókot nyomott a lapockámra. A ruhadarabot Tess vásárolta a harminckilencedik születésnapom alkalmából. Rideg viselet volt, mint a barátnőm meglepetéshez fűzött szavai: „Mit szólsz, Matt?" – firtatta egy kétkedő mosoly kíséretében, mint aki nincs maradéktalanul meggyőződve az ajándék frappáns jellegéről. „Tetszik, igaz?" – Mivel a hazugság nem illik a profilomba civil emberként sem, ezért tettem, amit a zűrös páciensek esetében is szoktam: pusztítóan hallgattam.

Tess persze azonnal felpaprikázta magát. (Egyke csakúgy, mint én, tehát nem a türelméről, és nem is a jobb belátásról híres.) „Miért nem tudsz te örülni soha semminek?!" – A támadás mindig könnyebb volt számára, mint a saját kudarcával szembesülni. Nem okolhattam érte. „Gondoltam – erőlködött tovább –, jót tenne neked valami mókás ajándék a nagy negyvenes előtt. A harminckilenc bohó és merész. Ahhoz a számhoz nem egy hülye Rolex vagy egy elcsépelt gravírozás jár. Ahhoz egy hétköznapi apróság dukál. Valami, amiről eszedbe jutok."

Szegény Tess. Pedig mentségére szólt, hogy tényleg nagyon próbálkozott. Talán pont ez volt a baj. Nem kellett volna ennyire görcsölni. Egy egyszerű házi sütemény is megtette volna. Egy ölelés vagy egy mosoly. De egyikünk sem tehetett semmit. Bonyolultak voltunk, mint a sarokkal tompított lépés, aminek csúnya esés lesz a következménye…

De ha túl kacifántos, akkor ki is lehet hagyni.. Ennek ellenére a legnagyobb „ajándékot" mégis Tesstől kaptam – ahogy megjósolta –, de nem biztos, hogy jó értelemben. Nem egy hétköznapi apróság volt, nem egy hülye Rolex, vagy elcsépelt gravírozás. A jegygyűrűje árván, a tulajdonosa nélkül várt egyik este a dohányzóasztalon.

Levél nem tartozott az ékszerhez, de így is hangosan süvítettek belőle a szavak. Tess elhagyott, de visszakaptam a szabadságom. És hideg köntös ide vagy oda, talán mégis ismert egy kicsit. A gyűrűt azon az asztalon hagyta, ami miatt örökösen veszekedtünk: a dohányzásért. Visszakaptam hát minden káros és egészséges szenvedélyem, visszakaptam az életem.

A vonatjegyet egy héttel később vettem meg Erynnisville-be. Tesst azóta se láttam. Soha többé nem beszéltünk egymással. A gyűrűt megtartottam, pedig a gyémántért busás összeg ütötte volna a markom, legyen az bármilyen zárványos is. Ha nem akad páciensem Erynniville-ben, még hónapokig fogyaszthattam volna az árát. De a betegek jöttek, a gyűrű pedig marad, és én szerettem volna meghálálni az új környezetemnek ezt a nagylelkűséget. Elsőként a templom látogatásával – ha már mélyen vallásos közegbe csöppentem.

A köntös nyálkás függönyként tapadt a vállamra. Beleborzongtam. Dörzsöltem párat a könyökömtől a felkaromig, hogy valamelyest felmelegítsem magam, aztán belebújtam a papucsomba, és a nappaliba csoszogtam.

Régi típusú lakóházban éltem – azon kevés kiadó lakások között találtam két évvel ezelőtt, amelyek már csak az erynnisi oldalon találhatók. Kis kert öleli, ahol ritka görög virágok illatoznak tavasszal. A nevüket sajnos nem tudom, pedig már kétszer is megörvendeztettek a kedvességükkel.

Az épület kétszintes, de egyelőre csak az alsó emeletet volt módom használni. A slendrián, new york-i életem ide is elkísért. Mindazonáltal késő éjjel végeztem a munkahelyemen, így javarészt csak aludni jártam haza. Arra csak nem kérhetem Olgát, hogy a számítógépem meg az irodám után az otthonomban is tartson rendet, ugye?

Önnek öt új üzenete érkezett – villódzott a felirat az üzenetrögzítőmön.

„Na, ezt majd borotválkozás és ristretto után" – határoztam el.

Angol úrként, kis csészéből kortyoltam a ristrettót. Nem lazítottam fel cukorral és tejszínnel. Csak tisztán! A kávé kesernyés zamatáról eszembe jutott Sloane Rivers. Belegondoltam, hogy két év alatt még sosem kérdeztem a munkájáról. Sosem tértünk ki a kávéfajtákra, a pörkölésre vagy a forralás megfelelő hőmérsékletére. De az már egyfajta bizalmas nexust feltételezne. Sloane sem személyeskedett, jóllehet közel hét hónapomba telt, mire egyáltalán elnyertem annyira a bizalmát, hogy megfogalmazott egy-egy negatív jellegű kritikát a bátyjával vagy a jelenlegi életével kapcsolatban. A többi pácienseknél általában a „kór" érdekelt, de amióta Sloane-nál diagnosztizáltuk a szinesztéziát, az üléseink túlnőttek a hétköznapi alkalmakon. Ez némileg nyugtalanított. Soha nem éreztem így. Etikátlan mohóság lobogott bennem, és nem csak szakmailag.

Hogy ne csak Tessről mondjak példát, a főiskolán annyira elmerültem a könyvekben, hogy csak néhány szakesten vettem tudomást a női nem létezéséről a campuson. Ez az este is ilyen volt. A srácokkal a sörcsap mellett könyököltünk, de amerig a haverok a dús kebleket, én az Erikson-modell lépcsőit tanulmányoztam.

– Megvesztél, Matt? – Az agyon nyálazott salátapapírokat könnyű mozdulattal kitépték a kezemből. – Ugye nem felolvasást akarsz tartani a csajoknak?

– Van amelyik beszélgetni akar előtte. – Sóvárgó pillantással könyörögtem a jegyzetekért, de sikerült legyűrnöm az indíttatást, hogy visszasákmányoljam őket.

– Ja, de azok ocsmányak – kritizált Patrick, miközben átvette a füzet maradványait Briantől, galacsint formált belőle, és a szemetesbe hajította. Csalódott arckifejezéssel bámultam a végeredményt. A fejlődési modell egy masszává kutyulódott az alkohol és a hányás bölcsőjében. Szép kis kritika.

– Jó orvos lesz belőled – lapogattam meg Patrick vállát. Mivel a kezemnek nem volt többé elfoglaltsága, hát magamhoz ragadtam végre a söröskorsót. Színültig volt, miközben a többiek már a harmadik kört fogyasztották.

– De belőled nem, ha ilyen pocsék megfigyelő vagy – ragadta meg Brian az államat. Ereje az elfogyasztott alkohol mennyiségével volt arányos. Satuként szorított, mire végül elérte a célját, és a táncparkett irányába fordította az arcomat. – Az a példány már legalább tíz perce kinézett magának. – Hunyorogtam. A vibráló fények nem könnyítették meg a vadászatot. Ha sokáig néztem, tényleg mintha egy női test hullámzott volna a többi között, de csak ennyit láttam. A préda értéktelen volt. Egy agancs nélküli szarvas. Megszerzése nem hozott volna dicsőséget, csak egy tartalmas negyedórát.

– Hallod – karoltam át barátian a nyakát –, szerintem téged bámul. – És ennyi. A pozitív visszacsatolás, egy ősi, mégis civil módszer elég volt ahhoz, hogy leszereljem a srácokat.

Azt sem vették észre, hogy mikor léptem le. Másnap úgy mesélték, mintha hárman szedtük volna fel a lányt, és nem ő sajnálta volna meg a csapatot. A kijárat felé masíroztam, mielőtt elillant volna az alkohol mámorító hatása, amikor megtörtént. A „klub" vibráló, neonfelirata alatt, a koszos téglafalnak támaszkodva megláttam őt.

A jelenben farkasszemet néztem a tükörképemmel. Ezt az arcot láthatta a lány is. Görbe orr, vékony szemüvegkeret mögött ülő, hétköznapi, barna szemek és tüskésre zselézett, egérszínű haj. Teljesen átlagos fickó voltam, aki elvész a tömegben. Annak a lánynak mégis tetszettem, ahogy annak idején Tessnek is.

Hová tűnt az az ember?

Hány éve történt, hogy saját magamon kívül nem érdekelt más?

Talán akkor, a barátaimmal, azon az alkoholtól fűtött éjszakán.

Azon az ominózus estén, amikor az a karcsú, dekoratív hölgy másodszor is kikezdett velem, nekem pedig csak a személyiségzavarok egyes lépcsői kattogtak a fejemben. Valahol itt történt, hogy benyomódott a fejemben egy gomb: az orvosé, és innentől kezdve nem volt megoldás.

Ez lett a mi halálunk is Tessel. Annyira elköteleződtem saját magam iránt, hogy más egész egyszerűen nem fért az életembe. Illetve csak negyven-ötven percre, ameddig meghallgatok valakit a rendelőmben, de soha, soha több időre.

Ezért volt annyira szokatlan, hogy Sloane Riversszel még az üléseink után, a saját otthonomban, a kávémat kortyolva és a sápadt tükörképemre bámulva is foglalkoztam. Nem tehettem róla, de érdekelt. Ez pedig nem kevés aggodalmomra adott okot a jövőre nézve.

Hogy számoljak el ezentúl magammal?

Mit kezdjek a lelkiismeretemmel, ha egy szakítás, egy menyasszony elvesztése sem volt rám akkora hatással, mint Sloane múltjának a felkutatása?

◊ Aiden ◊

Imádom a sütőtök, a kakaó és a nedves avar illatát ősszel. A fahéjét, a mézét és a fenyőét télen. De ilyenkor... februárban semminek sem volt jó illata.

A Sloane-nal való beszélgetésünkkor eltökéltem, hogy ellátogatok a Saint Hale parkba. Persze sok parkot, sok szobrot láttam már, amik jóval nagyobbak voltak, de ha nyélbe akarjuk ütni a Vándorló Könyvek üzletét, akkor nem ártott, ha feltérképezem kicsit a területet.

Be kell vallanom, hogy csalódtam.

Sokkal sivárabb, sokkal szerényebb környezetre számítottam. Erynnisville parkja hiába volt kicsi, volt benne valami megmagyarázhatatlan. Valami misztikus. A körkörös ösvények, a padsorok, a virágföld a tornádó közepéhez, egy angyalszoborhoz vezetett. Ahogy Sloane is mesélte.

Felnéztem a magasztos kőhölgyre.

Ezüstszínű ruhája köré sárga-barna leveleket sodort a szél – ezek melegítették ebben a hűvös időben. Kobaltzöld arcán egy-egy eltévelyedett katica vándorolt. Az angyal összetett kézzel imádkozott, elgyötört arccal bámult az ölébe, és ha nagyon közel hajoltam hozzá, olyan volt, mintha éppen nekem, vagy *kizárólag* nekem beszélne. Olyan nyelven, amit nem érthetek.

Feltámadt a szél. A levelek zizegtek a bokámnál, ahogy rátapostam az egyikre. A távolban mintha kiterített szövet csapódott volna neki valaminek. A vasárnap rejtélyes csöndje, amikor a legtöbben imáikba, magukba temetkeznek – mint ez az angyal is előttem.

Annyira elmerültem a tanulmányozásban, hogy kis híján felkiáltottam, amikor érthető, emberi beszédre lettem figyelmes a hátam mögül.

– Áldott vasárnapot! – köszönt rám valaki. Nem tartom magam nyúlszívű típusnak, ennek ellenére a mobil jóformán kicsusszant a markomból, ha nem szorítok rá az ujjaimmal.

– *Gaia szeme vigyázza!* – vágtam rá csípőből, ami nagyjából egy „ámennek" felelt meg, amolyan erynnisville-iesen. Rám senki ne mondja, hogy nem olvadok be az idegen környezetbe!

Leengedtem a karom, a farzsebembe süllyesztettem a telefont, és lassan megfordultam. Az arc, ami fogadott, meg is lepett meg nem is. Tudtam, hogy hallottam már valahol ezt a hangot – még most is emlékeztem a vibrálásra, amit fakasztott. Mégis... a mosoly, ami a beszédhez társult, letaglózott egy pillanatra.

– Ismét találkozunk. – A tekintetem végigfutott a zömök alakon. Hosszú, sötét kabát, kopott, fekete ruhadarabok. A legtöbb helybeli öregnek ilyen a ruházata. Ha jól tudom, a görög hagyomány szerint a házastárs halála után egy évig öltik magukra a gyászruhát, de itt – úgy tűnt – örökre szól.

Mr. Moore a maga kopasz fejbúbjával, foltos, pergamen arcával úgy festett, mint Pelayóék koszos angyala. Jóllehet napfénynél – már ha fénynek lehetett nevezni a szürkületet, amit délelőtt kaptunk Erynnisville-től – nem tűnt olyan iszonyúnak. Pedig a Könnyekben tett látogatása hagyott némi kísérteties forradást. Kiváltképp Sloane-ban.

– Megesnek a véletlenek – biccentettem. – Legyenek bármilyen kényelmetlenek is. – Épphogy meghajoltam, aztán kikerültem, mint valami betegséget. A mozdulatot japán utamról hoztam magammal. Két hét tanulmányút során tapasztaltam, hogy a haragosod – legyen bármilyen kegyetlen – ember. Tisztelned kell. Nem engedheted meg azt a luxust, hogy lenézed vagy alábecsülöd. Egy főhajtást minimum kiérdemel, de csak olyan mélységben, hogy lásd, ha le akar sújtani.

– Például olyanok, hogy a Rivers lánnyal kell egy helyen dolgoznia? – Nem kellett utánam kiabálnia. A szavak így is elég hangosak voltak. Visszafordultam, de nem léptem közelebb. Szemlátomást ezzel is megelégedett, ugyanis nyomban folytatta: – Eddig még nem akarta feláldozni egy démoni rituálén?

Valahol a szám fölött megfeszült egy ideg.

– Fogalmam sincs, miről beszél – mondtam, és tényleg így volt. Három hónap alatt csak annyit láttam Sloane-ból, hogy egy visszafogott, segítőkész, de gátlásos lány, akit a bátyja pátyolgat. A múltkori roham olyasmi, amit akkor tapasztaltam először, ezért nem is terveztem rockkoncertet rendezni miatta. Mindenkiben lakozik erő és gyöngeség. Viaskodnak a bérelt helyükért, és rajtunk múlik, hogy melyiket engedjük felszínre törni.

– Maga jó fiú, Mr. Kelly. – Pár lépéssel közelebb bicegett, hogy csökkentse a távolságot kettőnk között, de valószínűleg a tekintetem beszédesebb volt a kelleténél, ugyanis egy biztonságos ponton megtorpant. – A városban elismeréssel szólnak önről annak ellenére, hogy csak pár hónapja költözött hozzánk. Egyesek szerint túl hamar megtalálta a helyét köztünk.

– Örömmel veszem a meleg fogadtatást. – Nem hitt nekem, és jól tette. Az olyan vendégszeretet, ami egy másik ember ócsárolásából táplálkozott, nem érdekelt.

– Büszke nép ez – folytatta árgus pillantással kísérve –, különösen az idősebbek. – Itt eleresztett egy ijesztő, mosolyszerű arcot. – De jó emberismerők vagyunk. Ha befogadunk valakit, akkor az a minimum, hogy visszafelé is elvárjuk a bizalmat.

– Minden tisztelettel, de jobb szeretem magam felfedezni és megítélni a környezetemet. – Tudattalanul, de egyszerre tényleg a Távol-Keleten éreztem magam. Úgy mártogattuk egymásba a kardot, hogy az acél tiszta maradt: hajlongva és mosolyogva. A törzsem arra a mozdulatra készült, hogy újra hátat fordítsak az öregnek, de az hamar lecsapott rám:

– Nem tudja, mibe ártja magát, fiam. – Elégedetlen fejcsóválásba kezdett.

– Legutóbb talán nem tettem a legjobb benyomást, de ha *tényleg* erynisville-i lenne, akkor megértené az aggályomat.

– Igaz is – csaptam le –, itt nincs is olyan, hogy erynnisville-i, nem igaz? Azt hallottam, hogy ez attól függ, hogy melyik részen lakik. Ön, ha jól tudom, hivatalosan erynnisi. Mit keresett a híd másik oldalán azon az estén?

– Elárultam már akkor is – köhögött párat. Kérges kézfeje egy percre eltakarta a száját. Így szabadabb a hazugság. – A vihar kergetett Michael Rivers néhai vendéglőjébe. Évek óta nem jártam a *ville*-i térfélen.

– Sloane Rivers miatt? – szegeztem neki azonnal. Ha az öreg sem veszi a fáradságot, hogy továbbra is fenntartsuk a mosolygós álcát, akkor én sem rejtőzöm többé.

Gonosz foltok árnyékolták az idős arcot. Egy arasszal közelebb sodródtunk a „Rivers lány veszélyes" elméletben, és ez számlátomást rendkívüli boldogságot kölcsönzött számára.

– Részben – vallotta be szívesen. – A korombeliek nehezen tűrték a nyüzsgést, amivel a ville-i virágzás járt. Megpihentünk hát a földön, ahova még nem gyűrűzött be a zaj. No, persze a templom meg a bevásárlás miatt kénytelenek vagyunk átkélni azon a vén hidacskán.

– Ma melyik miatt tette meg ezt a hosszú utat? – érdeklődtem gúnyosan.

– Az istentisztelet miatt – mondta Moore, és ezúttal engem ért a megtiszteltetés, hogy fogást találjak rajta.

– És az Úr háza az egyetlen, ahol nem fél a Rivers megszállástól?

Nem tetszett neki a kérdés. Zavarta, hogy elbagatellizálom a dolgot, holott ő puszta emberi jóakaratból akart kimenekíteni a bestia karmai közül.

– A Rivers testvérek évek óta nem tették be a lábukat a templomba. – A jelek szerint az Úr helyett, illetve az ő nevében is magára vette, és elítélte a hálátlan cselekedetet.

– Talán nem az Úrral, hanem a bárányaival akad problémájuk – csipkelődtem.

– Az Isten házában mind egyformák vagyunk, fiam – mondta bölcsen. – A templomban nincs kor, nem, sem pedig bőrszín…

– Ha jól tudom – vágtam bele a felsorolás futószalagjába –, a régmúlt időkben a férfiaknak és a nőknek külön oldalon kellett helyet foglalni a templomban. – Lesújtó pillantásokat címzett felém, engem pedig örömmel töltött el a győzelem, mi több, gepárd izmokat kölcsönzött a hajszához. – Az egyház továbbra is fenntartásokkal kezeli a nemi hovatartozást, és a színes bőrűek is inkább a saját felekezetük gondoskodására bízzák magukat.

Mr. Moore szemei összeszűkültek. Egyszerre forró lett a talaj, a talpa égése közben keletkezett füst pedig bántotta a szemét.

– Maga hívő ember, Mr. Kelly? – akarta tudni kendőzetlenül.

– Látott már három hónap alatt, beleértve a mai vasárnapot is, az istentiszteleten?

– Lehet valaki hívő anélkül is, hogy templomba járna. – Próbált udvarias lenni, de régen túlléptük már azt a határt, amikor vér nélkül szurkáltuk egymást. Ez jócskán túlmutatott a japános hajlongáson.

– De nem Erynnisville-ben – mutattam rá. – És azt hiszem, az ki is merítené a gyávaság fogalmát.

– Veszélyes ilyesmit állítani egy mélyen vallásos városban – okított atyaian. Szórakozottan végignyaltam a számat. A sok fecsegéstől teljesen kiszáradt. Angyalt keresni érkeztem, de nem gondoltam, hogy egy okoskodó, kopaszodó példányba botlom, aki éppen a főnöke szertartásáról érkezett.

– Az is veszélyes, hogy hitről társalgunk, amikor egy harmadik embert készül becsmérelni előttem – szúrtam vissza. Az angyalszobor alighanem néma sikollyal követte végig a szóváltásunkat. Már-már arra vártam, hogy mikor torkoll le bennünket. Pedig igyekeztem jó benyomást tenni rá, hogy tavasszal ideköltöztessem az egyik bódémat. Azt hiszem, ezt elfelejthetem. – De én már elnyertem a helyiek rokonszenvét, nem igaz, Mr. Moore? Ön említette az imént.

– Elsiettük volna? – kuncogott, de én semmi mulatságosat nem fedeztem fel a kérdésben. Azt hiszem, ezt az angyal se vetheti a szememre.

– Talán jövő héten találkozunk az istentiszteleten – vetettem fel –, hogy visszanyerjem a megelőlegezett bizalmat.

– Jézus szeretete nem ismer határokat – tért vissza a hajlongós, bushido tanokhoz. – *Rajta keresztül kaptuk meg bűneinkre a bocsánatot Isten kegyelmének gazdagsága szerint[13].*

– *Gaia szeme vigyázza!* – biccentettem én is képletesen. Úgy éreztem, most érkezett el az idő ahhoz, hogy kihátráljak ebből a beszélgetésből, mert a következő csatát az egyikünk biztos nem vészelné át.

A kovácsoltvas padhoz sétáltam, a vállamra dobtam a hátizsákot, és még utoljára megengedtem egy búcsúpillantást az öreg felé.

– Akkor egy hét múlva – hangzott az ígéret, de Moore rá se hederített többé a megtérítés gondolatára.

– Ha nem is érdekel a véleményem – prüszkölte szenvedélyesen –, azért egy tanácsot fogadj el a tapasztalt öregtől, fiam. – Leplezetlen sóhaj tört elő belőlem, de a vén angyal csak nem tágított az elképzelésétől. – Vigyázz azzal a lánnyal, mert az ördög keze irányítja a cselekedeteit. – Megszállott, eltorzult arccal, fekete ruhában a fehér táj közepén Moore jobban hasonlított egy démonra, mint sejteni vélte. *Tényleg Sloane lenne az, akitől tartanom kéne?*

– Ez esetben, majd igyekszem kitérni előle... – nyugtattam meg.

Remegő ujjai összekapcsoltak pár gombot a vékony kabátján. Csalóka volt még az időjárás, az öreg mellkasát pedig nem bélelte ki a szeretet és a jóindulat, hogy kellően felmelegítse.

– Matthew Gavreel doktor is betelepült lakó Erynnisville-ben, mint te, fiam. – Elcsodálkoztam a témaváltáson, de gyanítottam, ezzel is csak Sloane-hoz fogunk visszakanyarodni. – Találkoztatok már?

– Még nem volt szerencsénk egymáshoz – vallottam be. Kisvárosról beszélünk ugyan, de három hónap alatt még nem sok helyet vagy embert sikerült feltérképeznem. A felzárkózás időszerű volt, már csak azért is, mert a hely és a lakók viszont már név szerint ismertek engem.

– Dr. Gavreel ugyan már két éve él a városban – folytatta zavartalanul, mintha ott se lennék. – Talán érdemes lenne megismerkednetek a jövőheti istentisztelet után.

– Miért? – Azt hiszem, ez volt az első hozzá intézett kérdés, amikor tényleg kíváncsi is voltam a válaszra. Ezt nyilván az öreg is kilogikázta, mert tudatos szünetet ékelt közé.

– Ha erre nem tudod a választ – jelentette ki kajánul –, akkor te, fiam, a magabiztosságod ellenére, még *semmit* nem tudsz Sloane Riversről.

---

[13] Efézus 1:7

9. Fejezet

◊ Z a c k ◊

Kedd délután Isaac már sokkal jobb színben volt, Noah meg én viszont annál kevésbé. (Ennek persze többek között az is lehetett az oka, hogy mi melóból jöttünk, cimboránk pedig jóllakott napköziskét hevert itthon már négy napja.) Ahogy Isaac javult, mi egyre rosszabb stádiumba süllyedtünk. Ahogy vártuk – Isaac nem vette komolyan a fenyegetést, pedig a saját bőrén tapasztalta, hogy mivel álltunk szemben. Kérdem én: *Minek kéne történnie ahhoz, hogy jobb belátásra térjen?*

– Akkor – kérdezte disznócafatokat köpködve, miközben a kora ebédjét lapátolta be az étkezőjükben. –, most újabb tángálást kapunk, amiért nem mentünk templomba?

Noah-val találkozott a pillantásunk, ami csak egyet üzent: *Te istenverte hülye!*

– Mi van? – A barátom volt olyan kegyes, hogy helyettem tegye fel ezt a megerőltető kérdést. Ma egyáltalán nem volt türelmem Isaac baromságaihoz, úgy sem, hogy még mindig merevítő feszített a nyakán. Attól még önként és dalolva be tudtam volna húzni neki egyet.

– Hát, tudod... – Egyre csak hadonászott a villával, miközben kényelmetlen pózban dülöngélt, hogy az étel végül a szájába, és ne az asztalra potyogjon. Ennek végül egy könnyed fulladozás lett az eredménye. Noah nyomban felpattant, hogy meglapogassa a hátát, és tulajdonképpen szaladt volna Eunice is, hogy a bátyja segítségére siessen, de amikor meglátta a megmentő lovagot, egy sikkantás kíséretében visszapucolt a konyhába. *Szánalom.*

– Előbb rágj, és csak utána dumálj! – kiábáltam rá, amikor nem lila, hanem normális árnyalatú volt a képe. – Ha lehet, ne segíts a pszichopatának, aki szórakozik velünk!

– Szóval mit akartál mondani az előbb? – A kérdés Isaachez szólt, de Noah nyomatékos pillantást vetett rám, miközben visszaült a helyére. A ház ura az asztalfőnél ült, mi ketten a két oldalán, egymással szemben. A konyha mögülem nyílt; már háromszor megbántam, hogy ezt az oldalt választottam. Odabentről irdatlan bűz áradt. Eunice alighanem békacombokat sütögetett éppen.

– Hát, aki írogat nekünk – Isaac nagy kanállal nyelte az oxigént. A szeme még könnyes volt az iménti fulladástól. –, valami vallásos őrült lehet, ha bibliai idézetekkel traktál bennünket.

Kezembe vettem a birtokunkban lévő papírokat, és lázasan olvasni kezdtem rajtuk a szöveget. Megbeszéltük, hogy összegyűjtjük és összedugjuk a fejünket, hátha közösen megfejtenénk őket. Mivel eddig nem vettük komolyan a tartalmat, csak amikor komolyabb baj történt, elenyésző bizonyíték állt a rendelkezésünkre. Mondhatni semmi. Az enyémeket Loanie kidobta, Isaacnek

volt egy itthon, egy a műhelyben, amit ma hoztunk el, Noah pedig még nem kapott. Egyelőre.
— Honnan veszed, hogy bibliai? — csattantam fel.
— Rákerestem a neten a sajátomra — mondta Isaac. — Meg is találtam, valami Jánostól vagy kitől...
— Miért gúgliztál rá? — Noah kérdése jogos volt; Isaacet a viccen kívül nem sok dolog érdekelte, főleg nem a Biblia.
— Azt hittem, valami nyereményjáték — bukott ki belőle őszintén. — Gondoltam, meg kell találni, hogy honnan van az idézet, és be kell küldeni a helyes megfejtést — itt durcás képet vágott —, de honlapcímet meg elérhetőséget sehol sem találtam a papíron.
— Ha nem tudnám, hogy milyen istenverte hülye vagy, azt mondanám, hogy egy zseni veszett el benned! — röhögtem szórakozottan. A hátam mögött Eunice szörnyülködőn sóhajtott. Valószínűleg az izgatta fel, hogy hasztalanul szájára vette az Úr nevét, mivel hasonlóan vallásos volt, mint Erynnisville boszorkánya. A fiatalok közül ő volt az egyetlen, aki ennyire komolyan vette.
— Akkor az idézetek eredete kipipálva — összegzett Noah, a csapat könyvelője és ügyeletes nyugalomfelelőse —, de akkor még mindig itt van ez a bogaras marhaság. Ez mit jelent?
— A rózsabogarak nem sírnak — szavaltam el vagy ezredjére, hátha most rájövök a jelentésére. — Lövésem sincs. Az egésznek rohadtul nincs értelme. Hogy jön egyáltalán össze ez a zagyvaság a Bibliával?
— És ami még különösebb — mutatott rá Noah —, hogyan jövünk mi a képbe?
— Ácsi! — szólt rá Isaac. Gerincét megfeszítette, és lassú tempóban kanyarodott balra, hogy a szemben ülő barátomra nézhessen. — Te egyelőre nem is vagy a képben. Csak Zé meg én kaptunk üzenetet.
— Igaz — értettem egyet. — Ma tiéd a Nobel-díj, *ügyifogyi*. — Isaac jobb híján grimaszolt a bemutatás helyett.
— A végén még kitaláljátok, hogy nem is Isaac, hanem én vagyok az értelmi szerző — mondta felháborodottan Noah, aztán hátradőlt a széken, és sértetten keresztbe fonta a karját.
— Lássuk be, hogy tőled hitelesebb lenne egy ilyen húzás — vontam vállat. Noah segélykérőn nézett Isaacre, de tőle se kapott sokkal több biztatást.
— Igaza van — húzta el a száját. — Neked százszor több sütnivalód van mindkettőnknél. A suliban is neked voltak a legjobbak a jegyeid.
— Attól még nem akarlak megszívatni benneteket! — szögezte le Noah. Eunice elzárta a csapot a mosogatóban. Szinte kedvem lett volna rácsapni a válaszfalra, hogy ijedtében összepisilje magát, amiért a tapétára tapasztja a fülét. Lehet, hogy aspergeres, de attól még imádja a pletykát.
— Jó — tartottam fel a békítő jobbot —, azt hiszem, hármunkat kizárhatjuk.
— Noah forgatta a szemét, de láttam rajta, hogy azért méltányolja nevének a kihúzását a listáról. — Nem tartom kizártnak, hogy te kapsz legközelebb, szóval figyeld a postaládát, és ha lila borítékot kapsz, semmi esetre se bontsd fel nélkülünk!
— És ha ő nem kap? — vetette fel Isaac ismét. Ma csak úgy sziporkázott! — Mi van, ha ez a cirkusz csak kettőnknek szól?

– Az is lehet – bólintottam. – De akárki szórakozik is velünk, erősen kétlem, hogy csak kettőnket nézett ki magának.

Vonakodva bár, de Noah is visszakapcsolódott az ötletelésbe:

– Egyetértek – mondta. – Nem szívesen beszélek magam ellen, de kölyökkorunk óta együtt kószálunk mindenhova. Nem hiszem, hogy valaki megkímélne.

– Hacsak... – Merengés közben végigsimogattam az államat. Isaac és Noah feszülten követték végig a mozdulatot, aztán nem bírták tovább, és egyszerre estek nekem:

– Hacsak?!

– Hacsak az illető nincs beléd zúgva – jegyeztem meg. Isaac homlokát a lehetőség ráncai redőzték, Noah viszont megint csak leintett:

– Ne szórakozz már! – háborodott fel.

– Ennyi erővel Erynnisville összes nőneműje szóba jöhet. – Voltaképp Isaac meglátása mókásan hangzott, de aki az arcára nézett, az csöppet sem gondolta volna így. A barátom valósággal lefagyott, és olyan szürke ábrázatot öltött magára a hatványozott gyanúsítottak hallatán, mint az imént fulladás közben.

– Eleve nem hiszem, hogy egy nő ilyesmit tenne. – Na, ez volt Noah, az örök romantikus, aki soha semmilyen rosszat nem tudott feltételezni az imádott, gyengébbik nemről.

– És mi a helyzet azzal az elméleteddel, hogy Helené az? – pirítottam rá, Isaac pedig sziporkázás ide vagy oda, kezdte végleg elveszteni a fonalat. – Ő is nőből van.

– Mi?! – kérdezte nyűgösen. – Ha Noah még nem kapott semmit, csak te meg én, akkor nektek mikor volt időtök a boszorkányt gyanúsítani?!

– Pár hete megkértem Noah-t, hogy segítsen bevásárolni, aztán elvinni a cuccokat ide erynnisbe – magyaráztam türelmetlenül. Olyan jó irányba haladtunk, felbosszantott, hogy Isaac lemaradását is be kell hoznunk a filozofálás közben. – Akkor még azt hittem, hogy te baromkodsz velem, de abban maradtunk, hogy neked nincs ennyi felesleges szabadidőd.

– Azért nem szóltál nekem, aki szintén az erynnisi oldalon lakom, hogy segítsek bevásárolni a szipirtyónak, mert azt hitted rólam, hogy unalmamban lepucolom sósavval a bőrt a kezedről?! – kiabálta Isaac.

Be kellett hunynom a szemem, visszaszámolni ötventől, miközben megmasszíroztam a halántékom.

– Ismétlem – sziszegtem –, hogy sosem vádoltalak ilyesmivel, örülnék, ha nem kalandoznál el a tárgytól. Azért kértem meg Noah-t, mert ő viszont hozzánk lakik közel, te pedig biztos végignyavalyogtad volna az utat.

Isaacnek rendeződtek az aggodalmas vonások az arcán, elhessegette hát a sérelmét, és további faggatózásba kezdett:

– Miért gondoljátok, hogy Helené a feladó? – tette fel az igazi, értelmes kérdést. Átadtam a mikrofont Noah-nak, aki el is fogadta.

– Egyelőre mindkét meglévő nyom hozzá vezet – mondta, de Isaac ennél jóval több magyarázatot igényelt, amihez nekem már nem volt türelmem, és amit szerencsére Noah megtett helyettem: – Bibliai idézet, bogár – foglalta össze.

– Az idézetet vágom – bólogatott hevesen Isaac, aki rendkívül büszke volt erre a felismerésre. – De mi a helyzet a másikkal?
– Amikor almát vittünk Helenének – Noah válla megremegett kissé a visszaemlékezés alatt –, volt szerencsém látogatást tenni a fürdőszobájában. – Isaac olyat tett, amit nagyon kevésszer: hallgatott. Mint egy gyerek, aki egy izgalmas regény részleteit hallja, mielőtt az álomra hajtja a fejét. Nem akartam elhinni, hogy ezt műveli velünk valaki, hogy beszélünk róla, és egyáltalán megtörténik.
– A fürdőkád meg a mosdókagyló tele volt undorító bogarakkal – folytatta öles grimaszok közepette. – Tulajdonképpen mindenhol.
– Ez a nő betegebb, mint hittem – tátogott Isaac, Noah pedig így szólt:
– Amikor Zack bekerült az ügyeletre, rovarirtót találtak a vérében. Érted már? – kérdezte. – Minden szál Helenéhez fut vissza.
– Az a hibbant boszorkány! – hörrent fel Isaac. – De miért jó ez neki? Miért csinálja ezt velünk?! Sosem ártottunk neki!
Egy pillanatra elcsendesült a nappali. Felváltva néztünk egymásra. Mindkét haverom szemében azt láttam, ami az én fejemben is dübörgött: Isaac nem mondott igazat. Vagyis nem teljesen. Helenének sosem ártottunk. De másnak igen.
A kínos némaságból Noah kényszeres torokköszörülése mentett meg bennünket.
– Most inkább azon agyaljunk, hogy miként tudnánk megállítani – javasolta.
– Először bizonyítékot kell szereznünk, hogy tényleg ő küldi a leveleket – tettem hozzá.
– Milyen bizonyíték kell még nektek?! – pattogott Isaac. – Ti mondtátok, hogy minden egybevág! Talán odamegyünk, és bevallja nekünk? Erősen kétlem. Amint leveszik rólam ezt a szart, egyszerűen rátörjük az ajtót.
– Higgadj le – csitította Noah. A magam részéről Isaackel értettem egyet, miszerint addig kéne a bogarai közé fektetni Helenét, ameddig színt nem vall előttünk, bár félő, hogy ennyi kevés lenne ahhoz, hogy megtörjük. Valami használhatóbb tervre volt szükségünk, ha túl akartunk járni az eszén. – Ránk akarod haragítani a seriffet? Te tudod a legjobban, hogy imádja, és a szívügyének tekinti az erynnisi öregeket. Mit gondolsz, milyen híre lenne annak, hogy rátámadunk a város legidősebb, díjjal kitüntetett polgárára?
– Szép kis polgár! – fröcsögött Isaac. – Két lekvárfőzés közben minket is eltesz egy kis tartósítószerrel.
– Bogarak, idézetek – kapcsolódtam vissza a társalgásba. – Helené okosan játssza ezt a játékot. Méltó partnerének kell lennünk, ha fel akarjuk venni a kesztyűt.
– Hát jól beletenyereltünk ebbe… – fakadt ki Isaac, aztán persze nem hazudtolta meg magát, amikor hozzáfűzte: – Zack szó szerint is. – Sötét pillantással válaszoltam, ezért inkább bölcsen úgy határozott, hogy nem húzogatja tovább a bajszom. – Ha nem akarod kész tények elé állítani a banyát, akkor mit vársz tőlünk? – akarta tudni, és erre Noah is kíváncsinak tűnt, mert előre dőlt, és az asztalra könyökölve fürkészett.
– Mi is küldjünk neki borítékot, csak mi citromsárgát?

Eunice idő közben olyan csendesen mozgott a szomszédban, hogy szinte el is feledkeztem a jelenlétéről. Talán ostoba volt, de Helenét tudtommal szerette. Ő volt a jóságos tyúkanyó, aki a szárnyai alá vette a sérült gyerekeket, köztük Isaac húgát is. Le mertem volna fogadni, hogy ahhoz lett volna annyi esze, hogy értesítse az öreglányt, még mielőtt bármit is rá tudtunk volna bizonyítani. Azt már nem! Ezt nem hagyhattam!

Rákönyököltem én is a falapra, a másik kettő önkéntelenül leutánzott, mikor bizalmas közelségbe hajoltam hozzájuk.

– Nem – szögeztem le suttogva –, de a látogatással egyetértek, persze az ajtórátörés meg a cifra megoldások nélkül.

– Mire gondolsz? – faggatott Noah. Olyan közel volt hozzám, hogy a lehelete a homlokomat érte. – Ijesszünk rá egy kicsit?

– Csak ha szükséges – mondtam diplomatikusan. – Körülnézünk kicsit a házban, amikor már alszik, és ha a bogarakon kívül más bizonyítékot is találunk, akkor mi is otthagyjuk a névjegyünket neki.

A csillapíthatatlan szomjú Isaacet, aki Helené legfrissebb áldozata volt, már csak egy dolog érdekelte:

– Mikor?

– Várjuk meg, ameddig helyre jössz egy kicsit!

– Arra nincs időnk! – Isaac meg sem próbált suttogni többé, de ő egyébként sem erőltette meg magát. Eunice olyan volt számára, mint nekem Loanie. Ha kellett, az életét is rábízta volna. Finoman fogalmazva úgy gondolom, hogy én jobban jártam volna egy ilyen helyzetben, mint a barátom.

– Meg akarod várni, ameddig Noahnak is kitalál valami miénkhez hasonló „balesetet"?

– Hogy akarsz a sötétben lopakodni, amikor egy ketrec van a fejeden? – szúrtam vissza, Isaac pedig hátrált az agarakkal. Ezt ő sem gondolta át. – Nem akarom húzni az időt, de rád is szükségünk lesz.

– Mennyi idő telt el a levelek között? – érdeklődött mindkettőnktől Noah. Nem tűnt ijedtnek, de ameddig vele nem történt semmi rossz, addig nem is sürgettem volna azzal, hogy pánikoljon.

– Akár hetek is, nem emlékszem pontosan – válaszoltam, aztán Isaacra néztem. – Arról pedig nem is tudunk, hogy párhuzamosan, vagy egymás után kaptuk őket.

– Nekem is hetekkel később érkezett az idézetes – emlékezett vissza Isaac. – Először a bogaras mondat, aztán a bibliás.

– Nekem is – bólintottam. – Mivel a tiéd elég friss, valószínűleg én voltam az első kiszemelt, és ha hihetünk ebben a heti csúszásban, akkor van egy kis időnk, mielőtt Noah-ra koncentrálna.

– Ha ez az egész tényleg igaz – kezdte sejtelmesen, összekulcsolt kezekkel Noah –, márpedig egyre valószínűbb, hogy az, akkor Helené szelleme frissebb, mint gondoltuk.

◊ Sloane ◊

Kevesen tudják, hogy a kávé mellé felszolgált vizet nem eszpresszó fogyasztás után, hanem éppen előtte célszerű elkortyolni. A szakértők szerint legalábbis. Így tiszteljük meg a kávét azzal, hogy lepucoljuk az ízlelőbimbókat, és jobban érezzük az aromákat. A mi kávézónkban kiemelt figyelmet szentelek ennek a szokásnak, ugyanis nálunk *valójában* ez az Angyalok Könnye, nem is maga a kávé.

De tradíciók ide vagy szabályok oda, sokadszor hagyom, hogy az ördög csábító szavakat suttogjon a fülembe, és elterelje a figyelmem. A mai napon másodszor is kikerült a „zárva" tábla, holott legutóbb megesküdtem, hogy ilyet többet nem engedhetek meg magamnak. Nem akartam megint füllenteni Zacknek, de a legkevésbé azt, hogy amikor ellenőrzi a kasszát, rájöjjön, semmivel nem gyarapodott a bevételünk. Na, nem mintha egyébként máskor annyival többen ránk nyitnák az ajtót.

Így történt aztán, hogy Aiden megkérdezte:

– Ismered azt a játékot, hogy felírsz véletlenszerű mondatokat magadról? Például: „Ez fog velem történni jövőre", és hozzáolvasod egy tetszőleges könyv legutolsó sorát.

Már tudtam, hogy elvesztem. Mire felocsúdtam, vagy egyáltalán Zack eszembe juthatott volna, a vendégekkel együtt a bűntudatot is kicsuktam az üzletből.

A földre terítettem Rivers nagyi szőttesét, amire törökülésben leheveredtünk. Aiden, én és pár könyv, amit hasraütés-szerűen választottunk a polcokról.

Huncut mosollyal az ölembe vettem a Manderley-ház asszonyát. A borító a harisnyámra simult, ahogy fejjel lefelé fordítottam. Izgatottan vártam. Szívem a torkomban dobogott, miközben Aident figyeltem, hogy felolvassa az utolsó, nekem szánt sort.

Karcsú ujjai körbefonták a papírfecnit. Megköszörülte a torkát, mintha valami nagy bejelentést készülne tenni a publikumnak, aztán ünnepélyes hanghordozással így szólt:

– Ezt kívánom másoknak.

Mint játékboltba tévelyedett gyermek, felütöttem a könyv utolsó oldalát, és hangosan felolvastam a zárómondatát:

– *Bíborvörös volt, mintha vérrel öntözték volna meg. És pernyét csapott az arcunkba a sós tengeri szél*[14]*...*

Mindketten nevettünk.

– Nem túl biztató – állapította meg, mire megjátszott sértődöttséget erőltettem az arcomra.

– A tiéd se volt sokkal jobb. – A *Háború és békéről* beszéltem, ami tényleg nem sok jóval kecsegtetett, amikor Aiden üzletének a terjeszkedéséről faggattuk a jósló könyvet.

– Lássuk az utolsót! – mondta, mire felemeltem a használt cetlik mellől az egyetlent, ami még nem volt összehajtogatva.

---

[14] részlet Daphne du Maurier *„A Manderley-ház asszonya"* című regényéből

– Ezt akarom most.
Aiden megragadta *A nagy Gatsby* gerincét. Bal tenyerével megtámasztotta a fedelét, aztán kinyitotta az utolsó oldalon a könyvet. Először némán olvasta el a zárszót, mit sem sejtve arról, hogy milyen kíváncsi vagyok rá én is. Aztán egyszer csak – mint, aki belenyugodott a sorsába – rezzenéstelenül megosztotta velem:
– *Így törjük a csapást, hajtjuk hajónkat előre, szemben az árral, hogy a végén mindig a múltba érkezzünk.*[15]
– A zöld fény – mondtam csevegő hangon. – Nagyon szeretem.
Aiden különösen bámult rám. Még a rohamom után sem láttam, hogy ilyen meglepett lett volna.
– Szereted a tragédiákat? – kérdezte döbbenten. Megvontam a vállam.
– Ha szépen van megírva, miért is ne?
Szemlátomást ezen eltöprengett egy darabig, aztán felnyalábolta a használt fecniket, és egyetlen nagy csomóvá gombócolta őket. A papírok zizegő hangon gyűrődtek össze a markában. Egy ponton kivillant a csuklójánál a tetoválása vége. Olyan gyorsan, olyan hirtelen, hogy mire fontossá válhatott volna, már el is tűnt, én pedig nyomban el is felejtettem, hogy láttam.
– Milyen érzés tilosban járni? – faggatózott.
Elképzeltem ezt a csodás, bizsergető érzést, aztán amikor szavakba tudtam önteni, hogy mire is hasonlít a leginkább, megosztottam Aidennel is:
– Olyan, mintha átszaladnék az összes piros lámpán, és senki nem venné észre.
– Akkor már tudod, milyen a cinkosság.
Erről tovább asszociáltam, mintha dr. Gavreelnél lennék:
– Szerintem testvérnek lenni is az.
Aiden szórakozottan lesöpört pár nemlétező porszemet az antik, molyrágta szélű *Nagy Gatsby*ről.
– Érdekes, hogy a bátyád jutott eszedbe erről.
Ezt a játékot már én is ismertem, éppen elégszer játszottam ahhoz a rendelőben, hogy tudjam, ilyenkor illik visszapasszolni a labdát egy efféle kérdésre.
– Miért? – kérdeztem. – Neked mit jelent egy cinkos kapcsolat?
– A házasságot. – Olyan gyorsan válaszolt, mint én az imént. Látszott, hogy egy percig sem morfondírozott közben. Csend ereszkedett közénk, még az ablakpárkány mellett zizegő legyek gyenge szárnycsapásait is lehetett hallani. Mivel nem reagáltam, Aiden újabb kísérletet tett felém: – A szüleitek nem voltak azok?
– Cinkosok? – néztem rá, aztán megcsóváltam a fejem. – Azt nem mondanám.
– Az enyémek igen – felelte. Kicsit megint olyan volt, mintha a könyvek utolsó sorait olvastuk volna fel, csak éppen a saját életünkből. Azt hiszem, sosem beszéltünk még ilyen nyíltan egymás előtt. Talán *ez* volt a cinkosság. – Minden lehetséges értelemben. Következetesek voltak, igazságosak, és mindig

---

[15] Részlet Fitzgerald, A nagy Gatsby c. regényéből.

mindenről együtt döntöttek. Az egészen jelentéktelen, de a komoly dologban is.
Sóvárogva ittam a szavait. Elképzeltem, hogy mindenki ilyen ideális kapcsolatról álmodik. Mindenki ilyen szülőket érdemel, holott a mieinkkel sem volt gond. Csak éppen... ők nem voltak cinkosok. Legfeljebb olyan szövetségesek, akik a közös cél érdekében összefogtak, ha katasztrófa kutyulta fel a hétköznapok nyugodtságát. Például Zack egyik újabb csínytevése.
– Azt hiszem, sok múlik a körülményeken – mondtam. – Mivel nincs testvéred, gyanítom, te legalább olyan nehezen tudsz elképzelni egy cinkos testvéri kapcsolatot, mint én egy cinkos házasságot.
Aiden felhúzta az egyik térdét, és egy lezser mozdulattal rákönyökölt.
– A szüleitek nem együtt döntöttek? – kérdezte.
– Apu volt a családfő, ami nálunk azt jelentette, hogy ő viselte a terheket, és ebbe beletartoztak a döntések is. – Zavarba ejtőnek kellett volna lennie a szüleinkről beszélni egy félidegennel, de furcsamód nem volt az. Könnyebben tudtam kimondani a dolgokat, mintha Zack előtt tettem volna.
– Szigorú volt veletek?
– Inkább Zackkel – ismertem el. – Őt többször kellett terelgetni, jobb belátásra téríteni, de gondolom, ez is hozzátartozik az elsőszülöttek privilégiumához. Kemény a fej, aminek tartania kell a koronát.
– Ez sok mindent megmagyaráz – mosolygott. – De egyébként én sosem mondtam.
– Hogy Zack kezelhetetlen? – néztem rá megbotránkozva.
– Hogy egyke vagyok.
Magabiztosan kihúztam magam.
– Nem, de az ilyesmit megérezni. Főleg annak, akinek van testvére.
– Vagy úgy – mondta. – Tehát egy született kutatóval van dolgom.
– A megfigyelés is tudomány – válaszoltam kissé kitérően. – De kiscipőben jár, mondjuk, a kognitív disszonancia elméletéhez képest, ahol olyasmit teszünk, amiről valójában tudjuk, hogy nem jó nekünk. Mint a dohányzás.
Aiden áthatóan figyelt. Megint éreztem szétrobbanni azt a különös ízt a nyelvemen, ami egyszerre volt édes és keserű, ínycsiklandó és pocsék.
– Tulajdonképpen – kezdte dallamos, már-már hipnotizáló hangon – hova jársz te keddenként és csütörtökönként?
Azt hiszem, a nyelés, amit produkáltam, még az ablakban vergődő rovarokig is eljutott. Némán farkasszemet néztünk Aidennel.
Hiszen egészen más a szüleimről és magamról beszélni.

◊ Aiden ◊

A kérdést istenbizony nem manipulációnak szántam. Egyszerűen csak kibukott minden beleszólásom nélkül. De csak a miheztartás végett: egy lány, akit ennyire érdekelt a pszichológia, aki ilyen sok tudást elsajátított a témában, az nagyon is izgatott, hogy honnan szedi mindezt. Egyszerűen meg kellett kérdeznem, és valamiért az volt az érzésem, hogy kivételesen válaszolni fog.

Sloane szája megremegett, mint ahogy sírás előtt szokott ez lenni a nőknél. Azt hittem, kész, itt a vége, és mikor már éppen bocsánatot akartam kérni, hogy ilyen tapintatlan voltam, az a száj elnyílt, és nem zokogás, hanem beszéd tört elő belőle:

– Azok után, amit a múltkor láttál – kezdte Sloane –, nem nyilvánvaló?

Leborultam a bátorsága előtt. Mert bár Zack Rivers volt az ügyeletes elsőszülött, a harcos, a bika, aki védőbástyaként ugrik a húga elé, ez az apró lány sokkal tökösebb volt nála.

– Tőled akartam hallani – mondtam, és tényleg ez volt az igazság. Csak mióta ideköltöztem, kizárólag másodkézből jutottam információkhoz arról a személyről, akivel a legtöbb időt töltöm munka közben. Az étteremben a fruskáktól, a bolti árusoktól, a serifftől, de még a rosszindulatú aggastyántól, Moore-tól is. Ezegyszer szerettem volna, ha Sloane válaszolja meg a kérdést, és nem egy külsős harmadik fél.

– És miért éppen most? – faggatott.

Jó kérdés. Egyrészt nem akartam zavarba hozni, de azt sem szerettem volna, ha azt hiszi, egyedül a betegség az, ami érdekel vele kapcsolatban. Sloane jóval több volt egy mentális kórnál, és azt akartam, hogy ezt végre ő is észrevegye.

– Felbátorított a játék – válaszoltam lazán. – De ha attól jobban érzed magad, cserébe te is kérdezhetsz olyasmit, ami érdekel, de eddig nem merted megkérdezni.

Sloane arcán pajkos mosoly terült el.

– Bármit?

– Bármit – ígértem.

Sloane felkelt a földről, kinyújtoztatta ellustult tagjait, és a pultjuk felé vette az irányt. Levett két bögrét az ominózus polcról, aztán egy-egy filtert ejtett a szájukba. Rájuk zúdított némi forró vizet, de mielőtt fülön ragadta volna a poharakat, lábujjhegyre állt, hogy kilásson az erődítmény mögül.

– Citromlé, cukor? – kérdezte.

– Méz – feleltem.

Csak képzelődöm, de mintha ezen elpirult volna. Fogott egy mokkáskanalat, és nagyot merített a dunsztosüvegből. A méz folyékony aranyként csorgott bele először az egyik, majd a másik teába. Sloane letörölt az ujjával egy lecsöppent részt. Azon kaptam magam, hogy én is szeretném megízlelni az édes hársfamézet, de nem a forró italból, hanem Sloane bőréről.

Megborzongtam, amikor az ujjaink összeértek a bögre átvétele közben. A kerámia forró volt. Épp, mint a Könnyek fülledt levegője. Miközben Sloane elsuhant mellettem, és visszaült a korábbi helyére, megcsapott a virágos, tiszta illata.

– Ismered dr. Gavreelt? – A lány a gőz fölé hajolt, miközben felkeverte a mézet a porcelán fenekéről. A kanál csilingelve koccant neki a falának.

– Sokszor hallottam már a nevét – feleltem szórakozottan, kissé becsípve az előző gondolattól –, de még nem találkoztunk.

Sloane egy bólintással vette tudomásul az információt.

– Pszichiáter – közölte a nyilvánvalót. Most, hogy végre az ő szájából hallottam, nagyon is valóságosnak tűnt az egész, és nem csak egy buta, kisvárosi legendának. – Két éve járok hozzá, amióta ideköltözött. De pszichiáterhez már több mint tíz éve. Korábban Malcolm doktorhoz, aki azóta nyugdíjba ment.

– És bízol benne? – Sloane felkapta a fejét, mert nyilván nem erre a reakcióra számított. Kissé meg is lepett. Csak most tűnt fel, hogy a teafőzés óta most nézett először a szemembe.

– Tessék?

– Úgy értem, nehéz lehetett egy új orvost megszokni – magyaráztam. Belekortyoltam az italba. Az édes, fűszeres tea lassan csorgott le a torkomon. Úgy éreztem, már soha többé nem fogok fázni.

– Nem volt egyszerű. – Sloane is ivott kicsit. – De azt hiszem, hogy neki jobban meg tudok nyílni, mint régen Malcolmnak. Ő is jó szakember volt, ne érts félre. De idős volt már, és nem éreztem, hogy megérti, mit miért teszek.

Sloane várt. A csönd alatt piros foltok bukkantak fel a szeplői között a feltörő gőz miatt. Sugárzó volt.

– Te jössz – mondtam.
– Hogyhogy?
– Rajtad a sor.
– Nem is kérdezted, hogy miért… – harapta el a mondat végét.
– Talán máskor – szóltam halkan. Sloane pedig olyan mohón kutatta a tekintetem, mint soha. Feltehetőleg nem tévedek nagyot, ha azt mondom, még soha, senkinek nem akart ennyire beszélni a betegségéről. Én viszont nem akartam kihasználni a helyzetet. Mindennek megvolt a maga ideje.

Sloane beleegyező grimaszt vágott.

– Hát legyen – mondta. – De vigyázz, mert nem leszek tapintatos.
– Ez így fair. Én sem voltam az.

Sloane szeme összeszűkült a következő korty közben. Szemlátomást analizált, osztott-szorzott, hogy mi lenne az a kérdés, amivel hasonlóképp zavarba tudna hozni.

Végül így szólt:

– Honnan vetted a vándorló könyvek ötletét? – Nem tudtam eldönteni, hogy nevessek vagy csodálkozzak. Bármit kérdezhetett volna. De tényleg, akármit. És ő mégis egy ilyen hétköznapi dologra volt kíváncsi. Sloane Riversből immár hivatalosan is hiányzott a rosszindulatú gén, vagy csak tényleg olyan átlagos fickó voltam számára, hogy semmi személyes nem izgatta velem kapcsolatban. Kissé csalódott voltam.

– Sokat utaztam az Erasmus programmal – meséltem. – Főleg Európában. Németországban például a szobatársaim esküdni mertek volna, hogy a becsületkasszás, szabadtéri könyvtár ötlete tőlük származik. Guttman és talán Clegg művészektől. Bevallom, megtetszett, mert máshol nem igazán találkoztam hasonlóval.

– Én sem – szólt. – Szerintem nagy sikerünk lenne eggyel az anthesztériakor.
– Hogy hol?
– Á! – Sloane szeme felcsillant. Maga mellé tette a bögrét és szenvedélyesen, átéléssel kezdett magyarázni: – Ez egy görög ünnep, mi pedig rendszerint megtartjuk. Elvileg háromnapos, február 15. és március 15. közé esik.
– Most március 3. van – mutattam rá.
– Általában a polgármester szavaztatja meg, hogy melyik hétvégén legyen, de csak olyankor tűzi ki, amikor már nem olyan csípős az idő.
– És miről szól pontosan?
– Ha jól tudom, nagyjából a Halloweennek felel meg – válaszolta Sloane.
– A mulatság azért van, hogy elűzze a kóborló lelkeket. Khütraikor az üzletek és a templomok zárva vannak, régen pedig szurokkal kenték be az ajtókat, hogy a szellemek beleragadjanak.
– Bájos – összegeztem inkább Sloane-ra, mint az anthesztériára gondolva.
– Be is öltöznek a gyerekek, és házalnak a cukorkáért, mint Halloweenkor?
– Vannak, akik igen – helyeselt. – Még sose láttam, hogy kétszer ugyanúgy ünnepelték volna meg a helyiek.
Valami zavart a kijelentésében.
– A helyiek? – kérdeztem. – Miért, ti nem mentek ki az ünnepségre a bátyáddal?
– Zack igen. – Szinte le mertem volna fogadni. *De neked tilos, igaz?* – Egyébként nagy butaságnak tartja az egészet.
– Hát... – Én is letettem a kiürült bögrét, és megpróbáltam feltápászkodni a földről, de a lábam annyira elzsibbadt a hosszas törökülésről, hogy kellett pár másodperc, mire a bizsergés alábbhagyott az izmaimban. Egyelőre hát ülve maradtam. – Idén muszáj lesz neked is ellátogatnod, ha fel akarjuk húzni az első standunkat.
– Komolyan beszélsz? – pislogott rám.
– Csak ha te is benne vagy. – Kinyújtottam a kezem, hogy felsegítsem a földről. Sloane habozott. Aztán az apró kéz a tenyerembe simult, és én végtelen óvatossággal húztam magammal. Amikor két lábra segítettem, állva sem volt magasabb a mellkasomnál. Egy vonalban lehetett a szívemmel.
– Van valahol egy érdekes katalógusunk – dadogott, de nem engedte el a kezem. Nekem sem állt szándékomban. – Abban fel van jegyezve, hogy melyik író milyen kávét fogyasztott. Szerintem klassz húzás lenne olyanokkal kínálni a bámészkodókat a könyvcsemegézés közben.
– Jó ötlet – mondtam, aztán öntudatlanul végighúztam a hüvelykujjam a kézfején. A bőre olyan puha volt, mint képzeltem. Sloane megborzongott.
Lassan elengedtem. Sloane sóvárogva nézett a távolodó kezem után.
Nem szóltunk semmit a hátsó raktár felé menet. Én viszonylag keveset tartózkodom itt, hiszen ez szigorúan vett Rivers felségterület. Itt tárolták a zsákos kávébabokat, és innen kanyarodott ki a szállító, miután az utolsó mázsát is becipelte a hátán.

Sloane gondosan elhelyezte a sámlit, aztán egy határozott mozdulattal fellépett rá – még véletlenül sem kérve közben a segítségemet. A csönd már legalább olyan fullasztó volt, mint a raktárban hömpölygő por.

– Amit kérdeztél – kezdtem puhán. Sloane, aki könyékig nyulkált az egyik mély rekesz belsejében, egyszerre megakadt a kutatásban. – Tényleg az volt, ami a legjobban érdekelt?

– Nem – mondta, aztán újfent matatni kezdett a kacatok között.

– Akkor miért azt kérdezted?

– Mindent a maga idejében. – Egy percre megszédültem, pedig nem én álltam három fokkal a föld felett. Tényleg ezt mondta? Lehetséges a telepátia, vagy csak szimplán a gondolataimban olvas? Mint akinek nincs is szüksége arra, hogy az intim magánéletemről kérdezzen, mert minden apró információval tisztában volt.

Kiemelt egy mállott papírdobozt, de olyan óvatosan, mint az orvosok az újszülöttet.

– Megtaláltad? – faggattam.

– Nem hiszem – mondta bátortalanul. A hangja olyan vékony volt, mint egy kisegéré. – Volt a bátyámnak egy hasonló doboza még kamaszként, de sosem nézhettem bele.

– Ez ugyanaz lenne?

– Nem tudom, de ha pornó van benne, akkor jobb lesz, ha inkább visszatesszük a helyére. – Megmosolyogtam Sloane lojalitását. A helyében én biztos belekukkantottam volna. A sámli azonban megreccsent Sloane sarka alatt, és bár nem horpadt be, a lány mégis megijedt a vészjósló hangtól. Megugrott kicsit, a doboz kicsúszott az ujjai közül, és mielőtt megakadályozhattuk volna a katasztrófát, a tartalma szétterült a fapadlón.

– Jézusom! – nyögte Sloane. Leugrott a sámliról, négykézlábra görnyedt, és őrült módon szedegetni kezdte a szanaszét hullott papírokat. – Ha ezt meglátja... úristen, teljesen ki fog akadni...!

– Hé! – suttogtam. Igyekeztem ezúttal szóval, és nem érintéssel megnyugtatni. – Semmi baj, nem kutakodtunk, ez csak véletlen volt. Fogjuk, és visszatesszük ezeket a... – Megfogtam az egyiket. Nem papírérintésű, hanem annál sokkal vastagabb, sikamlósabb felületű volt, és csillogott. – Ezeket a fotókat.

Sloane összeszedte minden bátorságát, és a plafonról csüngő, kósza égő felé emelte a felvételt. Régebbi típusú, analóg masinával fotózhatták. A lány zavartan bámulta a felvételt. Kivette a kezemből, ami nálam volt, aztán még kettőt kiválasztott a földre hullottak közül. Érdekes téma köré csoportosultak a képek.

– Mindegyiken lányok vannak – hebegte. – Az összesen.

– Ismered valamelyiket? – kérdeztem, miközben szétnéztem közöttük. A hölgyek nem voltak kompromitáló helyzetben vagy ruha nélkül, mégis volt az egész helyzetben valami bizarr, valami, ami bűzlött. Miért fotózták le őket? Ráadásul nyilvánvalóan a tudtuk nélkül, hiszen a legtöbben hátulról vagy messziről rájuk közelítve, már-már kukkoló lencsével készültek.

Sloane nem válaszolt, csak felemelte az egyik képet. A felvételen szereplő hölgy csak profilból látszódott. Szeplős volt, vörös hajú, de igazán vonzó. Kiköpött mása volt Theia O'Neilnek, pedig mégsem lehetett ő. A seriff lánya akkoriban körülbelül hároméves lehetett.

Sloane-nal összeölelkezett a tekintetünk.

– Ez megint egy kis cinkosság, igaz? – Hangja nem volt több egyszerű suttogásnál. Egy csomóba fogta a képeket, azán gondosan a dobozba helyezte őket. A fényes lapok zizegve simultak egymáson. A lány eltűrt egy rakoncátlan tincset a füle mögé, így meztelen nyaka még inkább friss illatot árasztott.

Sóhajtottam, mire félretolta a zárt tetejű a dobozt, és felszegte az állát. A vér valósággal zubogott az ereimben. Vadul dübörgött a pulzusom. Mintha csak a rajtlövésre várnék.

A szeme ezúttal nem a tekintetemet kereste. A számat nézte. Végem volt, de neki is. Nem gondolkoztam, nem volt idő ilyesmivel bajlódni. Gyengéden a vállára tettem a kezem, és mielőtt tiltakozni támadt volna kedve, magamhoz húztam, és megcsókoltam. Sloane pedig nem ellenkezett. Azonnal reagált, de ami igazán felbátorított: viszonozta. A szája meleg volt és puha. Még éreztem rajta a méz ízét. Ahogy végigsimítottam a nyelvemmel, belesóhajtott a számba. Kutató ujjai a tarkómra siklottak, ahogy a hajamba túrt. Az érintése puhatolózó volt, amíg a sajátom inkább követelt.

Apró zörej ütötte meg a fülemet. Nem voltam benne biztos, hogy Sloane hallotta, mindenesetre egyikünk sem szakította meg a csókot. Úgy sem, hogy a „zárva" tábla kifüggesztésével, jó eséllyel Zack érkezett meg, és ő minden bizonnyal nem csak a csókot kérné számon rajtunk.

Fogalmam sincs, mikor rebbentünk szét, de az ajtófélfának támaszkodva egy sokkal nyájasabb alakot pillantottunk meg Riversnél, aki tapintatosan kivárt, ameddig eleresztettük egymást.

– Hát, tubicáim – csóválta meg a fejét az alighanem kedélyes állapotban levő, fesztelenül vigyorgó Theia –, látom, ti már szorgalmasan készültök az anthesztériára.

◊ Zack

Dohányfüst és poshadt piaszag. Beismerem, nem hangzik valami fényesen, de ez az, ami hiányzott. Ez az, ami hiányzik most is, pedig elmerülök, és nyakig megmártózom benne. Beleittam a sörbe. A korty jóleső érzéssel gördült végig a torkomon. Kábán bambultam az aranyszínű folyadékba, becéloztam a korsó üvegfenekét, miközben arra vártam, hogy valamelyikünk megszólaljon végre.

Egyelőre senki sem tette.

A balomon Isaac a dúskeblű pultos lánynak, Esthernek kacsintgatott, aki viszont a középső ujjával utasította vissza. Esther már középsuliban is ilyen savanyú picsa volt. Kettővel felettünk járt, kábé a fél iskola átment rajta, de ő közben úgy tett, mintha még mindig szűz lenne. Szánalmas. A nyakamat rá, hogy három-négy kör után már Isaac is megfelelne neki.

– Hátrább az agarakkal! – paskoltam hátba, ami feltehetőleg elég masszívra sikerült, ugyanis Isaac félrenyelt miatta.

– Nem a tököm tört el, hanem a nyakam – emlékeztetett két köhögés közben. Noah beleröhögött a poharába. Erre Esther megajándékozta a legbájosabb mosolyával. Noah úgy tett, mintha a fintorgás a sör keserűnyés ízének, és nem a gesztusnak szólna. Tiszta gimi: Isaac csajozna, de nem sikerül, Noah pedig rogyásig feszül a kéretlen bókok súlya alatt.

– Jó lenne, ha inkább a feladatra összpontosítanál – dorgáltam. Noah komolyan arrébb tolta a korsót a pulton, Isaac viszont azt a pontot bűvölte a tekintetével, ahol Esther ellibbent a söntésnél. Csettintettem egyet az orra előtt, mire bosszúsan bár, de végre megtisztelt a figyelmével.

– Mikor akarod? – vágott a dolgok közepébe Noah.

– Szinte lehetetlenség kirobbantani a házból – mondtam letörten, miközben az üvegpohár fülét karcolgattam a körmömmel.

A pattogó hang a nyarat juttatta eszembe, amikor a tóparton a rovarok szárnya összecsapódott repülés közben. Az emlék belefészkelte magát a gondolataim közé, és gombás fertőzésként burjánzott közöttük. *Bogarak... mit jelenthet? Nincs kizárva, hogy Helené már akkor, bogárröptetés közben is árgus szemmel figyelt bennünket. Milyen gusztustalan! Ki képes ártatlan csínyek miatt, kicsinyes bosszút állni rajtunk? Hiszen ostoba kölykök voltunk! Miért érdemlünk ilyen leckét?*

Noah válasza homlokon csapott.

– Néha csak kiviszi a szemetet...

– Az idősek korán fekszenek – szólt bölcsen Isaac, és hacsak nem ebben a feszült légkörben társalgunk, biztosan nem veszem komolyan. De ebben az esetben még azt sem tartottam kizártnak, hogy használható ötlettel rukkoljon elő. – Menjünk, amikor már húzza a lóbőrt.!

– Ez akár jó is lehet – értett egyet Noah. – Szerintem be tudnánk úgy surranni, hogy észre sem fogja venni, hogy ott jártunk.

– Hát, amilyen kupleráj van...

Isaac végigzongorázott az ujjaival a nyakmerevítő fölötti sávon, és megvakargatta a bőrét. Besöpört pár szánakozó pillantást egy-egy asztaltól, de az olyan „A" kategóriás jószágok, mint Esther, szóra sem méltatták, ezért ahogy mondani szokás, nem sokat profitált az elefántnyak helyzetből. Vékony,

piros csíkok sereglettek az ádámcsutkája körül, amiről arra következtettem, hogy baromira irritálja már az egész. A helyében már biztos lefűrészeltem volna magamról.
– És tulajdonképpen mit is keresünk? – kérdezte izgatottan
– Bármit – vágtam rá, aztán kiegészítettem: –, ami bizonyítja, hogy ő játszik velünk.
– Az írógépet, a bibliás idézeteket: azoknak talán nyitott egy külön füzetet is, meg persze a flakont, amiben a rovarirtót tartja – leltározta Noah. Baromi szerencsés fazonnak éreztem magam, amiért velünk volt. Nélküle biztos nem tudnék tiszta fejjel gondolkozni.
Újabb kört rendeltünk Esthertől. A koszos korsóinkkal egyenes arányban nőtt az emberek száma a kocsmában. Ami hármunkat illeti, kezdtünk becsípni. Ebben a zsivajban aligha tudtunk bizalmasan társalogni, ezért egy darabig csak a koccanó üvegeket hallgattuk egymás helyett. A társas magányból Esther kerekded „ikreinek" a látványa cibált ki bennünket. Isaac megbűvölten bámult a dús keblekre, mintha a válasz éppen közöttük lenne elrejtve. Máskor diszkréten oldalba könyököltem volna, de ma nem akartam elvenni a kedvét. Ennyi vigaszdíj neki is dukál.
Esther a pultra helyezte a korsókat. Noah kerek alátéte megbillent a falapon, és lepottyant a földre, de egyikünk se vette fel. Kár lett volna elszalasztani akár egy pillanatot is.
– Készültök az anthesztériára[16], fiúk? – Talán csak a sör mondatta velem, de nem tudtam eldönteni, hogy a pultoslány hangja, vagy az ide-oda himbálódzó, ezüst fülbevalója csilingel úgy.
– Az minden évben ugyanolyan – mondtam színtelen hangon, és közben baromi erősen kellett koncentrálnom, hogy a barna szemekbe nézzek, és ne pár arasszal lejjebb. *Jézusom, mintha mágnesből lennének, ez pokolian nehéz! – kínlódtam magamban. Talán kevesebb alkohol mellett profibban menne, de most rendesen próbára tesz. Jó gyakorlat ez minden férfitársamnak. Ötvenéves korra talán el is sajátítjuk a megfelelő technikát. Akkor már inkább egy izzócsere vagy egy futómű javítást vállalok.*
– Pár vendég említette tegnap, hogy a polgármester fel akar húzni egy kis majálist a Saint Hale parkban – csevegett Esther. Jobb kezében egy vodkásüveget szorongatott, majd hosszú löketet adott egy röviditalos pohárba. Isaac nagyot nyelt. Megfordult a fejemben, hogy milyen szívesen lenne ő a lány műkörmös ujjai között, aztán Noah hangja józanított ki. Legalábbis bizonyos értelemben.
– Minek ez a nagy felhajtás? – kérdezte. Esther negyed citromkarikákat préselt két pohár szélére, aztán egy másik pincérlány tálcájára helyezte őket. Az ujjai nedvesek voltak a gyümölcslétől. Szórakozottan végignyalt a gyűrűsujján. Nem szépítem, ez már rám sem volt hatástalanul. Sutba vághattam az eddigi bravúrt.
– Végül is ez elég jó reklám lenne a városnak. – Esther a maradék citromlét a rózsaszín pólójába törölte. A textil összeragadt a vállgödre alatt.

---

[16] görög ünnepség

Ezzel a mutatvánnyal sikerült kivívnia a maximális figyelmemet, mert minden, ami eddig szexis volt, az bizony elveszett. Világ életemben rühelltem a közönséges nőket. Közhely, hogy a fiúknak az anyjuk az etalon, de így van. Anyám finom volt és kecses, akár csak Sloane. Hozzájuk senki nem érhet fel, ezért elég macerás megütni a mércét. – Mindenki azt szeretné, ha többen látogatnának ide. Az utolsó említésre méltó bevándorlónk Gavreel doktor.

– Talán inkább Aiden Kelly – javítottam ki. – Bár ami azt illeti, nem mondtad rosszul, mert ő egyáltalán nem említésre méltó.

– Láttam már párszor a srácot. – Esther hangjából némi csalódottság érződött. – De sosem volt még nálunk.

– Mert egy kis köcsög aktakukac – vágtam oda, de Noah akár egy feleség, rögtön korrigálta a kifakadásomat:

– Három hónap rövid idő. Szerintem még annyi ideje se volt, hogy kidugja az orrát a boltból. – Felhorkantam, aztán leöblítettem a mérgem három korty sörrel.

– Attól függ, mihez képest rövid az a három hónap, szívem. – A cicis pultoslány úgy mosolygott Noah-ra, mint a fogfájós kisgyerek, akit végül mégis beengednek a cukorkaboltba. Torkosan.

Kezdtem feleslegesnek érezni magam, és amikor csekkolni akartam, hogy Isaac is hasonlóképp viszolyog-e a gyertyatartó szereptől, megállapítottam, hogy a barátom a leplezetlen kukkeroláson kívül az égvilágon semmivel sincs tisztában. – A piacon sokszor láttam, és többen mondták, hogy fényképezőgéppel járja a várost.

– Eszelős! – károgtam. – Nincs jobb dolga, mint éttermekben kajálni és grasszálni az utcákon. – Esther megvonta a vállát. Elmorzsolt egy „szerintem szexi" megjegyzést a bajsza alatt, aztán eloldalgott a felpakolt tálcával. Isaac végre beleivott a sörébe. Már kezdtem attól tartani, hogy végérvényesen megkukult, és ki kell hívnunk rá az esti ügyeletet. Még sosem hasonlított úgy a húgára, mint most. Na jó, ezt a pimaszságot sosem dörgölném az orra alá. Egyrészt mert nem vagyok tahó, másrészt nekem is van húgom. Tudom, milyen érzés, ha a kisebb tesóval nem oké minden. Éppen ezért talán célszerű lenne több empátiát tanúsítanom, de azt hiszem, hogy én hiányoztam a sorból, amikor ezt osztogatták. Sloane nem Eunice. És bizony csak azért, mert a haverom húgával sem klappol minden, még nem lettem toleránsabb a témában. Gáz, vagy nem, de ez van.

– Mit fotóz Erynnisville-ben? – firtatta Noah, mire dühösen lecsaptam a korsó seggét a pultra. Isaac megugrott mellettem.

– Szerinted érdekel?! – csattantam fel. – Nem vagyok hajlandó Kellyre fecsérelni az időmet, mikor Helené ki akar csinálni bennünket. Vele ráérünk később is foglalkozni.

– Hé, töki, csillapodj!

– Akkor is ilyen nyugodt lennél, ha te leszel a következő? – Noah kinyitotta a száját, aztán lassan becsukta. Szemmel láthatólag ebbe most gondolt bele először. Sokszor beszéltünk már róla, de persze mindig más, ha a saját bőrét viszi vásárra az ember. Én megúsztam egy felszíni sérüléssel, Isaac már jóval rosszabbul járt, és ki tudja, mit tartogat Helené Noah számára? Vajon mindez egy körforgás, és mindig újabb és újabb, komolyabbnál komolyabb leckéket kapunk az öregasszonytól?

– Nincs mire várnunk – bólintott Noah. Az ökölbe szorított kezem ellazult. Hát, végre megértette.
– Én már múltkor is mondtam, hogy felőlem másnap is indulhatunk a vizitre a boszorkánynál – mondta Isaac. Annyira elszoktam a hangjától, hogy egyenesen röhejesen hatott a maratoni némasága után.
– Akkor még jobbra fordulni is alig tudtál – emlékeztettem. Legalább olyan nehéz volt megállni, hogy ne adjak egy tockost a tarkójára, mint hogy elszakadjak Esther táncoló melleitől.
– Kutya bajom! – bizonygatta, és nyomatékosítva az állítást, kissé oldalra biccentette a fejét.
– Ami azt illeti – kezdte sejtelmesen Noah, miközben ujjait a korsóra kulcsolta –, nekem van egy javaslatom, hogy mikor kéne megejtenünk a látogatást.
– Éspedig?
Noah olyan képpel bámult rám, mintha az anyját sértegettem volna már percek óta.
– Az anthesztéria ünnepség estéjén – közölte, mintha nekünk ezt már percek óta kapiskálnunk, de legalábbis fontolgatnunk kellett volna.
Isaackkel cinkos pillantást váltottunk, mire Noah-ból kicsapódott az elfogyasztott alkohol hevéből született gőz:
– Szerintem az egész város odacsődül majd a parkba. Valljuk be őszintén, ilyen hepaj nem sokszor van Eryben, ezért aki él és mozog, az biztos odasereglik.
– Aki él és mozog – kántálta Isaac. – Vagyis Helené tuti nem.
– Az mindegy – hagytam rá. – Nekünk az is elég, ha az apraja a ville térfélre tódul, így ha le is bukunk, Helené nem tud kitől segítséget kérni.
– Kitől kérne? – grimaszolt Isaac. – Egy: mindenki utálja. Kettő: maximum a macskáival van beszélő viszonyban a bolygón. Három: mire észreveszi, hogy betettük a lábunkat, már bottal ütheti a nyomunkat.
A magasba emeltem a korsóm, és így szóltam:
– Akkor erre igyunk!
Ha a megoldáshoz nem is kerültünk közelebb, biztató előjelnek könyveltük el az elhatározást, hogy a görög ünnepség során bizony be fogunk törni gyermekkorunk meghatározó alakjához. A terv valamiért nagyon bűzlött, de nem azért, amiért kellett volna. Nem sajnáltam Helenét, és cseppet sem éreztem bűntudatot. Apámék miatt piszkált a dolog. A szüleink tisztelték, kedvelték az asszonyt, és ha van mennyország, akkor odafentről most biztos nem nézik jó szemmel azt az összeesküvést, amit jó pár liter sör elfogyasztása közben forraltunk ki. Anya miatt kicsit szégyelltem magam, de ha apámra gondoltam, rögvest elillant a kétely. Az öreg akkor is dühös volt, ha nem fogtam kezet a lelkipásztorral az istentisztelet után. Képzelem, hogy ehhez mit szólna! Igazából ez pumpált olajat a motorba. Nem a nyomozás miatt, hanem a visszavágóért vártam a balhét. A srácoknak ezt nem kellett tudniuk. Nekik elég ha azt hiszik, hogy elégtételt akarok venni az eddigi sérelmekért, de az az igazság, hogy ezt nem a kezemért vagy Isaac nyakáért tettem. Hanem a múltamért. Kizárólag magamért.

Két rund legurítása után már sokkal szertelenebbek voltunk. Azok a kölykök, akik tökmagot rágcsáltak, és a héjjal teleköpködték Erynnisville utcáit. Akik Gaia szeme körül kergetőztek, és akik töretlen sikernek örvendtek az iskolában.
– Emlékeztek?! – Noah-ról nem árt, ha tudja az ember, hogy sokkal hangosabban beszélt, amikor bepiált, és többet röhögött, mint Isaac, ami fura. Baromi szokatlan a megfontoltság és elővigyázatosság Noah-tól. – Volt az a bandánk középsuliban...
Isaac – talán, hogy le ne maradjon illuminált cimborájától – kegyetlenül felröhögött. Még két korty, és még Esther dudáit is megmarkolja, ha nem figyelünk oda.
– Tényleg! – csapott a homlokára. Holnap ez biztos fájni fog neki. – A csajok imádták. Bomlottak a dobos cuccaimért.
– Ja, mert gésák akartak lenni, és a hajukba tűzték a dobverőket – vihogtam rosszmájúan. Noah az ingére locsolt egy kis piát, miközben megbillent a kezében a korsó.
– Csak irigykedsz – sziszegte Isaac, majd a bal lábával véletlenül bokán rúgott –, mert a ti gitárotok a kutyának sem kellett.
– Mert azt nem tudták a fejükre tenni – nyerített Noah, de a jókedve végül csuklásba torkollt.
Nem tudom, mennyi lehetett az idő. Nem hordtam karórát, mert apáét már régen eladtuk, a kocsmában pedig nem volt egy sem a falon. Talán direkt. Lehet, hogy egy ilyen helyen nem is ajánlott, lévén, hogy felejteni, időt pótolni jönnek ide a vendégek. Mint mi is. Hajnali kettő vagy három lehetett. Loanie már biztosan alszik. Az aggodalom felkúszott a torkomon: *Bevette a gyógyszerét nyolckor? Bezárta rendesen az ajtót? Ugye nem bontja fel a címzetlen, lila borítékokat?* – Savas ízt éreztem a számban. Azt hiszem, az aggodalom mellett más is kikívánkozott belőlem.
Esther – aki fura módon már Isaacre se volt akkora hatással, mint pár órával ezelőtt – szenvtelenül törölgetett egy koktélos poharat. Szemlátomást megcsappantak a vendégek, és nem volt jobb dolga, mint velünk bandázni. Már biztosra vettem, hogy hajnalodott, de azt nem tudnám megmondani, hogy mikor maradtunk csak hárman a srácokkal.
– Zenéltetek a középsuliban? – mosolygott némi érdeklődéssel Esther. Vagy csak az alkohol mindent megszépít, és valójában alig várta, hogy elhúzzunk a francba, és lehúzza a rolót? – Mi volt a bandátok neve?
Isaac olyan izgatott volt, hogy eleresztett egy halkabb böfögést, és csak utána osztotta meg az egzotikus, kincsként őrzött információt:
– Kártevők.
Noah a magasba lendítette a karját, aztán a könyöke hangos koppanással landolt a pulton. Isaac csak röhögött, Esther pedig inkább úgy döntött, hogy hátravisz egy tálca mosogatnivalót, hátha vesszük az adást, és eltakarodunk végre.
Ami engem illet, eddig a pultra támaszkodtam, és a tenyerembe fektettem az arcom, de most csak meredten bámultam magam elé. A srácoknak nem tűnt fel semmi. *Hát csak én hallottam meg?* – értetlenkedtem magamban. *Csak nekem furcsa ez az egész?! Itt vagyok még egyáltalán a kocsmában, vagy az egész csak a fejemben zajlik? Hogy nem tűnt fel eddig? Ennyire ostobák lennénk?*
Keresztül-kasul boncolgattuk már az üzenetet, és mégsem vettünk tudomást róla.
A rózsabogarak mi magunk vagyunk.
A kártevők.

◊ Dr. Gavreel ◊

– Most nem szeretnék ízekről vagy színekről beszélni – közölte velem Sloane. A válasz, mit szépítsem, gyomorszájon rúgott. Mire kikecmeregtem belőle, valahogy megint becélzott.
Régen éreztem már ilyesmit. Azt kell mondanom, hogy a kormány mindig az én kezemben van. Tőlem függ, hogy melyik sziget felé vesszük az irányt a terápia során, de most azon kaptam magam, hogy egyszerre lekapták a kapitánysapkát a fejemről. Sloane Rivers volt az irányító pozícióban, és nem én. Ezzel még nem is lett volna probléma, ha ez a beteg javát szolgálja. De az eddigi fejlődéshez képest mintha visszakanyarodtunk volna három óriáslépést.
Felbosszantott. Nem úgy, mint amikor valamit nem találok a praktikus helyén, hanem olyan ízig-vérig, „ízesen-színesen", ha Sloane példájával szeretnék nagyzolni. Azok a régi, téli esték jutottak eszembe, amikor felkönyököltem az ablakpárkányra, és vártam az angyalokat, hogy vajon hogyan küzdik fel magukat a huszadik emeletre, az akkori hotelszobánkba a Plázában. De az angyalkák csak nem jöttek. Se akkor, sem másnap, de még harmadnap se. December huszonötödikén a nappaliba csörtettem, és hangot adtam a nemtetszésemnek. Az anyám békésen kavargatta a fűszeres teáját a porceláncsészében, miközben a barátnőivel fecserésztek a pezsgőszínű szaténfotelekben.
– Mi baj, Matty? – Nem anyámtól származott a kérdés, hanem valamelyik beparfümözött, kirúzsozott hölgytől. Dacára annak, hogy sosem barátkoztam meg ezzel a becenévvel, tövíről-hegyire elpanaszoltam a bánatom a púderkisasszonyoknak, mire ők csilingelő kacajban fakadtak ki. Anyám elnézően mosolygott rám, miközben az ezüstkanál kétszer nekikoccant a porcelán falának. Nem tudom kiverni a fejemből a hangját. *Csing-csatt.* A megvilágosodás örök kísérődallama. Akkor tudtam meg, hogy az angyalok valójában nem léteznek. Sosem felejtem el azt a délutánt, és a mellékzöngéjét sem. *Csing-csatt.* Kora gyermekkori trauma – diagnosztizálhatnám magam, de helyette csak annyit tudok mondani: hiszti. Egyke kölyök – sokszor mondtam már. Talán nem is az emberek miatt választottam ezt a szakmát, hanem tudtam, hogy itt én irányítok, és enyém az utolsó szó. A terápia során én mondom meg a páciensnek, hogy mi a valós és mi nem. De nem gyermek stádiumban. Kizárólag akkor, ha felkészült rá.
– Van ennek valamilyen különleges oka – puhatoltam –, vagy csak egyszerűen ma nem szeretne foglalkozni ezzel? – Nagyot merítettem az önuralomból, és közben igyekeztem, hogy a folyamat ne hagyjon izzadságszagot a rendelőben maga után.
Sloane üres tekintettel nézett rám. Úgy festett, mint akinek az elmúlt napokban kiürültek a színek és az ízek a hétköznapjaiból. Megesett rajta a szívem. A csalódottságot kreativitásra cseréltem.
– Álljon fel! – utasítottam, és megelőzve Sloane-t én már fel is pattantam. A gurulós szék támlája a falnak ütődött, ahogy a heves mozdulat közben kirúgtam magam alól az ülőkét. Sloane lefagyott. Nem hibáztattam érte. Alighanem én is hasonlóképp reagáltam volna egy ilyen kirobbanó kérésre. Már ha melankolikus személyiség lennék persze. Vagy valami kevésbé zizegő

csillagjegy. Mindazonáltal egy szangvinikus ikrek volnék: javíthatatlan, szertelen és buzgó. Maga a megtestesült kettősség. Tessék felvenni az iramot vagy fedezékbe vonulni, mert sosem tudhatja a kedves partner, hogy éppen ki bukik elő belőlem! Néha még engem is érnek meglepetések.

– Gyerünk, ne legyen szégyenlős! – noszogattam, és kacsintottam egyet hozzá. Ennek már nem tudott ellenállni. Na, nem azért, mert hátsó szándék bujkált a gesztusban, de sokszor beszéltünk már a komfortzónáról. *Hogy milyen felemelő a saját határainkat feszegetni! Milyen mókás néha felemelni a függönyt, és belesni, hogy mi zajlik mögötte.*

Egyszer meséltem Sloane-nak a kacsintásról. Hogy nekem milyen nehezen ment gyerekként. *Mi van, ha elutasítanak? Mi van, ha nem kapok rá választ? Vagy, ami még ijesztőbb, mi van, ha kapok?!* Sloane mulatságosnak találta ezt a fóbiát. Azt mondta, sosem hallott ilyesmiről. Aznap felváltva kacsintgattunk egymásra. Miss Rivers meg is jegyezte, hogy ha valaki megtudná, mit műveltünk terápia gyanánt, hát biztos nem akarna hinni a fülének.

Akkor nem mondta ki, de tudtam, hogy titkon a fivéréről beszél. Zack Riverst alig ismerem közvetlenül. Néhányszor összefutunk a piacon, a boltban vagy az utcán, de csak pár udvarias szót váltunk egymással. Ez azért is érdekes, mert még egy három hónapja Erynnisville-be költözött fiatalemberről, Aiden Kellyről is többet tudtam, mint a páciensem egyik rokonáról. Tudom, hogy Zack nem különösebben kedvel. Sosem vállalna nyílt konfrontációt azzal az emberrel, aki foglalkozik a húgával, de attól még tudtam, hogy így van. Kimondatlan tény volt ez: Mint a lappangó felháborodottság a vacsoraasztalnál, amikor nem tudtam a szüleim szemébe nézni.

Nyikorgott a bőrfotel, ahogy Sloane kikecmergett belőle. Megkerültem az asztalt, aztán megelőlegező tisztelettel a saját székem felé mutattam. Sloane alighanem a megfelelő szavak után kutatott. Felajánlottam neki párat a sajátjaim közül.

– Foglaljon helyet! – invitáltam komolyan, mire csak pislogást kaptam. – Jöjjön, mielőtt meggondolom magam! Soha vissza nem térő alkalom. Egy kis szerepcsere.

Megiramodott, mint akinek ketyeg az órája, és két percen belül inába száll a bátorsága. Mielőtt hozzászokhattam volna a mosolyhoz az arcomon, Sloane már lehuppant a szürke szövetre. Nem késlekedtem, hamar én is a páciensek kanapéjához ballagtam, és lazán, zsebre tett kézzel foglaltam helyet. Az anyag nyekergett a fenekem alatt. Számomra nem volt ismeretlen a terep, Sloane viszont izgett-mozgott az új környezetben. Kiegyenesítette a hátát a támlán, és végül egy játékos grimasszal értékelte a kilátást:

– Mi a véleménye? Milyen onnan a kilátás? – kérdeztem.
– Szokatlan.
– De jó vagy rossz?
Beleharapott a szájába.
– Isteni. – Keresve se találhatott volna frappánsabb szót. A terapeuta székét gyakran vélik trónnak a betegek. Az irányítását hatalomnak, ami könnyen örökölhető. Talán éppen egy helycsere által. Sloane barna szeme feketén izzott. Kissé zavarba jöttem tőle. Azt hiszem, nem túlzás azt állítani,

hogy még sosem láttam így nézni őt. De hát, pont ez volt a célja ennek a játéknak.
 – Hogyan tovább? – érdeklődtem. A lány ujjai végigsimítottak a karfán, bebarangolták az ismeretlen zugokat, de a kérdés alatt megtorpantak a felfedezőúton. Kizökkentettem a szerepéből.
 – Hogy érti? – felelt kérdéssel a kérdésre.
 – Mit gondol, most akkor melyikünk fog kérdezni?
 Habozott. Leemelte a kezét a karfáról, és az ölébe fektette.
 – Hát – dadogott –, gondolom én fogok. – Megmarkolt egy tollat, és párszor kattintott vele. Zimbardo börtönkísérlete jutott eszembe erről a nem mindennapi felállásról. Amikor javaslatot tettem a játékra, még nem gondoltam rá, de most egyszerre beleégett a tudatomba. Random összeszedett egyetemisták felének azt mondták, hogy börtönőr lesz, a másik részének pedig, hogy fegyenc. A résztvevők végül annyira beleélték magukat a szerepbe, hogy a kísérletet le kellett állítani: Brutális erőszak és káosz lett az eredménye. Azt nem merném ugyan hangosan kimondani, hogy Sloane most melyik oldalra emlékeztetett, de a toll máris fenyegetőn emelkedett a kezében. Egy szóval sem említettem, hogy a székcsere privilégiummal jár. Sloane önkényesen a sajátjának érezte azt.
 – Csupa fül vagyok – mondtam. Kényelmesen elnyújtóztam a széken, és az emelvény tetejére helyeztem a lábamat. Mason Walkerre gondoltam, aki olyan nehezen durálta neki magát erre a cselekvésre, hiszen nem kevés erőfeszítésébe került utána kikecmeregni ebből a testhelyzetből.
 Sloane megköszörülte a torkát.
 – Nos... hát... Hogy van ma?
 – Hiányzik a kutyám – vallottam be. Sloane-ból ennek hallatán kibuggyant a nevetés, aztán szégyenlősen a szája elé kapta a tenyerét. – Mi olyan különös ebben? – kérdeztem kimérten, mire Miss Rivers kapcsolt. A mosoly leolvadt az arcáról, és minden követ megmozgatott annak érdekében, hogy professzionális legyen. Homlokára mély redőket rajzolt a megjátszott töprengés.
 – Nem tudtam, hogy van háziállata.
 – Nem nézi ki belőlem? – a gondoskodást – akartam hozzátenni, de aztán sikerült uralkodni a késztetésen.
 – Nem erről van szó, csak... sosem beszéltünk erről. – Persze hogy nem. Itt nem az én hétköznapjaim kerültek terítékre, és nem is számítottak igazán. Jó gyakorlat volt ez számomra is. *Vajon a páciensek mit néznek ki belőlem? Mi az a kép, amit közvetítek magamról egy morgova pszichiáter kosztümében?*
 – Mollynak hívják a kutyámat – mondtam könnyedén. – És már nem lakik velem egy ideje. Nem hoztam magammal Erynnisville-be.
 – Nem gondolkozott azon, hogy szerez helyette egy másikat?
 – A munkám miatt nem sok időm jutna rá, ezért inkább lemondtam róla.
 Jópofa játék – tettem hozzá magamban. *Egy percre kiment a fejemből, hogy Mollyról beszéljünk. Valamiért én már Tessára gondoltam.*
 – Nem magányos? – kérdezte Sloan.
 Ejnye! Sloane Rivers bizony tehetséges pszichiáter lenne.

– Szerencsére sok barátot szereztem a városban. A helyiek befogadtak, így nincs időm azon sajnálkozni, hogy vár-e haza valaki egy tányér forró levessel...
Nem értettem, hogy Sloane miért néz olyan különösen.
– A kutyák viszonylag ritkán állnak neki csirkelevest főzni... –
Igaz is! – kaptam észbe. *Hiszen nem is Tessáról van szó!* – Azt hiszem, én is elég hamar belerázódtam a fegyenc alárendelt szerepébe. Fight or flight[17]. Ez alkalommal én is a kényelmes futást választottam, akkor is, ha szégyen.
– Kíváncsi még valamire?
Sloane levedlette kissé a pszichiáter bőrt. Vagy kezdett terhessé válni számára. Nem tudtam eldönteni. Most először lesütötte a szemét, az asztalon fekvő lapok szamárfülével játszadozott, mikor a papír dörzsölése végre kellő bátorsággal ruházta fel, és nekem merte szegezni a kérdést.
– Jár istentiszteletre? – Bevallom, meglepett a kérdés. Sok mindenre fel voltam készülve, de egy vallásos jellegű vallomásra cseppet sem. Más betegek biztos visszaéltek volna a helyzettel. A szexre vagy valami pajzán dologra terelték volna a szót, de Sloane-t ez vagy nem érdekelte, vagy egészen más rugóra járt az agya jelen pillanatban.
– Ami azt illeti, igen. – Kicsit dicsekvőnek hangzott, és talán ebben is volt egy csöppnyi tudatosság a részemről. Pont a korábban boncolgatott beilleszkedés okán, de a kezdetekben minden vasárnap beültem a templom padsorába. Csak annyit tudtam Erynnisville-ről, amit az újságokban olvastam, márpedig a hasábokon hemzsegtek az arra utaló jelek, hogy az itteniek rendkívül vallásosak. Nem akartam kilógni a sorból, a későbbiekben viszont annyira hozzászoktam a vasárnapi rituáléhoz, hogy csak nagyon ritkán maradtam otthon abban a bizonyos órában. A szorgalom meghozta gyümölcsét. Erynnisville polgárai hamar a szívükbe zártak.
– És hisz is Istenben, dr. Gavreel?
Hoppá! – A megérzéseim valóban nem csaltak – habár magabiztosan állíthatom, hogy elég ritkán hagynak cserben. Sloane Riversnek érdemes lenne komolyan megfontolnia egy főiskolai jelentkezést a pszichológia szakra. Talán egyszer javaslom neki. Hátha eljönnek még azok a békés idők.
Más felállásban csavarnék egyet a rám szegezett puska csövén, és megfordítanám. Szimplán visszaszúrnám a kérdést: „Miért, maga hisz benne, Sloane?" De most más szabályok uralták a játékot, és emlékeztetnem kellett magamat, hogy nem én vagyok a kormánynál – még ha ez felettébb bosszantó fordulat is számomra.
– Istenben hinni annyit tesz, hogy csak egy teóriának adunk igazat – válaszoltam. – Márpedig én szeretném azt gondolni, hogy egy éremnek nem csak két oldala van. Hiszek a felsőbb hatalomban, az igazságszolgáltatásban, de hiszek a véletlenben, és azokban a dolgokban is, amikre nincs orvosilag igazolt válasz. Hiszek benne, hogy nem érthetünk meg mindent, mert emberileg túl kevesek vagyunk ahhoz, hogy a világmindenséget egyben értékeljük. Hiszek abban, hogy vannak olyan páratlan helyzetek, amikre nehéz logikus magyarázattal szolgálni.
– Akkor válaszokat keres a templomban?

---

[17] magyarul: megszoksz vagy megszöksz

- Inkább lehetőséget adok annak a Matthew Gavreelnek, aki nem kötelezte el teljesen magát afelé, hogy minden problémára csak egy pirula, vagy egy diagnózis nyújthat megoldást, hogy más világba is betekintést nyerjen. – Sátrat formáltam az ujjaimból a mellkasomon. Az alakzat mindössze egy hajszálra volt az imádsággal járó, összefonódódott ujjaktól. Azt hiszem, ilyen közel ér egymáshoz az ateizmus és a hívőség is. Csak egy mozdulat az egész. Ennyit tesz a hit. Sokszor hidakat épít, vagy falakat dönt le.
– Vallásos családban nőtt fel?
– Édesanyám hitét gyakorló katolikus – bólintottam. – Mivel édesapám nem foglalkozott a vallással, és szabad kibúvót találtam általa, nem erőltették az elsőáldozást a kamaszkorom után sem. Érdekes, igaz? Gyerekként menekültem előle, most pedig egy másik felekezetnél talált rám, egy idegen városban.
– Nem sokra emlékszem azokból az időkből – kezdte óvatosan Sloane –, de azt hiszem, Hale tiszteletes gyakran felolvasta Jeremiás könyvéből azt a fejezetet, hogy *ha szavaid rám találnak, eledelemmé válnak*[18]. Gyerekként azt hittem, ez valami függőséget jelent, de mára megértettem, hogy egy útmutató azoknak, akik elveszve érzik magukat.
– Hale tiszteletes? – kérdeztem vissza. Az ideköltözésem óta én csak Jeremy tiszteletest ismertem, de valamiért mégis ismerősen csengett ez a vezetéknév.
– Cyrus Hale – magyarázta Sloane. – Akkoriban ő prédikált a templomunkban. A család közel lakott hozzánk, amikor még az erynnisi oldalon éltünk a családunkkal.
És ekkor beugrott. Rose Hale. Hát persze! A szülei, Cyrus és Angela Hale. Az aktát már régen nem vettem a kezembe. Érdekesnek találtam a Hale ikrek történetét, de azt nem gondoltam, hogy a néhai tiszteletesék gyermekei voltak. Kicsi a világ, vagyis kicsi Erynnisville. Itt aztán tényleg nem maradt semmi titokban. Hirtelen erőt vett rajtam a korábbi kíváncsiság, és visszaragadtam a kormány nyelét.
– Úgy hallottam, a Hale házaspárnak ikrei voltak – mondtam csevegő hangon. Sloane nem tűnt meglepettnek a hír hallatán, és nem is csodálkozott azon, hogy mi végre értesültem róla. Mivel a kisvárosban az ember egy apró tettel is a köztudatba került, el lehet képzelni, hogy milyen szenzáció volt egy ikterhesség, pláne a tiszteletesék háztájékán. Sloane biztos azt gondolta, hogy ezt az információt az elsők között kaptam kézhez az ideköltözésemkor. – Ismerte őket?
– Sokat játszottunk együtt. – A bensőséges vallomás ellenére Sloane hangja nem tükrözött érzelmeket. Ez alighanem neki is feltűnt, ugyanis gyorsan hozzátette: – Legalábbis állítólag. Nagyon kicsi voltam. Nem sok dereng azokból az időkből.
A '97-es évek derengtek fel előttem. Akkoriban történt Sloane koponyatörése, és Malcolm feljegyzéseiben azt olvastam, hogy a lány a

---

[18] Jeremiás könyve 15. fejezete, 16. verse.

korábbi emlékei közül leginkább csak az édesanyjával kapcsolatos villanásokat tudja felidézni.

– De ha maga elé képzeli a hintázós, bújócskás napokat – forszíroztam –, akkor így voltak együtt: maga, a bátyja, a Hale testvérek és így tovább? Magukhoz szegődtek a környéken bicajozó srácok?

– Nem, Zack mindig csak a két barátjával lófrált – vetette ellen Sloane. – Oda se bagóztak a pisisekre...

– Akkor Hale-ék és maga egykorúak voltak?

Sloane a fény felé fordult, és a tekintete messzire menekült a csukott ablakon keresztül.

– Idősebbek voltak, mint én, azt hiszem. Talán egy évfolyamba jártak a bátyámmal, de ebben nem vagyok biztos...

– Mégis inkább önnel találták meg a közös hangot – mondtam elismerően, egyfajta dicséretként.

– Csak Rose. Inkább csak rá emlékszem a Hale testvérek közül. Gyönyörű szőke haja volt. Sokszor szöktünk a tóhoz, ahol virágból fontunk koronát. Egymás hajába tűztük őket. – Mosolygott. Büszkeséggel töltötte el a puszta gondolat, hogy valaha egy ilyen tökéletes barátnővel rendelkezett egy sokkal tökéletesebb múltban. – Nagyon szép kislány volt.

És bizony nagyon problémás is – tettem hozzá magamban. *Vajon Sloane tudja, hogy mennyire hajaz egymásra kettejük aktája? Talán pont ezért barátkoztak? A hasonló hasonlót vonz? Vagy puszta véletlen az egész? Tényleg hiszek a véletlenben, ahogy korábban vallottam a „pszichiáteremnek?" Vagy az is csak játék volt, egy előre megszerkesztett forgatókönyv szavai?* – Próbáltam összeszedni magam.

– Hasonlítottak a fivérével? – kérdeztem.

– Dehogy! – vágta rá Sloane. – Zack kész csodabogár Erynnisville-ben.

Elmosolyodtam a félreértésen. Ahogy korábban a kutyára azt hittem, hogy Tessáról van szó, most Sloane is úgy gondolta, hogy a saját bátyjáról kérdezem. Csak úgy, mint én a menyasszonyomat, Miss Rivers is nagyon szerette a testvérét, annyira, hogy gyanútlanul őrá terelődjenek a gondolatai.

– A Hale fiúra gondoltam – mosolyogtam elnézőn. – Hasonlított a két iker egymásra külsőre?

Sloane elpirult, de azért gyorsan felelt.

– Olyanok voltak, mint két tojás. – Letette a tollat, és rákönyökölt az asztalra. Köröm és üveg koccanása szűrődött felőle, így arra következtettem, hogy Miss Rivers a Malcolmtól rám maradt nagyítóval játszik. – De nem csak külsőleg. Szófogadóak voltak, csendesek, illedelmesek. Rájuk nem volt igaz a közhely, hogy a pap meg a tanár gyereke a renitens. Mindig szép ruhában voltak, és csupa jó jegyet vittek haza. Apa sokszor macerálta ezzel Zacket, ha rossz bizonyítvánnyal állított be. Azt kérdezte, miért nem tud olyan szorgalmas lenni, mint Hale tiszteletes gyerekei.

– Ez gyanítom nem igazán tetszett a fivérének – mondtam.

– Meglehet, hogy ezért hanyagolt bennünket játék közben – találgatott Sloane. – Azt nem tudom, hogy milyen viszonyban voltak Adammel, de az biztos, hogy Rose-hoz nem sok köze volt a haverjaival.

Adam. – Hosszan ízlelgettem a nevet a nyelvemen. *Tehát így hívták az ikerpár fiú tagját. Adam Hale. Ezek szerint a tiszteletes és a hitvese egy*

klasszikus, bibliai névvel örvendeztették meg a gyermeküket. – Sokat filozofáltam ezen. Talán azért, mert a fiúról semmilyen feljegyzést nem találtam az aktában, de rendkívül izgatta a fantáziámat. Most, hogy névileg is megismerkedtem vele, még jobban felpiszkált. *Vajon milyen ember lehet Adam Hale? Labilis, mint a kishúga? Öröklött tébolyról lehet szó, vagy ez volt az egyetlen, amiben az ikrek különböztek?*
– Mi történt a Hale családdal?
– Elköltöztek Erynnisville-ből – felelte Sloane, majd a körmeire bámult. – Azt mondják, hogy Rose… beteg volt.

Az asztalomon a „berregő" – ahogy az asszisztensem, Olga nevezte – ekkor irdatlan visításba kezdett. Sloane félszegen előre nyúlt, és egy kattanó hang kíséretében lekapcsolta a készüléket. Lejárt az időnk, és ő az utolsó közösen váltott mondatunknál visszaöltötte a páciens szerepét. Zimbardo kollégával ellentétben, nekem nem kellet megszakítanom a kísérletet. A vizsgálati alany maga vetkőzött ki a szerepből. Méghozzá önszántából.

10. Fejezet

◊ Sloane ◊

Ha a tavasznak van színe, akkor ízének is lennie kell. Ha jobban belegondolok, olyan, mint anya epres-rebarbarás pitéje, a hideg eperlevesé, vagy a joghurtos-szegfűs tekercs, amit Helené néni készített nekünk ilyenkor. Az embernek szinte kedve szottyan beleharapni a levegőbe. A polgármester és a seriff szorgos hangyái valóban kitettek magukért. Dionüszosz isten tiszteletére még sosem gyűlt össze ilyen díszes-népes társaság a Saint Hale parkban. Az angyalszobrot színes szalagok tömkelege ölelte körül, mintha második ruhaként szabták volna a karcsú testre. A szövetfonal pedig Ariadné történetéből ismert hosszúságúra nyúlt, ugyanis abból indult ki az összes, ami keresztül-kasul összekötötte a parkot a többi dísszel.

A zöldövezetet különböző bódék árasztották el: vattacukor árusok, borkóstoló sátrak (áldozva az idei főzésnek), álarcos kiállítások és kézműves kerámiák. A színes forgatagban nem csak erynnisville-ieket láttam. Sokan a szomszédos városokból látogattak hozzánk, hála a fáradságos munkának, amivel a polgármester terjesztette az ünnepségünk hírét. Ha lehet hinni Theia csicsergésének, aki nagyon is bennfentes volt a témában az édesapja által, még a tv és az újság is beharangozta az erynnisville-iek rendhagyó fesztiválját.

Az anthesztéria még sosem volt olyan sugárzó, mint idén. Vagy lehet, hogy csak én vagyok ilyen szentimentális kedvemben, mintha zúgó méhecskék röpködnének körülöttem örömömben.

Theia meg én a forgatag egyik félreeső csücskében várakoztunk. Rivers nagyi ütött-kopott vacsoraasztalát támasztottuk, és csak arra vártunk, hogy Aiden megérkezzen a könyvekkel és termoszban melegen tartott kávéval. Mivel a bátyámnak nem szóltunk, hogy aktív részesei szeretnénk lenni az ünnepségnek, jobbnak láttuk, ha menet közben döbben rá a tényekre. Ha már úgysem adná áldását az ötletre, elég, ha itt történik meg. Ez volt az álláspontunk Aidennel és Theiával. Ez persze jócskán megtizedelte a lehetőségeinket, ugyanis se a furgont, se Zack barátait nem tudtuk igénybe venni a cuccaink szállításához. A fuvart végül Aiden vállalta egy kölcsönjárgány segítségével.

– Ideges vagy? – kérdezte Theia feleslegesen, miután már bő negyedórája doboltam az üres asztallap tetején.

– Csodálkozol?

– Ha ezt a bátyád kiszimatolja... – mondta Theia. Vékony dzseki volt rajta, hozzá meleg gyapjúsapkával és sállal. Máson röhejesen festett volna ez a kombináció, de neki minden jól állt. Rajtam anya kötött pulóvere volt. Fehér és puha, éppen, mint ő. Tökéletes erre a különleges alkalomra. Rég nem kaptam már ilyen kimenőt, amikor nem otthon, nem a Könnyekben, és nem is Gavreelnél voltam. Izgatottságtól vegyes félelem lett úrrá rajtam.

– Ne is mondd! – csóváltam a fejem. – Jobb lesz, ha iszunk egy kis ördögvért előtte, ha fel akarjuk venni a kesztyűt, amikor meglátja a bódénkat...
Theia furcsa arccal fordult felém, aztán egy laza mozdulattal felhuppant az öreg asztal tetejére.
– Ja, én nem erre gondoltam – paskolta meg a falapot. – Hanem Aidenre.
A szavai olyanok voltak, mintha kétszer felpofozott volna. Valószínűleg a színét így is viseltem az arcomon.
– Azzal kapcsolatban nincs mit tudnia. – Elég magabiztosan hangoztam ahhoz képest, hogy még saját magamat sem sikerült meggyőznöm.
– Tényleg? – kérdezte Theia virgonckodva, mint egy kislány, aki elcsent valamit a szülei orra elől. – Akkor mit láttam egy héttel ezelőtt?
Ami azt illeti, több dolgot is, amit persze nem köthettem Theia orrára. Hiszen én sem ismertem a kérdésekre a választ, amik Zack dobozával kapcsolatban megfogalmazódtak bennem.
Mit keres az a sok fénykép a bátyámnál? Miért rejtegette őket előlem ennyi éven keresztül? Miért nem szabadult meg tőlük? Úgy őrzi őket, mint egy értékes ereklyét. Ha bármi szégyellnivalója lenne ezzel kapcsolatban, akkor már régen a kukába dobhatta volna őket. Valami szörnyűséget sejtettem a kérdések mögött, és nem akartam választ kapni rájuk. Könnyűszerrel visszadughattam volna a dobozt a helyére, mintha mi sem történt volna. Csakhogy Aiden jelenléte úgy égetett, mintha a megtestesült lelkiismeretem kényszerítene, hogy az igazság felé forduljak.
Nem ez volt az első alkalom, hogy hazugságon kaptam Zacket. A sokadik ütés már nem fájt úgy, mint az első. A kezdeti bizsergés után már csak a tompa fájdalom maradt. *Mennyi apróságot hallgathat még el előlem?* – Ami pedig Aident és engem illet, jelenleg ezen idegeskedtem a legkevésbé. A történtek után nem feszengtünk egymás társaságában. De miért tettük volna? Aiden kínálta a könyveket, én pedig a kávékat, ahogyan eddig. Jóllehet többé eszünkbe sem jutott kifüggeszteni a „zárva" táblácskát. Erre Theia visszajövetele volt a biztosíték. Ha a rohamom után sem éreztem magam kényelmetlenül Aidennel, akkor miért egy csók miatt kéne?

– Valami betervezetlen dolgot – mondtam végül a legkézenfekvőbbet, magát az igazságot. Elvégre ami történt, minden volt csak előre megfontolt nem. Egy spontán őrület.

– Melyik volt betervezetlen? – pimaszkodott. – Hogy megcsókolt, vagy hogy rajtakaptalak?

– Az előbbi – mondtam higgadtan.

– Hát betervezetlen szösszenethez képest – kezdte cinikusan Theia – elég tartalmasra sikerült.

Mutatóujjam jelzésértékűen a számra szorítottam.

– Ugye nem beszéltél erről senkinek? – kérdeztem suttogva. Theia kissé megbántottnak tűnt. Vörös tincsei valósággal világítottak a dércsókolt faágak függönye alatt.

– Hogy gondolod?! – csattant fel. Sértődöttségét messzire fújta a szél, de a közelünkben nézelődők ügyet sem vetettek ránk. – Sosem köpnélek be.

Kifújtam a levegőt, amiről nem is tudtam, hogy eddig visszatartottam.

– Milyen volt a síelés? – tereltem el a szót. Helyet kerestem magamnak Theia mellett, és én is felültem az asztal tetejére. Elképzeltem, amint Rivers nagyi szemöldöke a homloka közepére szalad bosszankodás közben, amiért a porcelánok helyére tesszük le a fenekünket.

– Dögünalom – értékelt tömören Theia. A bal zsebében kotorászott. Azt hittem, hogy a mobilját keresi ilyen elszántan, ehelyett egy csomag rágót húzott elő a divatos kabátból. Felém tartotta a zacskót, hogy megkínáljon eggyel, de megcsóváltam a fejem. Mentolillat csapta meg az orrom, miközben ő a szájába pattintott egy drazsét. Elképzeltem, hogy a mentol vajon milyen színű. Azt hiszem, olyasmi lehet, mint a világoskék, amit a kifinomult művészek jégkéknek hívnak. Nem vagyok benne biztos, ahhoz kérnem kellett volna nekem is egy szemet.

A lányos fecsegésen törtem a fejem, meg hogy mit illik kérdezni ilyenkor egy vérbeli tizenhét évestől, amikor megvilágosodtam:

– Nem voltak helyes srácok?

Theia felhúzta a vállát, miközben lóbálni kezdte a lelógó lábát.

– Ha voltak is, szemöldökig be voltak gombolkozva.

Elmosolyodtam. Emlékeztem, mit mondott Theia a bátyámról. Zack tetszett neki. Furcsa érzés volt erre gondolni. Zack mindig a bátyám volt, az elsőszülött, a családfő. De hogy férfiként gondoljak rá, akinek egyszer párja lehet? Távolinak tűnt, mint az erynnisi emlékeink. Mintha nem is lehetne valóságos, pedig ha jobban belegondolok, miért ne? Miért ne lehetne valakije Zacknek? Vagy akár saját családja, amiben nem én, nem mi ketten vagyunk a főszereplők?

Egyszerre émelyegni kezdtem, és nagyon is örültem annak, hogy nem kértem a rágóból. Talán Zack miattam nem közeledett eddig a lányokhoz? Ha jobban belegondolok, a középiskolában rendszeresen megfordultak utána, apa pedig sokszor veszekedett vele, ha suttyomban be akart csempészni egy leányzót a szobájába az éjszaka közepén. Hova lett az a Zack? Tényleg nem volt kedve már a szoknyavadászathoz, vagy én vettem el végérvényesen a kedvét az egész felhajtástól?

Ekkor a gondolataim közé lopóztak a fényképek. Egy kis szelet Zack múltjából, amire szintén nem találtam értelmes magyarázatot. Lehetséges, hogy ezek a felvételek arra kellenek a testvéremnek, hogy visszaemlékezzen arra, amiben már nem lehet része? Ezek a lányok azok voltak, akiket nem kaphatott meg, mert rám kellett vigyáznia? És éppen Theia nővére? A sors fintora, hogy az idősebb O'Neil lányt nem sikerült magába bolondítania, a fiatalabb viszont eleped érte?

– Hogy van a nővéred? – A kérdés provokatív volt és direkt, de nem tudtam szebb formában közölni. Dr. Gavreel biztos javasolt volna néhány elegánsabb megoldást vagy vezérfonalat, ami mentén eljutunk ahhoz, ami érdekel, de egyszerűen az összes érzékem felmondta a szolgálatot a nagyi asztalán üldögélve.

– Még sosem kérdeztél róla – közölte velem Theia. Homloka ráncba gyűrődött ugyan, de azért nem azt láttam rajta, mint aki megbántódott, vagy aki nem hajlandó válaszolni a kérdésemre, és ez engem is megnyugtatott.

– Csak eszembe jutott.

Theia csámcsogott párat a rágóval, aztán „üsse kő" alapon, végül így felelt:

– Mióta elköltözött, nem sokszor találkozunk.
– Nagy korkülönbség? – találgattam.
– Inkább nagy távolság – válaszolta kissé lelombozva. – Anyáék meg tipikus kisvárosiak, tudod, mint akiket ideszögeztek. Apa a világért se hagyná itt az ő erynnisville-ét, a kincsesládikóját, ahol ő az uralkodó. – Eszembe jutott, hogy mennyien irigylik az O'Neil családot, és még többen a káprázatos megjelenésű Theiát. Nos, ez is csak azt igazolja, vagy Erynnisville-ben is a látszat mögött rejlik a lényeg, és O'Neilék háza táján se úgy funkcionálnak a dolgok, ahogy azt a fecsegő szájak elképzelik.
– De azért ti tartjátok a kapcsolatot a nővéreddel? – kérdeztem bizakodva.
– Hébe-hóba – mondta Theia. – Ha tud időt szakítani rám. Általában csak Skype-on beszélünk, de tavaly meghívta apát, anyát meg engem a családjához Orlandóba.
– Ott élnek a férjével?
Theia különös mosolyt címzett felém. Azt hiszem, erről beszélt Aiden, amikor a cinkosságot említette.
– Egy nála jóval idősebb férfival.
Ekkor végre leesett a tantusz. A nagybecsű O'Neil polgármester nem kívánta propagálni a nagyobbik lánya „kisvárosi polgárhoz nem illő" választását, így inkább nem beszélt róla, és ha látogatásra került sor, mondjuk, az ünnepek alatt, akkor még véletlenül se Erynnisville-be, hanem jó messzire tűzték ki a találkozót.

Shayla a maga ízlésével nem lehetett potenciális esélyes Zacknél. De akkor miért fényképezte le őt is, és miért őrizte meg a felvételt?

– Klassz, hogy beszéltek – mondtam biztatóan. Nem csak azért, mert én, aki tudom, milyen a kiközösítettek csoportjába tartozni, nem akartam, hogy azt feltételezzék, elítélek bármit, ami eltér az átlagostól, hanem komolyan így is gondoltam. – Nagy kincs, ha van egy testvéred – fűztem hozzá, holott az utóbbi időben ebben már nem voltam maradéktalanul biztos. Talán azzal kiegészülve: nagy kincs, ha őszinte is hozzád. – A tisztelet és a figyelem mellett, ez a legnagyobb ajándék, amit a szüleidtől kaphatsz.

Theia szája felfelé görbült, de a mosoly közben odahajolt hozzám, és megpaskolta a karomat.

– Hékás – mondta izgatottan –, az ott nem az orvosod?
Felszegtem az állam. A látvány fejbe vágott, de tényleg! Mintha csillagokat láttam volna közben, pedig még csak nem is Aident pillantottam meg.

Mindössze néhány méterre tőlünk, a vattacukros bódé mellől egy magas, szemüveges férfi integetett felénk. Furcsa érzés volt a rendelőn kívül látni. Tudniillik a beszélgetéseink alatt sem viselt fehér köpenyt, mégis a kastély keskeny ablakai, a bőrfotel, az egzotikus európai bogarakról készült keretezett képei nélkül mintha nem is dr. Gavreel lett volna.

Talán azért, mert most nem is ő volt. Az előttünk ácsorgó férfi most egyszerűen Matthew volt, egy bámészkodó, aki két éve költözött a városunkba, és mintha már ismertem volna valahonnan. Hiszen ő volt a férfi, akivel nagyszerűen, minden feszengés nélkül el tudtam beszélgetni a gondjaimról, a világról, a véleményemről.

Bármiről.

◊ Dr. Gavreel ◊

Két év alatt még sosem láttam ilyen nyüzsgőnek az erynnisville-ieket. A Hale park valóságos méhkas volt – úgy serénykedtek, jártak-keltek körülötte az emberek, mintha egy királynő körül dongnának. Mi tagadás, magam is fellelkesültem, amikor először a fülembe jutott ennek az ünnepségnek a híre. Épp időben mondtam a port törölgető Olgának, mire az asszisztensem kezében egy pillanatra megállt a serényen ténykedő tollseprű.

– Nem árt néha kimozdulni egy kicsit.

Olga persze olyan arccal fürkészett, mintha jövő héttől nekem is kezelésre kéne járnom saját magamhoz. Pedig tényleg ránk fért, hogy ne csak a kastély falain belül cirkáljunk, mint holmi kísértetek, de drága jobb kezem alighanem arra használja az értékes munkaszünetet, hogy otthon folytassa a suvickolást. Hiába, orosz mentalitás. Egyébként sem lehetett meggyőzni, efféle, hogy a szavaival éljek: görög rongyrázásról. Nos, az interkulturális kommunikáció kézikönyve lesz a következő, amit állhatatos kolléganőm orra alá dugok a jövő héten.

A március még csak naptár szerint köszöntött be ránk. Fél hat körül a nap piros tányérja már lebukóban volt. Az égbolt rózsaszínes-sárgás-lilás fényekben pompázott. Azon morfondíroztam, hogy vajon Sloane-t melyik szín milyen ízre emlékezteti. Még akkor is ezen törtem a fejem, amikor a vattacukorárus mellett vacilláltam az áfonyás-sajtos és a körtés-fahéjas között.

Ekkor vettem észre Sloane-t egy eldugottabb sarokban, egy régi fából készült asztal tetején ülve, méghozzá a seriff kislányával. Lelkesen integettem nekik, és bár Miss Rivers viszonozta a gesztust, mintha egy kissé zavarban lett volna. Persze furcsa volt ez mindkettőnknek. Mintha a fogorvosával vagy a nőgyógyászával akadna össze az ember a sarki zöldségesnél. Talán nem éppen a legjobb a példa, de azért azt hozzá kell tenni, hogy egy ilyen pöttöm városkában az ember lánya nem igazán tudja elkerülni az orvosát – legyen az bármilyen doktora.

– Szép estét, hölgyeim! – Mindkét lány lecsusszant az asztal tetejéről, mintha valami rosszat csináltak volna, vagy mintha arra számítottak volna, hogy leszidom őket, ezért a slendrián magatartásért. Az az igazság, hogy nagyon tetszett. Kedvem lett volna csatlakozni hozzájuk, és melléjük ülve beszélgetni.

– Önök ismerik egymást? – kérdezte Sloane. Kérdően pislogott hol rám, hol az O'Neil kislányra, és bár felettébb kedvesnek találtam az udvarias gesztust a részéről, mégis így szóltam:

– Már volt szerencsénk egymáshoz a postahivatalban – mondtam Sloane-nak címezve, aztán barátian a fiatalabb lányra kacsintottam. Sloane lopva elmosolyodott. Feltehetőleg emlékezett még arra a történetre, amit gyermekkori kacsintásfóbiámról meséltem neki.

– Tényleg! Apa postáit kellett feladnom, de beleütköztem a doktor úrba, és véletlenül összekevertük a leveleket. – Theia arca felderült. Most, hogy Sloane mellett állt, zongorázni lehetett kettejük között a különbséget. Miss Riverst még soha semmiért nem láttam ilyen tűzbe jönni, holott az O'Neil lány csak egy bohókás emléktől villanyozódott így föl. Sloane nem engedhetett meg

ilyen luxust magának. Az ő életébe egyszerűen nem fért bele. Nem a betegség miatt. Saját magának nem engedett ilyen szabadságot. Ez utóbbiért én viszont a testvérét okoltam.
 – Jó tudni, hogy az internet korában még mindig járnak postára – mondta jókedvűen Sloane.
 – A legtöbb rokonom elszórtan él a világban – vallottam be. – Nekik jobban szeretek képeslapot küldeni, mint egy személytelen e-mailt vagy csevegő üzenetet.
 – Na de olyanokat? – Theia könnyed kacaját szinte felkapta a szellő. Ez lehetett a kísérője a naplementének, ugyanis ettől fogva egyre több és több lámpás villant fel körülöttünk. – Ha láttad volna a doktor ízlését! – Az O'Neil lány megérintette Sloane vállát, mire ő kíváncsian fordult felém.
 – Miért, milyeneket választott? – faggatott. Ez neki legalább olyan érdekes lehetett, mint számomra, hogy milyen képeket olvas ki az absztrakt album foltjai közül.
 – Hát, ilyen… – Theia illedelmesen próbált elfojtani egy újabb kacajt.
 – Kérem, miattam ne fogja vissza magát – biztattam, mire O'Neil kisasszony nyomban neki is bátorodott a vallomásnak.
 – Már elnézést, de nagyon gyerekeseket – mondta. – Tarka-barkákat, mint egy mesekönyvben.
 Sloane mindentudóan nézett rám. Sokszor beszélgettünk a gyermeki lélekről – ebben mindketten bővelkedtünk. Csöppet sem szégyelltem, hogy amolyan Pán Péter módra, nehezemre esik a cseperedés.
 – Szeretek komiszságot csempészni a szürke hétköznapokba – feleltem őszintén.
 – Az üdvözlőlappal még nem is lenne baj, de a színes boríték…
 – Az nem is olyan szokatlan – vetette ellen Sloane. – Újabban a bátyám meg a haverjai is ilyesmivel hülyéskednek…
 – Ezen, mondjuk, nem csodálkozom – jegyezte meg Theia, aki olyan ízesen ejtette a szavakat, hogy nehezen lehetett félreérteni a leckéztető felhangot.
 Kihasználtam az alkalmat, hogy tüzetesebben szemügyre vegyem a parkot az esti díszkivilágításban. Sosem láttam még ehhez foghatót – pedig New York fényei is pazarnak tűntek éjjel. De Erynnisville világosságát, apró, pislákoló lángok adták, amik nem mesterséges neoncsövekből származtak. Természetesnek hatott, az otthon érzését keltette bennem. A csillogó pöttyök az égboltra hasonlítottak, amit valamilyen ragadós édességgel öntöttek le, és abba több száz szentjánosbogár tapadt bele.
 – Most tűnik csak fel – gondolkodtam hangosan, miközben Sloane-ra néztem –, Hale park… – A Rivers lány arcán arany fények játszottak. – Ez csak nem…?
 Sloane helyett azonban Theia felelt:
 – Apa azt mondta, hogy a régi tiszteletesünk Cyrus Hale-ről kapta a nevét.
 Miss Rivers meg én összenéztünk.
 – Vagy úgy – hebegtem szórakozottan.
 Theiát faggatni sem kellett, beszélt önszántából is:

– Nem halt meg, vagy ilyesmi – magyarázta. – De a családnak hirtelen el kellett költöznie a városból, és mivel a Hale-ék generációkon keresztül segítették Erynnisville-t, a polgármester végül így akarta meghálálni az önzetlen fáradozásukat.

– Szép gesztus – értettem egyet. – Sajnálatos, hogy ilyen váratlanul kellett távozniuk.

– Hát igen – ingatta a fejét Theia, én viszont egy percre Sloane-ra néztem. Hozzám hasonlóan ő is csüngött a seriff lányának értékes szavain. – Én egyáltalán nem emlékszem rájuk, de mindenki csak jókat mesél róluk. Apu szerint nagy zűrnek kellett történnie ahhoz, hogy egy ilyen kedves család, akik ráadásul ennyi ideje itt laktak, ilyen sebtében költözzenek.

– Kétségtelen...

– Ami azt illeti, az egyetlen, aki tudja a teljes igazságot, az Helené néni.

– Miért pont ő? – A kérdés Sloane-tól származott, de kétségtelenül érkezhetett volna akár tőlem is, hiszen hasonlóképpen piszkálta az én fantáziámat is.

– A néni volt Hale-ék szomszédja, tudod. – Úgy tűnt, Sloane-t is emlékeztetni kellett a tizenöt évvel ezelőtti eseményekre, amiket vagy nem akart, vagy nem tudott feleleveníteni. Akkortájt kezdődtek nála is a rohamok. Megesküdtem, hogy ma nem orvosként érkezem a mulatságra, mégsem tudtam kibújni a bőrömből. Szinte érezni véltem, ahogy a sztetoszkóp kikandikál az ingujjam alól.

– Sok gyerekre vigyázott, mivel régen gondozónő volt – mondta most felém fordulva Sloane, aztán Theiára nézett. – De úgy tudom, hogy Hale-ék sok időt töltöttek az ikrekkel. Nem emlékszem, hogy bármikor áthozták volna őket Helenéhez, amikor mi vele voltunk. Inkább csak a játszótéren vagy a tónál lehetett összeakadni velük.

– Hát, apa mindenesetre felkereste a nénit, amikor Hale-ék elmentek – mondta Theia. – Ő pedig azt állította, hogy Rose Hale-t zaklatja valaki. Az persze sosem derült ki, hogy kicsoda, mert sem Helené, sem Rose nem volt hajlandó nevet mondani. Azt hiszem, végül ezért szedték a sátorfájukat a szülők. Tehetetlennek érezték magukat a lányuk zaklatójával szemben.

– Ugyan már – vágott közbe kissé felháborodva Sloane, aki hozzám hasonlóan alighanem szívügyének tekintette Rose Hale sorsát. – Biztos volt valaki, akire gyanakodtak. Erynnisville elég kicsi hozzá.

– Hát... – Theián látszott, hogy ezek már olyan bizalmas információi a seriff aktáinak, hogy nem akaródzik egykönnyen megosztania másokkal. Egy darabig őrlődött, kivette a rágót a szájából, kis golyót formált belőle, aztán gondosan egy zsebkendőbe ejtette. Sloane-nal türelmesen vártunk, mire végül befejezte a műveletet, és bizalmas hangon így szólt: – Akkoriban a fiú, Adam is furcsán viselkedett.

– Hogy érti? – kérdeztem. Az ikerbátyról nem voltak feljegyzéseim, mi több, Adam nem állt Malcolm kezelése alatt, ezért nincs is arra való bizonyítékom, hogy neki is a húgához hasonló elmebaja lett volna.

– Apa szerint erőszakos volt, ingerült, teljesen kifordult magából – állította Theia. – Előtte egy szavát se lehetett hallani, de utána, mintha az ördög bújt volna belé...

– Azt gondolták, hogy a saját testvére volt, aki zaklatta Rose-t? – csóválta a fejét Sloane. Én már egyedül őt figyeltem, szinte el is felejtettem, hogy O'Neil kisasszony is köztünk van. Sátrak helyett a kastély falait láttam az íróasztalommal és a betegfotellel. A gondolat villámcsapásként hasított belém. Befészkelte magát a mellkasomba, és többé nem tudtam megszabadulni tőle. A feljegyzések hangos olvasásként dübörögtek a fejemben Malcolmtól:

„Hirtelen mozgásra összerezzen, eltakarja az arcát. Combjait erősen összeszorítja, és kerüli a szemkontaktust.(...) Az elvarázsolt családrajzon a testvérével kézen fogva ábrázolja magát. A szülők mosolyognak, de az ikreknek nincs arca. Se szem, se száj nem jelenik meg. A gyermeknek kevés kapcsolata van, alapvetően a testvérén kívül nem érez sok embert közel magához. Újabban szorongásos tünetek jelentkeztek: csipkedi magát, rágja a körmét."

A térdem megcsuklott egy pillanatra. Hogy nem vettem észre elsőre az abúzus jeleit? A combszorítás, a szégyenérzet, az önbántalmazás... és a legsúlyosabb, a bátyj idealizálása, aki valójában szexuálisan molesztálta őt. Lévén, hogy a tulajdon ikertestvéréről volt szó, nem merte elmondani senkinek, főleg nem a szüleinek. Talán az egyedüli, aki sejtett valamit, az Helené volt. Talán el is mondta a Hale házaspárnak, akiknek a szent hivatásukba nem férhetett bele egy efféle botrány. Ezért menekültek el, hogy nyomuk sem maradt.

De ami a legjobban elborzasztott, az a párhuzam, amit korábban Rose és Sloane közé húztam. A félelem, az önmarcangolás, a kiesett emlékek és a testvér.

A testvér pódiumra emelése.

A testvér magasztalása.

A diagnózis kis híján térdre kényszerített. Lehetséges volna, hogy az agresszor, aki nem engedi előlépni a húgát, aki nem is akarja, hogy meggyógyuljon, mert akkor a kislány mindenre visszaemlékezne, az maga Zack Rivers?

– Dr. Gavreel? – Sloane hangja valahonnan a felszínről, kilométerekkel távolabbról szólt. Mégis valamilyen varázslatos módon csuklón ragadott, és felhúzott a felszínre. – Nagyon sápadt. Jól érzi magát?

◊ Aiden ◊

Megálltam arra a furcsa pillanatra, amikor az ember próbálja feldolgozni azt a temérdek látványt, ami egyszerre az arcába zúdul. Mondjuk, karácsonykor. A fa, a díszek, az égők, az ajándékok satöbbi. Amikor azt sem tudod, hova kapd a fejed. Hogy mit kéne a leginkább megfigyelned ahhoz, hogy majd percekkel később is emlékezz rá.

Meg kell hagyni, az erynnisville-iek derekasan helytálltak. Minden igyekezetemmel próbáltam rést találni rajta, de hiába. Láttam már efféle fesztivált Berlinben, sőt egyszer Jokohamában is, de azért *ilyet* soha. Nem jártam még Görögországban sem, hogy össze tudjam hasonlítani, mik azok a kultúr finomságok, amik nélkül nem is ünnep az ünnep, de mivel nem rendelkeztem műveltséggel e téren, maradtam csak megfigyelő.

A forgatagban – pláne dobozokkal megpakolva – nehéz volt tájékozódni. Úgy tűnt, a parkba sereglett a város színe-java, így amikor páran meglapogatták a hátam, „Jó estét, Aiden!"-nel üdvözöltek, és nem csoda, hogy fogalmam sem volt, ki a csudák lehettek. Jobbról a segítőkész srác, Aaron kísért, aki felajánlotta a saját Opeljét és karját a szállításhoz. Jó fej gesztus volt a részéről, már csak azért is, mert alig ötször találkoztunk paradicsomvásárlás közben. A dilemmámat akkor hallgatta ki, amikor a szerszámos boltban fizettem a tömítőszalagért, ugyanis a cukorgyár ablakain keresztül elég nagy cúg süvített éjszakánként. A kasszás hölggyel diskuráltam az ünnepségről, illetve a bódé körüli gondjainkról, amikor Aaron bedobta a „nekem van egy járgányom" szöveget. Szóval itt tartottunk most: szótlanul ballagtunk, magunk se értve igazán, hogy hogyan keveredtünk ide.

– Nézd csak! – szólalt meg egyszerre Aaron, amikor tömény vattacukor és sült gesztenye illatot éreztem. A levegő szinte ragadt a zsírtól és az édességtől. – Az lesz az, nem? – Felteszem, valamerre előre kalimpált, nem láttam, csak hallottam őt. – Látom a seriff lányát meg Sloane-t is. Szerintem már akadt is egy érdeklődőtök.

Na, ezt már nem hagyhattam annyiban. Kikukucskáltam két doboz mellett. Egy magas, elegánsnak kinéző férfi ólálkodott az asztalunk körül, de úgy tűnt, mint aki búcsúzkodik. Mire odaértünk, már fel is szívódott, csak annyit láttam az arcából, hogy szemüveget visel. Egyszer talán találkoztunk a postán vagy az újságosnál. Nem emlékeztem pontosan. Egészen hátul pedig, mintha egy bicegő alak kerülgette volna a standot. Megállt. Nézelődött, alighanem tépelődött egy sort, de sosem ment oda a lányokhoz. Azt hiszem, róla név szerint tudtam, hogy kicsoda: Mason Walker.

Óvatosan letettük a dobozokat az asztalra. A lányok nyomban mellettünk termettek, és segítettek a pakolásban. Sloane feszült pillantást vetett rám, én pedig valamiért kínosan éreztem magam tőle. De nem a csók miatt.

– Ki volt az a férfi az előbb? – A legjobb tudásom szerint igyekeztem feltenni a kérdést, hogy még véletlenül se valami gyerekes féltékenység érződjék ki belőle. Azt hiszem, csak félig-meddig sikerült.

Theia halkan kuncogott a tenyere mögött.

– Matthew Gavreel doktor – mondta kifürkészhetetlen hangon Sloane, én pedig végre kapcsoltam. – Nem érezte jól magát, úgyhogy sajnos nem tudtam bemutatni. Jó lett volna, ha ő az első vásárlónk. – Szórakozottan bólintottam,

~ 177 ~

és közben arra a következtetésre jutottam, hogy valaki kezdett feleslegessé válni a társaságban.
– Köszönjük a segítséget – mondtam félreérthetetlen célzással a hangomban Aaronnak címezve. Hogy nyomatékosítsam az egyértelműt, még kezet is nyújtottam neki. Nem volt bajom a sráccal, de nem akartam, hogy Sloane feszélyezve érezze magát miatta. Gyanítom, már mellettem sem lehetett könnyű dolga.
Aaron értelmes gyerek volt, rögtön vette az adást.
– Akkor ha kipakoltatok, még visszanézek – mosolygott, miközben kezet ráztunk. – Kíváncsi vagyok a kombinációra, amit kitaláltatok. – Sloanera nézett. – Örülök, hogy találkoztunk.
– Köszönöm, hogy miattam mindig rendelsz rizstejet – hálálkodott Sloane, de csak félig-meddig engedte meg magának, hogy Aaron szemébe nézzen.
– Ez a dolgom – vonta meg a vállát, mikor hátrébb lépett tőlem. – Meg aztán nem is mernék a bátyád szemébe nézni, ha nem tenném. – Eleresztett egy óvatlan nevetést, aztán gyorsan visszavett a közvetlenségből. Szórakozottan intett a lányoknak, nekem pedig biccentett egyet.
– Kedvelem Aaront – jegyezte meg mindhármunk észrevételét Theia. – Tök normális srác. Főleg a többi hülyéhez képest.
Sloane-nal összenéztünk, és elmosolyodtunk. Nem most találkoztunk először Theiával a csók óta, ezért már nem éreztünk olyan idétlenül magunkat, de azért a kanalazható hallgatásból elég nehezen tudtunk kikecmeregni.
A lányok egyesével felcímkézték az orgonasípként sorakozó termoszokat. Olasz, amerikai, etióp, francia, afrikai. A fekete kávé mellé kitettek egy keretezett Agatha Christie képet – tisztelegve az írónő azonos nevű művének.

"Szüleid személyében két ékességes rossz példát láthatsz magad előtt. Tégy mindent pontosan fordítva, mint ahogy mi tettük, akkor jársz majd a helyes úton." – Így szóltak F. Scott Fitzgerald sorai a lányának, majd tragikus módon, öt nappal később meghalt. Mindössze negyvennégy évesen. A nyilak innen egy egzotikus gyömbéres tejeskávéra és az író bemutatkozó regényére, *Az Édentől messzére* mutattak. Így kötöttük mi össze a kávézást az olvasással: szenvedéllyel és némi nyers humorral fűszerezve.
A lányok kifeszítettek egy fehér vásznat az asztal lábainál, majd egy-egy sarokra szögelték a csücsköket. Az anyag elejére szép, hurkolt betűket kanyarítottak vízfestékkel. „Egy csomó van belőle otthon, úgyse használják anyuék semmire, csak ott penészedik a padláson" – állította Theia. Az ékes felirat így szólt: *Vándorló Könyvek*.
Theiára néztem, aztán Sloanera. A mi pillantásunk hosszabb ideig tartott. *Hát megcsináltuk* – beszéltük meg némán. *Megálmodtuk és véghezvittük, mielőtt Zack Rivers vagy bárki más az utunkba állt volna közben.* – Sloane arckifejezését látva, ő még most sem akarta elhinni, hogy mindez lehetséges. Végül megszakította az intim pillanatot, amikor a csészéket suvickoló Theiához fordult.
– Ti nem terveztetek valamit az osztállyal? – tudakolta. – Nem raboltunk el a barátaidtól? – Nem tudtam eldönteni, hogy zavarná-e, ha kettesben

maradnánk, vagy ez egy szép csomagolásba rejtett utalás arra, hogy most már ideje lenne továbbállnia.
– A csajok készültek valamivel – közölte egy csepp lelkesedés nélkül Theia. – De szívesebben vagyok veletek.
Sloane lehajolt, kiemelte a french press-t a hátizsákból, és miközben a térdére egyensúlyozta a masinát, alig láthatóan grimaszolt nekem, és kicsit felhúzta a vállát.
Lopva elmosolyodtam. *Szóval akkor az utóbbi opcióban mesterkedett.*
Egészen ránk sötétedett, mire az utolsó simítással is végeztünk. Kacagó gyerekzsivajt, utcai muzsikusok hangját sodorta felénk a szél. A hideg levegőbe mindenféle étel illata keveredett: a malactöpörtyűtől elkezdve a kemencében sült tésztákon és forralt boron át egészen a cukros édességekig. Szinte belefájdult az ember gyomra.
– Jó estét! – Nemcsak a lányok, hanem még én is felkaptam a fejem az első vendégünk hangjára. Egy ötven körüli, kontyos, kosztümbe öltözött hölgy volt. Biztosan nem erynnisville-i, ez messze lerítt róla. Az itteniek nemhogy nem tudtak megengedni maguknak ilyen öltözéket, de nem is tudták volna hova felvenni. Se mozi, se színház. Talán az istentisztelet volt az egyetlen, ahova heti egyszer ki tudták csinosítani magukat.
– Jó estét! – köszönt barátságosan Sloane.
– Parancsol valamit? – segített be Theia is, én pedig engedtem a bódé házikisasszonyait, hadd bontogassák a szárnyaikat.
– Kávéhoz nekem már túl késő van – panaszolta a hölgy.
– Vannak koffeinmentesek is – magyarázta lelkesen Sloane, és a szóban forgó ezüstszínű termoszkancsóra mutatott. – De van zöld teánk is, ha gondolja.
– A zöld tea mellé pedig remek könyveket tudunk ajánlani önnek – csicsergett Theia, miközben jelentőségteljes könyökbökést címzett felém a puszta pillantásával.
– Hogyne – kaptam észbe. A lábamhoz húztam az ázsiai témájú papírdobozt, amit még Aaron cipelt a kocsiból. Lázasan kutatni kezdtem a gerincek között. – Az *Egy gésa emlékiratai*, *A gójátékos* – olvastam a címeket, aztán felnéztem a nőre térdelés közben. Úgy festhettem, mint egy hős lovag, aki meg akarja kérni a kezét. – De ha elfogad egy tanácsot, én rendkívül szórakoztatónak találtam Diane Wei Liang könyvét, *A jáde átká*t, amiben egy értékes pecsét után kutatnak.
– Nahát! – A hölgy szeme úgy tündökölt, mint erynnisville fényei, amelyek az asszony csillogó kövekből kirakott nyakékéről pattantak vissza. – Rendkívül izgalmasnak hangzik. Maguk igazán nagyon készültek erre az ünnepségre. A legtöbb bódénál csak enni vagy inni lehet kapni, de ilyen érdekességgel még sehol sem találkoztam. Úgy látszik, többször kéne Erynnisville-be látogatnom! – lelkendezett.
– Nos, ha megteszi – szóltam nyájasan –, az Angyalok Könnye kávézóban szívesen látjuk, ahol hasonló kiszolgálásban lehet része.
– Angyalok Könnye – visszhangozta a nő, miközben átvette tőlem az újságpapírba csomagolt könyvet. – Lenyűgöző. – Most Sloane-ra nézett. – Milyen ízű zöld teái vannak, kedvesem?
Sloane megvizsgálta a filterek tasakját.

– Áfonya, eper és trópusi gyümölcs – sorolta.
A hölgy szemlátomást el volt ragadtatva.
– Nagyszerű, akkor epreset kérnék, elvitelre. – Sloane leemelt egy papírpoharat a torony tetejéről, amit még múlt héten rendeltem a műanyagostól a piacon. Ügyelt rá, hogy ne csorgasson túl meleg vizet a zöld teára, ugyanis azt mondta, hogy ha túlságosan leforrázza, akkor az ital keserű lesz. *Bár a keserű nem mindig rossz* – tette hozzá sejtelmesen. Fogalmam sincs, hogyan értette.
– Köszönöm, kedveseim – búcsúzott a hölgy. Egyik kezében a csomagolt könyv, másikban a papírpohár a gőzölgő teával, arcán pedig a visszajelzésünkkel: egy mosollyal. – Másoknak is ajánlani fogom a maguk standját.
Sloane egy átlátszó dunsztosüvegbe helyezte a bevételt. Az apró csillingelve koccant a befőttes fenekén. Az örömünk az súlytalan volt. Theia fogott egy alkoholos filcet, és malacot rajzolt, irdatlan kunkori farokkal az üveg oldalára.
– Hozzon szerencsét! – mondta.
Első jótevőnkkel valóban malacunk volt. Csakis az ő jótékonykodásának volt betehető a vendégsereg, ami csakhamar megrohamozott bennünket. Zömében ismeretlenek voltak, akik szomszédos, vagy messzi városokból zarándokoltak hozzánk, de annál szívesebben fogadták a Vándorló Könyvek személyzetének a kiszolgálását.
A sokadik újságpapír letépése után azonban ismerős arc tévelyedett az asztalunk elé.
– Kedves ötlet ez a kis stand. – A hang ismerős volt, de valamiért a reggelt, és nem az estét kapcsoltam hozzá. Felnéztem. A fények egy arany csillagot világítottak meg.
– Eljöttetek, apa? – kérdezte Theia, miközben egy székre kihelyezett lavórban öblögette a használt csészéket, Sloane pedig száraz mosogatóruhával törölgette őket. Mindketten könyékig vizesek voltak.
– Meg ne fázz, kislányom! – aggodalmaskodott a férjébe karoló Mrs. O'Neil. A kifinomult nőnek a lányához hasonlóan, vörös hajzuhatag omlott a vállára, a szeme világoszölden csillogott. Másra is hasonlított, nemcsak Theiára.
Tudtam, hogy Sloane is a lány nővérére gondol, amikor találkozott a pillantásunk.
– Rég láttalak, Sloane – biccentett a seriff. – És szerencsére a bátyádat is.
Sloane bizonytalanul fintorgott. Mintha nem tudná eldönteni, hogy haragos vagy derűs arcot mutasson.
– Nincs annyi szabadideje, mint régen – hagyta rá a lány.
– Az biztos – motyogta a bajsza alatt O'Neil, de mielőtt Sloane-nak rosszul eshetett volna a beszólás, Theia közbeavatkozott:
– Adhatunk valamit? – ajánlotta. – Egy jó feketét Agatha Christie-től?
– Köszönöm, kicsim, de semmit – ingatta a fejét a seriff. – Az ünnepség alatt is szolgálatban vagyok.
– A kávé nem alkohol – mutatott rá csípősen Theia, mire az apja szeme összeszűkült.

– Nem, de tudatmódosító – mondta szigorúan. – Nem szeretném, ha lankadna a figyelmem.
A levegő tisztán kivehetően megszilárdult, és ottrekedt ötünk között.
– Én azért szeretnék kérni egy tejeskávét, Sloane – mentette a helyzetet Mrs. O'Neil. Sloane hálás mosollyal nyújtotta át a kész művet. Nem úgy nézett a nőre, mint Theia édesanyjára, vagy mint a hangulat megmentőjére, hanem mint a saját rokonára.
Miután távoztak, Theia nem győzött bocsánatot kérni az apja viselkedéséért.
– Ugyan már! – legyintett Sloane. – Nem csinált semmi rosszat. Tudom, hogy nincs oda Zackért, de ezzel nincs egyedül a városban. – Azt gyanítom, kötélből lehetnek az idegei, mert még csak meg sem kísérelt felém nézni a mondat közben. Beleszuszakolta a pénzérmét a púpos pénzköteg tetejére a befőttesüvegben.
Lihegés és lábdobogás közeledett felénk. Már kezdtem arra gyanakodni, hogy ég a pajta valahol, és megindult egy csorda, de csak Rivers egyik haverja volt az, méghozzá az agyalágyultabb fajtából.
– Loanie! – mondta félig megkönnyebbülten, félig szemrehányóan. – Hát itt vagy? – kérdés nélkül felhajtotta egy fél literes teáskancsó tartalmát. – Jesszus, már mindenhol kerestünk! Nem voltál se otthon, se a Könnyekben.
– Mivel ilyenkor nem járok Gavreelhez – kezdte cinikusan Sloane –, nem sok más hely maradt. – Isaac rosszalló pillantását látva kissé megenyhült. – Hol van Zack? – A hangja némi aggodalmat takart. Egyfelől tényleg aggódott a fivéréért, másfelől viszont azért, hogy mit szól a bódé ötletéhez, amit a megkérdezése nélkül eszközültünk.
– Hát téged keres – fakadt ki Hunt 'nem egyértelmű?' hangsúllyal.
– Akkor szólj neki, hogy megvagyok – mondta egykedvűen Sloane. – Nekem nincs mobilom.
Hunt körbenézett. Alaposan szemügyre vette a kávékat, a könyveket, a kancsókat, engem és Theiát. Mire mindent gondosan leltárba vett, némi halvány értelem derengett a képén.
– Zack tud erről? – kérdezte.
– Hát, gyanítom, most már tudni fogja – válaszolt halkan Sloane, de Hunt már nem hallhatta, ugyanis félrevonult telefonálni a haverjának.

◊ Zack ◊

Valami bigyó rettentő idegesítő berregésbe kezdett. *Na végre, bassza meg!* – Hunyorogtam, miközben kihalásztam a készüléket a kabátom zsebéből. Isaac neve villogott rajta.

– Csakhogy! – dörrentem rá köszönés helyett. – Előkerítetted Noah-t?

– Őt még nem értem el – jött a válasz a vonal másik végéről. – De a jó hír, hogy megvan Loanie.

Lekaptam a bakancsom a kormányról, de a nagy lendülettől kis híján lefejeltem a motorháztetőt. Olyan hűvös volt már a furgonban, hogy a heves zihálásom megolvasztotta a deret az ablakokon.

– Hál' istennek! – nyögtem szinte elérzékenyülten, de aztán azonnal váltottam: – Hol a pokolban van?

– Kávét és teát főzöget a seriff lányával meg...

– Jó, haver, ne untass a részletekkel – fojtottam belé a szót. Tudtam, ha Isaacen múlna, akkor itt tölteném a tetves autóban a jövő szilvesztert is. – Tereld haza, akkor fogok megnyugodni. – Megvártam, hogy a szavát adja, és csak utána folytattam: – Ha ez megvan, told ide a segged a templomhoz, itt parkoltam le a sarkon a furgonnal, hogy ne tűnjünk fel senkinek.

– Jó, máris indulok – ígérte.

– Ha nem érsz ide fél órán belül, akkor lezavarom egyedül – mondtam inkább jóslatként, mint holmi fenyegetésnek. – Ha Noah vagy te berezeltek a vénasszonytól, az sem érdekel. Én ma pontot teszek ennek a szarnak a végére.

Bő háromnegyed óra múlva már letettük a furgont ville határánál a híd lábánál. Isaackel egyetértettünk abban, hogy nem kéne átevickélni az erynnisi térfélre, mert egy ilyen tragacs biztos, hogy szemet szúrna valakinek. Még akkor is, ha a legtöbben az anthesztriás hepajon tömik a fejüket.

Elemlámpát ragadtunk hát, és a nyakunkba vettük a sötétséget. Valahol a híd közepén gyalogoltunk, amikor a barátomból kirobbant egy újabb kérdés:

– Mi lesz, ha feltűnik nekik, hogy nem voltunk az ünnepségen? – Isaac ötödik ilyen kaliberű megjegyzése után én is feltettem magamnak a kérdést, hogy miért is nem egyedül török be Helenéhez. Piszkosul hiányzott a balansz, az a tökkelütött Noah. Nem hiszem el, hogy cserbenhagyott minket egy ilyen baromi fontos napon.

– Akkor feltűnik nekik – hagytam rá. – Azt mondtad, rengetegen vannak. Szerinted észben tartja valaki, hogy Hunt meg Rivers nem zabáltak kürtőskalácsot? Ne gyulladj már be!

Az elemlámpák fénye, mint két reflektor, mutatták az irányt. Amikor végre átértünk a másik oldalra, és csodával határos módon Isaacnek sem volt több észrevétele, a híd irányába fordítottam a fényt.

– Mit keresel?

– Múltkor itt voltak a szarvastetemek – suttogtam. Isaac nagyot nyelt, miközben a hangomat hátborzongatóan visszhangozta a víztükör. A távolból is elhallatszódott hozzánk az ünnepség zaja: Nevetés, pukkanó hang, különböző hangszerek egyvelege. Sóvárogva fordítottam hátat.

– Még nem késő visszafordulni – emlékeztetett, de én jelentőségteljesen megiramodtam, nem törődve azzal, hogy velem tart-e, vagy sem. Nagy sokára végül beért, és egykedvűen ballagott mellettem, néha meg-megbotlott egy apró kavicson. Mindig zihált vagy megtorpant, amikor ág reccsent, vagy faleveleket sodort arrébb a szél.

– Csak róka – nyugtattam.

– Vagy patkány – mondta undorodva, de én mintha meg se hallottam volna. Megállapítottam, hogy jó időt választottunk az éjjeli kiránduláshoz, ugyanis minden ház ablaka sötétségbe borult. Egy lélek sem járt rajtunk kívül az utcán, de az erynnis-i térfélen egyébként is elég gyatrán működött a közvilágítás.

– Mi a… – Most rajtam volt a sor, hogy a vér a talpamba, majd vissza a homlokomig táncoljon. Az egyik csillogó ablak és a függöny mögött ácsorgó alak úgy megrémített, mintha kísértetet láttam volna.

– Hékás! – lapogatta meg a hátam Isaac. A nyakamnál izzadság gyöngyözött. Éreztem, hogy a póló a bőrömhöz tapad. – Nyugi, ez csak Eunice. – Balra fordította a csuklóját, hogy megvilágítsa a postaládát, amin a Hunt név díszelgett. – Látod? Ez a mi házunk.

– Nem ment el az ünnepségre? – akartam tudni látszólag higgadtan, de egyes tagjaim még mindig remegtek.

– Nélkülem vissza se találna – mondta ki olyan komolyan, ami elég szokatlan volt Isaac szájából. Szórakozottan intett a húgának, de ő szemlátomást fütyült rá. Elsétált az ablaktól, és végül lekapcsolta a villanyt. Most már tényleg teljesen sötét volt.

– Megjöttünk! – szóltam rá. Erre, mint akit megcsíptek, Isaac úgy megugrott mellettem, pedig igazán tudhatta, hogy pár méterrel lejjebb már meg is érkezünk a zöld ajtós házikóhoz. Talán az utolsó méterekig abban reménykedett, hogy végül eltévedünk.

– Hoztál mindent? – A kérdés amolyan pótcselekvés volt, de ezúttal nem bántam. A tornácon ácsorogva, elhagyva a kerítést, valahogy minden olyan valóságosnak tűnt.

Mialatt széthúztam a kabátomon a zipzárat, és a belső zsebben matattam a szerszámok után, Isaacket elöntötte a nosztalgia:

– Mint a régi szép időkben, mi? – suttogta dörmögve.

Ja, csak éppen egy valami hibádzik – tettem hozzá magamban.

– Nem hiszem el, hogy Noah felültetett minket – csóváltam a fejem, bár ezt Isaac abban a sötétben, a hónom alá szorított zseblámpával nem láthatta.

– Ő mindig ilyen volt – szólt békítőn Isaac, mialatt a saját fényét a kilincsre irányította. Megrogyasztottam a térdem, és a mesterkulccsal babrálni kezdtem a zárat. – Az utolsó pillanatban mindig meggondolta magát vagy le akarta fújni az akciót. Nem emlékszel Shayla O'Neilre?

Egy másodpercre megállt a kezem.

– Egy szót se többet a seriff lányáról! – mordultam rá. – Megfogadtuk.

– Se róla, se másról – szónokolta nagy komolyan Isaac, bár úgy tűnt, hogy megfeledkezett ezekről a régi szavakról.

Ekkor az öreg zár megadta magát az ostromnak, és egy apró kattanás után kinyílt. A számnak préseltem a mutatóujjam, mialatt beljebb toltam az ajtót. A falap nyikorgott párat, de nem találtam olyan vészesnek. Ha menteni akartuk az irhánkat, még itt volt a lehetőség.

De mi beléptünk.

A szobában csend volt és sötét. A parketta, mint a friss hó, ropogott a talpunk alatt. A bűzhöz elég hamar hozzá lehetett szokni. A macskafalka vagy az emeleten szunyókált vagy lesben állva várt ránk valahol, de egyelőre nem mélyesztették a bokánkba a karmaikat. Azt javasoltam, hogy váljunk szét, de Isaac ragaszkodott hozzá, hogy együtt fésüljük át a szobákat. Nem hibáztattam. Így is többet teljesített Noah-nál, és ha beleszámoljuk a törött nyakat, akkor ez dupla teljesítmény volt a részéről.

Egyenesen a konyhába oldalogtam, Isaac szorosan mögöttem. Nem tudom, hogy elsőre mit vártam ettől a helyszíntől, de azért ellenőrizni akartam. A polcok, szekrények pókhálósak, de üresek. Az asztalon rothadó gyümölcsök és pár napos banánhéjak hevertek. A hűtőt jobbnak láttam zárva tartani. Legközelebbi helyiség a fürdő volt. Eszembe jutott, amikor Noah fertőtlenítőért és sebtapaszért jött ide. Most jól jött volna a tájékozottsága, de igyekeztem elhessegetni a bosszantó gondolatot.

A zseblámpát a fürdőkád irányába tartottam. Felhúztam a karom, hogy belefúrjam az arcom, és elnyomjak egy hangos káromkodást. Isaac átdugta a fejét a vállam fölött, de ő már nem volt ilyen diszkrét.

– Bassza meg... – nyögte.

Meg kellett állapítanom, hogy Noah nem túlzott a múltkor. A kagyló szinte hemzsegett a bogaraktól. Csakhogy ezek nem tetemek voltak. Mozogtak. Isaac óvatosan megfogta a karom, és a vécé felé kalimpált. Követtem a fény irányát. A lehajtott deszkán egy befőttesüveg feküdt. Dugig tömve ilyen bogarakkal.

Közelebb hajoltam. Mi az, megkergültél? – kérdezgetett rémülten Isaac, mialatt a kabátom szélét ráncigálta, de én nem törődtem vele. Az orrom csaknem súrolta az üveget. Közelebb húztam a zseblámpát. Az egyik bogár, amelyik a hátára fordulva vergődött üvegen, valahogy átverekedte magát, így sikerült megfordulnia. A hátára vetülő fény metálzölden csillogott.

– Rózsabogarak – súgtam, aztán visszaegyenesedtem, és elismételtem Isaacnek is: – Ezek itt mind rózsabogarak. Szerintem tenyészti őket. Erre kellett az a sok alma. Azzal eteti őket.

– Uramisten! – Isaac sípolva vette a levegőt. – Akkor ő csinálja... akkor *tényleg* ő csinálja, Zack... – mondta siránkozó hangon, de már elfeledkezve magáról, és cseppet se suttogva. – Ez elég bizonyíték lesz ellene? Ugye ezzel már a rendőrök se tudnak vitatkozni?

De én is csak reménykedni tudtam, ígérni nem. Hogyan is tehetném, ameddig nincs indíték? Hogyan vádolhatnék, ha nincs alapos bizonyítékom egy olyan asszony ellen, akit kéthetente meglátogatok, és akivel látszólag évek óta jó a családom kapcsolata? Kinek hinnének, és kit néznének hülyének egy ilyen feljelentéssel, hogy bogarakat találtunk betörés közben? A seriff a képünkbe röhögne, de azért még vígan bent tartana minket éjszakára. Nem, ide egy vallomás is kellett. Egy előre megfontolt szándék.

Zajt hallottunk a nappaliból. Nem is akármilyet. *Mozgás* zaját. Isaac olyan erősen markolt a karomba, hogy elejtettem a zseblámpát, és kis híján felkiáltottam fájdalmamban.

– Pucoljunk! – kért esdekelve Isaac, mostmár teljes hangerővel. – Most biztos, hogy felébresztettük.

– Nem – mondtam higgadtan, mire a barátom kiguvadt szemmel bámult rám. – Már régen ébren van. Tudja, hogy itt vagyunk.

– Micsoda?!

– Gyere! – Kicsavartam a markában szorongatott lámpát, és én világítottam ki az utat a nappaliba. A fotelban egy sötét folt pöffeszkedett. Isaac egész testében remegett, úgy bújkált a hátam mögött, és úgy kapaszkodott belém, mint egy királylány, akit most menekítek ki a sárkány karmai közül.

– Megtaláltátok, amit kerestetek, *bogaraim?*

Isaac felvisított, amikor Helené szájában felvillant valami, pedig csak egy szál cigarettára gyújtott rá, ami minduntalan felizzott, amikor az ajkához emelte, és beleszívott.

– Talán többet is – mondtam. Amikor a fény Helené ráncos, aszott bőrére vándorolt, láttam rajta, hogy mosolyog. Öreg keze elegánsan tartotta a dohányrudat.

– Micsoda veszteség! – énekelt nyájasan, mintha éppen csak látogatóba, teázni érkeztünk volna az otthonába. – Itt van ez a gyönyörű, tradicionális ünnep, és ti, gyermekeim, egy vénasszonyra fecsérlitek az időt.

– Nem érdekel, hogyan. – Előre léptem egy lépést, még akkor is, ha Isaac vadul húzott visszafelé. Néhány macska előbukkant a bútorok mögül. Sárga szemük foszforeszkált a félhomályban. – Csak azt akarom tudni, hogy miért.

Helené újat szívott a cigiből. A másik keze a karfán pihent. Mindössze pár centire a telefonkagylótól. Kifújta a füstöt, miután köhögés nélkül letüdőzte, és csak utána válaszolt:

– Csalódást okozol. Nem vagyok ostoba kérdésekhez szokva tőled, Zackary – mondta. Kicsit oldalra billent a feje, a csavarók megbillentek a hajában. Nagy sokára rájöttem, hogy Isaackel keresi a szemkontaktust. – A barátodtól talán, na de tőled? A nagy tervek agyafúrt kitalálójától…

– Elég a játékból! – csattantam fel. – Nem kérünk több idézetet, sem megfejtendő rébuszt tőled…

– Az bizony nagy kár – csóválta a fejét. – Mert nem is én küldöm őket nektek.

Éreztem, hogy Isaac egy pillanatra abbahagyja a remegést mögöttem. A halántékomon izzadság gyöngyözött. Nem sok kellett ahhoz, hogy pontrúgással küldjem Helenéhez a dögöt, amelyik a bokámhoz táncolt.

– De a bogarak, a Biblia… – soroltam kétségbeesetten. Helené leplezetlenül kuncogott, mint egy fiatal fruska. – Te… – nyögtem. – Te tudod, hogy ki csinálja, igaz?

Isaac lélegzete egy pillanatra elakadt mögöttem.

Helené tett egy elegáns, teátrális mozdulatot, mintha meghajolna a nagyérdemű előtt.

– Magam leckéztetnélek meg benneteket, ha nem lennék ilyen állapotban. – A karfát szorító keze most dühösen rácsapott a mozdulatlan, csonttá aszott

combjára. – Ami azt illeti, őt is próbáltam lebeszélni róla, de sikerült meggyőznie, hogy ti most, ennyi év után sem értitek, hogy mit műveltetek...
– Bárki is az – sziszegtem –, te segítesz neki!
– És nem én vagyok az egyetlen, édes fiam.
– Fel fogunk jelenteni benneteket! – fenyegettem. Helené köhögött, de nem a nikotintól, hanem a kibuggyanó nevetéstől.
– Szívesen látnám a seriff arcát, amikor a vádakat hallgatva visszaemlékszik, hogy mit tettetek a szeretett gyermekével...
– Szóval ő is benne van – vádaskodtam, de Helené mindvégig teljesen higgadt maradt.
– Azt hiszem, még mindig maradt mit tanulnod, drága fiam.
A vér vadul dörömbölt, zubogott a fülemben.
Egy vörös macska, ami nagyon hasonlított ahhoz, amit az út közepén láttunk Noah-val, amikor megálltunk a furgonnal a híd közepén, odatelepedett Helené lábához. Az anyó elnyomta a csikket a kristálytálban. Szaggatottan lehajolt, és megvakargatta az állat fültövét.
Felfordult tőle a gyomrom.
– Nem vagyok a fiad. – A fogaim csikorogtak. – Sosem voltunk a gyerekeid. Se én, se a húgom.
– Még szerencse – hagyta rám egykedvűen. – A szüleid helyében én biztos belehaltam volna a szégyenbe. Mondd csak, a húgod tudja, hogy valójában miért félnek tőle az emberek?
Isaac mocorogni kezdett mögöttem.
– Haver – mondta elcsukló hangon. A forró lehelete csiklandozta a tarkómat. – Pucoljunk, ameddig lehet! Amiért jöttünk, megkaptuk, nincs miért maradnunk.
Helené méretes feneke alatt megreccsent a fotel.
– Jól figyelj a barátodra, mert most szólt először valami használhatót – javasolta mézes-mázasan. – Ha jobban belegondolok, a szüleitek nagyszerűen választottak nevet nektek. Zackary, akiről az úr megemlékezik, Isaac, aki nevetést hoz, és persze Noah, aki békében nyugszik.
A levegő megrekedt valahol a tüdőmben.
– Ha elfogadtok egy útravalót – folytatta Helené –, én biztos érdeklődnék a harmadik hogyléte felől.
Az aggodalom tüzes ostorral csapott a képembe.
– Nincs senkiben nagyobb szeretet annál, mintha valaki életét adja barátaiért[19].
Noah.
Ameddig mi itt fecséreljük az időt, ki tudja, hogy a valódi elmebeteg mit tett Noah-val. Biztos nem véletlen, hogy nem tudott csatlakozni hozzánk ma este. Nem hiszem el, hogy ilyen ostoba vagyok, hogy ez eddig nem jutott eszembe.
Feltéptük az ajtót, faképnél hagytuk a boszorkányt, és lélekszakadva rohantunk a furgon felé. Isaac néha megbotlott a göröngyös földúton, de nem álltunk meg. Nem volt vesztegetni való időnk.
Talán így is késve érkezünk.

---

[19] János 15:13.

11. Fejezet

◊ Dr. Gavreel ◊

A kulcscsomó sokáig zörgött a markomban, mire az egyetlen ezüstszínű a kezembe akadt. A rezesek a munkahelyem zárait nyitják. A kaput, az irodámat, a gyógyszeres vitrint, az aktás fiókot és a többi. Mulatságos belegondolni, hogy az erynnisville-i tényleges otthonomhoz mindössze egy kulcs tartozik a csomón.

Puhán nyitom az ajtót, de közben eszembe jut, hogy már nem lakik velem a kutyánk, Molly, ezért nem kell annyira finomkodnom az érkezéssel. Lámpát kapcsolok az előszobában, és ez a fény egészen a nappaliig kísér. Meglazítom a sálamat, de nem tekerem le a nyakamról, hanem forró érzéssel a torkom körül sietek a dohányzóasztalhoz. Slendrián módon ledobom a cuccaimat, és lerúgom a fényes, hegyes orrú cipőmet. „Ilyet hordanak a menő orvosok" – mondta a lábbelire Tessa, amit azelőtt választott, hogy elvitt volna bemutatni az apóséknak. Bocsánat, exapóséknak.

„Na ja!" – méltattam magam is a választást. „Meg a felvágós sznobok." – Nem akartam menő orvosként feszíteni a kényelmetlen cipőmben. Céltudatos férfiként akartam a menyasszonyom szülei elé járulni, hogy megkérjem tőlük a lányuk kezét. Tessa persze megharagudott: „Miért nem tudod egyszer rám bízni magad, az isten szerelmére?" – kérdezte. „Miért megy nekünk minden ilyen döcögősen?"

Nem tudom – mondhattam volna neki akkor, mégsem jött ki egy hang se a számon. Pedig sok betegem is kérdezi tőlem, csak éppen saját magával kapcsolatban:

– Miért megy ez nekem ilyen nehezen, doktor úr?
– A választ igazából önmagában kell keresnie – szoktam mondani nekik.
– De maga már tudja is, hogy mi az, ami hátráltatja, jól mondom? – *Ej, de jól jött volna, ha hasonló okosságokkal talál meg valaki akkoriban engem is!*

Ruganyos mozdulatokkal trappolok fel az emeletre, miközben a kabát félig a hátamon, félig a levegőben csüng. Benyitok az első ajtón a dolgozószobámba, ahol minden szépen, rendben vár a helyén. Kihegyezett ceruzák, kupakkal ellátott tollak, nagyságrendbe sorolt binder csipeszek és papír. Rengeteg akta. Egyébként nem vagyok ilyen precíz, sőt mondhatni meglehetősen trehány vagyok, de a munkahelyemen már közel sem ilyen esztétikus a helyzet. *Na, persze. Ott sokkal több időt töltök, mint itthon.*

Jó dolog a rend, de ehhez az is hozzátartozik, hogy minden fontosabb jegyzetem és telefonszámom az irodámban maradt. Könnyű fenntartani ezt az állapotot, ha a kiegészítők, amik a kuplerájt okoznák, nincsenek is a birtokomban. *Pech.* Végső elkeseredésemben felnyitottam a laptopot az íróasztalon. Az Apple jó vétel volt. Csak négyéves, de nagyot hullámvasutazott költözés közben, ezért fél életévben már nem muzsikált olyan jól, mint megszoktam tőle. Erynnisville-ben aligha találnék Macbook szerelőt, bár a Newman Műhelyben kétségkívül bármit megszerelnek a srácok.

Összeszorult a torkom a gondolatra, amikor eszembe jutott Zack Rivers. Minél többet hallottam Rose Hale-ről, minél mélyebbre ástam Sloane tragédiájában, annál biztosabb voltam benne, hogy a Rivers fiú tehet róla. Nem lehet véletlen, hogy a két eset ennyire hasonlított egymásra. Az sem, hogy azon az estén rábukkantam a Hale ikrekre. Az pedig szintén nem, hogy Erynnisville-be, és nem Stowe-ba vagy máshova költöztem azon a nyáron.

Hátrabillentem a székkel, és rámarkoltam a radiátorra. Jéghideg volt. Áldottam az eszem, amiért a sál még mindig a nyakamban volt. Mire visszaérkezett a szék sarka a padlóra, a monitor végre betöltött. Bepötyögtem a kódot, és lázasan rákattintottam az internet ikonra. Egyszer nyugodtan, aztán sokszor, ingerülten. Nem lehet igaz, hogy mindennek éppen most kell felmondani a szolgálatot. *Igaz is* – kaptam észbe –, *anthesztéria estéje van, amikor a szellemek tréfálkoznak velünk. Miért éppen ma este lenne nálam a telefonkönyvem, valamelyik akta, és miért most tudnék rákapcsolódni az internetre?!*

Mutatóujjammal a K billentyűt pötyögtettem. *Most mihez kezdjek?* – Válaszokat akartam, méghozzá haladéktalanul, de túl későnek tartottam már az időt ahhoz, hogy ész nélkül a pszichiátriára vezessek. Túl zaklatott voltam ahhoz, hogy a kormány mögé üljek. „Add ide a slusszkulcsot, Matt, majd elviszlek én!" – mondta Tessa, ha több alkoholt ittam a kelleténél. De ezt mondta akkor is, amikor anya beteg lett, kórházba került, és annyira remegtem, hogy a cipőmet se bírtam bekötni, amikor látogatóba készültünk hozzá. Ez a rendelő egészen más terep volt, mint az enyém. A pittyegő hangok, a mechanikus zajok és a steril szag. A folyosón megszorítottam a menyasszonyom kezét.

Belém hasított Tessa hiánya. *Eddig miért nem éreztem? Erynnisville annyira levett volna a lábamról, hogy képes voltam a szemetesbe dobni az együtt töltött éveket? Könnyebb volt menekülni? Mikor váltam a saját páciensemmé, hogy megoldás helyett az egérutat válasszam? Sosem voltam az a megúszós fajta. Mikor vált belőlem az a személy, aki örökösen a vészkijáratot keresi?*

„Csak ki kellett szellőztetnem a fejem egyedül" – mondják a betegeim. *Magány kellett ahhoz, hogy ráébredjek, ki is vagyok valójában, mert ebben a kapcsolatban teljesen elvesztem. De ki vagyok Tessa nélkül? Egy szánalmas bohóc, aki kedvére dohányozhat, anélkül, hogy bárki megszólná érte. Akkor felteheted magadnak a kérdést, Matthew: megérte? Ez a szabadság az, amit annyira akartál?*

Fel sem fogtam, mit teszek, amikor a vezetékes telefon már a kezemben volt. Főként az üzenetrögzítés miatt rendeltem meg a készüléket, de egyébként is nehéz volt térerőt találni a dimbes-dombos városban, ezért a seriff ezt az opciót javasolta, amikor segített kipakolni a dobozaimat a teherautó hátuljából.

Furcsán búgott a vonal, nem úgy, mint szokott. Talán csak a szellemek babrálják a telefonvezetékeket, vagy tényleg régen tárcsáztam olyan hívást, ami *igazán* jelentett valamit. Álmos hang motyogott a túlvégén. Annyira megijesztett, hogy kis híján elejtettem a kagylót.

– Jézusom! – kaptam észbe köszönés helyett. – Eszembe se jutott, hogy hány óra lehet nálatok – szabadkoztam, szóhoz sem hagytam jutni a másikat. –

Mennyi az idő ott? – Kétségbeesetten kutattam valami időt mutató masina után, mire észbe kaptam, hogy egy éppen a csuklómat szorítja. – Hajnali egy? Nem is, inkább negyed kettő.
– Ki beszél? – Ez már ő volt: Az én Tessám, ha lehet még ilyet mondani. Határozott, karakán és mindig tettre kész. Igen, ez már sokkal inkább ő volt. Szinte elképzeltem, ahogy lerúgja magáról a vastag takarót (mindig szörnyen fázós volt, és olyanra hűltek a lábai, mint a jégcsapok), és ijedt szurikátaként pásztázza a szoba sarkait.
– Ne lőjön le senkit, biztos úr! – viccelődtem egy régi emlékkel, amikor hasonló módon nekem szegezte a távirányítót: – Megadom magam!
A sípoló csönd szinte megsüketített.
– Matt – suttogta gyengéden. Olyan közel volt, mintha ott feküdnék mellette a takaró alatt. Aztán a varázs Tessa álmának utolsó morzsájával elillant. Azt hiszem, mindketten felébredtünk. – Tudod, mennyi az idő? – kérdezte vádlón.
– Ami azt illeti, fogalmam sincs – vallottam be.
– Te ittál?
– Csak két deci puncsot – vallottam be, és mivel ez így is eléggé sántított, még hozzátettem: – Fesztivál van a helyieknél.
– Helyiek? – faggatott. – Hiszen te is ott élsz két éve.
– Ahhoz, hogy valaki ténylegesen Erynnisville polgára legyen, több idő kell...
Textil surlódása szűrődött be a túloldalról. Tessa talán magára kapott valamit, talán csak visszabújt a paplan alá.
– Más a számod – állapította meg, és a kisebb szünetből arra következtettem, hogy ásított egyet. – Nem is akartam felvenni, mert azt hittem, valami elmebeteg.
– Hát, nem sokat tévedtél.
Csönd. Feszülten karcolgattam a kagyló szélét. Szinte éreztem, hogy egyszerre veszünk levegőt, de ő gyorsabb volt nálam.
– Miért hívsz ilyenkor?
Mert hiányzol – akartam rávágni, de mivel nem válaszoltam, a szó egyszer csak dőlni kezdett belőle:
– Azt hittem, megbeszéltünk valamit. Elmentél, elvitted a cuccaidat, de megállapodtunk, hogy nem lesznek ilyen játékok. Nincs virág, nincs képeslap, nincs e-mail, sem „jajdemegbántam, gyere vissza" cédula.
– És látod bármelyiket is?
Dühösen felmordult, amitől most biztos édes ráncok bukkantak fel az orrán.
– Ne gyere nekem a pszichiáter műsorral, Matt! – csattant fel, és én hogy imádtam, amikor ilyen tűzrőlpattant volt. A nagy veszekedések forró kibékülésekbe torkolltak, és minden butaság, amin korábban vitatkoztunk, egyszerre megoldódott. Egészen addig, amíg rá nem gyújtottam megint a lakásban. – Nem vagyok a páciensed!
– Nem is a betegemet hívtam – mondtam higgadtan, de nem gondoltam, hogy a végére olyanná válik a vallomás, mintha egy megszállott mondaná. – Hanem... egy barátomat.

Nem vágott vissza. Tehát megenyhült. Ettől én is felbátorodtam. Még két év után is ismertem azokat a szavakat, amikkel meg tudtam lágyítani őt, és ez valamiért elégedettséggel töltött el. Valószínűleg egyedül feküdt az ágyban is, hiszen jó esély volt rá, hogy az új lovag majd kikapja a kezéből a telefont, és jól elküld a francba. De nem történt ilyesmi. Tessa hálószobája csöndes volt. Valamiért ettől még boldogabb lettem. *De akkor miért érzem ilyen méretes tahónak magam?*
— Mi a baj? — A kérdés gyöngéden magához húzott és átölelt. Nem úgy érdeklődött, hogy „Történt-e valami?", hanem úgy, hogy „Mi a baj?". Tessa tudta, hogy ki vagyok, mire gondolok, mi zajlik bennem. Tudta, hogy ki vagyok borulva. Hogy olyan súly nyomja a vállam, amit egyedül már nem bírok el, csak ha átadok kicsit belőle. Ettől a felismeréstől csaknem elbőgtem magam.
— Zsákutcába kerültem, Tess — suttogtam. — Túlléptem a hatásköröm, és olyasmiket tudtam meg, amik miatt nem maradhatok többé tárgyilagos.
Más nő, ha szakított velem, szimplán rám csapta a telefont. Előtte elhordott mindenféle utolsó szemétnek, amiért nekem a tanulás a legfontosabb. Hogy egy elkényeztetett, önző barom vagyok, akinek ezüstkanál lóg ki a szájából. Igazuk volt. De sosem akartak a burzsuj ficsúr mögé látni. Soha nem is látták Matt Gavreelt. Csak a durcás kisfiút, Mattyt, akire nem volt elég ideje a gazdag szüleinek. Akit szolgálók, teniszedzők és magántanárok vettek körül.
Kivéve Tessát.
— Jó orvos vagy, Matt — duruzsolta. Elképzeltem, ahogy vékony ujjaival a hajamba túr. Megborzongtam. — És nagyszerű ember. Meg fogod találni a megoldást, tudom.
— Már így is nyakig vagyok az egészben. Nem tudom, hogyan másszak ki belőle. — Az asztalra könyököltem, és a tenyerembe döntöttem a homlokom. Úgy beszéltünk, mint az európai munkáim alatt, amikor csak így, kizárólag telefonon tudtuk tartani a kapcsolatot. Akkor a távolság se tudott elválasztani bennünket. *Mi történt velünk, Tess?*
— Bárcsak segíthetnék. — Őszintének hangzott, de tudtam, hogy nem erőlködik. Igazat mond. Tessa már csak ilyen: önzetlen és segítőkész. Nem véletlenül választotta a szociális munkás hivatást. Udvariasan meg akartam köszönni, hogy együttérez velem — annak ellenére, hogy mekkora barom voltam két évvel ezelőtt, amikor elhagytam, és akkor...
— Talán tudsz — mondtam izgatottan.
— Hogyan?
— Még ott dolgozol, ahol... régen? — Nehezemre esett volna másként feltenni a kérdést, mondjuk, hogy „amikor még együtt voltunk", és bár maradéktalanul biztos voltam benne, hogy Tess fejében is megfordult hasonló, mégsem nehezítette meg a dolgom.
— A Nők a Nőkért szervezetnél. — A pulzusom szaporán dübörgött a mellkasomban. Tessa munkatársainak a bántalmazott nők volt a szakterülete. Az ő segítésükkel foglalkoztak. Hitvallásuknak tartották, hogy az áldozatok ne érezzék hibásnak magukat, merjenek kiállni önmagukért, és ne engedjék, hogy az abúzus az egész életükre kihatással legyen. Csaknem felkiálltottam örömömben.

Ha ez sikerülne! Ha ebből az irányból ki tudnék deríteni valamit! Édes istenem, akkor talán kézzel fogható bizonyítékom lenne! Talán örökre megváltoztathatnám Sloane Rivers életét.

– Ha megkérlek – próbáltam óvatosan –, utána tudnál nézni valakinek az adatbázisotokban?

Csörgést hallottam, mintha Tessa levert vagy felborított volna valamit maga mellett az éjjeli szekrényen.

– Te tudod a legjobban, hogy azok titkosak – mondta szigorúan.

– Nem kérnélek, hogy járj tilosban a kedvemért, Tess, ha nem lenne ilyen fontos – válaszoltam szelíd hangon.

Csönd. Egy idő után már fulladoztunk benne, pedig tudtam, éreztem, hogy Tess oldalán valósággal tombolnak az érzelmek. Viaskodott az esze és a szíve, de ebben a meccsben kiegyenlítetlen volt a győzelem aránya. Az előbbi vereségében bíztam jelenleg is.

– Egy lányról van szó? – kérdezte. Sok mindenre számítottam, de erre egyáltalán nem. Azon kaptam magam, hogy mosolygok. Tessa sosem volt az a féltékeny típus, de nyilván a két év alatt sokat változott. Megmelengette a szívemet a gondolat, hogy még érdeklődhet irántam ezen a téren.

– Igen – vallottam be, de a miheztartás végett azért hozzátettem: – De szigorúan csak szakmai szempontból érdekel. Az esete aggasztóan sok egyezést mutat egy másikkal, és tudni szeretném, hogy becsavarodtam, vagy a történelem megismétli-e önmagát.

Tompán kattant valami, Tessa talán felkapcsolta a kislámpáját.

– Mindig a lehetetlen esetek voltak a gyengéid, igaz? – Tudtam, hogy most ő is mosolyog. Észvesztően akartam most látni ezt az arcot. Még annál is jobban, hogy pontot tegyek a Rivers-Hale eset végére.

– Tudod, hogy igen – súgtam úgy a választ a kagyló mikrofon részébe, mintha egy erotikus, intim műsort szinkronizálnék. Zavarba is jöttem a mély orgánumtól, ami feltört a torkomból. Rájöttem, hogy bár nem csavartam fel a fűtést, már egyáltalán nem fáztam.

– Mondd a nevet – adta be a derekát Tess.

– Raisa vagy Rose Hale – hadartam izgatottan –, attól függ. Nálam mindig másként szerepel.

Képzeletemben Tessa a válla és az arca közé szorította a mobilt, miközben a kis noteszába firkálta az információkat. Abba, amit tőlem kapott.

– Születési dátum?

Megint vigyorogtam. Most olyanok voltunk, mint régen. Szövetségesek. Elpusztíthatalanok. Pedig azt hittem, ez a kettő biztos nem lehetünk. Főleg nem együtt.

– 1986. november 11.

Tessa belehümmögött a telefonba.

– Meglátom, mit tehetek.

Igen, ezt éreztem én is. Meglátom, mit tehetek magamért, kettőnkért és természetesen Sloane Riversszért.

◊ Aiden ◊

Tizenegy környékén már két befőttesüveget is sikerült teletömnünk. Szerintem nem túlzás azt állítani, hogy az üzlet még sosem termelt ilyen jól. A kávék és a teák elfogytak, de a könyvekből is csak egy-kettő maradt a nyakunkon. Így már nem is kellett többé igénybe vennünk Aaron segítségét, hogy visszaszállítsuk a Könnyekbe a maradékot. Az értékes darabokat szétosztottam a lányok között. Sloane becses kincsként őrizte a sajátját, Theia viszont szkeptikusan méregetett az asztal túloldaláról.

– Talán majd később megtanulod értékelni – mondtam, de szemlátomást a lányt egy cseppet sem tudtam meggyőzni efelől.

– Jó, majd szólok – ígérte.

Sloane diadalmasan felemelte az egyik pénzes ládikót, és így szólt:

– Mit csináljunk ezzel?

Theia azonnal felvillanyozódott.

– Menjünk Vegasba hétvégére! – Mivel szúrós pillantást küldtünk felé, így lefaragott az álmaiból. – Jó, de legalább akkor Manhattanbe?

– Az elég jó hely – mutattam fel a hüvelykujjam, Sloane-t viszont nem sikerült maradéktalanul meggyőznünk.

– Inkább azon kéne törni a fejünket, hogy kihelyezzük a standokat tavasszal az angyalszobrokhoz.

Összenéztünk. Theia elcsípte ezt a törékeny pillanatot.

– Több síelésre nem megyek el, ha ennyi mindenből kihagytok – panaszkodott. Sloane letette az üveget. Letépett pár papírtörlőt, és gondosan végigsuvickolta a nagymamája öreg asztalát.

– Csak egy ötlet volt – mondta félszegen. – De több is van.

– Például? – sürgette Theia.

– Szeretnék cukor- meg gluténmentes sütiket árulni – vallotta be kissé vonakodva Sloane. Nem nézett egyikünkre sem, csak a piszkos textilt gyűrögette a markában. – Alig lehet ilyesmit találni Erynnisville-ben, pedig biztos lenne igény rá. Szeretném, ha nálunk mindenki megtalálná azt, amit keres.

– Jól hangzik – biztattam, mire végre találkozott a pillantásunk.

– Nem biztos, hogy ebben Zack is egyetért – mondta lemondón.

Theia egyik szuperképességével, a világon minden lehetséges optimizmusával együtt így szólt:

– Ezt a pénzt közösen gyűjtöttük – mutatott rá. – Vagyis arra költjük, amire akarjuk. Ha bővíteni szeretnéd a boltot, szerintem az ellen a bátyádnak sem lehet semmi kifogása.

Fura gondolat suhant át az agyamon.

– Akarod, hogy beszéljek vele?

Sloane rémült arcot vágott.

– Inkább ne! – visszakozott hevesen. – Azt hiszem, ha tőled hallaná, akkor még kevésbé egyezne bele. Így sem tudom, mit fog szólni ahhoz, ha rájön, hogy honnan jött ez a sok bevétel.

Theia csípőre tette a kezét.

– Fura, hogy még csak nem is dugta ide az orrát – fecsegte.

- Nem bánom - adott hangot a megkönnyebbülésének Sloane. - Féltem tőle, hogy jelenetet fog rendezni. De csak idő kérdése, hogy Isaac felvilágosítsa.

Összegyűrtem a kartondobozokat, aztán a szemeteszacskóba szuszakoltam őket.

- Késő bánat - mondtam. - Már eladtunk mindent.
- Egyébként az a fafejű már több mint egy órája járt itt - célozgatott Theia a Hunt fiúra. - Szerintem, ha Zack annyira ellenezte ezt az egészet, akkor már rég Gaia szemébe szórta volna a bódét.

Sloane a hátizsákba gyűjtötte a kiürült termoszokat. Felhalmozta a papírpoharakat és a használt teás filtereket. Lázas izgalom lett úrrá rajta, aminek többé semmi köze nem volt a vastag bevételünkhöz. - Mindenesetre jobb lesz eltűnteni a nyomokat - motyogta.

Theiával sokat mondó pillantást váltottunk. A lány illedelmesen elfordult, miközben leguggoltam Sloane-hoz, gyengéden megérintettem a könyökét, és óvatosan magam felé fordítottam. Olyan közel voltunk egymáshoz, mint múltkor a Könnyekben. Ilyen közelségből tisztán ki tudtam venni a szeplőit és a sűrű szempilláit. Orromba szívtam az édes-fűszeres parfümjének illatát.

- Nem félhetsz tőle örökké - suttogtam.

Sloane sértődöttségtől vegyes rémülettel nézett vissza rám.

- Nem félek Zacktől - állította makacsul.
- Ő tart fogva téged, vagy te saját magadat?
- Egyik sem.

Felvontam a szemöldököm.

- Akkor miért remegsz?

Sloane elpirult. Nyitotta a száját, hogy válaszoljon, és mit meg nem adtam volna érte, hogy halljam, amit mondani akar, amikor azonban rikoltozós lányok hangja szakított félbe bennünket. Felegyenesedtem. Ránézésre egykorúnak tűntek Theiával. Első látásra nem találtam ismerősnek őket, de amikor megszólaltak, már tudtam, hogy összefutottunk valahol.

- Mi újság, Theia? - integetett az első, mire a mögötte lévő kettő is biccentett a fiatalabb baristalánynak. Theiára néztem. Szemlátomást kicsit sem örült a társaságnak, de azért szorult bele annyi udvariasság, hogy fogadja a köszönésüket.
- Jól szórakoztok? - kérdezte, de félig oda se figyelt. A mobilján pötyögött valamit, aztán csak úgy mellékesen odapillantott a három lányra is. Az egyikük egy vödröt lóbált. Valószínűleg az egyik játék során gyűjtött magának valamit a bódék között barangolva.
- Igen, de ahogy látom, elkéstünk - szólalt meg egy másik. - A ti bódétokról már lekéstünk.

Ekkor beugrott nekem. Nemcsak a hangok, hanem az is, hogy miért nem volt ismerős az arcuk: A görög étteremben hallgattam ki ennek a három lánynak a beszélgetését. Hogy miként stoppolnak le maguknak fiúkat, mennyire kedvelik Theiát, és... hogy Sloane-t mennyire nem.

Lopva Sloane felé sandítottam. Ügyet sem vetett a lányokra. A porcelánokat csomagolta a megmaradt újságpapírokba, hogy ne essen semmi bajuk a visszaútjuk során. Vagy nem akart, vagy nem tudott nyitni a lányok felé, de talán jobb is volt így. Nem akartam, hogy előtte is olyan gúnyos kifejezéseket használjanak, mint a múltkor.

– Talán majd jövőre – mondta minden sajnálkozást mellőzve Theia. Szinte kedvem támadt összepacsizni vele.

– De azért ne várjunk addig – csevegett a lány, akit talán Abigailként emlegettek a társnői. – Úgy látom, még van pár könyvetek.

Éhes tekintetek szegeződtek rám. Szinte melegem lett tőlük.

– Sajnos ezek nem eladók. – A három lány összekuncogott. Ez akár megggyőző zavar is lehetett volna, de a múltkori gonoszkodásaik után aligha tudtam komolyan venni ilyen rosszindulatú teremtéseket.

A Sarah nevű lánynak, akit én egy méretes masnival képzeltem el a hajában, elsötétült a pillantása. Először nem értettem a hirtelen pálfordulás okát, de aztán követtem a tekintetét, ami a háttérben serénykedő Sloane-on akadt meg.

Gombóc nőtt a torkomba. Ez a látogatás még Zack Riversénél is baljósabbnak ígérkezett.

– Akkor talán marad még egy csészényi kávétok – mondta Sarah. Kellett pár perc, mire Sloane-nak leesett, hogy hozzá beszélnek, illetve neki célozgatnak. Nem volt figyelemhez szokva, mindenesetre reménykedett benne, hogy a lányok nem találják meg efféle kívánságokkal.

– Attól tartok, hogy mindent eladtunk – mondta bocsánatkérően. – De ha gondoljátok, maradt pár filter teánk. Forralunk hozzá nektek vizet.

Sarah felciccent.

– *Filteres tea*? – Úgy ejtette ki a szavakat, mintha azt mondaná, hogy pöcegödör. – Kávézni jöttünk, nem teát áztatni, amit otthon is meg lehet tenni.

– Fékezd magad, Sarah! – lépett ki az asztal mögül Theia. – Az iménti mondtuk el, hogy eladtunk mindent. – A lányok összébb húzódtak, mintha tartanának a felettük járó lánytól, pedig ő sem volt sokkal magasabb náluk. Jelenleg úgy festett a kép, mintha Theia nem csak a három gráciánál, de Sloane-nál is idősebb lenne.

– Riverst kérdeztük – feleselt Sarah. A másik kettő fedezékbe vonult mögötte. – Ki vagy te, az ügyvédje? Vagy nem tud egyedül válaszolni?

– Ti is hallhattátok, hogy válaszolt – mondott ellent Theia, de Sarah ügyet sem vetett rá. Lábujjhegyre állva ismét Sloane-hoz intézte a szavait:

– A bátyád nélkül nem is tudsz megszólalni? – gonoszkodott. – Néma vagy, esetleg értelmi fogyatékos?

A szituáció kísértetiesen hasonlított Moore látogatásához, mintha ezek a lányok a gonosz unokái lennének, ezért nem akartam hagyni, hogy odáig fajuljon a dolog. Sloane ugyan nem zárkózott el a kemény kagylóhéj mögé, de nem is akartam, hogy ilyesmi bekövetkezzék.

– Ebből elég! – Megkerültem én is az asztalt, és Theia mellé sorakoztam. A lány alig ért a vállamig, a három másik pedig még nála is alacsonyabb volt. Ahogy rám néztek, nem tudtam eldönteni, hogy csodálnak vagy tiszta szívből gyűlölnek. Talán egy kicsit mindkettő. – Nyugodtan haza lehet menni. A ti korotokban már ágyban lenne a helyetek.

Sarah elvette a vödröt Abigailtől, aki olyan ábrázattal adta át a fémtárgyat, mintha menten elbőgné magát közben.

– Természetesen megyünk – mondta hirtelen megszelidülve. Úgy éreztem magam, mint akit fejbe ütöttek valamivel, ezért nem is tudtam megakadályozni azt, ami a következő pillanatban történt. – De előbb itthagyjuk ezt. – Sarah karja meglendült a vödörrel együtt. Theia előre tört, hogy a testével szabjon gátat a kiömlő folyadéknak, én viszont magasra nyújtóztam, hogy megóvjam Sloane-t attól, hogy ő is részesüljön a kifröccsenő adagból.

Mire felocsúdtunk, mindhárman tetőtől-talpig mocskosak voltunk. Theia megszagolta a drága dzsekijét.

– Áfonya – fintorgott. – Rühellem az áfonyát. Minden piros gyümölcstől rosszul vagyok.

Más esetben ez még akár vicces is lehetett volna. De más esetben nem volt velem Sloane Rivers. Hátra pillantottan, hogy épp csak ellenőrizzem, nincs-e baja... amikor megláttam.

Elborzasztott a látvány. Habár Sloane jóval kevesebbet kapott a lányoktól, mint mi: kötött, fehér pulóverén úgy éktelenkedtek a vörös foltok, mint egy baleset helyszínén a kifröccsenő vér. Hátborzongató volt. Sloane a halántékára szorította a tenyerét, én pedig tudtam, hogy mi fog következni. Elég tapasztalatom volt hozzá.

– Theia! – álltam a sarkamra. – Keresd meg Aaront! Mégis szükségünk lesz egy kis fuvarra.

◊ Sloane ◊

Próbáltam abba a hiszembe ringatni magam, hogy ez nem velem történt. Hogy nem velem történik *megint*. Egy kósza kísérletet azért megért, nem? Továbbá azt is erősen próbáltam elhinni, hogy csak a képzeletem szórakozik, ha arra gondolok, ezúttal nemcsak Aiden, de Theia is szemtanúja volt annak, amitől a legtöbb erynnisville-i tartott:

Hogy nem vagyok százas.

Azt hiszem, már csak egy ugrásra voltam a disszociális személyiségzavartól. *Ez nem velem történik.* Hanem mondjuk, Kate-tel, Julieval vagy Penelope-val. Szinte a fülemben csengett a lehasadt személyiség koppanása. Nem akartam elhamarkodott következtetéseket levonni, de jó eséllyel evickéltem egy újabb diagnózis felé.

Fogalmam sincs hogyan jutottam haza. Elképzelni sem merem, ki vetkőztetett le és öltöztetett fel az *Alice csodaországban* pizsamámba. Nem tudom megmondani, hogy miért fekszem a kanapénkon, mikor került rám a vastag takaró, amit én szoktam Zackre teríteni, ha elnyomja az álom, de a lényeg, hogy otthon voltam. Jelenleg sehol máshol nem lettem volna szívesebben. Az viszont némileg feszélyezett, hogy nem vagyok egyedül. Mikor nem kínzott már annyira fejfájás, hogy hányingerem legyen, sikerült felismernem a résztvevőket is. Az ismerős közegben idegenek beszéltek. Jobban mondva suttogtak, hogy ne frusztráljanak. Rá kellett döbbennem, hogy Zack még nincs otthon, ellenben Theia és Aiden igen. Valószínűleg ők hoztak haza, mindenesetre az útból egy halvány foszlány se derengett.

Amikor már készen álltam az összefüggő beszédre, arra kértem Theiát, hogy ne hagyjon egyedül, és töltse nálunk az éjszakát. Aidennel viszont nem tudtam mit kezdeni. Amilyen természetesen lábadoztam mellette a múltkor, most annyira zavart a jelenléte. Talán Theia miatt, talán azért, ami a Könnyekben történt, mindenesetre azt akartam, hogy elmenjen. Ebben a kiszolgáltatott stádiumban kész lettem volna bármilyen lelkifurdalás nélkül elküldeni – még mielőtt összetalálkozik Zackkel –, ha történetesen nem egy szál pólóban feszít, méghozzá a tágas nappalink kellős közepén. Töredelmesen beismerem, hogy nem találtam szavakat. Azokat legalábbis nem, amikkel el kellett volna küldenem.

Hiszen valljuk be őszintén, mikor nyílt volna új lehetőség, hogy végre közelebbről szemügyre vegyem a tetoválást, ami után alighanem négy hónapja kémkedek?

Hideg, puha tenyér simult a homlokomra. Letörölte róla az izzadságot.

– Szerintem rendben lesz – állapította meg Theia, majd a kisszékre telepedett mellettem. – Vajon szokott ilyenkor bevenni valami gyógyszert?

Itt diskuráltak, tőlem mindössze egy gondolatnyi távolságra. Miért éreztem úgy, mintha azt hinnék, hogy nem hallom, mit beszélnek?

Aiden odaballagott Theiához. Jobb kezével végigsimított a borostáján. A sercegés hússzoros nagyításban zörgött a fülemben.

– Nem hiszem – állapította meg az arcomat vizsgálva. Nem úgy festett, mint akit megdöbbenti a látványom. A legutóbbi alkalom után nem is igen volt

min csodálkoznia. – Szerintem akkor tartana valami vésztartalékot a táskájában az ilyen helyzetekre.
– Attól még tarthatnak itthon Prozacot vagy tudom is én, Paxilt.
– Ne hülyéskedj már! – korholta Aiden. – Ezek nem harmadik generációs gyógyszerek. Ha tartanak itthon valamit, akkor annak trezodon vagy nefazodon alapúnak kell lennie, de semmit nem fogunk beadni, ameddig maga Sloane el nem mondja, hogy ilyenkor mi a teendő.
Theia elismerőn végigmérte őt.
– Te aztán penge vagy.
– Láttam már ezt-azt.
– A szüleid orvost akartak faragni belőled, mi? – cukkolta Theia.
– De csak könyvtáros lett belőlem.
Theia horkantott, ami nagyon hasonlított egy visszafojtott nevetésre. – De mi mindenre jók a könyvek, mi?
Belül mosolyogtam, de a számmal még nem tudtam kifejezni.
Feljebb küzdöttem magam a háttámlán, mire mindketten megdermedtek. Tényleg elég pocsék állapotban lehettem az elmúlt órában.
– Régen gyakran kaptam citapramot – magyaráztam. – De vagy nagyon topma voltam tőle, vagy pont ingerült. Azóta az orbánc- és citromfű teára esküszöm.
Aiden és Theia összenéztek. Azokra a szülőkre hasonlítottak, akiket a sorozatokban látni. Akik csemetéjüket ért baleset után megkönnyebbülten konstatálják, „Hála istennek, hát semmi baja!".
– Jó, hogy itt vagy, Rivers – korholt játékosan Theia. Elérzékenyült arckifejezéséből arra következtettem, hogy legszívesebben a nyakamba borulna. – Már azt hittük, hogy sosem térsz vissza közénk.
– Én is – mondtam könnyednek szánt hangon.
Theia hátrarázta a hajzuhatagot a válláról. Ezzel a mozdulattal talán az aggodalmat is maga mögé tudta utasítani.
Aiden karba tette a kezét. Vérszemet kaptam. Megtámasztottam a derekam, és a mennyezet felé nyújtottam a nyakam. A fejembe vettem, hogy ezúttal nem fogom elszalasztani a felkínált lehetőséget.
Aiden alkarján – a könyökétől a csuklójáig girbe-gurba, fekete vonalak kanyarogtak. Keresztül-kasul, egymás mellett vagy összefonódva. Mintha csápok vagy indák lennének. Kedvem lett volna hosszan faggatni, hogy pontosan mit ábrázolnak, de azt hiszem, ez nem volt a megfelő alkalom erre.
Lassan visszaengedtem a fejem a párnára. Azt hiszem, egy kicsit csalódott voltam, bár igyekeztem féken tartani. Legvadabb képzeletemben tüzes szekeret, egy régi barátnő arcképét, lángoló tárgyakat képzeltem Aiden bal karjára. A megvilágosodás pillanatában, amikor lehullt a lepel a csupasz bőrről, valahogy elröppent a lelkesedésem. Habár azok a kormos vonalak sejtelmesen kanyarogtak a póló ujja alatt is, egészen fel a vállához, nem követtem tovább az útjukat.
Megkönnyebbülés fogott el.
– *Rainy day?* – tette fel a már szállóigévé nőtt kérdést Aiden, ami természetesen nem az időjárásra, hanem az állapotomra vonatkozott.
Mindent tudóan mosolyogva feleltem:
– Ez most nagyon is az.

Theia felhúzta az orrát fintorgás közben.
– Miről beszéltek? – házsártoskodott. – Tök jó idő volt ma. Aidennel összenéztünk. Ma megint egy kicsit cinkosok lehettünk.

Theia viszont – mit sem sejtve erről a szövetségről – zavartalnul folytatta:
– Ez a Sarah Winslow egy kiállhatalan némber – méltatlankodott. – Csak várd ki a hétfőt! Olyat kap tőlem, hogy azt nem teszi zsebre. De ugyanez vonatkozik Abigail Hopperre és a másik bajkeverőre is.
– Hagyd! – legyintettem. – Nem ér annyit az egész.

Theia csinos pofija felpuffadt, mint egy léggömb, amibe levegőt fújnak.
– Ezt bízd csak rám! – hördült fel. – Hadd legyen végre valami haszna, hogy a seriff lánya vagyok.

Aiden játékosan összekócolta a haját. Velünk töltött még pár percet, aztán – mintha kitalálta volna a gondolataimat – Zack közelgő érkezésére hivatkozva, elbúcsúzott tőlünk.
– Rendőri felügyelet alatt hagylak – mondta.

Theia büszkén kihúzta magát.

Lényegesen könnyebb volt a rohamot átélni, mint aztán feldolgozni, de Theiával és Aidennel kiegészülve, talán mégsem volt akkora katasztrófa. Örültem, hogy Zacknek megint nem kellett ilyen állapotban látnia. Azt biztos nem bírtam volna ki.

Aiden odalépett a kanapéhoz, hosszú lábai meghajoltak, míg végül azon kaptam magam, hogy a magas srác előttem guggol. Theia illedelmesen elfordult, és úgy tett, mintha a nagyon is létező porréteget söprögetné le az egyik bútorról. Aiden felemelte a meztelen, tetoválástól mentes kezét. Kézfejének oldalával végigcirógatta az állam vonalát. Sosem éreztem még ennyi gyengédséget.
– Rendben leszel? – Szavai többet nyújtottak minden orvosságnál. Tekintetem a szájára tévedt. Semmit nem akartam jobban annál, mint megint megcsókolni. Azt hiszem, ezzel ő is hasonlóképpen lehetett, ugyanis nyelt egyet.
– Jó kezekben leszek – mondtam.

Két oldalt óvatosan megragadta az arcom, lassan magához húzott, és amikor már azon kezdtem pánikolni, hogy milyen zavarbaejtő helyzetbe hoz Theia előtt, szája nem az ajkaimhoz, hanem a homlokomhoz ért.

Elmosolyodtam. Úgy bánt velem, mint egy gondoskodó testvér, és ha már Zack nem lehetett mellettem, pontosan erre volt most szükségem.
– Vigyázz magadra! – suttogta, aztán mielőtt felkelt, ujjai még eljátszottak a meztelen nyakamon, és futólag végigsimítottak egy hajtincsemen.

Elakadt a lélegzetem.

Sokáig maradtam így, leszerleve, mint aki túl sokat vett be a gyógyszereiből. Theia mindentudón, keresztbe font karral ácsorgott előttem, miközben vadul dobolt a könyökén. Nem siettem el a magyarázatot, de ő sem tűnt úgy, mintha hamarosan eltágítana a várakozás mellől.

Nyitottam a számat, amikor egyszerre mindent elborított a sötétség.

◊ Zack ◊

A ville térfélre érve, a furgonban robogva, átfutott az agyamon, hogy miért nem gyújtottuk fel Helené otthonát indulás előtt. *Biz' isten az sem érdekelne, hogy a seriff minket gyanúsítana először. Hát csak jöjjenek, mert Sloane életére esküszöm, ha a boszorkány tett valamit Noah-val, mi pedig kedélyesen elcsevegtünk vele közben, akkor a börtön se tud megakadályozni abban, hogy puszta kézzel fojtsam meg!*

– Lassíts! – Isaac úgy sikítozott mellettem, mint egy iskoláslány, mikor a negyedik vagy ötödik kanyarba gázoltam bele. Pedig nem hittem, hogy tud beszélni, olyan sokáig néma volt Helené otthonában. – Nem akarom még egyszer kitörni a nyakam.

– Próbáltad hívni Noah-t?

– Ki van kapcsolva – lóbálta felém a telefonját, a másik kezével pedig a szakadt ülést markolta. – Biztos csak lemerült. Ettől még nem kell betojni.

Akkorát fékeztem a kátyús úton, hogy Isaac kevés híján belefejelt a motorháztetőbe.

– Megvesztél?! – üvöltötte, miközben szemrehányón bámult. Kiszúrtam így is, pedig feszülten a kormányra markoltam, hogy kikerüljük a lyukakat a betonon.

– Ő csak segítő volt – szajkóztam megszállottan. Lassan elhaladtunk ott, ahhonnan ma este indultunk, a templom utcája mellett. Közel volt a Könnyek is, de ebben az állapotban nem tudtam ujjongani a gondolattól. Egyedül az nyugtatott meg, hogy Sloane, aki mit sem sejt erről az őrületről, talán békésen szunyókál otthon. Ez volt a mantrám. – Helené csak egy segítő volt, érted? Végig rossz irányban tapogatóztunk.

– Talán a megoldás szempontjából igen. – Isaac nagyot akart szakítani a meglátásaival, vagy csak szerette volna betölteni Noah szerepét az okfejtésben, de elég vérszegényre sikerült a próbálkozása. – De ettől még nem volt haszontalan, hogy elmentünk a banyához.

– Miért is?

– Mert megtudtuk, hogy többen vannak.

– Zseniális, Isaac. – A csuklócsontom nagyot koppant a kormányon, ahogy hirtelen felindultságból rávágtam egyet. A sötét fák, kivilágítatlan házak elmosódott foltként suhantak el mellettünk, mialatt a főuton haladtunk.

– Nem tudod, vagy nem akarod megérteni? – kérdezte.

– Mit nem akarok megérteni?

Isaac fáradtan sóhajtott.

– Ugye már tudod, hogy *miért* kapjuk ezeket az üzeneteket? – kérdezte. Sután az ölébe bámult, ezúttal kerülte a szemkontaktust. – Azzal, hogy elterelJük a figyelmünket, hogy megtaláljuk az emberünket, még nem leszünk kevésbé sárosak.

A ködlámpa megvilágított pár járó-kelő lányt az utcán. Talán egykorúak lehettek Theia O'Neillel. Úgy világított rájuk a fény, mintha kék kísértetek lennének. Nevető, vidám arcok voltak, akik hazafelé tartottak az ünnepségről. Rájuk se bírtam nézni, de Isaackel féltem folytatni ezt a beszélgetést. Olyan sokáig akartam halogatni, amennyire lehetséges.

– Ezt nem most fogjuk megbeszélni – szögeztem le. – Hanem Noah-val együtt.

Isaac ezúttal belenyugodott. A kérdés az, hogy ezek után akartam-e még, hogy megtaláljuk Noah-t? Szörnyű bűntudat kaparta a torkom. Attól, hogy a másik barátom nem kerül elő, még nem törlődik ki a múlt. Ahogy Helené is megmondta.

Nem sajnáltuk eléggé.

Jobbra indexeltem, és miután tilosban parkoltam a lakóházunk előtt, leállítottam a motort. A hallgatás alattomosan kúszott közénk. Nem néztem Isaacre, de nem tudtam az ülésen hagyni a lelkiismeretemet, kiszállni és Noah keresésére indulni úgy, hogy nem tisztázzuk a történteket.

– Haladjunk sorjában! – kértem szinte esdeklőn. – Keressük meg Noah-t, utána összetesszük, hogy mink van eddig.

Isaac bólintott. Ő szállt ki elsőként. Amikor becsapta maga mögött a furgon ajtaját, és kicsit egyedül maradtam, még akkor is görcsösen kapaszkodtam a hideg kormányba. Mintha attól elmúlna minden. Mintha attól valaki más lehetnék.

Egy kopogó hang térített magamhoz. Isaac volt. Az ablakot kocogtatta.

– Nem jössz? – tátogta.

Olyat tettem, amit máskor soha: a gyújtásban hagytam a slusszkulcsot. Abba a hitbe ringattam magam, hogy még mindenki az ünnepségen csapja szét magát. *Aztán meg, valljuk be őszintén, kinek kéne egy ilyen leharcolt járgány, mint a miénk?*

A lépcsőház dohos, büdös szaga Helené nappaliját juttatta eszembe, és bár Isaac egy szót sem szólt, biztos voltam benne, hogy hasonlóképpen érez, mert olyan képet vágott, mint aki menten kidobja a taccsot.

A körfolyósó emeletei olyan állapotban voltak, mint a régi kísértetházak, amik bármelyik percben a nyakunkba szakadhatnak. A kábelek halott póklábként lógtak ki a falból, a vezetékek kitépve hajladoztak, a téglák között ujjnyi vastagságú repedések éktelenkedtek. Elnyomtam egy sóhajt. Rátenyereltem a falra, hogy kitapogassam a villanykapcsolót, de hiába találtam meg a rücskös felületet, a nyolcadik nyomásnak sem akart engedelmeskedni.

– Nálad van a zseblámpa? – kérdeztem Isaacet, ő pedig mint aki még mindig Helené házában lopakodik, odanyújtotta a világító eszközt.

Kattintottam. A fény karcsú szívószálként húzott csíkot a folyosó meg a lépcsősor közé.

– Bekrepált az áram, vagy mi? – értetlenkedett Isaac. Abba az irányba kezdett csoszogni, ahova a lift épült. Kattogó hangra lettem figyelmes, de hiába Isaac próbálkozása, a fémkalitkának csak nem akaródzott a földszintre érkezni.

– Azt hiszem, gyalogolnunk kell – állapítottam meg, mire nekiiramodtunk a lépcsőknek. A kovácsoltvas kerítés angyalai kárörvendőn vigyorogtak ránk, miközben kibújtak egy-egy kunkori minta mögül. Csattogó lépteinket visszhangozta az üres lépcsőház.

Körbe-körbe spiráloztunk, mint szilveszterkor a konfetti.

– Hallod ezt? – kopogtatta meg a vállam Isaac.

– Ne tojj be! – korholtam. Öreg volt már az este, mi pedig fáradtak. Másra se vágytam, csak hogy a puha ágyamba dőljek. Abba a frissen mosott

ágyneműbe, amit Loanie húzott fel nekem. – Csak minket hallasz. Mindenki a parkban hejehujázik.
– Nem azt. – Isaac ezúttal megmarkolta a karom, így elérte, hogy megálljak egy pillanatra. – Hallgasd!

Mindössze egy hanyagolható, ám jelentőségteljes sóhajtásra voltam attól, hogy a képébe kiabáljak, hogy most nincs időnk szórakozni, amikor nagy sokára, végre meghallottam, hogy miről beszél:
Csöpp. Csöpp. Csöpp. Egyre sűrűbben, egyre hangosabban. Kopp. Csöpp. Kopp. Csöpp.
– Fentről jön – mondtam.
A mennyezet felé világítottam. Elkerekedett szemmel bámultam a freskó angyalokra, amiket eddig soha nem vettem észre. Pucéran röpködtek szárnyaikkal és glóriával a fejükön integettek felénk. Volt az egészben valami meghitt és hátborzongató. Olyan volt az egész helyzet, mint mi és a rejtélyes leckéztetőnk.
Végig az orrunk előtt volt, de sosem vettünk róla tudomást.
– Hát ti meg mit lopakodtok itt?
Isaac felvisított, de bevallom férfiasan, hogy nekem sem kellett sok, hogy kövessem a példáját. Éles hangja visszapattant a téglákról, és egyenesen arcon vágott bennünket. A fényt bosszúból a leleplezőnk képébe fordítottam, aki sokkal alacsonyabb és jóval törékenyebb volt, mint akire számítottam. Elképedve pislogtam a seriff lányának magas, karcsú termetére. Isaac nemkülönben.
– Theia? – kérdeztem halkan. – Mit keresel itt?
– Hát, a biztosítékot, mert valószínűleg lecsapódott – mondta a maga tizenéves lazaságával. Ahogy tüzetesebben végignéztem rajta, most vettem csak észre, hogy papucsban és szőrős köntösben ácsorog. – De erre gondolom ti is rájöttetek.
– Úgy értem, itt mit csinálsz – mutattam a beton irányába. – Ebben a házban.
– Á, Sloane meghívott – közölte olyan hangon, mintha a világ legtermészetesebb dolgát adná nekünk, gyengeelméjűeknek az értésére.
– Mikor? – kapcsolódott a beszélgetésbe Isaac.
– Hát, ma – magyarázta Theia. – Későn értünk haza, és azt mondta, nálatok tölthetem az éjszakát, de nyugi, apáméknak már szóltam.
Theia hunyorításától észbe kaptam, és jobbra kanyarítottam a fénysugarat, hogy ne közvetlenül a szemébe világítsak.
– Milyen volt az ünnepség? – kérdeztem.
– A végére már elég unalmas – rántotta meg a vállát. Vörös haja ellibbent a melléről, ami – mi tagadás – fejlettebb volt, mint a korabeli leányzóké. Elkaptam róla a tekintetem. – Sloane meg én együtt jöttünk haza.
Szóval itthon van – állapítottam meg magamban megkönnyebbülten.
– Eredj vissza a lakásba! – korholtam még mindig a falat bámulva. – Hideg van itt és sötét. Majd Isaac meg én utánanézünk a vezetékeknek.
– Oké – egyezett bele a lány, aztán sugárzó arccal integetett nekünk még a fentebbi emeletekről is. Jó éjszakát! – hajtogatta folyton. A vékony hang végigkarccolta a bőrt valahol a tarkóm és a nyakszirtem körül. *Jó éjszakát. Jó éjszakát. Jó éjszakát.*

Isaac meg én összenéztünk.

– Ne mondd ki – kértem nyomatékosan, de végtére is Isaacről volt szó, aki nem tudta magában tartani, még úgy sem, hogy közben tovább gyalogoltunk a lépcsőkön.

– Kiköpött olyan, mint a nővére.

Elszakadt bennem valami. Azzal a kezemmel, amivel az elemlámpát fogtam, nekitaszajtottam a hűvös korlátnak. Isaac felnyögött. Nem tudom, hogy a fájdalomtól vagy a gerincébe vágó hidegtől.

– Kértelek, hogy ne beszéljünk erről, ameddig Noah nincs velünk – sziszegtem az arcába. Az elemlámpa fénye a földre vetült, így Isaac arcán a rémület fekete sávokban rajzolódott csak ki.

– Nem is mondtam semmit – cincogta vékony hangon.

– Na és az O'Neil lány?!

– Nem mondtam semmit, Zé! – nyögött kétségbeesetten. A szemébe néztem. Ismerős rémület táncolt benne, amitől én magam is féltem. Lassan elernyedtek az ujjaim.

Elléptem tőle, és szabad kezemmel a hajamba téptem.

– Ne haragudj – mondtam. – Nem tudom, mi ütött belém.

– A ma... a ma este miatt van – hebegte Isaac. Bár a kedvemért igyekezett csillapítani rajta, de rajtam kívül is bárki megmondta volna, hogy nem szívesen tölt el velem több időt kettesben. – Feszültek vagyunk attól, amit hallottunk... most meg ez az egész... inkább... – tovább indult. – Csak kerítsük elő végre Noah-t!

Az út további részében, ami közel három emelet volt, egy szót sem szóltunk egymáshoz. Isaac erőt vett magán, és kopogott. Odabent lépteket hallottunk. A remény felkúszott a gyomromból, és vadul dübörgött a mellkasomban. Hát, nem esett semmi baja.

Az ajtó kinyílt és a sértetlen Noah bukkant fel mögötte. Egy béna illatgyertyát szorongatott a kezében, és szánalomraméltó képpel bámult minket. A vaníliás-fűszeres aroma megfacsarta az orromat.

– A francba! – bukott ki belőle köszönés helyett. – Szólni akartam nektek, esküszöm, szólni akartam – bizonygatta. – Kérlek, ne öljetek meg, de csak zúdult a víz. A nyomorult telefonom bukfencet hányt a tócsába, ezért foglalmam sem volt, hogyan értesítselek benneteket arról, hogy mekkora gáz van...

– Mi? – tátogott Isaac.

– De neked nem esett bajod? – akartam tudni izgatottan.

Noah hátrahőkölt egy pillanatra. Feltartottam az elemlámpát. A kacér fény megcsillant valamin a padlón, de nemcsak ott, hanem amerre a szem ellátott, mindenütt szikrázott. Az egész. Mindent elöntött a víz.

– Jézusom... – nyögtem elfúló hangon.

– Csőtörés – magyarázta Noah. – Először azt hittem, hogy nem is olyan nagy a gáz, de aztán zárlatosak lettek tőle a vezetékek a falban, az pedig az egész házban lecsapta a biztosítékot.

– Azt láttuk – helyeselt Isaac.

– De gyertek be! – Noah ellépett az ajtóból, és a hosszú folyosóból nyíló nappaliba terelt bennünket. Az előtérben bokáig állt a víz. Úgy masíroztunk

benne, mint valami menekültek. Noah egy száraz törölközőt terített a vállára, aztán gyufával meggyújtott még pár gyertyát az asztalon, mikor csatlakozott hozzánk.
– Ez katasztrófa – állapítottam meg. – Ma már nem tudunk mit kezdeni vele. Aludj nálunk!
– Nem lenne gond?
– Ne hülyéskedj, itt nem maradhatsz – csóváltam a fejem. – Van egy nagyon korrekt, kényelmes kanapénk.

Noah hálásan mosolygott rám, de látva, hogy egyikünk se viszonozza a gesztust, sőt olyan állapotban voltunk, mint akiket szintén árvíz sújtott, leesett neki a tantusz.
– Elmentetek hozzá – nyögte remegő hangon.

Isaackel összenéztünk, és sután bólintottunk. A gyertyák halvány fénye ezernyi kérdést világított meg a barátom arcán, de ő egyet sem tett fel. Ránk bízta, hogy mivel akarjuk kezdeni.
– Nem ő az, Noah – mondtam ki kettőnk helyett azt, amit a legfontosabbnak ítéltem. – De segít neki. Előbb hal meg, minthogy elárulja, ki az, de az biztos, hogy örömmel lát szenvedni mindhármunkat.
– Beismerte?
– Nem kellett! – horkantott az emléktől még borzongva Isaac. – Konkrétan tenyészti a bogarakat. Azokat, amikről az üzenetek szólnak. Amikor Zack szembesítette, még csak nem is tagadta. Inkább büszke volt. Azt mondta, ha képes lenne rá, akkor ő maga tenné ezt velünk. Ebből nyilvánvaló, hogy csak másodhegedűs a tervet illetően.
– Elmondta, miért?

Felszegtem az állam. Nem volt egyszerű. Mintha ólomból gyúrták volna. Ilyen nehezek voltak a bűneink és az emlékeink is. Talán most értette meg Noah is, és minden további szó felesleges volt. De attól még ki kellett mondanom. El kellett hangozzék, hogy valóságos legyen, és testet öltsön előttünk. Tizenhat év után.
– A lányok miatt – mondtam. – A lányokért. Mert nem sajnáljuk. Mert még most sem értjük, hogy mit tettünk.

Noah kifürkészhetetlen arccal bámult rám. Mintha tudta volna. Mintha mindig is sejtette volna. Talán így is volt. Talán mindhárman tudtuk, hogy megérdemeljük, csak nem akartuk beismerni. Könnyebb volt azt hinni, hogy mi vagyunk az áldozatok, hogy valaki igazságtalanul szórakozik velünk, és nem engedi, hogy tisztességes, nyugodt életet éljünk.

Csobogott a víz, mialatt Noah lassan odasétált hozzám, és a kezembe nyomott valamit.
– Akkor már ennek is több értelme van.

Már meg sem lepődtem a régi géppel nyomott üzenet láttán, ami alighanem egy lila borítékból származott. Hangosan olvasni kezdtem:
– *Egy pillanatig se késlekedj! Tedd meg az első lépést, hozd rendbe a dolgokat! Tedd meg most, különben egy elkerülhetetlen folyamat kezd el munkálkodni, amely nem áll le, míg meg nem fizettél az utolsó fillérig fájdalom és gyötrelem árán*[20].

---

[20] Máté 5:25-26.

Farkasszemet néztem Noah-val. A víz beáztatta a bakancsomat. Éreztem, hogy a zokni nekitapad a talpamnak, és cuppogva ragad rá minden mozdulatnál. Kirázott a hideg, de annak semmi köze nem volt a klímához Noah lakásában.

– Erről szól ez az egész – mormolta Noah, miközben Isaac léptei lassú sodrású hullámokat lökdöstek a bokámnak. Elvette tőlem az üzenetet, és ő is elolvasta. Noah nem törődött vele, de kettőnknek címezve folytatta: – A rózsabogarak nem sírnak... nem sajnáljuk, amit tettünk, és ennek most kamatostul megfizetjük az árát.

Sok szarból kivakartuk már magunkat – futott át az agyamon –, *de ebből a mostaniból nem tudom, hogy merre találunk kiutat.*

Akarom egyáltalán?

12. Fejezet

◊ Dr. Gavreel ◊

Eltelt néhány nap az anthesztéria óta, de Tessa még mindig nem hívott vissza. Úgy bűvöltem a telefonkagylót, mint duci tinédzser az emeletes hamburgerét. Lassan a rögeszmémmé vált. A csörgésen kívül gyakorlatilag semmi más nem érdekelt. Aggasztott a néma készülék. És nem csak Sloane miatt. *Talán nekem kéne ismét megkísérelni a tárcsázást, de akkor Tess joggal hihetné, hogy megszállott vagyok. Elképzelhető, hogy a nő, akit két éve ismertem, már nem olyan segítőkész, mint régen. Vajon elmerészkedne odáig, hogy feljelentést tesz ellenem etikátlan orvosi magatartásért? Meglehet. Hogy sajnálkoznék-e? Nem igazán.* – Sloane Rivers ügye fontosabb volt számomra annál, minthogy megbánást tanúsítsak.

Mérhetetlen csüggedésemen csak az olvasás és a kutatómunka segíthetett. Ezzel egyideűleg megváltoztattam Sloane gyógyszeradagolását. A legutóbbi ülésünkkor Miss Rivers bevallotta, hogy az ünnepség után ismét rohama volt. Ha hihetek az elcsepegtetett információknak, akkor a brutális támadás során keletkezett vörös szín lapult a háttérben. De már ebben sem voltam maradéktalanul biztos. Semmilyen előrelépést nem tapasztaltam abból, hogy felismertük Sloane-nál a szinesztéziát, így csak egy kétségbeesett reménysugárként kapaszkodtam ebbe a hipotézisbe.

Talán itt az ideje, hogy visszatérjek Malcolm kollégám téziséhez. Ezen a ponton talán tényleg a gyógyszerek lesznek azok, amik hozzásegítenek bennünket a várt eredményhez. Az amerikaiakról jó, ha tudja az ember, hogy minden hatodik rendszeresen szed valamilyen antidepresszánst. Ezek a készítmények megváltoztatják az agyban a kémiai anyagok egyensúlyát. Hátrányuk viszont, hogy számos mellékhatásuk ismert: hányinger, alvatlanság, szorongás, ingerlékenység, hallucináció és esetenként hízás. A betegség kiújulásáról, az úgynevezett rekurrenciáról akkor beszélünk, amikor a depresszió tünetei egy olyan időszak után jelentkeznek, amikor a beteg tünetmentes volt. Ekkor lép érvénybe egy új epizód, és ezt reméltem én is Sloane esetében. Fennál a veszélye viszont annak, hogy a gyógyszer elhagyása után, mint egy reflexszerűen kiújulnak a depresszió tünetei. Ezzel számolni kell. Erről felvilágosítottam Sloane-t is. Mégis beleegyezett.

A veszélyek ellenére igyekeztem olyan, válogatott gyógyszerekhez nyúlni, amelyek kevesebb mellékhatást okoznak. Az antidepresszánsok négy csoportját ismerjük: A TCA-sok a legrégebbiek, sok kellemetlen tünettel, a MAO-sok, amelyek szintén viszonylag régiek, kevesebb kockázattal, az SSRI-sek, a gyógyszerek új nemzedéke, amelyek sokkal biztonságosabbak, továbbá az SNRI-k, amik a legkorszerűbbnek számítanak. Jellemzően megemelik a szerotonin és a noradrenalin szintet az agyban.

Igyekeztem mindent figyelembe venni a gyógyszerbiztonság érdekében, amikor beállítottam az új adagolást, továbbá kizárólag SSRI-s, SNRI-s gyógyszereket válogattam. Rivers kisasszony eddig se pozitív, se negatív hatásról nem számolt be, én viszont olyasmit éreztem, amit eddigi praxisomban soha: Féltem. Rettegtem, hogy mi lesz a következménye annak, ha Sloane se a gyógyszerre, se a színezőre, se az eddigi terápiákra nem reagál. Sok esetet láttam már. Vészjóslót, szomorút, nyakatekertet, de ehhez foghatót soha.

Ahogy a Nobel-díjas Erik Kandel mondta, „Egy gyógyszer nem gyógyítja meg a depressziót, csak az agyban teremt olyan körülményeket, amitől lehetővé válik a gyógyulás." A várakozási idő körülbelül kettő-négy hét.

Itt tartottunk jelenleg. Vártuk a hatást, én pedig vártam a telefoncsörgést. Amikor az utóbbi végre megtörtént, olyan érzést keltett bennem, mintha egy komisz gyerek egyenesen a fülembe trombitált volna szilveszter éjjelén. Úgy pattantam fel, mint akinek gombostűt szúrtak a fenekébe.

– Dr. Gavreel – mondtam gépies hangon a kagylóba.

A túloldalon halk kacaj zörgött. Az öröm felzubogott bennem. A szőrszálak a tarkómon a plafon felé meredeztek.

– Hű, de hivatalos valaki! – Elnyomtam magamban egy vágyakozó sóhajt. *Tessa*. Mintha csak tegnap történt volna: A floridai kórházban, mialatt a gyakorlatot töltöttem, sokszor előfordult, hogy felhívott a főorvos irodájában. Azok a lopott negyedórák… azok a hiánytól terhes percek, amikor csak arra vártam, hogy magamhoz húzzam.

– Valamikor muszáj megkomolyodni – nyögtem szórakozottan.

Egy gondolatnyi ideig csönd volt.

– Jól vagy? – hangzott a szelíd kérdés.

Lágyan elmosolyodtam. Most szabad volt. A saját rendelőmben tartózkodtam külön bejáratú asszisztenssel, Gavreel feliratú réztáblával az ajtómon. Tessa pedig úgysem láthat.

– Hát persze, miért?

– Olyan fura volt a hangod.

– Mert elszoktál tőle. – Ha kifinomult érzékem nem csal a női nem iránt, akkor itt átléptem egy bizonyos határt. De kit érdekel? A saját életében mindenki úgy szlalomozik a tilos táblák előtt, ahogyan a kedve tartja. Ezt talán még az orvosok is megengedhetik maguknak. A szívügyekben ránk is azok a szabályok vonatkoznak, mint a civil emberekre. A józan ész a mi esetünkben is szabadságolja magát. Nincs az a diploma, ami megakadályozhatná ebben.

Tessa megköszörülte a torkát, és így szólt:

– Utánanéztem a lánynak, Rose Hale-nek, akiről érdeklődtél – válaszolta hivatalos hangon. Kiroppant a gerincem, amint hirtelen nekivágódtam a kerekes irodaszék támlájának. Feszülten figyeltem. – Nem volt egyszerű. Bevallom, a végén már kezdtem feladni, de nem akartalak olyan újsággal felhívni, hogy rossz hírt közöljek.

– Tudom, hogy nagy áldozatot hoztál a kedvemért – duruzsoltam a kagylóba.

– Nem ezért mondtam.

– Tudom.

Csönd.

– Szóval – szaladt neki újra –, megtaláltam a lányt, de előre szólok, hogy csak húszéves kora körülire tehetők a legkorábbi feljegyzések.

– Bármi érdekes lehet.

Papír zörgött, miközben Tessa lapozott a füzetében vagy a mappájában, vagy csak a lapok között, amiket megszerzett. *Nekem.*
— A családja 2003-ban elköltözött Beufortba.
— Ismerem — vágtam rá. Amikor kisvárosok után kutattam, és még mielőtt visszavonhatatlanul beleszerettem volna Erynnisville-be, ezen a néven is megakadt a szemem. — Egészen pici város, talán Charlestonhoz van közel.
— Igen — helyeselt Tessa, de elismerés helyett valami apró törést hallottam ki a hangjából, amit nem tudtam hova tenni. — Nézegettük ezt együtt akkoriban... nem emlékszel?
Nekiütöttem a kagylót a halántékomnak, miközben becsuktam a szemem.
Persze, hiszen akkor még együtt voltunk! Nem hiszem el, hogy még most is olyan önző vagyok, hogy kizárólag csak magammal vagyok elfoglalva! — Mivel nem válaszolt, gyanítom, Tessa megsértődött, vagy csak már régen lemondott rólam.
— Mindegy — mondta. — Egy ideig én is dolgoztam itt.
Nagyot dobbant a szívem.
— Te ott dolgoztál? Beufortban?
A mi Beufortunkban? Ahol közös álmokat szőttünk, ahol közös terveink voltak? Ahova a gyerekeinket képzeltük? — Egy kis irodát Tessnek és egy tágas rendelőt nekem. *Tess ott élt, a soha be nem teljesült jövőnk helyszínén?*
Zokogni lett volna kedvem.
— Meglep?
— Nem számítottam rá — szóltam halkan —, ennyi az egész.
— Az élet nem áll meg, Matt — emlékeztetett. — Valahol folytatnom kellett, és csak ez az egy hely jutott eszembe.
Miért nem áll a mai tudomány birtokában a képesség, hogy megrántsam a telefonzsinórt, egyszeriben Tessa mellett teremjek, és szorosan magamhoz öleljem?
— Szóval nem csak én jártam itt — józanított ki a hangja, ami épp olyan éles volt, mint a veszekedéseink idején. Még ez is hiányzott. Még erre is emlékeztem. — Rose Hale-ék is itt voltak egy darabig, a lány pedig többször is segítséget kért a központtunktól.
Annyira bedaráltak az előbbi események, hogy nehezen tudtam visszazökkenni valaki másnak a problémáiba.
— Matt? Matt! — szólongatott Tess. — Ott vagy még?
— Persze, csak elgondolkoztam.
— Mit szeretnél tudni konkrétan?
Megigazítottam a szemüvegem.
— Mit találtatok nála? — kérdeztem rá kerek-perec. *Vagy válaszol, vagy nem. Ötven-ötven. Mint annak az esélye, hogy újrakezdhetjük-e valaha az életben, vagy sem. Most kockára tettem mindent.*
— Szexuális molesztálás — hangzott végül a felelet. *Bingó!*
Elszégyelltem magam. Hogy lehetne ez a szó főnyeremény, ha mögötte egy tizenöt éves kislány bántalmazásáról van szó, akit jó eséllyel a saját testvére becstelenített meg.
— Van esetleg információ, hogy ki tette ezt vele? — puhatoltam. Szinte láttam magam előtt, ahogy a túloldalon az exem rosszallóan összeráncolja a homlokát. Ilyenkor mindig megcsókoltam az arcát.

– Vékony jégen táncolunk, Matt – mondta.
– Tudnom kell.

Elég meggyőző lehetett a hangomban csengő kétségbeesés, ha Tessa nem tette rám a kagylót, hanem várt még egy percet. Hallottam, ahogy a túloldalról, a háttérben szólítják, mert ügyfél érkezett hozzájuk, és személyesen Tesst keresi.

Elöntött a sóvárgás. *Más miért kaphatja meg?*
– Tess!
– Le kell tennem.
– Ez életbevágó lehet. – Feszülten fogódzkodtam a zsinórba, aztán végül hozzátettem a varázsszót: – *Kérlek.*
Ismét mocorgás a túloldalról.
A józan ész csatázott a szívvel.
Most nem volt kedvem fogadásokat kötni rá.
– Nevet nem mondhatok, sajnálom – közölte hidegen. Amikor azt hittem, hogy hamarosan a búgó hangot szorongathatom majd a markomban, suttogva hozzátette: – De ő is abban a városban lakott, ahol most te, és az szóbeszédek alapján nagyon közel állt Rose-hoz.

Túlcsordult a szívem hálával. Igen, Tessa minden kétséget kizáróan még mindig az a nő volt, akibe beleszerettem. De ettől persze nem utáltam kevésbé magam, amiért elhagytam. Amiért hagytam, hogy ő elhagyjon.

– Tess, én…
– Mennem kell – mondta sietve. – Minden jót, Matt!
Bamm. Letette.
Bennem pedig végre megérett az elhatározás. Tudtam, hogy mit kell tennem.

◊ Zack ◊

A csőtörésnek lassan egy hete, de Noah azóta is nálunk tanyázik. A lakása büdös, dohos, leharcolt, egyszóval lakhatatlan. A tapéta felázott, a parkettán másfélcentis hézagok keletkeztek, és akkor még nem is beszéltem a vezetékeket meg az elektromos kütyüket ért károkról. Annyiszor csöngetett hozzánk azóta – zoknit, forró vizet, takarót meg tudom is én, mit kunyerálni –, hogy jobbnak láttam, ha egyszerűen kibérli nálunk a kanapét éjszakára. A legőszintébben, azt hiszem, nem túlzás azt állítani, hogy célszerű lesz felkeresnie egy csontkovácsot, ennyi nálunk töltött, hepe-hupás éjszakázás után.

Engem nem zavart a társasága, sőt sokkal célszerűbb volt így tárgyalni a *bogaras* teóriákat, mintha megint egy kocsmában vagy Isaac házában dugnánk össze a fejünket, ahol egy perc nyugtom sincs a degenerált Eunice-tól.

Igazság szerint, Sloane miatt zavart a kibővült létszám. A húgom az utóbbi napokban rendkívül furcsán kezdett viselkedni. Először nem akartam odafigyelni a jelekre, de a huszadik incidens, mit szépítsem, engem is rendesen hazavágott. Eleinte csak a tűzön felejtett ott valamit, aztán egyre nehezebben tudtam felébreszteni reggel, mostanában pedig hallom, hogy éjszakánként recseg a parketta a szobájában. Mint aki fel-le járkál. Három napja, amikor benyitottam hozzá, és ártatlanul rákérdeztem, hogy honnan szedett elő egy dedós kifestőkönyvet, olyan képpel bámult rám, mintha megszállta volna valami. Pedig nem akartam elvenni tőle, vagy ilyesmi.

Azokat az éveket juttatta eszembe, amikor még Malcolm kezelése alatt állt, és jóval több gyógyszert szedett. Sokszor kezelhetetlen állapotban volt, néha meg egyszerűen nem lehetett értelmes választ kicsikarni belőle. Azokban a sötét napokban előfordult, hogy a nyitott hűtőszekrény előtt találtunk rá. Apám étkezési rendellenességre tippelt, de Sloane-nak soha semmi gondja nem volt a kajálással. Malcolm felvilágosította apámat, hogy a húgomat mindössze elvarázsolta a kékes fény, ami a hűtőnkből árad. „Hát jó" – hagytuk rá akkoriban. „Ezzel nincs gáz, ha közben nem okoz valamilyen kárt magában."

Aztán jött Gavreel, aki új terápiát, új teszteket javasolt, és Sloane piruláinak is megváltozott a neve és az adagja. És láss csodát, a húgom manapság sokkal jobb állapotban volt, mint akkor, Malcolm kezei között.

De most... kísérteties volt a hasonlóság. Pedig velem senki nem egyeztetett azzal kapcsolatban, hogy bármi változás történt a dilibogyók háza táján. Ha nem foglalt volna le ez az egész bogaras cirkusz, már régen ráborítottam volna az asztalt arra a hülye orvosra.

De a bogaras cirkusz továbbra is élt, kínzott bennünket, és bár nem kaptunk új levelet, sem büntetést, mindhárman résen voltunk. Isaac talán túl is lőtt egy kicsit a célon. Szinte mindenhez kizárólag műanyag kesztyűben volt hajlandó hozzáérni, megugrott a telefoncsöngésre, és minden rózsa vagy bogár szó mögött egyfajta baljós jelet vélt felfedezni. Hiába szabadult meg a nyakmerevítőtől, és hiába hangsúlyoztam, hogy Helené leleplezése miatt az emberünk egyelőre nem fog újat lépni, egyszerűen kezelhetetlenné vált. Mint Sloane – mintha ő is megérezte volna, hogy mit titkolunk előle és milyen bizarr dolgok zajlanak a háta mögött. Csakhogy kettejük ingadozásával már nehezen bírtam el. Na, pontosan ezekben a szitukban vettem nagy hasznát a csapat optimistájának, Noah-nak. Mert neki hiába tették tönkre az apartmanját, zavartalan békéjéből semmi nem tudta kizökkenteni.

– Csak óvatosan ezzel a nyugalommal – intette őt a paranoiás Isaac –, nehogy böjtje legyen! Ha a fickó kiszagolja, hogy semmilyen módon nem tud megtörni, akkor ki tudja, hol támad be legközelebb.

A rozoga dohányzóasztalt ültük körbe. Snapszert játszottunk, mint a régi szép időkben. A tét is ugyanaz volt: a becsületünk. Csak egy dolog hiányzott, a jókedvű, cserfes kishúgom, aki ilyenkor pizzát rendelt nekünk, vagy maga dobott össze valami finomságot.

De Sloane ezúttal nem jött a köreinkbe. Korán nyugovóra tért, és reményeim szerint békésen szunyókált a szobájában.

Korgott a gyomrom az ürességtől.

– Fickó? – kapott a szón Noah, aztán dobott egy zöld kilencest. – Honnan veszed, hogy férfi? Az efféle kisstílű bosszúkat mindig a nők szokták kitalálni. És már nagyon is tudjuk, hogy ha ezt azért kapjuk, amiért gondoljuk, akkor kizárólag egy nőnek van oka ilyesmit tenni velünk.

– Jó, de melyiknek? – kérdeztem felháborodva, mintha legalábbis nekem lenne jogom megsértődni. – Ez egy ezeréves történet. Ha a csaj eddig nem akart helyre tenni minket, miért éppen most jutott eszébe?

– Azért – fogott bele megróvón Noah –, mert akkor mind tizenöt évesek voltunk. Azt hiszed, hogy egy kölyöknek ugyanannyi az eszköze, mint egy harmincévesnek?

Isaac prüszkölve horkantott.

– A sütnivalóról nem is beszélve – értett egyet. – Mikor jutott volna eszünkbe például tíz évvel ezelőtt ilyen nevetséges leveleket küldeni, és hozzá mindenféle szívatást kitalálni?

Beletúrtam a hajamba.

– Ha tüzetesen utánanéznénk – fogtam bele nehezen –, akkor ki tudnánk deríteni, hogy melyikük az.

Isaac és Noah feszülten bámultak rám.

– Hogyan? – kérdezte végül az utóbbi. – Egyikünk sem emlékszik, hogy hányan voltak, kik voltak.

Egymásra sodortam a lapjaimat – úgyis pont rosszul állt a szénám ebben a körben –, aztán egyetlen mozdulattal az asztal közepére vágtam a vékony köteget. A srácok önkéntelenül leutánozták a mozdulatot. Csüngtek minden szavamon.

– Nekem van, illetve hát, *volt* egy... gyűjteményem. – Olyan nehezemre esett kipréselni a szavakat, mintha apámnak kéne bevallanom, hogy csalódást okoztam neki, és nemhogy nem javítottam matekból, hanem ráadásul két karót gyűjtöttem be a héten. Rossz magaviselet és lustaság miatt.

– Neked volt egy... *mid*?

– Te feljegyzést vezettél... *arról*? – kérdezte felháborodva Noah, de közben neki sem akaródzott kimondani a valóságot. Azzal csak elismernénk a dolgot. Azzal csak igazat adnánk annak az őrült szukának, aki most kínoz bennünket.

– Megesküdtünk, hogy nem csinálunk ilyesmit – vinnyogott Isaac, mire jelentőségteljesen felemeltem a tenyerem.

~ 210 ~

– Tekerd le a hangerőt, Loanie alszik! – figyelmeztettem. – Különben sem szeretném, ha bármit meghallana ebből a beszélgetésből.
Noah az asztalra könyökölt, mialatt közelebb hajolt.
– Isaacről még feltételeztem volna ilyesmit – közölte a másiknál jóval diszkrétebb hangon –, na de rólad? Te voltál, aki óva intettél bennünket, aki többször, nyomatékosítva emlékeztettél, hogy el ne járjon a szánk.
– Én is tudom, oké? – vágtam vissza. – Nem tudom, mi ütött belém. Hülye voltam.
Amikor Noah kissé lecsillapodott, Isaac újult erővel csapott le.
– Honnan tudjuk, hogy mit titkolsz még? – kérdezte vádlón. Azt hiszem, könnyebb volt bűnbakot találni a sok borzalomra, ami az elmúlt hónapokban ért minket. Hogy se Isaac, se én nem tudtunk teljes értékűen dolgozni a munkahelyen – és ezzel én gyakorlatilag elbúcsúzhattam az előléptetésemtől –, hogy Noah kérója gajra ment.
Attól még rohadtul szarul esett ez a vádaskodás.
– Mi van?
– Eltelt tizenhat tetves év, Zé! – magyarázta egy fokkal higgadtabban Isaac. Noah ezúttal nem szólt közbe, hogy megbékítse helyettem. Ha jól sejtem, egyetértett ezekkel a rágalmakkal. – Fenyegető leveleknek kell érkezniük ahhoz, hogy őszinte legyél hozzánk, és beavass minket a részletekbe? Mit hallgatsz még el? Talán Loanie is tud valamit?
Most rajtam volt a sor, hogy megint egy kicsit feljebb vigyem a hangom:
– Megőrültél?!
Isaac a vállát vonogatta.
– Miért is ne? Ha egy ilyen fontos dolgot el tudtál hallgatni előlünk, akkor azt is kinézem belőled, hogy bár nekem csomót kellett kötnöm a nyelvemre Eunice előtt, te szabadon fecsegtél Loanie-nak.
– Pont te mutogatsz másra, amikor sosem tudtál diszkrét lenni?
– Igen, képzeld, én.
– Ne merészeld belekeverni a húgomat!
Noah ekkor észbe kapott kettőnk helyett is.
– Engem is érdekel, hogy Loanie tud-e bármit is – mondta, mire azonnal nyitottam a számat, hogy hangot adjak a nemtetszésemnek, de még mielőtt ez bekövetkezhetett volna, Noah folytatta: – Nem azért, amire gondolsz – szögezte le. – De figyelembe véve a múltat, hogy mik történtek akkoriban, és ez milyen hatással volt Sloane-ra is...
– Hová akarsz kilyukadni? – sürgettem.
Noah a szájába harapott.
– Nem gondoltál rá... – kezdte tartózkodón. Szinte alig mert a szemembe nézni. –, hogy esetleg Loanie küldi az üzeneteket?
Sok mindenre számítottam, de erre biztos nem. Köpni-nyelni nem tudtam. Hosszú percekig bámulhattam Noah-ra, mire ki bírtam nyögni egy értelmes mondatot:
– Mi van?
Noah idegesen megvakarta a tarkóját.
– Úgy értem, nem szándékosan persze...
– Hogy nem lehet rovarirtót meg töviseket használni, ha nem szándékosan akarja az ember? – vetette fel Isaac, és kivételesen vele értettem

egyet. Kivártam Noah érvelését is, mielőtt minden előzetes nélkül bemosnék neki egyet a puszta feltételezésért.

– Talán ő maga sem tudja, hogy mit csinál – vetette fel. – Talán kezd visszaemlékezni dolgokra, de ugyanúgy nincs tisztában azzal, hogy a tudatalattija meg akar büntetni minket, mint ahogy arra sem emlékezett, amikor alva járt, vagy hogy a fűben hevert Gaia szeménél.

Felszökött a cukrom.

– A kettő teljesen más, Noah! – ripakodtam rá, és csodák-csodájára még Isaac is bólintott. Talán most az egyszer nem is volt akkora katasztrófa, hogy volt egy retardált testvére, és tudott velem azonosulni miatta.

– Voltak bizarr dolgai Loanie-nak, ez tiszta sor, mind emlékszünk rá – bizonygattam. – De nem győzöm hangsúlyozni a múlt időt. – Határozottnak hangoztam, de belül kicsit mégis megremegett a hangom. Önkéntelenül is bevillant a kép, ahogy zubog a víz a tűzhelyen, ahogy Sloane elmerül a maga kis világában, ahogy apa régen törölközőben bugyolálta és fel-le ringatta az ölében. Velem sosem csinált ilyesmit. Én, ha rosszat csináltam, rostosra rúgta a seggem. De nem vagyunk egyformák ugye.

– Persze, tudom, csak…

– Most gyakorlatilag azzal vádolod a húgomat, hogy önkívületi állapotában, teszem azt egy másik személyiség befolyása alatt, Hyde-dá változik, és az éj leple alatt keresztbe tesz nekünk…

Isaac legyintett a levegőbe.

– Nevetséges! – összegezte. – A te borítékodat, mondjuk, be tudta volna kenni – nézett rám, aztán vissza Noah-ra –, de mivel magyarázod a kerék kilyuggatást vagy a csőtörtést? Egyik helyszínen se lehetett ott. Teljesen kizárt.

– Aztán meg ott van Helené – magyaráztam én is. – Évek óta nem látta Sloane-t, sőt könyörgött, hogy vigyem el hozzá valamikor. Gondolod, hogy a kattant állapotban mégis beszélnek egymással, az öreglány meg olyan agyafúrt, hogy előadja nekem, mennyire hiányzik neki a húgom?

Noah szemmel láthatóan elrágódott egy kicsit ezen a csonton.

– És ha többen vannak? – találgatott.

Már nem voltam mérges, inkább csak baromira kimerült. Minél tovább göngyölítettük ezt a témát, annál valószínűtlenebbnek tűnt.

– Maradjunk inkább két lábbal a talajon – kértem tőle meglepően higgadtan. – Holnap elmegyek érdeklődni a városba a régi írógépek felől, és előkerítem a lányok gyűjteményét is, hogy el tudjunk indulni valami értelmes nyomon.

– Tulajdonképpen – kapott a szón Isaac, és nem győztem hálálkodni, amiért ő elszakadt végre Sloane-tól: – mi ez a gyűjtemény, amit említettél?

– Fényképek – vallottam be. – Mindenkiről volt.

– De miért?

– Nem is tudom – csóváltam a fejem. – Dokumentálni akarta őket.

– Jó nagy marha voltál – korholt Isaac, akiről el sem akartam hinni, hogy néhány perccel ezelőtt még le akarta tépni a fejem.

– Most már én is tudom – szóltam bölcsen. – De talán pont ez a régi hülyeség fog kihúzni minket a csávából.

Noah elmerengett.

– A fotós listádat meg a női teóriát félretéve, nekem még beugrott valaki, akiről eddig még nem is beszéltünk, viszont annál érdekesebb lehet.
– Éspedig? – faggattam.
– Walker.
– Miért éppen a kripli? – akarta tudni Isaac, és a válasz engem is merőben érdekelt.
– Azért – fogott bele Noah –, mert ismeri Helenét, van indítéka, emellett nagyszerűen tud kémkedni utánunk a műhelyben is. Szerintem adja magát a dolog. Bármiben lefogadnám, hogy cinkos, és örömmel vállalkozott Helené felkérésére.
– Van indítéka, viszont azt nehezen tudom elhinni, hogy nálad babrál a csövekkel anélkül hogy lebukna, és az egész épületben káoszt okozzon – vetettem ellen, mire Isaac csak a kobakját vakarta, és kapkodta a tekintetét kettőnk között. Mielőtt beékelhetett volna valami marhaságot, Noah így szólt:
– Attól még segítségnek jól jön, arról nem beszélve, hogy... – Elhallgatott, aztán feltérdelt a törökülésből, és jelentőségteljesen feltartotta a mutatóujját.
– Beléd meg mi ütött? – kérdezte csodálkozva Isaac.
Noha szemöldöke felszaladt.
– Ti nem halljátok?
Elcsendesedtünk.
Mikor már azt hittem, hogy Noah csak a bolondját járatja velünk, ha jobban odafigyeltem, mintha valaki dobolt volna. Ritmikusan. Ugyanolyan ütemben és kihagyásokkal: Pabamm. Pabamm. Pabamm. Mint a szívdobogás.
Megcsuklott a térdem, ahogy szaggatottan felegyenesedtem. A fiúk a szőnyegen maradtak. A hang viszont a húgom szobájából jött.

◊ Sloane ◊

Az eper piros. A szilva kék. Anya így tanította a képeskönyvben. De amúgy nem volt igazad, anya. Mert a piros nem eperízű. Inkább vattacukros. Mint Theia hajszíne. De nem pont ugyanolyan, mert az a rezes vörös a puncsra emkékeztet. És a kék... hát, arról órákat is beszélhetnénk. Mert nem is mindegy, hogy milyen kék. Világos? Mert akkor meg olyan lehet az íze, mint Theia rágójának, amiből egyébként nem is kértem. De miért mindig Theia jut eszembe? Fura asszociáció. El ne felejtsem megemlíteni dr. Gavreelnek legközelebb, hogy mostanában nem vagyok olyan kreatív. Nem tudom úgy rendszerezni a dolgokat, mint eddig. Vagy talán sosem voltam ügyes benne? Mi történik velem? Miért nem vagyok ott a fesztiválon? Hol van Aiden és Theia? Miért vizes minden? – Beleborzongtam. *Annyira, de annyira nedves és hideg minden. Miért nem szárítja meg valaki?* – Körbenéztem. *Ez a szobám. Vagy csak nagyon erősen emlékeztet a szobámra. Igen, a falak lilák, ez kétségtelen. A lila a legédesebb szín, amit valaha is megízleltem. Az otthon, a biztonság érzését kelti bennem. De hova tűnik ilyenkor a többi szín, a többi íz? Olyan, mintha az összes elbújna előlem, mert nem akar megijeszteni. De miért ijesztene meg bármelyik is? Hát már nemcsak az emberek, hanem a színek és az ízek is félnek tőlem? Ahogy az emberek eltávolodtak tőlem, úgy már ízlelni és színeket látni se fogok többé? Elérkezik a perc, amikor teljesen megvakulok? Vagy... istenem... lehet, hogy többé egyik érzékem sem fog működni?*

Végigsimítottam azt a bármit, ami mellettem, alattam hevert. Hideg volt, sikalmós. A szaténből készült ágynemű, ami még anyuéké volt. Nem csoda, hogy azt hittem, a tóban pancsolok. Hiszen ez volt a világon a leghűvösebb és a legcsúszósabb anyag a világon.

De akkor mikor voltam Gaia Szeménél? Mikor jöttek értem? Zack hangját hallom? Nem. Ez Noah. Nem. Isaac. Nem. Mindhármójukat hallom. Nevetnek. Nem úgy, mint máskor. Nem úgy, mint amikor velük együtt kacagok. Gonoszan. Félek tőlük. De van velük más is. Egy lány. Messze van. Nem látom elég jól az arcát. De ismerem! Nem sok ilyen szőke lány van Erynnisville-ben. Ahogy rásüt a napfény, szinte szikrázik, mintha aranyból lenne. És a ruhája... istenem! Rózsaszín. Félek ettől a színtől. A rózsaszínnek olyan az íze, mintha ezer szöget dugnának a számba. A rószaszín fémes. A rózsaszín vér ízű.

De hova fut a lány? Felém fordul. Az arcát eltorzítja a rémület. Mitől fél, hiszen Zackék nem bántják? Ha valakinek, hát a tiszteletes lányának, Rose Halenek nincs mitől tartania. De akkor miért fut el? Miért kiabál a bátyámékkal? És ők miért fogják olyan erősen?

Elfordulok.

Nem merek odanézni.

Sikoly hangját sodorja felém a szél. A számban a rózsaszín íze. A vér íze.

Elszaladok.

Hova bújjak el? Mi van, ha engem is megtalálnak?

Kemény léptek dübörögnek mögöttem a betonon. Hátrapillantok, és kis híján felsikoltok.

Zack az.

Még gyorsabban szaladok. A léckerítéses házak felé kanyarodva, amott a sarkon felismerem a sajátunkat. Ott csüngenek a cédrus ágain a díszeim, szinte az orromban érzem a hígítószagot, mióta apa lekente a fémrácsokat. Már csak pár méter. Ha elérem a kertünket, akkor már nem történhet semmi baj. Egy-két centi, és megvan. A járdaszegélynél olyan érzésem támad, mintha valaki elkapta volna a sarkam, és annál fogva visszarántott volna.

Éles fájdalom kúszik fel a tarkómon, valahova a halántékomhoz. Oldalra billentem az arcom, ami nekinyomódik a forró aszfaltnak. Megnyalom a számat. Vér. Most tényleg érzem az ízét. Ez igazi. Nem a rózsaszíné, hanem a sajátom. Becsukom a szemem, de mintha valaki rázogatná a vállam, és a nevemet kiabálná:

– *Loanie! Loanie! Loanie!*

Egyre hangosabban.

Egyre kétségbeesettebben.

Érzem, hogy elnyom az álom.

– Loanie! – mintha felpofoztak volna. Ezt most tényleg hallom. Úgy igazából.

– Jézusom, Loanie, magadnál vagy?

Megdörzsöltem a halántékomat. Visszahúztam az ujjam, de nem volt véres. *Hát persze! Csak álmodtam. Nem a régi házunknál voltam. Hanem az új otthonunkban.*

– Tessék? – kérdeztem kábán.

Körülnéztem a szobámban. Az ágyamon ültem, ölemben Gavreel színezője. Zack mellettem térdelt, de az arckifejezése megijesztett. Olyan volt, mint aki kísértetet látott. Az ajtóban pedig – nem különb állapotban – ott sorakozott Isaac és Noah is. *Mind engem bámulnak? Mi történt?*

Lenéztem a füzetre. Az alakzatot girbe-gurba spirálok szőtték át, nem törődve a határvonalakkal. Csak egy hatalmas, merő gubanc volt az egész oldal. Jobban mondva, egy nagy rózsaszín gubanc. Eldobtam a ceruzát a kezemből, a színezőt pedig gyorsan becsuktam.

– Mi az, Zack? – találtam meg a hangom, ami bármennyire is vékonynak tűnt és távolinak, tényleg a sajátom volt.

Zack közelebb telepedett mellém. Úgy tűnt, azon tanakodik, hogy magához öleljen-e, vagy sem.

– Zajokat hallottunk – hebegte. – Tudom, nem szereted, ha rád török, de nem feleltél, amikor kopogtunk.

Zajokat – ismételtem magamban kábán, aztán egyszerre olyan arcot vágtam, mint aki előtt megnyílt az út. *Hát persze!*

– Ja, igen – vágtam rá. – Mozognak a falak. Akartam is szólni.

Zack szája elnyílt, aztán egy remegő mozdulattal csukódott össze. Elcsíptem, ahogy a háta mögött Isaac és Noah tanácstalanul összenéznek.

– Mozognak... a falak? – kérdezett vissza óvatosan Zack, mire odahajoltam hozzá, és direk a fülébe súgtam, hogy a másik két fiú még véletlenül se hallja.

Még kinevetnének. Mint Rose Hale-t a parton. Aki azt hitte, hogy el tud menekülni.

– Szeretném, ha majd te is megnéznéd – sziszegtem.

– Nézzem meg? – dadogta Zack, mialatt gyengéden végigsimított a hajamon. Zavart az érintése, pedig máskor örülni szoktam neki. Csak azért nem húzódtam el, hogy ne bántsam meg. – De hol, Loanie?

– Hát, a tapéta mögött – mondtam nagy komolyan. – Tisztán láttam. Szerintem bogarak voltak.

A fejbőröm szinte bizsergett azon a ponton, ahol Zack hozzámért, mert most minden porcikájában remegett.

~ 215 ~

◊ Aiden ◊

Este más volt a Könnyekben lenni. Mintha egy ismeretlen világba csöppentem volna. Minden olyan titokzatos volt, és sejtelmes. A néma kávédaráló, az üres asztalok, a halvány utcai fények, ahogy olyan gyéren bekéredzkedtek a könyvespolcok és a kávésbögrék közé. Bukfencet hánytak két tejhabosító között, hogy aztán messzire szaladjanak, egészen a hátsó raktár irányába. Remélem, egyszer Sloane-nak is meg tudom mutatni ezt a látványt. Annyival jobban illett hozzzá ez a környezet, mint a feszültségtől nyüzsgő, hangos nappalok. Az este olyan volt, mint ő: Magával ragadó, halkszavú és kivételes.

Fogtam a kisasztali lámpa búráját, és egyenesen a könyöklő felé irányítottam a fényt. A csillogás visszapattant a felvételek fényes felületén. Vakító volt. Beletúrtam a dobozba, amit eddig gondosan elzárva tartottam az egyik alsó fiókomban. Sloane is tudott róla, hogy nálam rejtegetjük a bátyja titkát. Igazából ő volt az, aki megkért, hogy nálam legyen. „Így a legbiztonságosabb" – mondta. Talán igaza volt. Ha Zacknek keresni támad kedve a kincsesládikóját, felteszem, rögtön a saját térfelén jutna eszébe elkezdeni.

Soha nem néztem még bele a dobozba. Most azonban elérkezettnek találtam a pillanatot. Főleg, hogy egyedül voltam. Egyedül jobban el bírtam viselni. Legalábbis erre edzettem magam az elmúlt időszakban, mikor a bosszantó gondolat minduntalan elém furakodott, hogy ne feledkezzek meg róla.

Egyesével kiraktam a fényképeket az asztalomra, a laptopom tetejére. A lányokban nem volt semmi közös, azonkívül, hogy Zack Rivers lefotózta őket. Sloane előtt nem szívesen alkottam véleményt arról, hogy a bátyja milyen célból követte el ezt. Elég ha a saját undorommal megküzdök.

Hogy lehet ekkora mocskot csinálni? – Tüzetesen megvizsgáltam a lányokat. Egyesével. Mindegyikre kellő időt szakítva. Mindegyikük megérdemelt ennyi figyelmet. Körülbelül huszonnégyen lehettek. És talán nem is mindenkiről rögzítettek fotót. Talán a valóság egy sokkal elborzasztóbb számot takart. Amikor már szégyellni kezdtem, hogy ilyen sokáig leskelődöm – mintha kicsit én is bűnrészes lettem volna –, egyesével leforgattam a képeket.

Ekkor a jobb alsó sarokban észrevettem valamit.
Dátumokat és neveket.
Sarah Ollison, 2001. március 18.
Betsy Myers, 2001. január 5.

A következő felvétel széle egy kicsit meggyűrődött a hajtás miatt. Egészen más volt névvel együtt szembesülni a képekkel. Mintha az egész ettől vált volna igazivá. Mégis örültem, hogy Sloane most nincs velem. Örültem, hogy neki ezt nem kell látnia.

Tovább folytattam, mintha szándékosan akarnám kínozni magam.
Rachel Langley, 2001. június 6.
Babette Corrigan, 2001. február 21.
Deborah Farrow, 2001. július 15.

A következő képnél megálltam.

Shayla O'Neil, 2001. március 4.
Tehát tényleg ő volt az. Theia nővére. A seriff idősebb lánya. Alig akartam elhinni, hogy a fiúk képesek voltak őt is betenni a trófiáik közé. *Egyáltalán, hogy jutott ilyesmi az eszükbe? Miért nem vette észre senki?* Gyomorforgató érzés hatalmasodott el rajtam. Úgy éreztem, ha nem hagyom abba rögtön, azonnal elhányom magam. A folytatásban nem válogattam, nem lassítottam, hanem ész nélkül kezdtem fordítgatni a fényképeket. Az utolsónál már tudtam, hogy nincs többé menekvés. Epe ízét éreztem a számban. Homlokomat kiverte a hideg veríték.
Rose Hale, 2001. augusztus 11.

13. Fejezet

◊ Dr. Gavreel ◊

Nem tudom megmagyarázni, miért, de azok a kacér, tavaszi napok, amikor reggel még nem lehet eldönteni, hogy kiadós zuhéban vagy langyos délutánban lesz részünk, egyszerűen levették a lábamról. Ilyen reggelre ébredt Erynnisville. A hajnal kellően csípős volt ahhoz, hogy megijesszen, de elég visszafogott hozzá, hogy reménykedjünk egy szebb folytatásban. Az égen szürke fátyolfelhők úsztak, de a nap néha kikukucskált, és ránk mosolygott a szegély mögül. A kastélyban már nem vittük túlzásba a fűtést, pedig Olga jelzésértékűen magára tekert vagy három kötött pulóvert, hogy finoman jelezze, ő bizony nincs megelégedve a rendelő klímájával. *Annyi baj legyen* – gondoltam. *Ha csak egy dühös orosz asszonnyal kell szembenéznem, az még pont annyi, amit el bírok viselni.*

Viszonylag nyugodt, szerdai napom volt. Átfutottam a naptáramat. Mára nem volt időpontja senkinek. Más helyzetben szabadon szörfölhettem volna az interneten, szudokuzhattam volna pár oldalt, vagy átlapozhattam volna a teendőimet, én mégis vártam. Zsebre dugott kézzel, az ablakban szobroztam, mint a filmekben szokás. Elméláztam a kertben a nyíló virágokon, a fenyőágon csiripelő madarakon, a dongó rovarokon. Nem volt mit tenni, a tavasz visszavonhatatlanul beköszöntött Erynnisville-be, ezt már semmi és senki nem tudta megakadályozni. Csak egy valami zavart. Azok a sötét felhők az égen. Azok a dörgő hangok, amik egy kiadós zivatar eljövetelét jelezték. Mintha anélkül nem léphetne át a küszöböt a jó idő. Mintha a természet először jól ki szerette volna tombolni magát, mielőtt átengedi magát a megújulásnak, a virágzásnak.

Joggal hihettem volna, hogy a vihar máris megérkezett, amikor egy dörrenő hanggal kivágódott a rendelő ajtaja, és a szemközti falnak csapódott a kilincs. Mielőtt feldolgozhattam volna, hogy mi is történt ténylegesen, Zack Rivers már a perzsaszőnyegemen masírozott, háta mögött a nyakában kullogó, vadul gesztikuláló asszisztensemmel.

– Megmondtam, fiatalember! – rikácsolt Olga, miközben a rá fittyet hányó Rivers fiú dzsekijét cibálta hátulról. Más felállásban ez akár egy mókás komédia jelenete is lehetett volna, de nem itt és nem is most. – Doktor úr van elfoglalt, senki nem mehet be hozzá időpont nélkül, főleg nem ilyen arcátlan viselkedés...

Csak az egyik kezem húztam ki a zsebemből. Feltartottam, és finom mozdulattal megállítottam a bizarr párost.

– Semmi baj, Olga – mondtam higgadtan. – Tudja, mi ilyenkor a dolga. Kérem, most menjen ki!

Mr. Rivers elégedett arcot vágott, Olga viszont egy ideig még egy helyben topogott, aztán amikor meggyőződött róla, hogy valóban komolyan gondolom az elhangzottakat, sértődötten felhúzta az orrát, és kicsörtetett a szobából. Az ajtó ugyanolyan dörrenéssel vágódott be utána, ahogyan kitárult az imént.

– Miben segíthetek, Zackary? – faggattam nyugodtan, aztán a páciensek fotelének irányába mutattam. – Nem akar helyet foglalni?

A Rivers fiú olyan arcot vágott, mintha hosszú perceken keresztül szidalmaztam volna a rokonságát, és még tovább, azoknak is a felmenőit.

– Nem őrültem meg! – fakadt ki.

– Senki sem is állított ilyesmit…

Mutatóujja fenyegetően a levegőbe lendült, miközben nekem szegezve, egyenesen a mellkasomra mutatott.

– Ne szórakozzon velem! Tudom, mire megy ki a játék – közölte feldúltan.

– Értem – közöltem higgadtan. – És volna kedves beavatni engem is, hogy megértsem, pontosan mire is megy ki a játék? Mert bevallom töredelmesen, hogy én sajnos nem értem.

Feldúlt vadkanként járkált előttem. Az orrlyuka kitágult, és hacsak nem foglal helyet záros határidőn belül, félek, még a végén a rendelőmben kapott volna agyvérzést.

– Igyon egy pohár vizet! – ajánlottam. – Nincs valami jó színben. Talán nem érzi jól magát?

– Én ugyan nem fogadok el magától semmit! – förmedt rám. Barna szeme rám szegeződött. Ha másban nem is, ebben az egyben hasonlított a húgára: a szemük egyforma volt. – Eddig is sejtettem, hogy Sloane nincs jó kezekben magánál, de voltam olyan bolond, hogy mégis bedőltem a pszicho maszlagnak.

– Pszicho… – játszottam az értetlent. – Elismételné, kérem?

– Maga hazug sarlatán! – kiabált magából kivetkőzve, miközben ismét rám emelte az ujját. Vajon azzal, hogy folyvást mutogatunk, hárítjuk a felelősséget – töprengtem –, el tudjuk hitetni magunkkal, hogy nem mi vagyunk a hibásak?

– Megtenné, hogy nem viselkedik így? – érdeklődtem udvariasan. – Ez egy rendelő. Nem vetne jó fényt az intézményre, ha hallanák, hogy miket hord össze, ráadásul milyen illetlen modorban.

Zack keze a teste mellé hullott. Elkerekedett szemmel bámult rám, és amikor attól tartottam, hogy „Na, most jött el a pillanat, hogy fogja, és összeesik itt nekem a szoba közepén!", felszakadt belőle egy gúnyos nevetés.

– Milyen illetlen modorban? – kérdezett vissza hitetlenkedve, aztán amikor sikerült lecsillapítania a felbuggyanó kacaját, ismét visszazökkent a korábbi fázisba. – Szarok rá, ha meghallják! Azt akarom, hogy mindenki hallja meg, hogy mit művel a betegeivel, maga degenerált faszkalap!

Kezdtem kicsit elveszíteni a türelmem. Nem úgy, mint amikor a kutyám levizelte a kartonjaimat, hanem úgy tényleg, nagyon komolyan.

– Ismételten felszólítom, hogy válogassa meg a szavait, Mr. Rivers – kértem csendesen –, különben meg kell kérnem a biztonságiakat, hogy vezettessék ki a kórház területéről.

– Maga aztán tényleg nem kispályás…

– Ezt a megállapítást nem az ön szájából hallom először.

Lassú léptekkel odaballagtam az asztalom elé, kitapogattam a bútor szélét, és finoman nekitámaszkodtam a kemény fának.

– Beszéljünk civilizált felnőttek módjára – javasoltam. – Valami baj történt a húgával? Szeretné, ha kimennék a lakásukra, és megvizsgálnám? Zack eltátotta a száját.

– Épp ellenkezőleg – szögezte le rögtön. – Azt akarom, hogy soha többé ne kerüljön a közelébe.

– Miért?

– Még kérdezi?! – csattant fel, és valóban úgy tűnt, mint aki nem akar hinni a fülének. Hagytam, hogy folytassa, adja ki magából a dühöt, ami a torkába szorult. Most végre szabadon távozhatott belőle. – Megváltoztatta a gyógyszeradagját, igaz?

Egy porcikám se rebbent.

– Igaz – mondtam. Zack nagy levegőt vett, de először nem mondott semmit. Nyilvánvalóan arra számított, hogy tagadni fogom az egészet, erre az eshetőségre volt meg a jól begyakorolt forgatókönyv, de ilyen jellegű beismerő vallomásra nem számított.

– És nem gondolja, hogy előtte ezt meg kellett volna beszélnie velem?

– Nem – jelentettem ki, ami szemlátomást szintén meglepte. Talán vérig is sértette. – A húgának én vagyok az orvosa már két éve. Hacsak nem szerzett ez idő alatt orvosi diplomát, nem hiszem, hogy bármiről is konzultálnom kéne önnel.

– A testvére vagyok! – fakadt ki. – A családja, a gondviselője. Ami Sloane-nal kapcsolatos, az mind rám tartozik.

Beismerem, egy pillanatra megremegtem. Ha az ismereteim nem gyarapodtak volna az abnormális testvéri kötelékről, ami Riversék négy fala között zajlott, akkor talán meg is sajnáltam volna ezt a fiút. Kétségbeesett volt, odaadó és végtelenül elveszett. Ugyanakkor önző, számító és birtokló is. Olyan elánnal, olyan féktelen szenvedéllyel ragaszkodott a húgához, ami már az abnormalitás határait súrolta. Ezzel az árulkodó magatartással gyakorlatilag beimerő vallomást tett előttem az összes borzalomról, amit eddig csak sejtettem. Nem sajnáltam többé, csak azt, hogy nem hullt le hamarabb a hályog a szememről. Hogy nem tudtam hamarabb kiszabadítani Sloane-t a karmai közül.

– A húga nagykorú, cselekvőképes, felnőtt nő, Zackary – közöltem a száraz tényeket. – Maga se nem gyámja, se nem gondnoka. A terápiás kezelés ellenére a gyámhatóság vizsgálta a beszámíthatóságát, és egyet értett a pszichiátriai orvosszakértő véleményével, amely egyértelműen kimondta, hogy Sloane képes az önálló, jogszerű döntéshozatalra.

– Miket hord össze?! – csikorgatta a fogait.

– Leegyszerűsítve – léptem el a biztonságot nyújtó asztaltól, hogy megkíséreljek felé egy bátor lépést –, a húgával megbeszéltem a gyógszeradagolás módosítását. Sloane maradéktalanul egyetértett velem. Aláírta a szükséges nyilatkozatokat, továbbá nem ellenezte azt sem, hogy egyéb, új módszereket alkalmazzunk a terápián.

– És maga nevezi magát orvosnak? – csóválta a fejét. – Hogy képes valaki így kihasználni a saját betegét, amikor az azt sem tudja, hogy maga mit művel vele?

Fáradt sóhaj szakadt fel belőlem.

– Orvosi titoktartás kötelez, Zackary – emlékeztettem. – Így is többet árultam el, mint ami megengedett az etikett szerint, de mivel ön a bátyja, aki törődik vele, hát kivételt tettem.

Egy lépéssel csökkentette a távolságot kettőnk között. Így már csak egy hosszú sóhajtásnyira voltunk egymástól.

– Tudja, hogy milyen állapotban hagytam otthon? – sistergett. Nem válaszoltam, ezért folytatta: – Összevissza beszél. Sokszor szerintem azt sem tudja, hogy hol van. Nem tudja elválasztani a képzelgést a valóságtól. Hallucinációk gyötrik, nem tud aludni... – Megugrott az ádámcsutkája, ahogy nyelt egyet. – Olyan rossz állapotban van, mint évekkel ezelőtt, amikor még Malcolm kezelte.

– A kedélyjavítóknak vannak mellékhatásai – magyaráztam. – Ezek egy idő után majd elmúlnak, de mivel kémiai funkciókat indítanak meg az agyban, kell némi...

– Két-három hét, hogy hozzászokjon – egészített ki türelmetlenül. – Tudom. De a harmadik generációs gyógyszerek elvileg már nem ilyen gyatrák, és kevesebb mellékhatást okoznak.

Elismerőn néztem rá.

– Látom, utánanézett a témának, és végzett némi kutatást.

– Szeretem tudni, hogy mi történik a húgommal.

Bólintottam.

– És arra nem gondolt még, hogy nem a gyógyszerek idézik elő Sloane tüneteit? – Játszva elmerengtem. – Vagy talán egy olyan trauma feldolgozása történik éppen, ami ilyen szokatlan módon nyilvánul meg?

– Mire céloz? – akarta tudni zavartan.

Fordult a kocka. Most én húzódtam közelebb, de ő reflexszerűen hátrált egy lépést. Mint aki menekülni próbál. *Hoppá! No lám, már nem is tűnik olyan nagyszájúnak.*

– Mondja meg maga, Zackary – javasoltam. – Nem rémlik semmi olyan kardinális esemény a gyermekkorukból, ami ön szerint elindította ezt a zavart személyiségfejlődést a húgánál?

Rémület ült ki az arcára. A halántékán izzadság gyöngyözött, a szája kiszáradt.

– Maga... maga... – dadogta.

Farkasszemet néztem vele, és csak nagy sokára tűnt fel, hogy nem is igazán engem bámul olyan megbűvölten. A tekintete tovább szárnyalt, egyenesen átpillantott a vállam fölött.

Megfordultam. Az asztalom mögötti fal telis-tele van ragasztva régi fényképekkel, utcán vásárolt felvételekkel. Zacket azonban nem az ifjúkori élményeim izgatták. Feje kissé balra biccent, lekövettem az irányát, és végül az európai bogarak nagyított másához érkeztem.

– Érdeklik az élősködők? – találgattam játékosan.

Mikor ismét megfordultam, Zack már teljesen elszürkült. Alighanem most értette meg igazán, hogy mit művelt. De talán ami teljesen letaglózta, az a felismerés, hogy többé nem maradt titokban a vétke.

– Szóval... – nyögte kiszáradt torokkal. Nyoma sem volt már a mély hangjának. Egy kisfiút hallottam beszélni. – Szóval maga volt... végig maga volt?

Nem értettem kristálytisztán a kérdést, de azért illő volt választ adnom rá:
– Nem én voltam, Zackary – mondtam. – Hanem maga. Maga tette ezt a húgával. És a bűneinkért vállalnunk kell a következményeket.
– Miket beszél?!
A játszott értetlensége kezdett kihozni a sodromból:
– Talán tagadja?
– Nem tagadom, hogy követtem el hibákat a múltban – hebegte indulattól elfojtott hangon. A térde remegett, mindazonáltal az izmos, kidolgozott, erős teste is. Sokszor láttam már manipulációból elkövetett vallomást, de Zack nem tartozott azok közé, akik ilyesmit alkalmaztak. Egyszerűen nem volt az a típus. Nem hazudott nekem, és nem is akart jobb színben feltűnni előttem. Nem tagadom, egy pillanatra összezavart.
– Az erőszak nem hiba – szögeztem le a leghiggadtabb hangon, amit csak elő tudtam csalogatni abban a percben. Tudtam, hogy egy ilyen indulatos embernél nem a legmegfelelőbb, ha agresszióval reagálok. – Különösen akkor, ha azt a védtelen testvére ellen követi el az ember.
Zackben eltört valami. De nem olyan módon, mint amikor leleplezik az embert, hanem mint amikor jogtalan sérelem üti meg a fülét. Ahogy előre várható volt, az idősebb Rivers tett egy lépést az asztalom felé, és tiszta erőből belerúgott a pácienseknek fenntartott székbe. A bútor felborult, fájdalmas zörejjel ért földet. Ami engem illet, földbe gyökerezett lábbal vártam, hogy mi jön ezután, hogy mikor kapok én is egy ütést a képembe, de arra, ami következett, bevallom, nem voltam felkészülve.
– Hogy én bántottam Loanie-t? – mennydörögte hisztérikusan, mialatt kövér könnycseppek gurultak végig az arcán. Nem törődött velük, nem törölte le őket, de nem is rejtegette előlem. Összeszorult a gyomrom a látványtól. – A húgomat szeretem a legjobban a világon! Soha, érti, *soha* nem emelnék kezet rá! Azok a lányok nem jelentettek nekünk semmit! Bántottuk őket, mert megtehettük, mert senki nem gyanakodott ránk, mert a legtöbb akarta, hogy így legyen, de soha nem tettem volna ilyet Loanie-val! Soha, soha, soha!
Az önigazolás puskagolyóként záporozott a szájából, miközben a fejét csóválta. De ilyen ütemben pattogtak az én fejemben is a gondolatok: *Lányok? Ezek szerint több is volt?!* – Ráadásul Zack végig többes számban beszélt: „Bántottuk, megtehettük..." – *Ezek szerint a barátai is benne voltak? De ha kicsit is hihetek az állításának, akkor a húgának egy hajszála sem görbült... Akkor viszont mi ez a különös párhuzam Rose és Sloane között? Talán Sloane tudott valamit a bátyjáék tetteiről? Azért menekült a saját elméjébe? Nem akart tudomást venni arról, hogy az egyetlen rokona, akit szeret, ilyesmit tett?*
Zack egyre közelebb és közelebb jött hozzám. Nem fenyegetően, inkább kétségbeesetten és elveszetten. Nem hátráltam előle. Lebilincselt a reakciója. Nem tudtam, hogy az új információk birtokában mit is kéne tennem.
Az ajtó ismét feltárult, jóllehet, sokkal finomabban, mint első alkalommal. A bejáratban felbukkant a seriff és két másik egyenruhás férfi, akiket csak ránézésre ismertem a kapitányságról, amikor feljelentő vallomást tettem Zackary Rivers ellen szexuális zaklatásért a saját testvérével szemben.

– Most velünk kell jönnöd, fiam – mondta O'Neil seriff, amikor a bilincset kattintott Zack csuklójára. – Jobban tennéd, ha nem ellenkeznél. Azzal a saját helyzetedet is megkönnyíted.

De Zackary csöppet sem állt ellen. Amikor karon ragadták két oldalról, és a kijárat felé cipelték, még akkor is csak maga elé bámult, mint aki nem hiszi el, hogy ez vele történik.

Mi tagadás, én is alig akartam elhinni.

◊ Zack ◊

Nem embernek való a klíma, ami a zárkában van. Nagyjából ilyen szar állapotban lehet Noah kéglije is a beázás óta. De mit panaszkodom? Itt legalább néha adnak enni, és a klotyó is elég kultúrált. Viccet félretéve csak azért próbálom valamivel felrázni magam, mert legszívesebben megragadnám a rácsokat, és torkom szakadtából üvöltenék.

Ehelyett hanyat feküdtem a priccsen – a matrac nem is volt olyan kemény, mint amilyennek a filmekben tűnik –, a tarkómra kulcsoltam a kezem, és a plafont bámultam. Ez már nagyon is úgy tűnhetett, mint a mozivásznon. Voltaképp felháborodottnak kellett volna lennem, de nem voltam az. Inkább csak zaklatott és baromi türelmetlen. *Mert ha olyan nagyon komolyan belegondolunk, a hülye is megállapítja, hogy az ellenem felhozott vádak teljesen alaptanalok és nevetségesek! Családon belüli erőszak, méghozzá a saját húgom ellen?! Teljesen ésszerűtlen. Ha a seriff tényleg olyan nagy koponya lenne, amilyennek tartja magát, akkor vacsorára otthon lehetnék, és elfelejthetném az egész cécót.*

De már órák óta itt aszaltak, és nem értettem, hogy mire várunk még. A seriff valami olyasmiről hadovált, hogy az őrizetbe vétel maximum hetvenkét órán keresztül tarthat, de egyelőre csak egy terhelő vallomást tudnak felmutatni ellenem bizonyíték nélkül.

Minden gyépés tudja, hogy ez a bekaszlizás egy béna kísérlet, egy nyomásgyakorlás, hogy a terhelt beismerő vallomást tegyen. De mégis miről tennénk? Csak fecséreljük egymás drága idejét, mikor egy halom másik dolgom lenne a zárkán kívül! Talán nem a szó szoros értelmében, de ebben az ügyben teljes joggal állíthatom, hogy ártatlan vagyok. Az isten verje meg, hiszen Loanie-ról beszélünk, akire évek óta vigyázok, akiről gondoskodom, aki a vérem!

Elszorult a torkom. Iszonyú rossz állapotban hagytam magára, telefonálni meg eddig nem engedtek, ezért fogalmam sincs, hogy mi van vele. *Rosszabbul van? Beveszi rendesen a gyógyszereit? Vagy azoktól csak romlik a helyzet?* – Lassan kezdtem én is becsavarodni, és ha már a faszkalap O'Neil nem engedélyezett egy hívást sem, hát szívességet kértem. Talán nem volt olyan nagy kérés a részemről, hogy szóljon a kislányának, hogy ugorjon fel Loanie-hoz. Azt mondta, megteszi. *Ajánlom, hogy így is legyen, különben őrült nagy balhét csapok, ha egyszer kijutok innen!*

– Rivers! – zengte a seriff egyik lótifuti talpnyalója. Tagbaszaadt, fekete hajú, péklapát kezű ipse volt, aki könnyen bedobozolt volna a hűtőszekrénybe, még úgy is, hogy nem voltam egy pipogya, nádszál gyerek.

Felpattantam. A matrac rugói nyikorogtak a fenekem alatt.
– Látogatóid jöttek.

A nyakam nyújtogattam, miközben egy-egy rácsra markoltam. A testőr válla fölött két ismerős arcot ismertem fel. Megkönnyebbült sóhaj szakadt fel belőlem, mire a gorilla szemöldöke rosszallón fennakadt.

– Ez nem traccsparti – közölte. – O'Neil engedélyezte a látogatást, de fogjátok rövidre!

Sloane kért mindig arra, ha nem tudok semmi használhatót szólni, akkor inkább fogjam be a számat. Hát, ez sokszor nem sikerült, sőt a visszájára sült el. Most azonban olyan erősen szorítottam össze a számat, hogy szinte éreztem a vér ízét a nyelvemen.

Az ipse csoszogva eloldalgott, helyét csakhamar Isaac és Noah váltotta fel. Nem láttam magam kívülről, de mindketten jóval szarabb állapotban voltak, mint én. Azt hiszem, egy pont a javamra.

– Honnan tudtátok meg? – kérdeztem.

– Theiától – magyarázta Noah. Olyan szánakozó képpel nézett rám, hogy már kezdett sérteni a dolog. Nem követtem el semmit, nem vagyok bűnöző. Engem ne sajnáljon senki, főleg ne a barátaim. – Nem jöttél melózni, a telefont nem vettétek fel otthon, ezért elmentünk hozzátok, és a seriff lánya nyitott ajtót.

– Hál'istennek! – sóhajtottam megkönnyebbülten. – Akkor O'Neil betartotta a szavát, és tényleg elküldte hozzá a kiscsajt. – Ekkor eszembe jutott egy gondolat, ami cseppet sem nyugtatott meg: – Várjunk csak, akkor Sloane is tudja, hogy itt vagyok?

Isaac és Noah összenéztek.

– Bökjétek már ki! – rivalltam rájuk, mire kicsit megugrottak.

– Nem tudom, töki – csóválta a fejét Isaac.

– Mit nem tudsz? – sürgettem. – Hogy tudja-e?

Isaac segélykérőn pislogott Noah-ra, aki végül át is vállalta tőle a rossz hírt hozó hírnök szerepét.

– Nem tudjuk, hogy Loanie mit észlel, és mit nem – válaszolt óvatosan, gondosan ügyelve rá, hogy minden szó között tartson egy lélegzetvételnyi, meglehetősen idegtépő szünetet. – Odamentünk, és Theia már vele volt a nappaliban. Úgy tűnt, hogy vele egészen jól elvan, nem volt gond, de amikor köszöntünk, és rólad kezdtünk beszélni, hát, hogy is mondjam...

Habozott. Mint aki átpasszolja a felelősség labdáját, ezúttal Isaacnél volt a szerva:

– Úgy viselkedett, mint aki nem ismer fel minket – közölte. – Mintha idegenek lennénk, vagy félne tőlünk. Nem is tudom... aztán meg megemlítettünk téged is, és ettől kicsit begőzölt...

– Mi az, hogy begőzölt?

Isaac eltöprengett.

– Eunice-ra hasonlított, amikor nem kapja meg pontban akkor a vacsoráját, amikor szokta. – Megütközve bámultam rá. – Hát, tudod, az aspergereseknél gyakran megesik, hogy ha nem az a műsor, amit ők szeretnének, akkor egyetlen másodperc alatt képesek...

– De az én húgom nem autista! – csattantam fel. – És ha valamelyikőtök még egyszer elő mer hozakodni azzal az ötlettel, hogy köze van a bogaras históriához, azt kinyírom.

– Talán nem a legmegfelelőbb helyen közlöd ezt – vetette fel Isaac, mire Noah oldalba könyökölte, aztán így szólt:

– Ne aggódj érte – nyugtatott. Könnyen papol, neki nincs testvére. Se autista, se mentálisan gyenge, semmilyen. – Theia mellett megnyugodott, jó kezekben hagytuk ott, nem lesz vele semmi probléma, ameddig nem vagy otthon. Mi folyamatosan ellenőrizni fogjuk.

– Mindenesetre a kávézót be kéne zárni pár napra – kapott észbe Isaac. – Talán beszélni kéne Kellyvel, hogy az üzlet érdekében...
Úgy éreztem magam, mintha Isaac szavai gyomron vágtak volna.
– Semmit nem kérek Kellytől – közöltem sértetten. – Ha annyira akarja, felőlem kinyithatja a szaros könyvesboltját. Ha pedig ez idő alatt egy tetves kávét se ad el a részlegünk, hát azt is nagy ívben leszarom. Ez most a legkisebb gondunk, Isaac.
A fiúk megint összenéztek, de most nem tulajdonítottam jelentőséget ennek. Az agyam lázas motorként pörgött. Amint megoldottam fejben egy problémát, máris következett egy újabb, ami nem engedte, hogy teljesen lehiggadjak.
– Ezt az egészet előre kifundálta – kántáltam megszállottan, nem is a srácoknak, hanem igazából inkább magamnak. – A gyógyszerezést, a becsukást, hogy Loanie ellenséges, ha rólam beszélnek a jelenlétében. Mindent előre kitervelt, mert tudta, hogy ez fog történni!
– Kiről beszélsz? – faggatott Isaac ezúttal sokkal óvatosabban.
Felnéztem.
– Gavreelről – mondtam. – Úgy adta be a feljelentést, és úgy változtatta meg a húgom gyógyszerezését, hogy pontosan tisztában volt azzal, hogy Loanie vallomása nem fog kihúzni a csávából, főleg, ha ilyen rossz állapotban van.
– Miről beszélsz? – kérdezte értetlenkedve Noah. – Miért akarná Gavreel, hogy börtönben maradj, és egyáltalán honnan szedte, hogy molesztáltad a saját testvéredet?
– Ő az emberünk – közöltem a felfedezést. – Végig ő szórakozott velünk, csak még nem tudom, hogy mi oka volt rá.
Minimum nagy ledöbbenésre és koppanó állakra számítottam, de a két haverom úgy ácsorgott a rácsok előtt, mintha földbe gyökerezett volna a lábuk. Vagy mintha megsüketültek volna. Mikor már azon voltam, hogy megismételjem, hátha nem hallották jól, Noah nagy levegőt vett, és megszólalt:
– Nem lehet ő – állította magabiztosan. – Nincs indíték, Zack.
– Nem elég, hogy idáig juttatott? – kérdeztem megütközve.
– Ha ez igaz, akkor nekünk is ott lenne a helyünk melletted – vetette ellen Noah.
– Ma elmentünk a városi múzeumba, ahol a leharcolt kütyüket tartják – szállt be a beszélgetésbe Isaac is. – Kérdezősködtünk egy keveset a régi típusú írógépekről. Hogy vásárolt-e valaki mostanában ilyesmit, vagy tartanak-e egyáltalán hasonló szerkezetet Erynnisville-ben. A régiség boltba tereltek bennünket, ahol olyan infót kaptunk, amitől le fogod tenni a hajad.
Sikerült felcsigázniuk. A rácsokra könyököltem, és feszülten függtem a szavaikon. Mikor megbizonyosodtak róla, hogy ezúttal nem fogok dührohamot kapni, már sokkal szívesebben folytatták a beszámolót.
– Az utolsó ilyen műszert, ami a város birtokában volt, egy kedves ismerősünk vásárolta meg, közel hét hónappal ezelőtt – mondta Noah, aztán kellő hatásszünetet tartott, és meghagyta az édes élvezetet Isaacnek, hogy végül ő jelentse be a nagy újságot:
– Mason Walker.

Elakadt a lélegzetem.
– Micsoda?
Noah bólintott.
– Szerintem ő szemétkedik velünk – bizonygatta, mint aki száz százalékig biztos abban, hogy miről beszél.
– Ennek semmi értelme – vetettem ellen. – Walker meg a lányok között nincs semmi összeköttetés. Miért akarna bosszút állni olyan csajokért, akik mégcsak szóba se álltak vele a gimiben, hanem keresztülnéztek rajta?
– Erre én is gondoltam – válaszolt Noah. – Szerintem Mason személyes ügyének tekinti a bosszút. Annyira beszari, hogy nem saját nevében, hanem egy nagyobb jó érdekében akar bekavarni nekünk.

Beismerem, Walkernek tényleg több oka volt kárt tenni bennünk, mint Gavreelnek. Szünetekben kigáncsoltuk, folyamatosan piszkáltuk, eldugtuk a mankóit. Ha valaki, hát ő biztos szívből gyűlölt mindhármunkat. De valami akkor se klappolt. Még akkor sem, ha logikusnak találom Noah elméletét.

– Hogy kivitelezte mindezt, amikor még közlekedni se bír normálisan? – pendítettem meg az első aggályomat. – Fizikai képtelenség számára, hogy az éjszaka közepén leveleket dugdosson, tűzlétrára másszon, vagy lopakodjon, hogy meg ne lássa valaki.

– Erre vannak a segítői – emlékeztetett Noah.

– Például Helené – kontrázott Isaac.

– Gondold csak el – szőtte tovább a gondolatot Noah –, Walker Helené egyik báránykája volt. Könnyen el tudom képzelni, hogy egyik nap sírva beállított hozzá, és segítséget kért tőle, a vénaszony pedig örömest segített neki, hiszen sosem zárt a szívébe egyikünket sem.

– Helené és Walker – csóváltam a fejem. – Ha egymás mellé teszitek ezt a két nevet, egy rakás katasztrófa. A terv kieszelését még el is tudom képzelni, de a megvalósítás egészen más lapra tartozik. Egyikük sincs olyan kondícióban, hogy kivitelezzen ilyesmit.

Szemlátomást Noah már ezt is pontosan körüljárta előttem, mert erre is volt egy frappáns válasza:

– Nem ketten vannak – mondta magabiztosan.

Kezdett migrénem lenni. A tarkóm szinte hasogatott a sok információtól. Egészen eddig teljesen biztos voltam abban, hogy Gavreelt keressük, de ha végigpörgettem, akkor az orvosnak tényleg nem lehet más gondja velem, mint hogy félti tőlem a húgomat. Talán tényleg kezdtem Isaacre hasonlítani, és túl nagy jelentőséget tulajdonítottam a bogaras képeknek, amiknek semmi közük ehhez a hajcihőhöz.

Ezek után már alig mertem megkérdezni.

– És ki a harmadik? Valamelyik csaj a listánkról?

– Azt még nem tudjuk – mondta elcsüggedten Isaac. – De van még itt más is.

Legszívesebben rámarkoltam volna a rácsokra, és teljes erőből lefejeltem volna a fémet. Ha szerencsém van, berepedne a koponyám. Akkor talán nem emlékeznék semmire. Sloane-nak volt igaza. Jobb mindent elfelejteni. Jobb elmenekülni, mert a végén tényleg csak beletébolyodik az ember.

– Mi van még? – kérdeztem.

Isaac egyik lábáról a másikra állt. Noah a száját harapdálta.

– Mi lehet ennél rosszabb? – fordultam körbe könnyedén a zárkában. Derűs ábrázatokra számítottam, de amikor ismét a barátaimra néztem, kifutott a vér az arcomból. Lesütötték a szemüket. *Tényleg létezik rosszabb annál, hogy be vagyok zárva, nem tudjuk, ki a harmadik elmeroggyant, aki zsinóron rángat minket, vagy hogy Loanie pocsék állapotban van?*

– Halljam!

Noah megköszörülte a torkát.

– Newman rendesen kiakadt, amiért nem jöttél dolgozni – hadarta egy szuszra. – Nem mertük megmondani neki, hol vagy, bár itt gyorsan terjednek a hírek.

Vártam. Noah is várt. Azt hiszem, egyikünk sem akarta hallani azt, ami következni fog. Mintha kihúzták volna a szőnyeget a talpam alól. Folyamatosan zuhantam.

– Behívott minket az irodájába – folytatta. – Azt hittük, rólad akar kérdezősködni, de egészen másért kért számon bennünket.

Isaacre néztem. *Miért néz ki úgy, mint aki menten elbőgi magát?*

– A pokolba is Noah, csak mondd ki, hogy miről van szó! – mennydörögtem.

Noah megborzongott.

– Kirúgott minket – bökte ki.

– Mi?

– Mindhármunkat.

Megráztam a fejem, mintha rápottyant volna valami a mennyezetről.

– Miért tenne ilyet?

Noah látszólag elfáradt. Talán rajta most csapódott ki a stressz, ezért ezúttal Isaac vette át tőle a stafétát:

– Gondolom, ebben is Walker keze van – dünnyögte fortyogó dühvel a hangjában.

– Mivel indokolta? – akartam tudni. – Csak azért, mert Walker a seggnyalója, ez nem elég ok arra, hogy mindhármunkat kipenderítsen a műhelyből, ráadásul egyszerre.

Noah megköszörülte a torkát.

– Valaki megrongálta azt a méregdrága kocsit, amin hárman dolgoztunk, a Corvette-et – mondta. Isaac az ujjait tördelte. A pattogó hang az idegeimre ment. – A tulajdonos busás kártérítést kért az öregtől, aki ettől annyira kiakadt, hogy egyetlen mozdulattal kitette a szűrünket.

Megmasszíroztam a halántékom.

– Ez egy téboly – összegeztem. – Itt az idő és a legmegfelelőbb hely, hogy mi is feljelentést tegyünk.

Isaacből egy erőszakos nevetés tört ki.

– Ki hinné el ezt nekünk?

– Ráadásul te jelenleg gyanúsított vagy egy másik ügyben – emlékeztetett feleslegesen Noah. – Mit gondolsz, mennyire vennék készpénznek a vallomást?

Felciccentem.

– Akkor mit javasolsz? – kérdeztem cinikusan. – Üljek itt ölbe tett kézzel, és várjam, hogy mi jön még ezek után? Vagy foglaljak le nektek is egy helyet a zárkában, ameddig az az elmebeteg kibulizza, hogy ti is itt kössetek ki?

Noah felemelte a kezét, mintha békítő jobbot ajánlana felém.

– Egyelőre jó lenne, ha sikerülne tűzszünetet kötni Kellyvel – javasolta, de mielőtt kirobbant volna a vélemény, ami elsőként megfogalmazódott bennem, Noah gyorsan folytatta: – Gondolj Sloane-ra! Szüksége van rád, és mivel úgy tűnik, hogy a műhelybe egy darabig nem mehetünk vissza, jó lenne, ha legalább a kávézó mint jövedelemforrás nem csúszna ki az ujjatok közül.

Leigázva éreztem magam. Egy nincstelen senkinek. Pedig hiába mindez, még mindig nagyon gazdag voltam. Ezt az értéket nem akartam elveszíteni. Tényleg komolyan gondolhattam, ha készen álltam a következőre:

– Meg fogom próbálni – ígértem halkan. – Csak egyszer jussak ki innen!

– Elrendezünk, amit tudunk – fogadkozott Noah.

– Gondolj rá úgy, mint egy táborozásra! – javasolta Isaac, mire a nap első mosolya feltűnt az arcomon.

Noah közelebb lépett. A homloka csaknem súrolta a rácsokat. Úgy festett, mintha valami titkot akarna megosztani, de végül csak ennyit mondott:

– Loanie miatt pedig ne fájjon a fejed. Most úgyis ott lakom nálatok. Egy percre sem fogom szem elől téveszteni.

– Köszönöm.

Kulcscsomó csörgött, aztán kinyílt az ajtó, ami a kapitányságra vezetett, onnan pedig a seriff irodájába. Kávéillatot hozott magával a szellő. Erről eszembe juttott a Könnyek és Loanie, a szívem pedig összeszorult. *Tényleg békét kell kötnöm azzal a marhával, de csodálkozva döbbentem rá, hogy ebben az élethelyzetben Aiden Kelly volt a legkisebb púp a hátamon. Talán éppen ő lesz az, aki végül kivakar a szarból. Nevetséges, nem?*

– Jól van, fiúk! – masírozott felénk a gorilla, mialatt a kulcsokat pörgette az ujján. – Lejárt az időtök.

Nem értettem egyet. Azt hiszem, a mi időnk még csak most kezdődött. *Mason Walker jobban teszi, ha másik államba biceg, mire kiengednek innét, mert az biztos, hogy nem marad ép csontja, ha egyszer a kezeim közé kerül!*

◊ Sloane ◊

Néhány órája még minden mozgott, minden dübörgött, de most csend honolt. A házban elhalt a zümmögés, a csobogás, a sírás. Nem hallottam többé a zajokat. A púpok is felszívódtak a tapéta mögül. *Talán Zack gondoskodott a bogarakról? Talán most is azért nincs itt, mert valamilyen rovarirtót vásárol a boltban.* Egy kicsit én is megnyugodtam. Theia jelenléte sem zavart, inkább jótékony hatással volt a feldúlt lelkemre. A bőrkanapén heveréztünk. Nem csináltunk semmi érdekeset, csak beszélgettünk. Jó volt, hogy nem vagyok egyedül. Amikor magamra maradok, minden olyan zajos és félelmetes.

Ha ott van velem valaki, akkor biztonságban vagyok. Akkor kitisztul a tér, és nem gyötörnek a felvillanó emlékfoszlányok. Azok mind olyan ízesek voltak. Színesek. Rá se bírtam nézni az ételre, nemhogy a számba vegyem a kanalat. Attól féltem, hogy ezektől még több dolog jut az eszembe, de nem akartam. Most nem bírtam volna elviselni többet. Azt akartam, hogy szálljanak le rólam, végre hagyjanak békén.

Theia nem érezte feszélyezve magát a társaságomban, holott elég ijesztő tudok lenni, amikor még magam sem tudom, hogy hol vagyok, mit teszek. Nagyra becsültem a bátorságát, elvégre ki lenne elég merész ahhoz, hogy velem töltsön egy teljes délutánt? Olyanokat fel tudtam sorolni, akik egész biztosan nem:

Mr. Moore.
Sarah.
Abigail.

De helyettük itt volt nekem dr. Gavreel, Theia meg talán Aiden is. Valamilyen megmagyarázhatatlan oknál fogva a másik kedvenc hármasomat, Zacket, Noah-t és Isaacet most nem szívesen vettem egy kalap alá velük. A puszta gondolatuk is felzaklatott, de nem tudom megmondani, hogy miért. Mostanában semmit sem értek. Minden, amiben eddig teljesen biztos voltam, hirtelen összeomlott. Vagy talán soha nem is létezett?

– Mit szólnál, ha hoznék valamilyen társast? – kérdezte izgatottan Theia.

Szegény! Biztos rém unalmas partner vagyok a számára.

– Nincs kedvem játszani – mondtam bocsánatkérő hangon. Persze nem volt igaz. Rettegtem minden érzéstől, minden apró mozzanattól, nehogy attól megint kizökkenjek, és a másik oldalra szoruljak, ahonnan olyan nehéz volt visszatalálni a többiek közé.

De hol marad ilyen sokáig Zack?

A régi Panasonic magnónkon pirosan villództak a számok: 18:30. *Ilyenkor már rég itthon kéne lennie!* – A piros színtől ízek robbantak a számba. Cseresznye, görögdinnye, alma. Elkaptam a tekintetem.

– Akkor csak activityzzünk – javasolta. – Ahhoz nem kell semmi eszköz. Én mutogatok, te meg kitalálod.

– Jó – adtam be a derekam. Végül is, mi baj lehet belőle? Legalább egy kicsit elterel a figyelmem.

Theia felpattant a törökülésből, és azonnal a tettek mezejére lépett. A nappali közepére masírozott, aztán mindkét ujján feltűrte a bolyhos pulóverét, ami minden igyekezete ellenére, állandóan visszacsúszott.

– Basszus, ti aztán jól felcsavartátok a fűtést! – panaszkodott.

– Muszáj – mondtam. – Noah nagyon meg van fázva, mióta a lakását elöntötte a víz.

Theia fújtatott. A frufruja meglibbent közben.

– Na jól van – enyhült meg. – Várj, akkor megoldjuk másként! – Gondolt egyet, és megragadta a pulcsiját a szélénél. Mire felfogtam, mit csinál, már átbújtatta a fején a ruhararabot, aztán elégedett mozdulattal hajította el az oldalsó puffra. Megütközve bámultam rá, amikor ott állt egy szál ujjatlan, rózsaszín atlétában. Sietve eltakartam a szemem.

– Bocsi! – szabadkozott nevető hangon. – Én nem vagyok valami szégyenlős.

Megcsóváltam a fejem.

– Nem azért – szűrődött az ujjaim mögül.

– Rosszul vagy?

Hallottam a hangján, hogy tényleg megijedt, de csak ennyit tudtam mondani nyugtatás képpen:

– Rózsaszín – suttogtam elborzadva. – A felsőd rózsaszín.

Theia tétlenül végignézett magán. Nem volt ideje helyrehozni a baklövést, mert a következő pillanatban elszabadult a pokol.

Metsző sikoly szakadt fel a torkomból, és ez után már nem sokra emlékszem. Nem tudom, hogy Theia végül mikor kapott észbe, mikor öltözött fel. A legkorábbi emlékem, hogy folyamatosan tárcsáz egy számot a mobiljáról, és örökösen káromkodik, mert a túloldalról nem kap választ. Amikor megunta, hogy süket a vonal, felkapta a kabátját, meg valahogy engem is. A lépcsőzés közben kiszúrtam, hogy nem úgy van megkötve a cipőm, ahogy apa tanította, de azt hiszem, ez számított most a legkevésbé. A lényeg, hogy nem zokniban voltam, hanem viseltem egyáltalán lábbelit.

Emlékszem, hogy a furgonunk anyósülésén egy röpke másodperc erejéig megfordult bennem, hogy mióta van Theiának jogosítványa, hiszen még csak tizenhét éves. Én sokkal később szereztem meg. Olyan volt, mint életem első, önálló teljesítménye. Talán az is volt.

Néhányszor áthajthattunk a piroson, mert Theia olykor beletaposott a fékbe, nekem pedig bele kellett kapaszkodnom a biztonsági övbe. Hiába csuktam be a szemem, hogy ne lássam a jelzőlámpa színeit. Azok már mindenhol ott voltak: Rózsaszín, zöld, piros. Piros, zöld, rózsaszín. Piros, rózsaszín, zöld... Egy emlék kezdett előttem kibontakozni:

Miért futsz el, Rose? Nem bántalak. Gyere vissza! Keressünk együtt bogarakat a tónál úgy, mint régen! Mit keresnek itt a bátyámék? Miért nem hagynak békén minket? Ne, Isaac, ne kergesd meg Rose-t! Noah, ne szorítsd hozzá a fához! Zack, miért nem segítesz Rose-nak? Miért nem szólsz rá a barátaidra, hogy hagyják békén? Hogy hagyhatod ezt?

Hogy vehetsz te is részt benne?

Miért tépitek el a ruhát?

Hagyjátok abba! Valaki segítsen!

És akkor megérkezik. Itt van, itt jön ő. Majd segít. Ugyanolyanok. Istenem, mennyire egyformák vagytok ti ketten! Ahogy a szőke hajatokon megcsillan a nyári napfény, szinte megvakulok tőle. Segíts! Segítened kell! Ott van velük. Elkapták. Velük van a húgod, Adam. Ne menj túl közel, mert téged is bántani fognak!

A képek összemosódtak. Sokszor nem a bogarakat, a madarakat meg a nevetést hallottam, hanem Theia hangját, autók dudálását.

– Ne aggódj, Sloane – csitított, és néha mintha megérintette volna a vállam. – Ne félj, elviszlek hozzá. Én mondtam, megmondtam neki előre, hogy ez így nem lesz jó. Előre figyelmeztettem, de nem hallgatott se rám, se Helené nénire. Most mit csináljunk? Ne félj semmit, ő tudja, hogy mi a teendő. Elmegyünk hozzá, te meg én.

A város ismeretlen sarkain köröztünk. Valahol, amerre még soha nem jártam. Az egyik épület ismerős volt, talán apa mutatta egy régi fényképen. Belefájdult a fejem a töprengésbe, de azt hiszem, a régi cukorkagyár kapcsán beszéltünk róla: Magas téglafalak, robosztus terek, egybenyíló helyiségek. Semmi kétség. Ez az elhagyatott épület, ahol az erynnisville-iek becsődölt cukorkáit gyártották. Mára, ha jól tudom, lakóházzá alakították, és bérbe adták. *De ki lakik itt? Hova hoz Theia?*

A hangok stimmeltek. Csapódott a furgon rozsdás ajtaja, nyikorgott a bejárati ajtó, hosszan csilingelt a kapucsengő. Senki nem engedett be minket, ezért megvártuk, ameddig egy lakó teszi meg nekünk ezt a szívességét. Egy velem egykorú srác engedett előre minket, bár elég furcsán méregetett bennünket. Theiát, aki egyik karomat átvetve a nyakán, cipelt magával úgy, hogy gyakorlatilag alig álltam a lábamon. Zörgött-csattogott a felvonó, aztán megfeneklett, mi pedig valamilyen varázslatos módon kikecmeregtünk belőle. Egyenesen bicegtünk tovább, míg az első ajtónál megtorpantunk. Theia rákönyökölt a csengőre, de hosszú percekig nem történt semmi. Újra próbálkozott. Szabad kezemmel befogtam a fülem. Az éles hang felért ezernyi tűszúrással.

Theia jól mondta, tényleg nem volt szégyenlős. A következő pillanatban már ököllel verte az ajtót:

– Itthon vagy, cseszd meg?! – üvöltött magából kivetkőzve. – Ezerszer hívtalak! Nyisd már ki azt a rohadt ajtót! – Még ebben az állapotban is elcsodálkoztam a szavain. Még soha életben nem láttam Theiát ilyen feldúltnak, és az is biztos, hogy soha egyetlenegyszer sem hallottam, hogy ilyen csúnyán beszélt volna.

Ismét rányomta az ujját a csengőre, nekem pedig újra be kellett tapasztanom a fülem.

Csakhamar léptek zaja szűrődött a túloldalról. Theia elmotyogott a bajsza alatt egy „na végrét", én pedig feszülten vártam, hogy kire törjük rá ilyen modortalanul az ajtót.

Mikor lenyomódott a kilincs, és kinyílt az agyon nyüstölt ajtó, elakadt a lélegzetem. Nemcsak azért, mert Aiden Kelly állt velünk szemben, méghozzá teljes életnagyságban, a maga százkilencvenegy centijével, hanem mert egy a derekára csavart törölközőt leszámítva, teljesen meztelen volt.

– Mit kerestek itt? – kérdezte megütközve, hol rám, hol Theiára pillantva. Az arcán, a nyakán és a mellkasán kövér vízcseppek gurultak végig. Néhánynak szemérmetlenül végigkövettem az útját.
– Százszor hívtalak! – csattant fel Theia. Ha a lányt furcsának találtam, Aiden egyenesen idegennek tűnt számomra. Sokkal közelibb, sokkal emberibb. Mintha régebb óta ismerném. Mintha mindig is ismertem volna.
– Zuhanyoztam – nyögte.
– Azt én is látom.
Theia mindenféle invitálás nélkül, a törékeny testtével arréb terelte a magas Aident az útból, és kézen fogva magával húzott engem is. Aiden becsukta az ajtót, és követett minket a nappaliba. Tekintete néhány percig elidőzött az arcomon, de én nem figyeltem rá. Egyrészt zavarban voltam, másrészt nagyon érdekesnek találtam, hogy teljes valójában láthatok egy loftlakást. Színek alig voltak benne, ami rendkívül jó hatással volt az idegrendszeremre.
– Miért hoztad ide? – szűrte a fogai között Aiden. Talán azt hitték, nem hallom, talán annyira leharcolt állapotban voltam, hogy azt feltételezték, ha hallom, akkor sem értem, miről diskurálnak ilyen elmélyülten.
– Megint rohama volt – hadarta izgatottan Theia. Végre rájuk néztem. Mérhetetlen sajnálatot éreztem Theia iránt. Eddig nem is vettem észre, hogy mennyire megijesztettem. Túl fiatal volt ahhoz, hogy ilyesmit átéljen.
Ahogy én is.
Gyerek voltam még, amikor Zack és a barátai bántották Rose Hale-t, a tiszteletes lányát. Azt a lányt, aki a barátom volt.
Nem kényszerített térdre a felismerés. Ma még nem. De éreztem, hogy ennek böjtje lesz. Holnap valószínűleg nem fogok talpra állni. Olyan messzire tűnök el a másik világban, hogy többé sem az ízek, sem a színek, de még dr. Gavreel sem fog többé kimenekíteni onnan.
– Látom, de akkor is – erősködött Aiden. Inkább félt, mint ideges volt. – Nem szabad itt lennetek! Tudod te is.
Theia csigákat tekert a hajába. Félénken felszegte az állát.
– De téged akart látni – suttogta. – A nevedet mondta.
Aiden felém fordult, de a tekintetünk nem találkozott. Az enyém elidőzött a téglák fúgái között, felpattant a polcokon, végigmasírozott rajtuk, míg végül egy falra szerelt tükrön állapodott meg. A csillanó tárgyban Aiden háta tükröződött. A karjára kaptam a tekintetem, aztán a visszaverődő képre.
Sápadt bőre ijesztő kontrasztot alkotott a fekete tetoválás vonalaival, amik – mint most kiderült –, nem értek véget a vállánál, hanem átfutottak rajta, és egészen a háta közepéig értek. Most végre az egészet szemügyre vehettem. Kendőzetlenül. Amiket kesze-kusza zsinegeknek hittem, a lapockái közepén egy összefüggő motívummá álltak össze:
Egy rózsa volt az.
Hirtelen mindent megértettem. Lassú léptekkel szeltem át a távolságot hármunk között, ahol a harmadik fél nem is igazán Theia volt, hanem valaki egészen más.
Tekintetemet mélyen Aiden szemébe fúrtam.
Kutatón.

A keserű íz ismerősen robbant szét a nyelvemen. Már egyáltalán nem zavart. Szinte fel sem tűnt. Kerestem valamit, vagy inkább valakit azokban az opálszínű bogarakban, és ha nagysokára is, nagyon-nagyon messze, de végül megtaláltam.
– Te vagy az...? – kérdeztem remegő hangon, de még ki sem mondtam, már biztos voltam a válaszban: – Adam?
Aiden bal keze, amin a tetoválásának a hálója futott végig, felemelkedett. Kezével megkereste az enyémet, és megszorította. Jobbját a derekamra kulcsolta, és óvatosan magához húzott. Az ölelése ismerős volt. Mintha hazaérkeztem volna. Nem féltem tőle, nem találtam furcsának. Csupasz mellkasára hajtottam a fejem; szapora szívverése volt az egyetlen zörej, ami nem zaklatott fel. Amit bármeddig el tudtam volna hallgatni.
– Bocsáss meg, hogy nem mondtam el... – suttogta a hajamba.
– Bocsáss meg, hogy nem akadályoztam meg... – A meleg érintés feltöltött. Sosem hittem, hogy itt volt az orrom előtt... hogy ez volt az, ami mindig hiányzott. Amit már évek óta kerestem. Végre megtaláltam.

◊ Aiden ◊

Nem könnyű valahova visszatérni. Főleg nem tizenöt év után.
Nem könnyű látni a régi házadat, az ismerős arcokat, akik ennyi év elteltével már nem ismernek rád.
Nem könnyű gyanútlanul rájuk köszönni, és leolvasni az arcukról, hogy bár te sosem felejtetted el őket igazán, de nekik fogalmuk sincs róla, ki vagy.
Nem könnyű felidézni a fájó emlékeket, vagy feldolgozni azt a temérdek igazságtalanságot, amit elkövettek ellened. *Ellenetek.*
Nem könnyű a régi utcákat járva teljesen idegennek érezni magad. Nem könnyű felismerni, hogy amit régen az otthonodnak neveztél, már nem az.
De ami a legnehezebb: látni azoknak az arcát, akik mindenről tehetnek. Akik gondtalanul, nevetve élik a mindennapjaikat, mintha mi sem történt volna. Mintha nem tették volna tönkre az életedet. Mintha nem zavartak volna messzire téged meg a családodat. Mintha nem okoztak volna ezer meg ezer álmatlan éjszakát a testvérednek, aki a legfontosabb ember számodra a világon.
A kincs.
A minden.
És persze nem könnyű barátok után nézned, amikor már mindenki elfeledkezett rólad, pedig csak átutazóba jöttél, és azt gondoltad, jó ötlet átfutni azon a városon is, ami pokollá változtatta az életedet.
– *Áldjátok azokat, akik átkoznak, és imádkozzatok azokért, akik rosszindulatúan bánnak veletek[21].* – Így köszöntött az egyetlen ember, aki még emlékezett rám Erynnisville-ben, akinek számíthattam a segítségére: Helené.
– Megpróbáltam – mondtam. – Imádkoztam értük. De a hit nem segít. Nem úgy, ahogy apám tanította.
– Féltelek, fiam – mondta elkeseredetten, amivel engem is magával rántott. Tényleg ennyire megváltoztatott a gyűlölet? – *A harag a bolondok kebelében nyugszik.[22]* A bosszúszomj felemészti a lelked, és hidd el, az út végén te leszel az, aki a másik sírhelyébe fekszel. Miért jöttél vissza? Miért nem engeded el a múltat?

Nem meséltem el a néninek, hogy Sean, a legjobb barátom beléd szeretett, Rose. Nem meséltem el neki, mert nem volt időm ilyesmire fecsérelni az időt. Nem mondtam el, pedig tudom, Helené megértette volna, hogy miért utasítottad el Seant. Addig csak szórakoztál a férfiakkal, nem hitted el, hogy téged is lehet szeretni, pedig végre megtaláltad azt az embert, aki elfeledteti veled azt a sok borzalmat. De te nem tudtad elfelejteni, és veled együtt én sem. Hiszen amit te éreztél, azt éreztem én is. Egyek voltunk. Hiába utaztam, menekültem, mindig kísértett a jajgatásod, a fájdalmad, hogy nem tartod méltónak magad a boldogsághoz. Miattuk. Miattuk, akik azóta sem bűnhődtek meg. Meggyőződtem róla. Láttam a nevetésüket. Amikor csak átutazóban voltam, mert a múlt mágnesként vonzott magához, még nem terveltem el a bosszút. De aztán megláttam őket. Gyűlöltem mindhármat. *Meg kell fizetniük!*
– Szükségem van rád – mondtam. – Egyedül nem tudom végig csinálni.

---

[21] Lukács 6:28.
[22] Prédikátor 7:9.

Helené fájdalmas arccal fürkészett.
– Arra kérsz, hogy én magam fektesselek a koporsóba? Apád jó barátom volt, Rose is kedves nekem. Nem lett volna szabad hazajönnöd, Adam.
– Már nem vagyok Adam – mondtam. – Erynnisville pedig nem az otthonom.
Helené meleg pillantással fürkészett. Pont, mint gyerekkorunkban. Libabőr söpört végig a gerincemen.
– Én ugyanazt a gyermeket látom – szólt halkan, simogatón. – Megváltozhat a hajad színe, attól még mindig az a fiú vagy, aki napfényt hozott közénk. Még átírhatod a befejezést.
Sosem voltam az a fiú, aki napfényt hozott Erynisville polgárainak, de ezt nem mondtam ki hangosan.
– Nem fogom ölbe tett kézzel tűrni, hogy Zack Rivers meg a barátai úgy tengessék a mindennapjaikat, mintha nem tették volna tönkre az életünket! – csattantam fel.
– Az övék sem könnyű, hidd el, fiam. Nyomorultak a maguk módján. Rose mit szól ehhez?
Kihúztam magam a széken, de kerültem a pillantását. Tudtam, hogy abból kiolvasna mindent.
– Nem csak Rose-ért teszem.
Helené lágyan elmosolyodott.
– Emlékszel még a Rivers lányra? – faggatott.
– Sloane – sóhajtottam elgyengülve. – Hát persze. – Hogy tudnám elfelejtni az édes kislányt, aki a húgommal játszott? Hogy felejthetném el az angyalt, aki odalopakodott mellém a tóparton, amikor a kereszt medál miatt csúfoltak, amit a nyakamban hordtam. Ki lett volna képes vadrózsák illatáról beszélni, amikor minden gyerek csak kövekkel dobálózott ránk? Csak egy angyal.
– Ahogy te, már ő sem az, akire emlékszel – folytatta Helené. – Ha komolyan gondolod ezt az őrültséget, akkor számításba kell venned valamit. – Rabságba estem a pillantása által. Megbabonázott a baljós tekintet. – Lehet, hogy ez a kislány tud segíteni neked, de vigyáznod kell, hogy ő ne sérüljön meg közben. De ha elfogadsz egy tanácsot, akkor nem őt választod. Van valaki Erynnisville-ben, akinek szintén foltot ejtettek a testvére becsületén, és gyanítom, örömmel meghallgatna téged.
Felvontam a szemöldököm.
– Ki az?
– Shayla O'Neil húga.
Cinkos mosoly játszott az ajkamon.
– Ezek szerint segítesz nekem?
Néhány másodpercig csöndes maradt. Talán túl hamar örültem Helené támogatásának. Nélküle sokkal nehezebb lesz a dolgom.
– Nem neked segítünk, Aiden Kelly – szólt végül szigorú hangon. Most először nem tudtam eldönteni, hogy a fiktív vagy az igazi énemhez intézte-e szavait. –, hanem Adam Hale-nek. Ahogy a latin szöveg mondja, mutato nomine de te fabula narratur.
– Ez mit jelent?

– Kicserélt névvel, de rólad szól a mese.

Theiát meggyőzni gyerekjáték volt. Már javában beférkőztem a Könnyekbe, alkalmaztak Riversék, amikor elsőre megpróbáltam, de aztán lemondtam róla. Túl fiatal és éretlen. Nem értené, hogy miért csináljuk. Ezt hittem, ameddig egyik nap kettesben nem voltunk, és síráson nem kaptam. Elmondta, hogy a nővére régóta nem tartja a kapcsolatot az apjáékkal, mert a szülők nem tudták elfogadni, hogy egy jóval idősebb férfi mellett talált boldogságot. Theia szerint ez azért történt, mert Shaylát korában olyan trauma érte, amit sosem tudott teljesen feldolgozni.

Ekkor végső elhatározásra jutottam: elmondtam neki az igazat. Mintha Theia éveket öregedett volna egyetlen perc alatt. Féltem, hogy a döntő pillanatban elgyengül, és megtörik Zack vagy Sloane előtt, de nem történt ilyesmi. Egyszer sem. Segített rokonszenvet ébreszteni Sloane-ban, segített a borítékok meg a rózsatövisek elhelyezésében, de még a gyanútlan Eunice-t, Isaac Hunt húgát is sikerült meggyőznie, hogy tegyen le egy borítékot a testvére asztalára. Hogy elkerüljük a lebukás veszélyét, még azt is örömest bevállalta, hogy Sloane előtt gyengéd szimpátiát színlel majd Zack iránt.

Így voltak ők a három segítőm, a három erünnisz, akiknek szobrot is állított a gyanútlan város. Helené, Theia és Eunice.

De aztán bekövetkezett az, amit nem kalkuláltunk a tervbe. Ami sokkal nehezebb volt annál, hogy elbúcsúzzak apáméktól, hogy hazudnom kellett Rose-nak, hogy túltettem magam a történteken, vagy magam mögött kellett hagynom a régi életemmel együtt a barátaimat is.

Nem könnyű rózsát találni a csatatér hamvai között. Nekem mégis sikerült. Sloane nem szerepelt a számításaimban, de tudtam, hogy nem lesz rám hatástalan, ha újra találkozunk. Éppen Sloane miatt, vagy talán még Rose árnyékában, nem mértem végső megsemmisítést Zack Riversre. Hagytam, hogy a dolgok maguk teljesítsék be a sorsukat. Hiszen végső soron mindenki azt kapja az élettől, amit megérdemel.

Mielőtt elutaztam, hagytam egy üveg bort a kapitányságon, de nem tettem terhelő vallomást. Nem kellett felkutatniuk azokat az aktákat, amikből már egyébként is hiányoztak a bogarak korábbi betörésének köszönhetően. Megkértem O'Neil seriffet, hogy csak másnap adják oda Zack Riversnek a csomagot. A drága italt még Aaronnál vásároltam hetekkel ezelőtt. Más alkalomra szántam, de azt hiszem, az a mostani, a búcsú pillanata nem is lehetne illőbb.

A vörös ital *A rózsa vére* nevet viselte. A nyakára rákörmöltem egy rövid, de velős üzenetet, amelyből, felteszem, még a rendkívül primitív bogarak is érteni fogják a lényeget:

Atyám, bocsáss meg nekik, mert nem tudják, mit cselekszenek.[23]
Választhattok, hogy melyikünkre koccintottok.
Adam Hale / Aiden Kelly.

---

[23] Lukács 23:34.

Epilógus
1 évvel később

◊ Dr. Gavreel ◊

Csak úgy ragyogott a tavasz. A zöldellő hárs alatt, a virágok illatoztak, a bogarak dongtak; Erynnisville egyszer csak új köntösbe öltözött. Alig akartam ráismerni egy olyan mogorva tél után, amikor minden faágat dérréteg lepett el. Sosem láttam még ilyen csodás virágzást, és sosem voltam még olyan boldog és elégedett, mint Gaia partján sétálva, kéz a kézben a menyasszonyommal, Tessel.

Három év alatt még sosem látogattam el az erynnisi térfélre, így bőven volt mit bepótolnom, de nem kellett sietnem. Előttünk volt az egész élet, ráadásul Tessának is meg kellett mutatnom mindent, hiszen csak pár héttel ezelőtt sikerült minden cuccával együtt ideköltöznie hozzám.

Mekkorát fordult velünk minden. A város, Tess... mintha valaki más emlékeibe csöppentem volna. Az összes gonoszság, minden aggodalom elröppent a vállamról, és a napsütéssel együtt a jókedv is visszaköltözött a durcás kisváros mindennapjaiba.

Átkaroltam a menyasszonyom vállát, aki végigsimított a kézfejemen. Ujján megcsillant a kissé zárványos gyémánt, amitől sosem akaródzott úgy igazán megválnom. Ami most jobban ragyogott, mint a fények Gaia Szemének a tükrén. Ami mindig kereste a méltó helyét a fiókom fenekén, most megpihent ott, ahová mindig is tartozott.

– Arra is vannak még házak? – mutatott előre Tessa, miközben visszakanyarodtunk a földútra, és egy távoli pontot célzott meg a tekintetével.

Követtem a pillantását, és elmosolyodtam.

– Már nem – válaszoltam, aztán apró csókot nyomtam a hajára. – Régen ott lakott az idős hölgy, akit mindenki csak erynnisville-i Helenének hívott.

Tessa szomorúan pillantott rám.

– Csak lakott?

Bólintottam.

– Tavaly tavasszal elhunyt – mondtam kissé szomorú hangon, miközben megszorítottam Tess finom, törékeny kezét. A gyűrű melegen izzott a tenyerünk bölcsőjében. – Hirtelen távozott, de azt gondolom, nem hagyott maga után elvégezetlen feladatot.

Pár percig csöndben andalogtunk a híd irányába, ami összekötötte egymással erynnist és ville-t. Ez volt a kettőnk néma gyásza a néni emléke felett.

– Sosem mesélted – suttogta Tess, miközben a földútról rátértünk a felújítás alatt álló híd márványlapos, ragyogó köveire.

Hát, a polgármester megtartotta a szavát, és tényleg eljut a korszerűsítés Erynnisville minden apró szegletébe. – Öröm fogott el. Mintha nemcsak három éve, hanem mindig is itt éltem volna.

– Micsodát nem meséltem?
– Hogy mi lett végül a lánnyal...
– A lánnyal, aki végül újra összehozott bennünket – fejeztem be helyette a kimondatlan folytatást. Tudtam, hogy Tessa így gondol Rose Hale-re, de nekem mégis Sloane Rivers jutott eszembe a kérdésről. Számomra ő volt a másik megmentő, aki éppen ezért, de ettől függetlenül is, szörnyen hiányzott. A választ is végül úgy mondtam, hogy közben Sloane-ra gondoltam, és nem Rose-ra.
– Azt hiszem, sok szenvedés, meg nem válaszolt kérdés és önfeltárás után végre boldog.
Most Tessán volt a sor, hogy megszorítsa a kezem.
– Az jó – mondta olyan lágyan, mint a tavaszi szellő, ami az arcunkat cirógatta. – Az nagyon jó, Matt.
Szerettem volna hinni, hogy igazat is mondok.
A történtek után Sloane két hetet töltött a klinikán a bent fekvő betegek között. Mivel visszavontam a vádakat a bátyja ellen, Zacknek is engedélyeztem a látogatást. De nem csak ők érkeztek Miss Rivershez. Eljött hozzá Theia O'Neil egész családja, elég sokan a középiskolából, a kávézó vendégei közül, és olyanok is, akik az anthesztéria ünnepségen beszéltek Sloane-nal, és hajlandóak voltak még egy esélyt adni neki.
Gyakran eljött egy ismerős fiú is, aki sosem mutatkozott be a nővéreknek, de rendszerint egy szál rózsával érkezett. Alighanem ő töltötte a legtöbb időt Sloane szobájában, én pedig külön megkértem az ápolókat, hogy ne zavarják a fiatalokat.
Kisvártatva Sloane jobban lett, de további kezeléseket ajánlottam számára. Miss Rivers viszont környezetváltást javasolt. Azt mondta, az ünnepségen elég szép összeget sikerült gyűjteniük, abból pedig szeretne újra beiratkozni a főiskolára. Sosem kérdeztem rá, miért ragaszkodik hozzá, hogy Rose Hale régi lakhelyén, méghozzá Beaufortban akarjon új életet kezdeni, de egyetértettem azzal, hogy a továbbtanulás ragyogó ötlet.
Nem tudom pontosan, hogy Zack mit szólt a húga terveihez. Annyi bizonyos, mert szem és fültanúja voltam, hogy Sloane sokáig nem volt hajlandó a szobájába engedni a fiút. Amikor végül megenyhült, a legjobb tudásom szerint Zack nem kényszerítette semmire. Azt mondta, itt az ideje, hogy Sloane megszabaduljon a szüleik hagyatékától, és azt tegye, ami igazán boldoggá teszi.
Talán ettől tört meg a jég. Ezek után nem hallatszódott ki több sértett kiabálás Sloane szobájából.
Ami Zack terveit illeti, a helyiek azt rebesgették a piacon, hogy a fiú nem üzemelteti tovább a család hagyatékát, az Angyalok Könnyét. Állítólag elvitte a drága kávégépeket, de az épületet nem adta el. Ha lehet hinni a szóbeszédnek, a két barátjával, Isaackel és Noah-val saját szerelőműhelyet akarnak ott nyitni, méghozzá önerőből. Mivel Adam Hale nem tett feljelentést, sem úgy mint Aiden Kelly, sem úgy mint önmaga, a három fiú úgy vezekelt, hogy rendszeresen ellátogattak hozzám terápia céllal. Elbeszélésükből megtudtam, hogy ami gyermeki csínynek indult, az végül teljesen átvette a hatalmat felettük. A szüleik nem foglalkoztak velük, nehéz családi háttér kötötte össze őket, amely végül ezt a borzalmat keltette életre. Zack elnyomó

apja, Isaac a beteg testvére, Noah pedig bántalmazó anyja miatt, aki mindig csak az apjától örökölt szép arcot látta benne, emiatt pedig rendszeresen megbüntette, amiért a férfi elhagyta őket. Az igazság nem oldozta fel a bogarakat, de a következményeket örökkön magukkal cipelték, méghozzá abban a városban, amit sosem hagyhattak el többé. Ez volt az ő bilincsük.

Mason Walker viszont nem járt hozzám többé. Sosem kaptam rá választ, de úgy gondolom, hogy a három ellenségével nem akart találkozni a rendelőben. Mindazonáltal az utolsó ülésünk alkalmával büszkén kijelentette, hogy ő lopott szerszámokat a műhelyből, és ő rongálta meg Zackaryék munkáját, a Corvette-et is. Amikor kifejeztem őszinte csalódásomat irányában, valószínűleg elszégyelhette magát, mert bár többé nem láttam, de Zacktől megtudtam, hogy Mr. Newman váratlanul mindhármójukat visszavette magához. A Rivers fiú nem volt büszke erre, ahogy a barátai sem. Rájuk többé már senki nem mondhatta, hogy „nem sírtak."

Tessával átértünk a híd másik oldalára. A menyasszonyom körülnézett, mint én is első alkalommal, amikor Erynnisville csodás földjére tettem a lábam. Az ember ilyenkor azt szeretné, bárcsak minden falevelet, házikót és dombot az emlékezetébe tudna vésni.

– Megmutatod az angyalszobrokat? – csüngött a karomon Tess, nekem pedig nevetnem kellett. Olyan volt, mint egy kisgyerek, aki minden létező játékra fel szeretne ülni a vidámparkban.

– Talán azt hagyjuk holnapra – javasoltam, mire Tessa durcásan fintorgott. Hiába, egyke gyerekek vagyunk mindketten, le sem tagadhatnánk. – Jól van – nevettem beleegyezőn. – Nem bánom, bár nem tudom, hogy mindegyikről tudom-e, hogy merre találom.

– Azt mondtad, van egy a parkban – számolta Tessa az ujján –, egy a templomnál.

Bólintottam.

– Meg még egy, de arról fogalmam sincs, hogy merre lehet – válaszoltam elcsüggedten. A fák lombjai zizegtek, a tó tükrén finom hullámok fodrozódtak.

Feltámadt a langyos szél.

Különös érzés fogott el, mintha figyelnének vagy elfelejtettem volna valamit. Kapargatta a tarkóm és bele-beletúrt a hajamba.

Visszafordultam az erynnisi térfélre, a pillantásom pedig megakadt Helené zöld ajtajú, parányi házikóján. A szél könnyeket csalt a szemembe. Mintha láttam volna valamit, ami talán csak az anyó egyik macskája volt, az suhanhatott át a léckerítések között, aztán a járdán.

Elmosolyodtam.

A nyakam tettem volna rá, hogy a harmadik szobornak ott kellett lennie.

Valahol a másik oldalon.

Egyéb kiadványaink

Antológiák:
„Álomfejtő" antológia [hamarosan]
„Időzavar" sci-fi antológia
„Árnyemberek" horrorantológia
„Az erdő mélyén" horrorantológia
„Robot / ember" sci-fi antológia
„Oberon álma" sci-fi antológia

Kalmár Lajos Gábor
Rose és az ezüst obulus (ifjúsági fantasy regény)

E. M. Marthacharles
Emguru (sci-fi regény)

Anne Grant & Robert L. Reed & Gabriel Wolf
Kényszer (thriller regény)

Gabriel Wolf & Marosi Katalin
Bipolar: végletek között (verseskötet)

J. A. A. Donath
Az első szövetség (fantasy regény)

Sacheverell Black
A Hold cirkusza (misztikus regény)

Bálint Endre
A Programozó Könyve (sci-fi regény)
Az idő árnyéka (sci-fi regény)

Szemán Zoltán
A Link (sci-fi regény)
Múlt idő (sci-fi regény)

Anne Grant
Az antialkimista szerelme (romantikus regény)
Mira vagyok (thrillersorozat)
1. Mira vagyok... és magányos
2. Mira vagyok... és veszélyes [hamarosan]
3. Mira vagyok... és menyasszony [hamarosan]

David Adamovsky
A halhatatlanság hullámhosszán (sci-fi sorozat)
1. Tudatküszöb (írta: David Adamovsky)
2. Túl a valóságon (írta: Gabriel Wolf és David Adamovsky)
3. A hazugok tévedése (írta: Gabriel Wolf)
1-3. A halhatatlanság hullámhosszán (teljes regény)

Gabriel Wolf

Tükörvilág:

Pszichopata apokalipszis (horrorsorozat)
1. Táncolj a holtakkal
2. Játék a holtakkal
3. Élet a holtakkal
4. Halál a Holtakkal
1-4. Pszichokalipszis (teljes regény)

Mit üzen a sír? (horrorsorozat)
1. A sötétség mondja...
2. A fekete fák gyermekei
3. Suttog a fény
1-3. Mit üzen a sír? (teljes regény)

Kellünk a sötétségnek (horrorsorozat)
1. A legsötétebb szabadság ura
2. A hajléktalanok felemelkedése
3. Az elmúlás ősi fészke
4. Rothadás a csillagokon túlról
1-4. Kellünk a sötétségnek (teljes regény)
5. A feledés fátyla (a teljes regény újrakiadása új címmel és borítóval)

Gépisten (science fiction sorozat)
1. Egy robot naplója

2. Egy pszichiáter-szerelő naplója
3. Egy ember és egy isten naplója
1-3. Gépisten (teljes regény)

Hit (science fiction sorozat)
1. Soylentville
2. Isten-klón (Vallás 2.0) [hamarosan]
3. Jézus-merénylet (A Hazugok Harca) [hamarosan]
1-3. Hit (teljes regény) [hamarosan]

Valami betegesen más (thrillerparódia sorozat)
1. Az éjféli fojtogató!
2. A kibertéri gyilkos
3. A hegyi stoppos
4. A pap
1-4. Valami betegesen más (regény)
5. A Merénylő
6. Aki utoljára nevet
7. A Jégtáncos [hamarosan]
8. A szomszéd [hamarosan]
9. A Csöves [hamarosan]
10. A fogorvosok [hamarosan]
5-10. Valami nagyon súlyos (regény) [hamarosan]
1-10. Jack (gyűjteményes kötet) [hamarosan]

Egy élet a tükör mögött (dalszövegek és versek)

Tükörvilágtól független történetek:

Pótjegy (sci-fi sorozat)
1. Az elnyomottak
2. Niog visszatér [hamarosan]
3. Százezer év bosszú [hamarosan]
1-3. Pótjegy (teljes regény) [hamarosan]

Lángoló sorok (misztikus thriller sorozat)
1. Harag [hamarosan]

Árnykeltő (paranormális thriller/horrorsorozat)
1. A halál nyomában

2. Az ördög jobb keze
3. Két testben ép lélek
1-3. Árnykeltő (teljes regény)

A napisten háborúja (fantasy/sci-fi sorozat)
1. Idegen mágia
2. A keselyűk hava
3. A jövő vándora
4. Jeges halál
5. Bolygótörés
1-5. A napisten háborúja (teljes regény)
1-5. A napisten háborúja illusztrált változat (a teljes regény újrakiadása magyar és külföldi grafikusok illusztrációival)

Ahová sose menj (horrorparódia sorozat)
1. A borzalmak szigete
2. A borzalmak városa

Odalent (young adult sci-fi sorozat)
1. A bunker
2. A titok
3. A búvóhely
1-3. Odalent (teljes regény)

Humor vagy szerelem (humoros romantikus sorozat)
1. Gyógymód: Szerelem
2. A kezelés [hamarosan]

Álomharcos (fantasy novella)

Gabriel Wolf gyűjtemények:

Sci-fi 2017
Horror 2017
Humor 2017

www.artetenebrarum.hu

Arte Tenebrarum Könyvkiadó:
Időzavar sci-fi antológia

Gabriel Wolf ebben a kötetben szereplő kisregényének ismertetője:
A jövőben az emberek rendkívül rövid életűek. Születésük után mesterségesen felgyorsított növekedéssel, felnőttként jönnek a világra. Csupán egy-két napig élnek, ezért mindenhová a klónjukkal utaznak, hogy ha ők váratlanul meghalnának, akkor a „pótember" folytassa helyettük az utat. Az ő számukra vásárolnak tömegközlekedési eszközökre „pótjegyet".
A pótemberek kizárólag helyettesítő szerepet töltenek be, nincsenek jogaik, nem lehet önálló véleményük, még akkor sem, ha némelyiknek bizonyos helyzetekben talán mégis lenne.

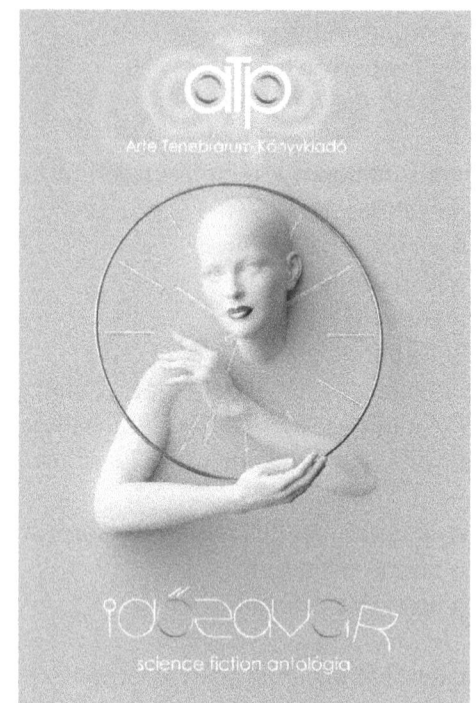

Egyszer az egyik klón fellázad, és úgy dönt, nem folytatja az eredetileg megkezdett vonatutat, hanem saját feje után megy:
Leugrik a szerelvényről, mert ki akarja deríteni, miért vált az emberiség ilyen sérülékennyé és halandóvá. A névtelen szökevényt szorítja az idő: Rövid életéből kifolyólag mindössze egy-két nap áll rendelkezésére, hogy nyomozzon. Ám amikor az út végén megtalálja kérdéseire a választ, olyan megdöbbentő felfedezést tesz, amire senki sem volt felkészülve.

Egy drámai történet emberségről és embertelenségről. Klasszikus science fiction újszerű fordulatokkal.

Tartalom:
Gabriel Wolf - Az elnyomottak
E. M. Marthacharles - Egy keserves nap az Elnök irodájában
Holly Wise - A kapun túlról
Andrew Greasy - A hátrahagyott jövő
Violet C. Landers - Az időhibrid-kabin átka
Molnár Dénes Attila - A második kezdet
Keczkó Dóra - A pillanat

E-könyvben 999 Ft-ért:
https://www.artetenebrarum.hu/termek/idozavar

Puhakötéses nyomtatott könyvben 2899 Ft-ért:
https://www.artetenebrarum.hu/termek/idozavar-softcover

Arte Tenebrarum Könyvkiadó:
Árnyemberek horrorantológia

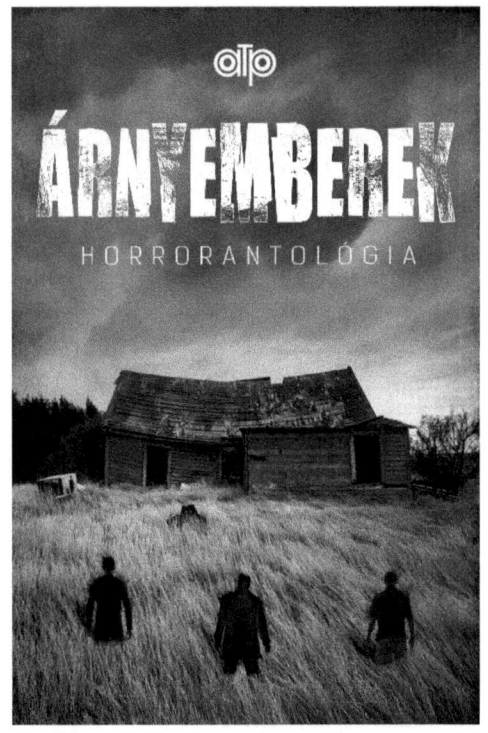

A címadó mű ismertetője:
Dallas Mayweather évekkel ezelőtt elvesztette először a családját, aztán a feleségét is. Azóta a férfi magányosnak érzi magát, és nem találja a helyét a világban. Szabadidejét azzal tölti, hogy misztikus, megmagyarázhatatlan dolgokról olvas az interneten. Talán azért, mert választ keres arra, hogy miért bánt így el vele az élet.
Egyszer egy ilyen kutatás során egy weboldalon talál egy szokatlan rituálét: A „Liftes játék" egyfajta városi legenda, ami arról szól, hogy ha az emeletekhez tartozó számozott liftgombokat az ember megadott sorrendben végignyomkodja – olyan módon, mintha egy kódot írna be –, akkor a felvonó elviszi utasát a túlvilágra.
Dallas úgy dönt, megpróbálkozik a dologgal, panelházuk liftjében megkísérli beírni a weboldalon látott számsort, és a megadott sorrendben végigutazik az emeleteken. Hibát követ el, ugyanis élete onnantól egy merő rémálommá változik: Összekeveredik az ébrenlét az álommal, a valóság a képzelettel, az e világ a túlvilággal. A férfi egy olyan helyen találja magát, ahonnan talán egyáltalán nincs kiút. Ott is marad örökre... hacsak egy olyan személy a segítségére nem siet, aki képes felvenni a harcot a Dallast csapdába ejtő „árnyemberekkel".

Tartalom:
Gabriel Wolf: Árnyemberek
Pál Tibor László: Sötétség
Pólya Zoltán: A Szalmarém
Karen Atkin: Rémbazár
Kovács Gyula: Rémségek tornya
Tolnai Norbert: Nem lesz semmi baj

E-könyvben 999 Ft-ért:
https://www.artetenebrarum.hu/termek/arnyemberek

Puhakötéses nyomtatott könyvben 2899 Ft-ért:
https://www.artetenebrarum.hu/termek/arnyemberek-nyomtatott

Gabriel Wolf:
Odalent (YA sci-fi regény)

Thomas egy titkos föld alatti bázison él az anyjával, aki kutatóként dolgozik ott. Tom nem tudja, hogy pontosan miből is áll anyja munkája, mert az „titkos". A Scarabeus bázison minden titkos, és a kamaszfiú utálja az egész helyet. Alig várja, hogy végre elhúzhassanak innen. Egy hete vannak itt, de már most unja a rengeteg hülye szabályt és figyelmeztetést. Az ember levegőt sem vehet anélkül, hogy egy katonának emiatt meg ne remegne az ujja a ravaszon. Tom egyetlen barátja a bázison Katherine, aki szintén nem igazán találja a helyét. Ő édesapjával van itt, aki a főnöke a létesítménynek. Tom és Kat sokat lógnak együtt, szüleik szerint túl sokat is. A fiatalok nem egyszer bajba kerülnek, amikor „véletlenül" tiltott területre tévednek.

Sem a dolgozók, sem velük élő családtagjaik nem hagyhatják el a föld alatti bázist, amíg a munka tart. A bezártság miatt sok ember klausztrofóbiás tüneteket mutatott, ezért a kormány minden helyiségbe ablakot szereltetett. „Odakintre", azaz az ablak mögötti falra a külvilágról készült videofelvételeket vetítenek, ezáltal az emberek nem érzékelik annyira, hogy a föld alatt élnek. A felsőbb szintek „ablakaiból" New York látható, mintha egy felhőkarcolóból néznénk. Az alsóbb szinteken ugyanazt vetítik, csak utcaszinten. Az ebédlőben tartózkodóknak pedig egy hawaii tengerpart hangulatos felvételét játsszák végtelenítve.

Tom sokat ül és unatkozik ebben a helyiségben, ha Katnek más dolga van. Olyankor sokat nézi a „falat", azaz a tengerpartot. Egyik nap észrevesz valami furát a felvételen, ami nem odavaló.

Tom rájön, hogy valami *nagyon* nem stimmel ezzel a bázissal. Sőt, rengeteg dolog nem stimmel vele.

E-könyvben 999 Ft-ért:
https://www.artetenebrarum.hu/termek/odalent-ekonyv

Puhakötéses nyomtatott könyvben 2499 Ft-ért:
https://www.artetenebrarum.hu/termek/odalent-nyomtatott

Keménykötéses nyomtatott könyvben 5599 Ft-ért:
https://www.artetenebrarum.hu/termek/odalent-hardcover

Anne Grant:
Az antialkimista szerelme
(drámai romantikus regény)

Mirjam „antialkimistának" nevezi magát. Azért, mert nem az örök élet titkát keresi, hanem a biztos halálét. A nő Jack Morningstarral látszólag boldog párkapcsolatban él, ám valójában komoly problémáik vannak. Jack egy gyermekkori balesetben végleg elvesztette látását, valamint narkolepsziában szenved, ami miatt szinte bárhol, bármikor elveszti az eszméletét. Szerelmük egét az is sötét fellegekkel árnyékolja be, hogy Mirjam kettős életet él, nem hűséges.
A nő sok mindenbe belekeveredik. Időnként meggondolatlanságból, olykor pedig mások vannak rá rossz hatással... de leginkább azért, mert nem veszi elég komolyan mindazt, amit Jack szeretete jelenthetne számára.
Tetteinek súlya olyannyira nyomasztja a fiatal nőt, hogy elkezd játszani az öngyilkosság gondolatával. Ez a veszélyes fantáziálás egy idő után rögeszmévé válik.
Vajon mi lesz a vége Mirjam kicsapongó, éjszakai életben zajló ámokfutásának? Egy szörnyű tragédia, amiből nincs visszaút, vagy egy olyan reményt keltő változás, ami által még minden rendbe jöhet kettejük között?

Egy megrázóan tragikus, megosztóan provokatív romantikus történet bűnbeesésről és bűnbánatról... továbbá arról, hogy van-e értelme harcolni önmagunkkal a szerelemért és az életben maradásért.

A *Kényszer* írónőjének legújabb regénye Gabriel Wolf utószavával.

E-könyvben 999 Ft-ért:
https://www.artetenebrarum.hu/termek/antialkimista

Puhakötéses nyomtatott könyvben 2499 Ft-ért:
https://www.artetenebrarum.hu/termek/antialkimista-nyomtatott

Lightning Source UK Ltd.
Milton Keynes UK
UKHW021130200820
368549UK00010B/1229/J